作 者 简 介

武树臣　北京市人，1949年10月出生。1978年考入北京大学法律系，1982年毕业留校，从事中国法律思想史、中国传统法律文化教学研究工作。在职攻读并获得北京大学法学博士学位。

1997年调任北京市第二中级人民法院党组副书记、副院长，主管民事审判。2005年调任北京奥委会法律事务部部长。2009年11月调任北京法学会党组副书记、副会长。2010年11月至今被聘为山东大学人文社科一级教授，博士生导师。现兼任中国法律思想史专业委员会会长、北京市法学会副会长。

代表性著作有《中国传统法律文化》《寻找独角兽——古文字与中国古代法文化》《儒家法律传统》《中国法律样式》等。

法律人生

长歌行

◎

武树臣 著

商务印书馆

图书在版编目（CIP）数据

长歌行/武树臣著. —北京：商务印书馆，2017
（法律人生）
ISBN 978 - 7 - 100 - 13119 - 3

Ⅰ. ①长… Ⅱ. ①武… Ⅲ. ①随笔—作品集—
中国—当代 Ⅳ. ①I267.1

中国版本图书馆 CIP 数据核字（2017）第 061387 号

法律人生
长 歌 行
武树臣 著

———————————————

商 务 印 书 馆 出 版
（北京王府井大街 36 号 邮政编码 100710）
商 务 印 书 馆 发 行
北 京 冠 中 印 刷 厂 印 刷
ISBN 978 - 7 - 100 - 13119 - 3

———————————————

2017 年 5 月第 1 版　　　开本 880×1230 1/32
2017 年 5 月北京第 1 次印刷　　印张 18⅛
定价：66.00 元

朝夕闻道，长歌而行。

——题记

目 录

一 青涩年华：人生的初级阶段 001

1 跟随父母到北京 003

2 我的童年 006

3 我的同桌 010

4 鼠尾的联想 015

5 我的暑假 017

6 我的狗狗 019

7 午间休息 022

8 校长的真理 025

9 我的"贵人"邱叔叔 027

10 启蒙老师 029

11 我考上了高中 031

12 课外活动小组 033

13 集中劳动 035

14 政治考试交白卷 037

15 沂蒙山小调 040

16 沙城军训 042

17　停课闹革命　　　　　　　　　　　　044

18　学弈静春园　　　　　　　　　　　　050

二　中条山，岷江水：外乡人的故乡　　　053

19　送君行·壮歌行·长车行　　　　　　055

20　从首都到山村　　　　　　　　　　　062

21　房东的厢房，我的家　　　　　　　　067

22　我的史家村　　　　　　　　　　　　069

23　妈妈的礼物　　　　　　　　　　　　072

24　赶集　　　　　　　　　　　　　　　074

25　带血的矛　　　　　　　　　　　　　077

26　分柿子，做柿饼　　　　　　　　　　080

27　洗麦、晒麦、磨面　　　　　　　　　083

28　挑水、看水、看青　　　　　　　　　086

29　祖父的骨灰　　　　　　　　　　　　090

30　自学针灸为当兵　　　　　　　　　　092

31　参加专案组　　　　　　　　　　　　094

32　"一次剥削六亿人民"　　　　　　　　097

33　夜歌行：走访梧桐村　　　　　　　　101

34　队长的"三句禅"　　　　　　　　　　104

35　仰韶陶片　　　　　　　　　　　　　106

36　村里的老秀才　　　　　　　　　　　108

37 六张报纸一张饼 110

38 赤脚医生的秘方 112

39 慈母手中线 114

40 知青大会 116

41 临别的贡献 119

42 转插川西坝子 121

43 参加第一次高考 125

44 "假老师" 127

45 "招生专业户" 129

46 十个鸡蛋渡难关 131

47 我的师范校 133

48 选举"盗窃分子" 139

49 队长办案三句话 142

50 父子情深 144

51 参加第二次高考 148

三 追随恩师：泛舟未名湖 153

52 初见恩师 155

53 听侯仁之先生讲课 160

54 燕园蹭课 163

55 俄语老师 165

56 五四科学讨论会 169

57　给张老师当助手　　　　　　171

58　不记卡片不读书　　　　　　175

59　我的舍友、组友　　　　　　177

60　留校四同窗　　　　　　　　183

61　兼职律师　　　　　　　　　192

62　兼职编辑　　　　　　　　　194

63　我的"长征"　　　　　　　197

64　教研室的老师们　　　　　　199

65　李志敏老师二三事　　　　　202

66　我们的"筒子楼"　　　　　206

67　武警专修科　　　　　　　　212

68　《易经》的智慧　　　　　　215

69　《论语》的联想　　　　　　218

70　《荀子》的精髓　　　　　　223

71　恶补日语300天　　　　　　227

72　在日本研修　　　　　　　　230

73　我的贯井南町　　　　　　　234

74　拯救永山泽夫　　　　　　　243

75　植田先生　　　　　　　　　245

76　我认识的日本学者　　　　　249

77　陈守一老的教诲　　　　　　254

78　与香港树仁学院合作办学　　257

79 评博导的小插曲 260

80 答辩小组 262

81 参加两岸法学交流 265

82 一场辩论 268

83 走出"法系" 272

84 别了恩师，别了未名湖 275

四 从讲坛到法坛：半路出家当法官 283

85 考查、任命、上班 285

86 院长接待日 292

87 往返于法台与讲台之间 298

88 八年的"访友" 304

89 维护法官的尊严 307

90 伺机夺刀 310

91 审委会会议 312

92 特殊任务 316

93 参加全国法院院长会 318

94 法院要向医院学习 321

95 听案子 325

96 我们的领导班子 329

97 先进与后进 333

98 年终决战 335

99   三家共建   337

100   广交朋友   340

101   高级培训班   343

102   在法官学院学习   344

103   告别傲慢与偏见   346

104   时代呼唤活的法律   351

105   红色之旅   358

106   "聚会"小汤山   360

107   "司法不公"与"裁判不一"   362

108   裁判自律   366

109   编辑《裁判要旨》   368

110   一个梦：复兴中国的"混合法"   370

五   保卫吉祥物：2008 年奥运记事   375

111   任职北京奥组委   377

112   法律事务部的同事们   380

113   奥组委的办公会   384

114   访问国际奥委会   386

115   法治为北京奥运护航   388

116   我上了被告席   393

117   在现行法律与奥林匹克国际惯例之间寻求平衡   399

118   抵制北京奥运会，必将无果而终   407

119　在北京奥运会上搞小动作，只能自讨没趣　　410

120　北京奥运会的遗产　　412

六　法学会，读书会　　415

121　任职法学会　　417

122　孔子教育的特点及其启示　　419

123　中国混合法的三次轮回　　429

124　古代立法的七个特点　　439

125　中国法律史学的任务　　450

126　法官的尊严与使命　　455

127　法治与国情　　464

128　历史就在我们身边　　470

129　一个梦：中国法律文化博物馆　　476

七　回归讲坛：东夷文化的呼唤　　479

130　应聘山东大学　　481

131　毕业典礼上的致辞　　483

132　"软法"与"混合法"　　490

133　继受外国法律文化成果　　496

134　几点感想　　499

135　我的师兄杨一凡　　504

136　我的师弟乔聪启　　508

137　忆田涛　512

138　孙晟先生二三事　516

139　中国法律文化的六个传统　521

140　司法与透明指数　532

141　法治实践学派　537

142　我的东夷情节——东夷文化的呼唤　542

附录　549

143　北大给我沉重的使命　551

144　夜访北京二中院　562

一 青涩年华
人生的初级阶段

1 跟随父母到北京

我的祖父武芝茂，原籍河北省献县城北马家庄。20世纪初，华北大旱，他离开家乡，本来准备到东北谋生，路经唐山在开滦煤矿做了矿工。于是才有了一大家人。

父亲武俊峰排行老大，下面还有三个弟弟两个妹妹。自幼喜欢读书，初中毕业后，由于成绩优秀，被保送读教会办的高中，但只读了一年，为了养家，也做了矿工。1940年参加冀东抗日活动，并加入了共产党。母亲王金荣祖籍河北丰润县，随其父亲王百庆在唐山谋生。1948年唐山解放，父亲在开滦煤矿工会工作，后被选调入华北局干部学校，集中在河南焦作培训。之后，被调到北京，在燃料工业部工作。这样，我和哥哥便随父母来到北京安家。

我们先后在北京的崇文门中头条、豆腐池、金鱼胡同居住。后父亲调任燃料工业部西山疗养院院长。这样，我们又在西山居住了10年。1964年父亲调回水电部，全家迁居西城区二里沟。后迁至月坛北街水电部宿舍。1966年初，父亲被调往成都，组建西南电力建设总局。不久便发生了"文化革命"。直至1978年才调回电力部，在电力科学研究院工作，直到离休。父亲在成都工作期间，我也在四川插队。全家六口人，分在四个地方。1978年，在武汉空军当兵的哥哥武树林，在河南禹县插队的妹妹武凤翔，和在四川彭县师范学校工作的我，都先后回到北京。

我的父母都是善良厚道的普通人。我小时候，父亲经常讲述过去他当煤矿工人时的苦难经历。他说，一发生矿难，矿上的警笛就响了，死难矿工的家属哭成一片。他教育我要勤俭节约，一张纸要正反面写满了字，铅笔要用到手指捏不住了才丢掉。母亲也有高小文化，母亲的姥爷、姥姥本是上海人，是教书先生，后逃难到了北方。我母亲四岁时，她的妈妈就病故了。我的母亲是很好强又能干的人。母亲生我时，同产房的妇女生了个女孩，买通了护士，把我跟他们女儿调了包。然后急急忙忙要办出院手续，我母亲心生疑问，又觉得那个女孩气味不对，就大喝一声，把护士吓得马上交待了实情。那个妇女是有钱人家，生了三个女儿。暗的不行，就想用钱换。我父母一口回绝了。原来她家是资本家。在河南焦作干校时，母亲又参加了识字班。到北京后，她本来是可以参加工作的，但因为我和哥哥都还小，工资收入还抵不过幼儿园费，所以就放弃了工作。这一放弃，就失去了参加工作的机会，成为一名"家庭妇女"。但是，母亲一直是街道干部，1958年当过公社副主任。后来一直拿着市政府发的津贴。

今天，我的父母都先后离世了，他们一生正直勤劳，乐于助人，辛辛苦苦把我们兄妹四人养育成人，可谓功德无量。今天听到有人叫"爸爸"、"妈妈"，心里别有一番滋味。一个人当他没有机会叫"爸爸"、"妈妈"的时候，他自己也就老了。

2　我的童年

童年的记忆尽管是零星而模糊的，但它们依然十分宝贵。

我依稀记得唐山开滦煤矿工人居住的一排排的工房，打开一扇木制的院门，是一个小小的庭院，右侧是厕所，装煤的棚子，左侧是三间平房，中间是做饭的灶房，两侧住人，一间屋子半间炕。爷爷是煤矿工人，光头，最喜欢我。爷爷手很巧，用木头做成刀枪，是我爱不释手的玩具。

在河南焦作干校的时候，妈妈经常带着我和哥哥去锅炉房旁边捡煤核（hú），这样可以节省开支。锅炉房的工人常用小推车把从锅炉里卸下来的煤渣运到旁边的空地上，像小山一样的煤渣还冒着热气。不久，我们临时住处的房檐底下也堆出了小山一样的煤核——那些没有燃尽的煤块儿。当父亲学习结束时，后勤科的叔叔还把我家的煤核过了磅，付了钱。那其中就有我和哥哥的功劳。

1957年全家合影于北京西山，前排中为作者

有一次，爸爸带我到王府井附近的燃料工业部食堂吃午饭。爸爸说："你在这儿等着，我去买个甲菜。"过了一会儿，爸爸把一盘香肠放到桌上，说："我再去买点饭。"我端详着那盘香肠，闻到诱人的香气，心想：这怎么是假菜呢？于是抓了一片放到口里，真好吃！等爸爸端着饭盒走过来，我大叫："爸爸这个菜是真的！"旁边的叔叔阿姨都哈哈大笑。快吃完饭的时候，一个叔叔给了爸爸两根香蕉，说："饭后吃点水果吧！"我接过一根，没有剥皮就直接送到嘴里，真难吃，我抱怨地说："爸爸，这个水果是假的！"又把大家逗乐了。

住在崇文门中头条 54 号的时候，哥哥刚刚上小学，附近有个玉器厂，经常把一些废料堆放在厂外的空地上。这些废料让我们如获至宝。哥哥专捡那细条状的淡黄色石片，说这是化石，可以在石板上写字画画。还说，这些化石原先是在山上的，如果再把他们埋起来，还会变成油石，更好看。于是，我就挑选了几块化石，偷偷地埋在附近的河堤上，做了记号。每隔几天就悄悄地把它们挖出来，看看是否变成油石了。后来搬家了，忘了去挖，心里十分懊悔。很长一段时间，脑子里总是念叨：那些化石变成油石了吗？

燃料工业部西山疗养院座落在西山八大处，那些建筑物挺漂亮的，大约是过去有钱人家的别墅。绿水青山，桃李满院，雀鸣蝶舞。我们几个小伙伴满山遍野地跑，摘水果，捉蝈蝈，斗蟋蟀，掏鸟蛋，捅蜂窝，好不快活。我们居然在北山的岩石下面发现了化石，足有一二斤重。凭着简陋的工具，我把一块化石加工成一把小手枪。后来又漫无目的地在化石上面刻图案，比如花鸟鱼虫之类。我们和邻居的小伙伴玩得很开心，什么"官兵捉贼"，老鹰捉小鸡，捉迷藏，弹玻璃球，滚铁环。冬天就坐着自己制作的冰车，沿着河滩一路滑下来，再扛着冰车跑上去。今天的孩子们有条件的都上学前班了。我们那时节没有学前班，甚至也没有幼儿园。但是，我们都有一个快乐的童年。

3　我的同桌

　　同桌是指在学校的教室里并课桌而坐的同班同学。一个人必定有过许多同桌。而在记忆中挥之不去的人或许才是真正的同桌。那是一提起"同桌"，便在脑海里首先显现的人。

　　我此刻讲述的同桌是小学时同窗五载的同学。为什么能够成为五年的同桌呢？因为当时，我在班里的位置是在男生中最矮，她在女生中最矮。哦，我忘记说了，我的同桌是个女生，如今只记得她姓宋。她是个人们一见就能记住的人，这倒不是因为她长得漂亮，而是长得特殊——她是一个驼背的人。她的右肩是高耸的，头和脖颈是向前低倾的。当她平视前方的时候，必须将身躯努力向后倾斜，把脖子尽量向上抬起。同学们中间不乏嘲笑者、讽刺者、起外号者。但我是个例外，因为我们先成为同桌，之后才发现她的特点。其实，她长得很清秀，白白的面颊，黑黑的头发。她的衣着总是干净整洁。可以想象，她的父母是很爱她的。当时我曾想，如果同学们能够像她父母那样爱她，她心里一定很快乐。

　　和一般的同桌相比，我们俩的接触似乎要多得多。因为，我患了好几年的慢性支气管炎，学校也免了我的体育课和劳动课，享受和宋同桌同等待遇。气管炎很讨厌，一咳起来就停不住，咳的时候不由自主地弯下腰、低下头，那样子肯定很可怜。上体育课的时候，老师让我们俩在操场边上观看。上劳动课的时候，我们同样站在旁边，只能做些力所能及的事情。在众目睽睽之下，一个是弯腰驼背，一个是鞠躬咳嗽，那样子是多么滑稽！

　　记得有一次，老师召开了班干部会，特别强调不要嘲笑有残疾的同学，要帮助有困难的同学。此后，再也没有人嘲笑宋同桌了。她渐渐地变得有说有笑了，班里开始组织课外活动小组。有唱歌、跳舞、诗词朗诵、体育运动，等等。我和宋同桌是两位什么项目都没有报的同学。可巧，有两个射击训练班的名额，老师就给我们俩报了名。

　　射击训练在附近的射击场进行。每月活动两次，每次半天。使用的是小口径运动步枪。经过多次训练，终于要实弹射击了。宋同桌是用左肩抵着枪托，用左眼瞄准，用右手拉枪栓压子弹，打得稳重而果断。我们俩射击成绩都不错，平均每枪七环。最后都得了"英雄射击手"证书，得到老师和同学的赞扬。此后，宋同桌变得越来越自信，上课积极发言，课下主动参加集体活动。我们同一批加入了少年先锋队，戴上了红领巾。

有些社会活动不是学校组织的，而是全国性的统一活动。比如除四害，大炼钢铁。所谓四害是指苍蝇、蚊子、老鼠、麻雀。苍蝇蚊子传播病菌，当然要消灭，老鼠、麻雀毁损粮食，当然不能放过。学校公布了鼓励措施，凡消灭四种害虫的，奖励水果糖，并评选能手。每天早上一到教室，同学们就上缴战利品，有的用火柴盒盛着死苍蝇，有的用报纸包着老鼠尾巴、死麻雀。在这种场合，我负责登记并保管实物，宋同桌根据大家的战功分发水果糖。领奖之后，老师严格要求大家用肥皂洗手。大炼钢铁的任务似乎并不重，学校鼓励同学们去捡废铜烂铁，并动员父母交出无用的金属制品。在这种场合，通常也是由我负责接受实物，宋同桌负责记录。同学们对这些活动都很热心，因为这些活动似乎比被关在教室里上课写作业更有意思。

这一年，不知为什么，虽然农业获得了大丰收，但粮食却不够吃了，1959年上级给每个人定了粮食定量，发了粮票。食堂也解散了。学校取消了体育课、劳动课。家里每天两顿饭。早饭九点，午饭三点半。上课时间调整为上午十点至下午三点。同学们的心似乎都被一团乌云笼罩着，失去了往日的欢笑。

1960年春天来了。柳树开始长出新芽，杏树、桃树也都恢复了生机。按照往年的习惯，男生们都在上学的路上用小刀去截一段嫩嫩的柳梢，做成口哨，边走边吹，一副欢快的模样。然而今年却不同。嫩绿的柳芽首先成为人们争夺的目标，变成人们果腹的代用品。柳芽之后，便是杏树叶，还有榆树叶，特别是榆树花，当地人称作"榆钱儿"，都成了人们争抢的对象。之后便是榆树皮，表皮下面，那层浅白色的东西，嚼起来微带甜味，最受人们的欢迎。但是，被剥掉树皮的榆树不久就枯死了。

这天，我的同桌没来上课。第二天，便传来不幸的消息。她因为吃了柳芽——那柳芽本应当用清水浸泡一整天，排除掉毒素之后才能吃，可能是她的父母忽略了这个常识，才导致悲剧发生。班主任老师反复叮嘱同学们注意安全，千万不要吃危险的和不了解的东西。同学们在此后很长一段时间里，对同桌的死亡都心存惊诧，不愿意接受。

我和同学们一样都暗暗地盼望着某天上午，她会像往常一样，背着书包蹒跚而至。然而，这只是不幸的开始。之后，又发生了两件不幸的事。在玉米即将成熟的某个夜间，一位同学到玉米地里捉蟋蟀，看青的社员误以为是什么野兽糟践庄稼，就用老式火枪朝那个方向开了一枪，结果这个学生受伤不治。到了 8 月份，柿子树上挂满了青青的柿子。那时的柿子是涩口的，不能吃的。树底下也有变软变黄柿子，把它掰开，露出浅黄颜色，可以嗅到成熟柿子的清香。但这是由于感染病菌而自己脱落的有毒的柿子。有一位学生误食了这样的柿子，因抢救不及而死亡。

　　据说这些死去的学生就被他们的家人埋葬在附近的山坡上。那座平常的青山，由于新增了他们的坟茔，而变得不再平常。看到那座山，就不由得想起那不平常的岁月，那过早逝去的同桌和不知名的少年。他们本应如吾辈般活到 21 世纪，他们承受了太多的艰辛苦难，为十几岁少年所不应承受的。一个民族就如同一棵大树。大树茁壮，它的枝叶就繁茂。大树折断了，最先枯萎的就是那些距离主干最远最弱的树叶。

4　鼠尾的联想

我是属鼠的。鼠在我心目中是聪明可爱的小动物。我们从小就吟唱着这样的童谣："小老鼠上灯台，偷油吃，下不来，唧唧哇哇叫奶奶，奶奶把它抱下来。"记得当时曾经还有过疑惑——奶奶是小老鼠的奶奶，还是人的奶奶？结论是，能够把小老鼠抱下来的一定是咱们人的奶奶。但是，突然间可爱的小老鼠被宣布为"四害"之一，成为人类的敌人，必须彻底消灭掉。而且这样做还会得到奖励。奖励的凭证就是老鼠的尾巴。当孩子们用老鼠尾巴换得水果糖并被老师评为"捕鼠能手"的时候，孩子们的心灵便悄悄地发生了可怕的质变。当这些孩子们长到20岁左右的时候，正好赶上"文化大革命"。其中有些年轻人对自己的校长和老师无情地挥动起系着铜扣的皮带，意欲将革命的敌人斩尽杀绝而后快。到了2003年发生"非典"之际，社会上流传"非典"病菌的传播者是宠物猫狗，也许就是这批人把豢养多年的猫狗弃之街上，任它们在饥渴中狂奔哀嚎。这代人中的一部分人对待生命的残酷冷漠心态，是从少年时代捕捉和切割老鼠尾巴的时候就开始塑造了的。当他们有权力有理由处分其他生命体生死存亡之际，隐藏于内心深处的残忍便悄悄支配着他们的行动而不自知。多少年以后，我从事古代法律文化研究，知道在远古时代，古人为生存而战斗，他们切割敌人的耳朵、额部的头皮来邀功领赏。我们在少年时代竟接受过类似远古战争的训练。而一代人的心灵也许必须经过几代的熏陶洗炼才能够改变，最终有望返回珍爱性命、仁及草木那种纯真善良的秉性。

5 我的暑假

自从上了初中以后，便没有暑假了。放暑假的第一天，就安排我和哥哥去当小工。

所谓"小工"，是根据疗养院管理科的需要，参加一些力所能及的劳动。比如，跟随卡车去装卸水泥，和砂子水泥，运送灰浆，上房送砖送瓦，挖管子沟，赶毛驴送煤、送货，等等。当然，劳动是有报酬的，每天一块二毛钱。和我们一起劳动的还有四五个同学，他们也都是疗养院职工的子弟。大家在一起有说有笑，并不觉得累。赶上下雨是不上工的，在家里写作业。在家里还有许多出力气的活儿，比如割草，喂兔子，挑水浇菜，等等。

疗养院虽小，五脏俱全。院里有个花栋子，也就是花房。养花的吴大爷是山东人，人高马大，喜欢喝酒，在三九天也只是穿一身粗布衣服。他最擅长嫁接，他把桃枝和杏树嫁接在一起，结的果实既像桃又像杏，味道好极了。还有几位管工、电工、泥瓦工，他们经常讲笑话，逗得我们大笑不止。有一位电工还会武术，闲着没事儿，我们就围着他，让他教我们站桩、打拳。

　　暑假一晃就结束了。换好衣服，整理好书包，第二天就去学校上学了。至于工资，我们都没有见着。一问那些打工的同学们，他们都说没见着——那还用问，一定是父母代领了。

6　我的狗狗

　　邻村的一户人家养了一只母狗。那年它一次就生了十只小狗。主人用扁担挑着十只小狗崽挨家挨户地送，不要钱。我和哥哥执意要养一只，父母不同意。

　　我和哥哥看上了一只黄色的狗崽，就偷偷地把它藏起来了。晚上，我们抱着小狗崽向父母哀求，一定要留下它。反正狗的主人早没了踪影，退是退不回去了，父母只能答应下来。我们给它取名叫"黄黄"。

　　最高兴的不只是我们哥俩，院里的孩子们都为留下小狗崽欢呼。黄黄什么都吃，一不留神就长大了。黄黄成了孩子们的宠物。但是，谁要跟黄黄好，必须给它喂一点东西吃。就这样，黄黄成了我们全体孩子的伙伴。

　　黄黄很聪明，它一听口哨就知道是你，朝你飞奔而来，围着你又是亲又是挠。院里的孩子玩打仗，黄黄也参加，只要主人不退却，即使身单力孤，它始终勇往直前。但是，主人一退却，黄黄就夹着尾巴跟着逃跑。

有一天，父母跟我们商量把黄黄送人，理由是，粮食不够吃，人都吃不饱，哪有粮食喂狗呢？但我们坚决不同意。我们的理由是黄黄很聪明，自己会在山上找食，不用喂。父母拗不过我们，黄黄终于被留下来了。

我看着黄黄肚子一天天大起来了，大家都没注意。有一天，黄黄围着我转，好像有什么事情求我帮忙似的。我突然发现黄黄肚子小了，是不是生了小狗崽呢？黄黄三步一回头地把我引到不远处的一个小山洞，我走近一看，洞里竟有六只小狗崽！我高兴地跑回家告诉父母。大家都很高兴，用一个小筐把六只小狗崽盛好，搬到家里来。

一晃，小狗崽一个个长大了，黄黄却一天天消瘦了。有一天早上，我刚装好午饭要去上学，黄黄嗅到了饭的香味，一直尾随着我不肯离去。我想黄黄从来不这样，它一定是很饿了。于是，从那一天开始，我把午饭偷偷地喂给黄黄，然后打发它回家，我照常去上学，直到六只小狗崽都分别找到了人家，我都没有中断偷偷喂黄黄。因为我知道，一旦父母知道了真相，说不定会把黄黄送人，说不定黄黄会被新主人饿死，甚至被杀掉吃了。

在学校，一到中午吃饭的时候，我就躲起来，在学校附近转悠。同学们以为我到哪家同学家吃饭去了，也不过问。

放学的时候，我饥肠辘辘，步履蹒跚地走回家，老远看见黄黄在小桥边迎接我。它在我身边又跳又叫，像是说着感谢的话。我当时心里甜滋滋的，因为黄黄给我和我们带来太多的欢乐，黄黄是我们大家的忠诚伙伴，我们都从心底里愿意看着黄黄活下去，活下去！

那年的冬天，我的祖父病重，我们全家都回了唐山。我们临走时，把黄黄托付给邻居，并留下狗食。可是，万万没有想到，等我们回来的时候，得知黄黄已经死去了。可能是因为当时走得匆忙，没来得及当着黄黄的面把它托付给邻人。因此，它一直不吃不喝，一直卧在院子里，向着路边，向着我们走去的方向张望，谁喂它，它都不理。它一定很伤心——你们为什么不要我了？是嫌我吃了你们的粮食了吗？

多少年以后，我才听人家说，主人如果长时间外出，一定当着狗狗的面，摸着狗狗的头，把它托付给照看他的人，并且说清楚何时回来。这样，它就会乖乖地吃饭睡觉，等主人归来。可是，在那个时代，这种关心动物的知识是没有人传播的。

别了，我们的黄黄，我们忠诚的朋友！

7　午间休息

　　学校午间休息两小时。离家近的同学都回家吃饭去了，离家远的同学可以把带来的午饭消灭掉。我的午饭提前给黄黄当早餐了，午间两小时是我最沉重的一段时光。

　　我心情的沉重不只因为饥饿，也不只因为羡慕别人能够饱餐的福分。我最怕同学知道，我不吃午饭或无饭可吃，他们会反映到班主任那里。班主任一定会去家访。这样父母一定会把黄黄送人。因为哪个父母不疼爱自己的孩子呢？于是，我决心一直保守这个秘密。有一次差一点出事。那是冬天的时节。上午第二节和第三节课之间有 20 分钟的休息时间，这时候，班干部的职责是收集大家带来的午饭——大都用铝制饭盒盛着——送到锅炉房去加热。我正好在操场玩，只见同组的同学周小璞拿着我的饭盒跑过来问我："你的饭盒怎么是空的?"我先是一惊，随后灵机一动，说："我上学在路上饿了，提前吃了。"这个理由很管用，以后班干部就不再收集我的饭盒了。

春夏时节，学生带来的午饭是不用加热的，这省去了一些麻烦。我正坐在火车铁道旁的空地上，望着蓝天遐想。这时有一个男生慢慢走过来，等我认出他的时候，他已经走得很近了。我问，你怎么跑这儿来了？他发问，你怎么也跑这儿来了？我们并排坐着聊了一个多小时，然后返回学校。我后来才知道，他是个孤儿，他可能真的没有午饭吃。他初中成绩不错，但一毕业就工作了。多少年以后同学聚会时，他感叹道："当初我连五毛钱的报名费都交不起，否则，我也能考上高中。"

我不吃午饭的事多少被同学察觉到了。一天中午，刚下第四节课，李同友同学说："中午到我家去玩吧。"我们一进门，他的父母很热情地打招呼，而且饭菜都摆在桌上了。我心里明白，这个同学一定是跟他父母商量好了的。在那个粮食奇缺的年月，有人能款待一个非亲非故的人，他们的内心一定是无比善良的。

还是刚下第四节课的时候，孔凡江同学拉着我说："我们队里的西瓜熟了，我请客。"

在瓜棚里，已经摆好了一个大西瓜，旁边还有一把带锈的菜刀。我迟疑地问："队里不管吗？"同学指着一位远去的老人说："那个看瓜的人是我大爷，我们商量好了，放心吃吧!"我平生没有吃过这么甜的西瓜，而且吃得很多。不多时，看着看瓜老人慢慢走来，我们便悄悄地返校了。一路上打着饱嗝儿。

午间的两小时，因为饥饿而毫无光彩，因为孤独而充满幻想，因为黄黄的生存而暗自庆幸。直到黄黄死去之后，我很长一段时间都不习惯吃午饭。几十年过去了，现在，听说有一种"饥饿疗法"，提倡中午不吃饭，说是可以长寿。我想，这方法我早就实践过了。

8　校长的真理

有一次班主任召开全班的班会，请校长来讲话。校长讲了三点意见：

第一，外语很重要，一定要下气力学好外语。以后社会进步了，干什么都需要外语。比如，一个农民，他买了化肥，化肥口袋上面印的全是外语，你不知道化肥怎么使用，肯定丰收不了，还会造成损失。

第二，学习成绩不好，是学习态度不好，还不够努力，缺乏学习的动力。为什么缺乏动力呢？是因为学习目的不明确。只要我们树立起正确的信心，为祖国而学习，为人民而学习，学习目的明确了，学习态度也就端正了，那样，成绩一定会提高。

第三，同学们将来毕业了，走向社会，干什么工作都有可能。所以，不要有什么个人的幻想，当什么家的。国家的需要就是个人的理想，国家的需要也是经常变的，每年都不一样。所以，要放下幻想，好好读书。只有现在搞好学习，将来国家需要我们干什么，我们就干什么。

今天看来，校长的三条"真理"，其实不是他个人的发明，而是当时社会的共识。但是，这些"真理"其实是伪命题。让一个农民花费毕生精力去学外语，目的是读懂进口化肥上面的说明书，不是太昂贵了吗？学习成绩不好，自然有不努力的态度问题，还有学习方法和兴趣的问题。如果学习目的明确了，学习成绩就搞上去了，那么，运动员的锻炼目的一明确，是不是足球、篮球就能拿冠军呢？少年儿童是盛产幻想的时代，失去幻想就失去理想，就失去了学习的真正动力。学习就是培养幻想的过程。如果学习只是为着谋生，文盲难道就不能生存了？

但是，在那个时代，到处都盛行着校长那样的"真理"，没有人怀疑。我们看到，多少人为了学习外语，花费了太多的精力和时间，如同古代年轻人为了学习儒家经典皓首穷经一般。改革开放以后，农民开始使用日本化肥。有意思的是，农民舍不得把盛化肥的尼龙口袋丢掉，把它加工成背心，短裤，上面写着醒目的"日本尿素"四字。面对此景，那些曾经死记硬背学过多年俄语的人们会有何感想呢？

9 我的"贵人"邱叔叔

临近初中毕业,同学们都忙着填报考志愿。全班 40 多名同学,大都填报中专、中技,只有四五名同学打算报考高中。

我和父母商量过填报志愿的事儿,父母的想法是愿意让我学点技术,早工作,早挣钱。于是我就准备报考一所比较知名的和机械有关的中专。

这一天,一位正在疗养院疗养的工程师邱叔叔到我家串门。看见我正在填表格,就问填的是什么志愿。邱叔叔问了我的学习成绩以后,很郑重地跟我父母交换意见,一再建议我考高中,将来再考大学。他还建议填报北京工业学院附中,说,北京工业学院是国防保密专业,将来高中毕业就考北京工业学院。父母同意了邱叔叔的建议,就让我改填志愿。邱叔叔是我的贵人,否则,也许终生就与大学无缘了。

　　就这样，我选择了读高中，而且填报了北京工业学院附中。改革开放后，北京工业学院更名为北京理工大学，原来的附中也随着更名为北京理工大学附属中学。

10　启蒙老师

　　我的成熟，怕是从高中一年级开始的。当时遇到了我的第一位启蒙老师魏启学先生。魏老师是京工附中（现在的理工大学附中）语文老师，当时40多岁，也长得很帅，一副学者的样子。他很有学问，在某杂志当兼职编辑，写字很漂亮。我第一次见到魏老师，是1964年9月初，在北京工业学院南教学楼高二五班教室，魏老师第一次给我们上语文课。他要求我们以《我考上了高中》为题，写一篇作文，两小时当堂完成。下次语文课讲评作文时，魏老师念了我写的作文，说我给这篇作文评了100分。他还有点激动地说，他从来没有打过100分。课后，魏老师跟我说，你当语文课代表吧。此后，我和魏老师接触多了起来。曾经到魏老师家去借过书。记得有一本书叫作《诗词格律》，还有宋词元曲之类的书。回去认真阅读，还背了一些词牌。当时我醉心于古典诗词，潜心于平仄之间，也试着写了不少"诗"。到了 1968 年 12 月去山西插队锻炼，有了真实情感，竟然写了让我至今读来还颇觉得意的"我体诗"：《壮歌行》、《长车行》、《夜歌行》等。在农村，赶上不出工的雨雪天气，便伏在纸窗或煤油灯下读书，两个鼻孔让煤油的烟尘熏得黑黑的。闲暇时胡乱写些自认为可以叫作散文、剧本、小说之类的东西。那时的理想是当一名诗人、作家。正是因为怀着这个并不奢侈的梦，才能够驱散着日复一日的孤独冷漠，赶跑了随时袭来的苟且偷安，拒绝了蝇营狗苟的颓废平庸。可以说，我心中常明的这盏灯火是魏老师点燃的，魏老师是我第一位启蒙老师。他不幸于数年前逝世。

谨以此文纪念我的第一位启蒙恩师魏启学先生。

11 我考上了高中

"我考上高中啦！我考上高中啦！"当我接到京工附中录取通知书后，忐忑了一个暑假的心终于像一块石头落了地。我拿着通知书，一边喊着一边跑回家。

邻居的小孩小宝不解地问："你干嘛这么高兴呀？"我说："我考上高中啦！""考上高中为什么高兴呀？""你不懂，考上高中了，以后才能上大学，才能……"正说着，父亲下班回来，他伸手接过录取通知书，平静地看了一下，什么也没说，就进了屋。

晚饭后，爸爸把我叫过去。他手里拿着通知书，表情很严肃。他说："你考上高中，真让我们高兴。咱们家世世代代都是穷苦人。你祖父从河北逃荒到了唐山，做了煤矿工人。我也是煤矿工人。后来参加了革命。咱家里穷，根本念不起书。现在，你算是咱家念书最多的人啦。"他停顿了一会儿，接着说："这都得感谢党和新中国。不然的话，咱们穷人连饭都吃不饱，哪有条件读书。上高中，上大学都是好事，但是要明白，这不是为个人，而是为了学好本领，建设好咱们的国家……"

我点了点头，似乎是听懂了其中的道理。那天晚上，我想得很多很多。

这一天，爸爸送我到京工附中报到。一路上，他叮嘱我要努力学习，尊敬老师，争取早日加入共青团。最后送给我一本杂志。

我迈进了高中的大门，到处是忙碌的人群，到处是欢乐的笑脸。此时，我的目光落在那本杂志的封底上，那是一幅工人劳动的场面：

一个炼钢工人手握铁铲，正把矿石投进通红通红的炼钢炉里……

12 课外活动小组

那时候，学校鼓励同学们搞课外活动，同学们可以自由组成课外活动小组。

我和朱义民、赵得地组成国防科技活动小组。朱义民研究潜水艇，赵得地研究航空炸弹，我研究雷管。朱义民的家在北京大学西门内附近的静春园，周围有很多小溪，正好做实验。朱义民的潜水艇是木质的，中间安放电池，接着螺旋桨。本来设计有电动侧翼，用侧翼来调整潜水艇在水中的深度，即上升和下沉。后来发现木质潜水艇还是太轻了，沉不下去，于是他就设计增加一个小水箱，水箱注进水，就可以下沉，但排水的问题解决不了，沉下去，上不来。

我设计电雷管。找一个手电筒用的小灯泡，用砂纸轻轻地磨出一个小洞，里面填进过节燃放的爆竹的火药粉，再把小灯泡放进一个爆竹筒里面，灯泡尾部连上细电线，接上电池。一天下午，我们趁大家上课不注意溜出来，偷偷在操场上做实验。一通上电，电雷管就引爆，爆竹就炸响了。成功了！

可惜，赵得地的航空炸弹一直没有设计出来。

13 集中劳动

在高中期间，每年要参加两次集中劳动。而且要住在农村。

第一次是夏天收麦子。早上三点半就起床，为的是早上干活比较凉快。生产队长带领我们班的男生集中到场院打麦子。每人发一把"三齿子"，有的是木质的，有的是铁质的。场院里堆着小山一样高的麦垛，还有社员不断地把割下来的小麦用扁担挑着送过来。在麦垛和联合收割机之间，大家排着排，用"三齿子"依次传递小麦，把小麦填进联合收割机的进料口。联合收割机的工作时间是有限定的，到了时间就要转到别的生产队。因此，劳动量是很大的。联合收割机的马达声震耳欲聋，柴油的浓烟，麦垛的飞尘，都呛得人喘不过气来。大家都咬着牙坚持着，谁也没叫苦，谁也没当逃兵。女生都到地里割麦子。那也是非常艰苦的劳动，要蹲着行进，手脚并用，而且还要注意安全，不要让镰刀割破了手指。

第二次是冬天挖河修渠。男生分两部分，一部分用锄头（又叫镐）挖土，另一部分用扁担筐挑土，把土从渠底运到地面上。女生用铁锹把土倒进筐里。挖河的工作是分地块儿的，在不同的地块上插上木牌子，上面写着几年级几班，这就形成了比赛，广播喇叭播送着歌曲和新闻稿，大家干得热火朝天。中午时分，食堂送来了午饭，白面馒头，猪肉炖白菜，随便吃。休息的时候，同学们一边欣赏着自己手掌上的水泡，一边聊天。有同学偷偷拿了几个馒头，晚上收工后把馒头送给房东大爷，因为他们平时很难吃到白面馒头。平日里吃的最多的是白薯。老大爷很高兴，晚上把火炕烧得暖暖的。

14　政治考试交白卷

大约是 1965 年，风闻毛主席关于改革教育制度的讲话，我们同班的几个同学就多次讨论这个问题。最后大家一致认为，现在的教育制度应当改革，首先是考试制度应该改革，不能考死记硬背的知识，要联系社会的真实生活。尤其是政治课，你考 100 分，你的政治思想、政治立场就合格了吗？对，这次政治课期末考试咱们就采取行动——交白卷。同时给校长写封公开信，要求改革考试制度。决定交白卷的有朱义民、于忠、柯飞鹏和我四个人。

不知是谁走漏了消息，就在政治课考试的前一天，李丹刚同学代表团组织找我谈话，内容是，你们的心情和想法可以理解，但不能简单从事，要善意地给学校提意见建议。并一再强调，你是团员，团员一定要服从组织，否则，结果是很严重的。结论是：你必须参加考试，不能交白卷。别的同学不是团员，性质不同。

我马上和准备交白卷的朱义民、于忠、柯飞鹏同学商量。大家的意见是：你是团员，应当服从组织，否则开除团籍，是不可想象的。我们不是团员，我们不怕。而且，我们要求改革考试制度是听毛主席的话，是革命行动，交白卷的活动不能停止。但是将来学校要查的时候，我们统一口径，不是私下组织的，是个人行为，是凑巧了，都想交白卷。所以，交白卷时，要一个一个地交，中间停一两分钟。

政治考试开始了，过了五分钟，教室里静悄悄的。按照原先的约定，我把戴着的口罩摘下来，第一位同学站起身来，走到讲台，把一张只写了姓名的白纸交到政治老师面前。老师似乎早就得到消息，并不十分惊慌。过了两分钟，第二位同学站起来，交了第二张白卷。又过了两分钟，第三张白卷被放在讲台上。此间，教室里发出一阵低声的议论，但很快就安静下来了。我被这三位同学的行动所感动。但由于我是团员，不能不服从组织，内心十分痛苦，不由得落下眼泪。同桌刘云小声说，别激动，冷静，一定要冷静。

当时，我想，我既然参加了考试，就必须答卷。我看了一眼政治课考试的试题，不加理睬，埋头奋笔疾书，头一句是：刚才在政治课考试的考场上，发生了交白卷的事情……

此事发生后，班里的同学们展开了自由大讨论。有两种意见：大多数同学认为，考试方式应当改革，不能鼓励死记硬背、脱离社会实际。少数同学认为，应当慢慢来，自上而下地改革。周邦咸同学认为，考试制度是社会主义制度的有机组成部分，反对考试，这是对社会主义制度的态度问题，应当反省。

我们在很长一段时间里，心里都惴惴不安，等待着政治老师宣布我们四人考试成绩为"0"分，下学期补考。同时等待着校方对我们的严肃处理。但是，直到放寒假，学校都没过问这件事。多少年过去了，我一直不解：为什么学校没有处分我们？但是，我今天终于明白了——我们的彭鸿渲校长，是非常宽容的校长！

1966 年 6 月，"文化革命"开始了，人们开始反思和批判"修正主义教育路线"，我们的彭鸿渲校长却遭到了批判。

15 沂蒙山小调

　　附中的学生上课和住宿都在工业学院校园里，以后才迁到校外。这样似乎有两个好处：一是随时都可以看到那些大学生，他们都来自祖国各地，有的来自农村，你一看他们光脚板走路就知道，更不必说一口的乡音了。我们的班主任老师经常告诫我们，这些大学生出身都很好，学习刻苦，为人朴实，将来是国防科技的栋梁之材。又说，你们将来也要和学院的师生们一起听报告。说到报告，有两次印象很深刻。一次是一位新华社的老记者，他说，新闻报道很重要，但是有时也会产生偏差，你说有一只猫，猫的爪子是白的，肚皮是白的，尾巴是白的，这样，你一定会认为这是一只白色的猫，其实这只猫除了爪子、肚皮、尾巴是白色的，其它地方都是黑色的，原来是一只黑白色的花猫！

　　还有一次报告，作报告的是工业学院的院长魏思文。他们刚从山东沂蒙山区搞"四清"运动回来，在介绍农村形势之后，特意介绍了沂蒙山小调——"沂蒙那个山呀，风光好啊。"结果全场人都齐声唱起来。从那一刻开始，沂蒙山小调，悠扬的旋律，和山东贫下中农质朴忠厚的品格，便在我心中牢牢地扎下了根。

16 沙城军训

"文化大革命"开始了，学校停课闹革命了。但是，不知为什么，学校组织学生到北京西北的沙城去军训两个月。

我们的班长是解放军战士，对我们要求很严格，但为人很好。早上五点半起床，收拾内务，出操，吃早饭，上午练走步，下午学习文件，晚饭后有总结，有时是以排为单位，有时以连为单位。吃饭是10个人一组，就地围坐，每人一碗一筷，中间是一个铝制菜盆，主食是馒头，二米饭——大米和小米混合制作的饭。主食不限量，菜十分有限。每当开饭时，班长就悄悄躲到一边去了，后来发现他只吃主食，不吃菜，把菜都留给我们学生兵了。大家心里过意不去，以后吃饭时就不让他走开，非吃菜不可。迫不得已，班长夹了一筷子菜放到碗里，就抽身逃跑了。

终于盼到发真枪了，自动步枪，每人一杆。心里别提多高兴了。接下来的一段时间是练习瞄准。卧姿、立姿、蹲姿，一练就是一整天。听说马上要安排实弹射击了。可是，上级接到通知，军训结束了，大家乘火车返回学校。但是心里真不是滋味——没捞着打枪！

后来，社会上传说军训是破坏"文化大革命"的一个阴谋。不然军训为什么草草收兵呢？

回校以后不久，解放军开始"支左"。每个班派来一位解放军同志担任班长。当时似乎没有太多的任务，就是学习中央文件，两报一刊社论，讨论发言，等等。

17 停课闹革命

在我心目中，"文化大革命"是和大字报同时开始的。1966 年 6 月初，听家在北大的朱义民说，北大有大字报，出于好奇，我就约了几个同学去看。在哲学楼北侧的墙上，贴着很长的一份大字报，落款有七个人。后来才知道这就是北京大学的第一张大字报。北大旧图书馆前面本来是一个很宽阔的空地。空地上竖起了许多木桩和席子，上面贴满了大字报。

大字报的内容对十七八岁的高中生来说，还是比较难懂的。只知道是批判修正主义路线之类。对所谓第一张大字报的评论也是有的支持，有的反对，尽管不完全懂，但心里总有一种不安的感觉。没过几天，《人民日报》社论公开支持第一张大字报，"文化革命"就此开始了。

此间，为了"破四旧"——旧思想、旧习惯、旧文化、旧风俗，我和几个同班同学做了两件事，一是到语文老师张寿镜老师家去"破四旧"。因为听别的老师说张老师解放前是"三青团"。结果在张老师家什么也没发现；二是在路边动员长辫子的女同志剪短发。当时意外发现一位30多岁的男同志，留着一个大背头，就把他拦住了，问："为什么留大背头？"答道："我学习毛主席。"我们说"毛主席的发型是你学的吗？你是什么出身？"最后，硬是把他带到理发店，给他理了个寸头。那人一脸不高兴的样子，嘟嘟囔囔地走了。今天，我们应当真诚地向语文张老师和那个留背头的陌生年轻人道歉。后来，学校举办了"破四旧"成果展。展品很多，有金条、银圆、民国时期的委任状、债券、高跟鞋、留声机、手杖、照相机，等等。

在批判修正主义教育路线的群众运动中，校领导成为批判的目标。批斗会是大批判的集中场合。批斗会是由最早成立的那批红卫兵组织的，几位校领导被押在台上。发言的有学生，也有教师，发言中间是高呼口号。这些被批斗的校领导失去人身自由，被红卫兵集中看管。期间免不了体罚和刑讯。据说，女校长彭鸿渲就是因为被红卫兵用皮带抽打，含恨自杀的。

当年，西城区动物园附近有一条铁路，我经常骑自行车路过那里，几乎每次都看到人群集聚，不是发生交通事故，而是有人自杀。此间，大字报铺天盖地，任何人都可以到学校办公室领纸张、墨汁、浆糊。任何人都可以批评他人而不被制止。当然，大字报的内容一定是革命的。

1966年夏天，在中学生当中，曾经就"出身"问题展开大讨论。当时有一份《中学文革报》，刊登遇罗克的文章《出身论》，批评"老子英雄儿好汉，老子反动儿混蛋——基本如此"，"龙生龙，凤生凤，老鼠生儿会打洞"的"血统论。"认为"血统论"违背了我们党"有成分，不唯成分，重在表现"的政策。当然，也有反批评，说，每个人都在阶级的环境中生活，他的思想意识都打上阶级的烙印，提起当年的土地改革来，地主富农的儿子，和贫下中农的儿子，他们心情能一样吗？后来，最早成立的那批红卫兵当中，有不少人的父母被定成了"走资本主义道路的当权派"，于是，他们就与地富反坏右的"黑五类"为伍了。几年以后，他们的父母被平反解放，官复原职了，他们又重新回到"红五类"的革命阵营里来。可见，当时父母的地位对其后代的影响是立竿见影的。根据当时的理论，那些出身不好的人，在"文化革命"中不是革命依靠的中坚力量，而是团结教育的对象。今天回过头来看，以20岁左右年轻人群体为对话主体的"血统论"，是古代传统身份制度和阶级斗争无产阶级专政理论相杂交的畸形儿。自从出现了"血统论"，本来以批判走资本主义道路当权派为目标的群众运动，就停下脚步开始自相残杀。其实，那种以分层集群为载体的思想意识在"文革"前就已经潜伏多时。一些身份特殊的子弟常常怀着"治国者，舍我其谁"的豪迈胸襟，一些身份平平的子弟则笃信"学好数理化，走遍天下都不怕"的圭臬，而另一些子弟则心无旁骛地注重平静而现实的生活。"文革"时的"血统论"只是在特定政治环境下的一次爆发。它戕害了一代年轻人，不仅是身体，更重要的是心灵。"血统论"的害处是制造鸿沟，割裂人民，酿造暴力，其理论与法西斯的种族至上论是相通的。今天，经过改革开放和法治建设，身份制度或已荡然无存。正好与梅因所谓"从身份到契约"的历史规律相合拍。如今，当年的年轻人都已年过花甲，有的已经步履蹒跚。同窗一聚，互道珍重，浊酒一杯，不辨红黑。

开始大串联了。我们六个同学——贾克星、陆祖迪、刘云、李桂杰、宋文莉，大家商量了一下，就出发了。去了南京、上海、长沙韶山冲、武汉，然后回到北京。大串联乘火车不买票，凭学生证就行。在外地主要活动是看大字报。有时间去参观革命纪念地。大家都住在学校里的学生宿舍，没有铺盖，只能头枕砖头，用报纸当被子。吃饭也不收费，但是饭菜很简单，一小碗米饭，上面加一勺菜。乘火车是一件很头痛的事。遇到拥挤不堪的时候，只能躺在椅子下面或行李架上面，"火车时刻表"完全没有作用了，在车站一停就是几小时，同学们就从车窗爬上爬下，在车站上厕所，洗脸、刷牙都很难。尽管如此，大家还是愿意出去看看祖国的大好河山。

后来，国家要求学生返校闹革命。一些聪明的学生就到售票处去换票。比如，广州的学生凭学生证领了回广州的火车票，北京的学生凭学生证领了回北京的火车票，于是，他们私下可以交换。到了广州或北京，在接着交换，如法炮制，又可以去很多地方。当时，我就想，制定政策的人真是太笨了！

　　回校以后，我们成立了"新生红卫兵"，还到街上的刻字社刻了一枚公章，上面刻着"京工附中新生红卫兵"。参加我们"新生红卫兵"组织的有本班的20几个同学。"新生"二字源自鲁迅，反映了他对中国国民性哀其不幸、怒其不争、力图改造的愿望。但是，这个名字曾经被误认为是"老兵"改弦更张。在"文化革命"初期，"红卫兵"是十分高尚令人神往的称号。在这之前，社会流行一身蓝装，配一顶兰帽，象征工人阶级。很快，时尚骤变，时兴军装，军帽，扎皮带，配红袖标。使我们想起第一次国内革命时期的红军赤卫队。当然，红卫兵衣服口袋里一定有一本红宝书。有一位同年级的同学，因母亲出身地主，当不了红卫兵，就把年迈的母亲绑在床栏杆上，整整一周，活活饿死，以表示与地主阶级划清界限。但是，红卫兵组织始终不接受他加入，认为他"目的不纯"。按传统观念论之，则是"于厚者薄，则无所不薄矣！"在有的地方，"黑五类"子女是不准佩戴毛主席像章的。一位女同学把主席像章别在胸前的皮肉上，以示对毛主席的忠诚。为了避免感染，每天偷偷用碘酒消毒。

不久，先是部队"支左"，一位解放军排长负责我们班。他还带我们到天安门广场照了相。后来，工人宣传队进校了，每班安排一位工人师傅。我们班的工人师傅来自首钢。此间，上级传达指示，要组织学生到基层、边疆、农村去继续闹革命。开始是东北建设兵团，后来是云南，接下来是山西，再后来是陕西。

街道委员会组织人们到家里有中学生的家门口敲锣打鼓，宣传上级指示，号召中学生到祖国最艰苦的地方去。而且每天都在你门前锣鼓喧天的。就这样，我背着母亲，偷偷拿着户口本去派出所消户口。户籍警察似乎已经很熟练了，问："叫什么？去哪？"答："山西夏县。"之后，他把我那页从户口簿上麻利而整齐地撕下来，在户口迁移页上面注明：非农业户口，迁往地——山西夏县。对于一个高中学生而言，拿着这张纸，意味着一个城市青年，一下子就变成青年农民了。而今天的"城镇化"却鼓励农民到城里买房变成城市户口。城市青年转为农村户口，意味着轰轰烈烈的"文化革命"就此告一段落。

一段长期且无期、陌生且艰苦的生活，正在遥远的黄河北岸等待着我们。

18　学弈静春园

　　静春园是北京大学北侧的一个园。这个园子由绿地和曲曲折折的小溪组成。还有一个坐落在小土堆上的亭子。亭子旁边是养花的花房。临近校园北墙的地方，有一排平房，住着三户人家。其中有一户就是高中同班朱姓同学。我和北大的缘是和这连在一起的。

　　"文化革命"后期，原先那种亢奋的心平静了许多。当时，社会上养鱼成风。鱼缸是用铁角铁焊接而成的，铁框子里面镶上玻璃，并用腻子糊上，以免漏水。当时盛行养热带鱼，五颜六色的小鱼，再配上水草，十分漂亮。

　　我和同班的几位同学对围棋很感兴趣。于是约好，到静春园的楼亭上去下棋。我的围棋就是在那时候学会的。

　　教我围棋的除了朱义民同学之外，还有一位同学。他原来和我在集体宿舍都睡上床，中间隔着一个过道。我们关系很好，"文革"初期，他曾到我家玩过。在聊天时，他说他父亲解放前是地下党，我母亲也顺口说了一句，说我爸爸以前也是地下党，曾经被敌伪抓去讯问过，因为没有证据又释放了。过了不久，班里的团支部书记找我谈话，要我交待我父亲的历史问题。我才突然觉悟到，那位同学背后打小报告了。团支部还到我父亲工作的机关去搞外调，结果是碰了一鼻子灰。此事我一直装作不知道。多少年后，同学聚会，团支部书记向我正式道了歉。那位打小报告的同学始终就没有参加过聚会。在"文化革命"的岁月，亲人之间反目的事情真是太多了，更何况同学之间！为"信仰"而"背叛"友谊，似乎是可以原谅的。

静春园是我学弈的地方，自从学弈之后，便一直没间断。我一直记得静春园，记得教会我下棋的同学。一字为师嘛！

天下竟有这么巧的事。静春园住着三户人家，一家是朱义民同学，他父亲在北大生物系工作，英语非常棒，后来我北大毕业留校工作时，有研究海事纠纷的老师曾经多次向朱义民的父亲请教英语翻译问题。一家是我后来在北大读书时教我打太极拳和游泳的体育教研室的王老师，还有一户就是后来的法律系主任，我的导师张国华老师家。而我和张老师的交往正是从下棋开始的。

京工附中高二五班部分同学合影于天安门广场，1968 年夏

二　中条山，岷江水

外乡人的故乡

19　送君行·壮歌行·长车行

　　1967 年秋天，首都中学生们都面临着一个选择，就是到什么地方去的问题。开始是云南，之后是东北建设兵团，接下来是山西、陕西。那段时间，我写了三首诗，第一首《送君行》作于 1967 年 11 月 11 日，是送给我高中的同桌刘云同学的，她报名去了东北建设兵团。《壮歌行》《长车行》是我赴山西插队前后写的，反映了当时的社会状况和心情，以及对校园生活及"文化革命"场景的回忆。

送君行

西风咽，
恰初冬时节。
天高水冷，

长空雁字斜。

雨打尽万类轻花，

霜浸透北国夜月。

看枫叶，

独不谢，

映日亭亭红似血。

驾长车，

一日千里人不歇。

阅不尽青原万里，

望不断遥山千叠。

绿水好染书外景，

青山正补墙头缺。

送云东北去，

化作丰收雪。

壮歌行

把手长握，不可再得，

十指为笔，挥泪作歌。

红日将出，淡云如丝，

谊从中来，不可断绝。

日朗云稀，大雁南飞，

春来秋返，深念故居。
薄酒一杯，互敬相回，
残羹九盏，壮思聚飞。
携手登高，去路迢迢，
天鹰展翅，意在云霄。
岁月如疾，寸阴可惜，
莫效鸡虫，悔之莫及。
鸿欲远飞，莫妄莫卑，
长车当驾，去不复归。
豪辞慷慨，书当以血，
长笛一曲，悲兮壮别！

长车行

轻轮奏兮铿锵，
离人泪兮万行，
劝同窗兮共抬首，
留看北国兮雪风光。

神姿壮兮古城，
草木深兮意浓，
楼亭疾兮纷闪却，
往事乱端兮越丛生。

曾昆明兮荡船，①

举长衣兮为帆，

戏金鱼兮垂长钓，

游遍春湖兮戴月还。

曾击水兮运河，②

仰天睡兮阳坡，

肩钢枪兮争泅渡，

十里长堤兮健儿多。

曾香山兮壮游，

菊花落兮深秋，

眺蓬庐兮赋秋色，

少壮慷慨兮笑红楼。③

曾漫步兮长郊，

赏雪色兮登高，

素练飘兮连天底，

---

① 昆明指颐和园昆明湖。
② 运河指京密引水渠。
③ 红楼指《红楼梦》，此特指曹雪芹故宅。

朔风轻挽兮玉龙腰。

叹雄姿兮当年，
拂红袖兮长安，①
红司令兮挥巨手，
东风浩荡兮起波澜。

叹黄砂兮横走，
父不俊兮儿丑，②
折铜带兮涂血色，
铁锁黑牢兮听雷吼。

叹鏖争兮午门，
旌旗啸兮缤纷，
山连山兮悲歌起，
踏遍长街兮壮如云。

叹一代兮绝色，
往匆匆兮游客，

---

① 长安，指长安街。
② 指"老子英雄儿好汉，老子反动儿混蛋"之语。

醉功名兮卧不醒，
天女散落兮昙花萼。

或有人兮宽余，
争相买兮玻璃，
叩千门兮觅海草，
清庭聚赏兮孔雀鱼。

或有人兮痴情，
顾徘回兮长亭，
言未发兮心先醉，
瑟索相依兮惧天明。

或有人兮狂癫，
吞烈酒兮衔烟，
摇双臂兮学市虎，
夜巷突闪兮霸王鞭。

或有人兮长思，
独彷徨兮赋诗，
夜苦读兮昼评论，
欠身长待兮用武时。

轻轮奏兮铿锵，
仰首望兮隔窗，
征鸿噪兮冲云舞，
汾水清秀兮晋天长。

漫山白兮群羊，
阔野碧兮清香，
水如墨兮川似锦，
扬眉提笔兮赋新章！

20 从首都到山村

初冬雪后的一天，即 1968 年 12 月 20 日，一列火车满载着北京海淀区数所中学的 1000 余名中学生，从永定门火车站出发，驶往山西运城。山西夏县的负责同志与我们同行。

次日中午，火车到达水头站。车站的月台上堆满了行李。各生产大队派马车候在车站边上，待行李装车后，运往各生产大队。学生们则乘坐大卡车赶往各村。

有 15 名知青分到史家大队。大队领导把我们引到厨房。灶房已经蒸好了馒头——山西人称作"馍"，还有小米粥，咸菜。吃完饭后，男女生各住一间农舍。炕上铺着麦秸，然后铺上褥子，放上被子。在煤油灯的昏暗光线下，我们酣然入睡。

农村与城市的差别，集中表现在晚上。在没有月光星光的夜间，四处一片漆黑，而且周围又没有什么声响。

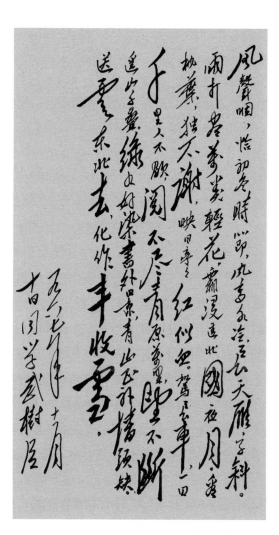

《送君行》，送刘云赴东北农场。作者手书

第二天一早，吃过早饭，我们就出工了。我们 15 个知青到第一生产队劳动，整理农田，运送肥料。然后每天轮流到其他生产队出工。

第三天，大队就组织知青听忆苦思甜报告。作报告的是大队书记。书记首先介绍大队的情况，有多少生产队，每队多少户人家。各队有多少党员、团员。还介绍各队都种什么庄稼，产量如何。鼓励我们用学的知识为建设农村做贡献。接着，他说，你们年轻人要知足，要感谢党和国家。国家给你买定每年 528 斤口粮，这个标准很高呀。我们普通社员谁敢想象每人每年有 528 斤粮食！为什么？因为我们都挨过饿，吃不饱饭。粮食不够吃，就上山挖野菜。野菜吃完了，就吃树叶子，吃树皮。大家饿的连活都干不动。

散会以后，我们又进行讨论。大家悄悄议论，书记讲的是什么时候的事？没听出来，有人说，书记不是说，家里连锅都砸了，那不明明是指"大跃进"、"食堂化"时候的事？有人仍然不解，"忆苦思甜"应当忆旧社会的苦，怎么忆三年自然灾害的苦呢？关于这个问题，大家始终没有得出最后的结论。反正过去是苦的，现在是甜的，大家要珍惜就是了。

到了第四天，也就是 12 月 24 日，那天傍晚，听说毛主席发出最新指示："知识青年到农村去"，"广阔天地，大有作为"。我们 15 位知青都非常激动。有人建议，我们去公社向领导报喜吧！于是，我们先去找大队团支书，然后在他安排下，写了喜报，熬了浆糊，带着锣鼓，冒着细雨，沿着小路一路下山。

到公社大楼时，已经是晚上9点钟了。敲开大门，才知道公社的领导都回家了，只有一位干事接待我们。我们贴好喜报，喊了一阵口号，心满意足地离开了。当时还引来一些看热闹的老乡。公社大楼在镇子上，有路灯，明亮亮的。走了不多久，开始上山了，四处一片漆黑。当时我心里想，村里要是通了电就好了。

过了不久，由于管理不便，特别是由六个生产队出煤、出柴、出粮，15个知青集中轮流到各生产队劳动，很麻烦，经过讨论，就把15个知青分散到六个生产队，由各生产队负责管理。一队是于凡、赵秀娟、甘奉蜀；二队是郑午、李伟、易芃；三队是张启平、张启纯；四队是王立中、王保祥；五队是倪鹏年、丁雪苇、赵丽秀；六队是李铁成和我。我们分了一只水桶，一个装粮食的瓮，锅碗瓢勺。真正的插队生活就此开始了。

按照国家的政策，知识青年到农村，农村要保证每年528斤（带皮）粮食定量，但是必须通过参加劳动挣工分按粮价去买。如果知青不参加劳动，或劳动不多的话，年底分红就要自己掏钱买粮食。除了粮食，生产队平时还要分其他一些农副产品，比如水果等，这些也需要折成工分。但由于工分低，一年下来，是分不到多少钱的。能够不自己掏钱就不错了。有些在平原地区的农村，工分值有的达到八九毛钱，那就相当富裕了。可以说，知青一分到各村，就出现了同工不同酬。但当地农民早已认可了。

21 房东的厢房，我的家

　　我住的房子是房东家闲置的厢房，一进门靠右手边的山墙处放着一副棺材。和棺材并排支着一副门板，就是我的床。床头临着一个窗户，上面糊着窗户纸。把箱子支在窗户旁，当桌子。铺好褥子、被子，找几本书当枕头，正好就着窗户看书。窗台上放一盏煤油灯，晚上也好看书。

　　房东老太太看上去有70多岁了，是个贫农，膝下只有一个上小学的孙子。平时吃水，就靠她们二人一老一小一前一后到邻村抬水。她时不时走进厢房，在棺材旁边认真端详着，还用手抚摸着。她说，这是儿子给她置办的，是松木的。还说，城里人有什么好，死了还要烧掉。咱们村里的人死了，就埋在山坡上，一辈子不离开这地方。

　　听了房东老太太的话，晚上，躺在床上睡不着觉。不由得想到，将来老了，死掉了，也会埋在山坡上，周围都是一些陌生的尸骨，心中泛起阵阵凄凉。可是，不一会儿，又想到"到农村去，接受贫下中农再教育一辈子"的誓言，想到"青山处处埋忠骨，何必马革裹尸还"的悲壮诗篇，想到"长车当驾马，去不复归"的诗句，心中又升起一阵莫名的激情。日夜与棺材为伍，使我时不时感受到时光的流逝，生命的疾走，鼓励我不忘奋斗和拼搏，远离颓废和自暴自弃。这就是房东的厢房和棺材给我的启示。

22　我的史家村

我和另一位同班同学李铁成分到第六生产队，就是史家村。

史家村有 35 户人家，135 口人。离公社 5 里，离县城 15里。地处丘陵，山上有地，一般种植耐旱的小麦、玉米和小米。当时亩产也就三四百斤。山上有几孔窑洞，养着队里的上百只羊。山上还有几十棵梨树，上百棵柿子树，还有香椿、荆条，等等。从山上有一股泉水流下来，水量不大，但足以推动水磨。磨坊终日不停，全村社员磨面都在这个水磨坊。浇地时水是按规矩平均分派的。山脚下就是史家村的居住地。每户人家，不论面积大小，都有一个院落，院墙是干打垒的土墙。连着村落的是一片树林，有几十棵香椿树。紧接着是一大片一漫坡的百余亩旱地，主要种小麦和棉花。其间阡陌小道上是一排排的杨树、杏树、苹果树、柿子树。我们队工分值不高，每天 10 分，合一两毛钱。平原地区的生产队分值有达到一块多的。但是，村民还比较满意，因为比偏远山村要好很多。山上的姑娘愿意嫁到村里来。叫作"比下不足，比上有余"。

我们村由崔、李、杨三姓组成。轮流坐庄。我们刚去的时候，队长姓崔。两年后队长姓杨。但是，生产队重大事项都由队委会决定，队委会里面包括生产副队长、政治队长、妇女队长、会计、出纳。他们同时也是村党支部的委员。此外，还有民兵排长。说到崔、李、杨三姓，崔家人成分比较低，有几名复员军人，腰杆比较硬，从说话口气上就能听出来。杨家人成分比较高，他们善于做生意，鼓励孩子读书。但是，他们对我们知青都很好，经常说，外来人，不容易。后来读《诗经》："氓之蚩蚩，抱布贸丝。"才知道，在古代，我们的身份是"氓"。但是，外来人也有外来人的优势。队里很信任我们，把看青等重要工作交给我们做。而且，有事外出，只要跟队长打个招呼，你就是个自由人。

在我们插队的第三个年头，杨家人当了队长。第一件事，就是给我们知青盖房。队里先是买了木料，接着打"糊结"——用泥和麦秸混合做成的土坯，然后动工。新房的位置正好挨着队里的库房，风水先生说，这样就可以聚财了。这恐怕称得上是知青对史家村的第一个重大贡献吧！

史家村的四季很漂亮，春天杏花开，蜂蝶舞，夏天一片翠绿，秋天柿子金黄，冬天下雪，成了银白世界。

史家村是中国数不清的农村的一个剪影。早上，雄鸡唱，犬儿吠，炊烟起，羊儿跑。晚上，杳无声息，天地一色，农舍机杼之声相连，纸窗一灯如豆。经历了多少世代，朴实的北方农人，生于斯，长于斯，死于斯。在轰轰烈烈的"文化革命"中，最不为世间社会风潮和功名利禄所动的，就在这里。

23　妈妈的礼物

　　临到赴山西插队一周前，我才把偷偷迁户口的事告诉妈妈。妈妈一开始非常吃惊和生气，但是，经我心平气和地劝说以后，妈妈就不生气了。我说，大哥在外当兵，我不插队，妹妹和小弟必定也要去插队。我20岁了，生活能力强，我先插队，以后可能赶上政策变化，妹妹、小弟也许还能留在北京工作。

　　妈妈是急脾气，马上上街买棉花给我缝被褥。还买了洗脸盆、毛巾等日常用品。妈妈把她当年出嫁时娘家送的木箱子给了我。我就把书装满了一箱子，行李打成包，自己背着。

　　妈妈把她多年保存的一只手表也送给了我，说是农村没电，有了表可以掌握时间，出工劳动别迟到。那是一只并不名贵的表，但走得很准。尤其是它的声音很特殊，你把手表贴耳根上，就会传来"喤喤喤"的清脆浑厚的声音。其实，在农村，闻鸡鸣而知天亮，早上出工劳动时有队长敲钟，平时队里分粮食分东西时会计也敲钟，手表所表示的钟点儿似乎是没有什么用途的。于是，我把表放到箱子里，舍不得上弦。一到特殊的日子，或者寂寞，或者想家的时候，我就悄悄把表取出来，小心翼翼地拧上两圈弦，然后把表贴在耳朵上，听那"嗒嗒嗒"的声音。不管遇到什么不顺心的事，遇到多么艰难的事，只要听到这声音，就似乎回到北京，回到妈妈的身边，就会乐观地前行——我不能让妈妈担心，不能让妈妈失望！

今天，妈妈已故去三年，我已过耳顺之年，眼已花，耳已背。再把表取出来，拧上两圈弦，贴到耳朵上，已经听不到任何声音了。心中不免升起一种莫名的悲哀，眼泪夺眶而出。

突然间，我想出一个办法。把表放倒在手机上，让手机录音，然后让手机放大声音。于是，我又听到了"嗒嗒嗒"的清脆的声音。这声音让我回忆晋南山村的难忘岁月，让我牢牢记着母亲对我的养育之恩。将来，有一天，即使是连手机放大的声音都听不到了，这声音依然会在我耳畔奏响。因为，我一直是用我的心在聆听。

24　赶集

赶集那天是不上工的。赶集那天就是村里人的星期天。

头一次赶集,最重要的任务是到邮局去发信。然后,是买一些生活用品,最后是在小饭馆吃一碗羊肉汤泡馍。当然遇到同校的同学,总要聊聊天。

以后的赶集,最重要的任务是到邮局去查信。然后是和邻村的同学交换书,顺便在小饭馆里吃一碗羊肉泡馍,边吃边聊读书心得。

赶集是知青的节日,听说谁带了手摇唱机,就去听几首歌。听说谁带了照相机,就去拍张照。听说谁带了半导体,就去听听新闻。听说谁带了什么好书,就去借阅。当然要去打扰人家,总要带些礼物,或者是自产的东西,或者是集上采购的东西。晚饭过后,急忙上路,天黑前赶回家。于是,一整天都是紧张而快活的。

通过赶集，我和堡尔大队的徐铁猊、薛庄大队的马宝琛成为挚友。因为薛庄离集市庙前最近，所以我们经常在马宝琛的住处聚会。马宝琛的女友徐美颂，为人善良，又做得一手好菜。他们有手摇唱机、唱盘，俄罗斯歌曲居多。如"北方的星"、"列宁山"、"小路"。当然还有其他国家的歌曲，如"老人河"、"新大陆"、"晴朗的一天"。夏夜星空，月明星稀，我们三人在堡尔大队附近的庄稼地里聊天，一颗巨大而明亮的彗星照亮了大地，使我们甚至看得见对方脸上的胡须。那颗彗星头部是炽白的，到尾部就变成紫色。我说，古代人以为不吉。徐铁猊说，西方人以为吉。不久，马宝琛过生日，我们三人徒步去县城照相。路上和桥下街的一位骑车的年轻人发生争执，这位年轻人煽动村民围攻我们，马宝琛的额头被锄头打破流了血。村民们一看北京知识青年被打流血了，心里害怕，唿哨一声，四散奔逃。我对徐铁猊说，我说不吉，你非说吉，你看看，西方的理论不灵了吧！多少年来，我们三人失去联系。一天，我从我的博客上的留言栏看到一行字：我是——月明星稀。我马上回答：夏夜星空。真挚的友谊，已经深深地刻在彼此的心里。

后来，赶集成为物质生活的一部分。队里经常派我和老乡一块到集上卖香椿芽、杏子、梨子、柿子、粮食，我也学会了吆喝。有时一紧张，竟喊出"二八一毛八"的口诀来，那买东西的老乡便不假思索地付了钱——谁说山西人会做买卖？

我离开山西之前，最后一次赶集，是去粮站卖"匈夫"（玉米）。生产队派工赶毛驴驮的粮食。四年共节约 400 斤粮食，卖了 30 多元钱，换了 400 斤全国粮票。在那个时代，身上能够带着几百斤粮票，腰杆就硬多了，何况是全国粮票。

25　带血的矛

上小学的时候，老师经常讲少年儿童团的故事，还看过儿童团的电影。心里就产生了一个愿望，想得到一杆矛，也就是梭镖、红缨枪。但那时候接触的红缨枪是木质的，假的。我想获得一杆真的铁制的矛，一直没能实现。

到山西插队的第二年春天，县里组织"3.13"大游行，纪念革命派胜利夺权一周年。县革委会通知各公社、大队组织参加庆祝活动，要求各大队训练入场式仪仗队。我所在的大队决定组成 60 人的队伍，横排 6 人，纵排 10 人，一色的年轻人，每人着黑衣黑裤，头扎白毛巾，每人一杆矛，而且枪头是铁的，是真的红缨枪。这种矛可能是当年抗日时的武器，似乎家家都有。

训练当然比较苦，指挥是复员的军人，比较专业。训练的内容是走正步，呼口号。右手持矛，左手握"红宝书"即

《毛主席语录》。呼口号时左手把"红宝书"举过头顶，左右摇晃，动作虽然并不复杂，但做到整齐划一还是挺难的。每天训练一整天，每人计 10 分工。训练时有人送开水，但吃饭还要回自己家。

"3.13"县城大游行的场面很壮观。县革委会的领导站在主席台上检阅。多个方队依次走过，广播喇叭声响彻云霄。

游行之后矛暂时归个人保管。矛是大队统一从各家收集分发的，好长时间没有人向我索要，于是，我终于有了一杆真的矛。尽管所有权不属于我，但我还是十分爱惜。我在磨刀石上反复磨，铁枪头的锈被磨掉了，露出白色的光。每逢雨后，我都要磨一下，擦拭一下，怕它生锈。矛就立放在房东家大门过道的门背后。可是过了不知多少日子，那杆矛却不见了。我心里一阵紧张，因为这毕竟是别人的东西，如果有一天大队派人来收回，那可怎么办？转念一想，也许是矛的主人自动把它取回去了，这也没什么大不了的。这事一搁下就被渐渐地忘却了。

那年初冬，邻村发生了一件事。一个人家的白薯井被人洒了白酒，一窖的白薯烂掉了。因为没有证据，吵闹一阵，就平静下来了。又过了一年，还是初冬时节，邻村又发生了一件事。一位年轻人突然死去。死因是受到外伤，流血过多所致。受伤的部位在臀部，是被矛刺伤的。过了几天，事件的原委就比较清楚了。有一户人家，白薯井里的白薯连着几天被别人偷了。主人气不过，在白薯井底部的中央，栽了一杆矛，矛头朝上。又把接近井底部四周井壁上的脚窝——脚踩的地方，用铲子铲平了。于是，就发生了惨剧。偷白薯的人依次踩着脚窝一步一步下到井里，快到井底时却踩不到脚窝了。他一定是以为已经到井底了，于是往下一跳，就正好落在矛上。他一定是忍着痛，拔掉矛，又用矛在井壁上临时挖了几个脚窝，一步一步爬到地面，又一步一步爬回家。当时的民众不懂法律知识——当时国家的法律也很不健全。这种行为超越了法律的界限。在大众眼中，这是一件不光彩的事，是这事件的起因。虽然觉着这种手段太过凶险，却怎么也没有上升到防卫过当的理论上来。

此后，我的脑海里常常现出一杆矛，那已经不是儿童团保卫红色根据地时的武器，也不是庆祝活动游行时扛在肩上的道具，它是沾了血的，散发着血腥气息。

26　分柿子，做柿饼

村前有一片柿子林，柿子树上结满了喜人的柿子。深秋时节，柿子加速成长，一天一个样儿，青里透着黄。柿子有许多品种，我只记得大的叫锅盖柿，小的叫炉疙瘩柿。柿子的吃法大约有两种，一种是用温水浸泡一天之后，仍然是硬邦邦的，特别脆甜可口。另一种是做柿子饼，像蜜一样甜，还可以长久保存。

先说说分柿子，第一步是"估柿"。队长带着队干部一起去"估柿"，即估算一下每棵柿子树上能结多少斤柿子。大家七嘴八舌，最后定一个数，记下来。计分员把写着数目字的纸条贴在那棵树上。

第二步是计算。把柿子的总斤数计算出来以后，除以35户，得出每户的数字。我记得那年是每户400多斤。

第三步是分配。实际上是抓阄儿。比如你应分400斤，先从 400 斤的阄儿里抓一个阄，如果没有 400 斤的，就抓一个 300 斤的，再抓一个 100 斤的，以此类推。抓了阄就可以按图索骥，去认你抓的那几棵柿子树，树上的每一颗柿子就都属于你家了。

接下来是摘柿子，把柿子运回家。摘柿子时请同学们来帮忙，然后让他们随便拿回去。反正我也吃不完。

在房东的指导下，我借来一口大缸，盛上半缸水，又在缸的周围堆上麦秸、麦壳，用火点燃。不能用大火，而是燃而不灭。水温保持在不烫手的程度。然后把柿子放进缸里。这样，用温水加热了一整天。缸里的水变成紫黑色了，把水排掉，柿子就可以吃了，脆而甜。

做柿饼是一件很复杂的工作。先到野地里去寻找榆树，用镰刀削几枝榆树枝，带回家。在房外向阳的房柱子上面钉一个钉子，把榆树枝倒挂在钉子上，然后用刀削柿子皮，一圈到底，不中断。柿子皮可以做醋，放到瓮里慢慢发酵出来水，就是柿醋。用榆树枝的最下面的梢子把削了皮的柿蒂拴住。之后，在榆树梢的上方再打一个结，拴住第二个柿子，如法炮制，一个榆树枝可以拴很多柿子，这样，让削了皮的柿子在太阳地里晒。晒三天，把柿子一一取下来，放到瓮里，盖上盖，闷三天，然后再取出来，晒三天。往复三次，这时柿子浑身渗出一层白霜。原来以为这层霜是撒上去的面粉，其实它是从柿子里分泌出来的。这时，柿子的体积已经缩小了许多，颜色也变成紫黑色的。老乡说，柿饼可以放置很长时间不变质。

　　柿饼做好后，通知知青好友来品尝，各取所需，剩下一小口袋，冬天带回北京。我一进门，第一件事是把柿饼取出来，跟母亲说：这层白霜是从柿子里面渗出来的，不是涂上去的面粉，因为这柿饼是我亲手做的。

27 洗麦、晒麦、磨面

6月里，正是炎热的季节，开始割麦子了。村头的钟声响起，我便和社员们一起出早工割小麦。

割麦子的工具是一把镰刀，两根带扣（树杈制成）的绳子，一根扁担。先是蹲在田垄里割麦子，把割下来的小麦一把一把地平放在地面上。然后把他们集中在一起，用绳子捆扎起来。扁担是长长的，两头尖状的，便于从麦捆中间扎进去，然后挑起来，把麦子送到场院。

场院本来是一块平整的田地。为了打场，先平整出一块场地。方法是用马或驴拉着石头制的滚子，在地上滚压。同时，在地面上铺撒些麦秸，洒上水，让地面更结实。割下来的小麦被铺在场院的地面上，厚厚的一层。同样用马、驴拉着石滚子在上面一遍一遍地碾压过去。赶马的人站在场院中央，左手握着缰绳，右手扬着鞭子，口中不停地吆喝着。接下来是用三叉子将地面上的麦秸集中起来，堆成一座小山。然后用木制的铲子将地面上那层小麦粒撮成堆。然后，把这些小麦粒用木铲送进手摇的风箱，把小麦粒里掺杂的小土块和尘土用风吹掉，落下一堆黄色的干净的小麦粒。下午，下工前，队里开始分小麦了。全队35家人家，按人头计算，高高兴兴地用麻袋装上小麦扛回家。

接下来还有更麻烦的工序。第一是把小麦口袋扛到小水沟旁，用筛子把小麦粒冲洗一遍。然后把湿的的小麦照样扛回家。找一领席子，在院中央打开，把小麦粒倒在席子上，平摊开来。赶上太阳好的时候，要勤翻几遍，尽快把水分潮气晒干。等到把小麦粒儿放到嘴里一咬，干脆脆的，就可以了。晒麦的同时，还要睁大眼睛，拾小石头、小土块儿。

第二是磨面。半山腰有一个很小的水磨坊，24小时不停工地运转。小磨的动力是那股不大的山泉水。泉水落到木制的叶轮上，推动叶轮转动，带动上面的石磨。石磨有上下两扇，上面那扇是转动的，下面那扇是固定的。小麦粒儿从上面那扇石磨的沟槽里放进去，磨成粉。从两扇石磨边沿的缝隙中洒落下来，这就是面粉。第一二遍磨出的面粉非常白，叫做精面，是娶媳妇、盖新房时才用来蒸馍、下面条的。这种馍叫作"一准儿白面的馍。"平时吃的馍主要是玉米面，掺加少量的小麦面粉。小麦面要磨十遍，就是把面反复倒回磨里磨十遍，每次都要用箩箩一遍，箩出的就是麦糠。当地人都把麦糠的大部分倒回到面粉里，那种面粉的颜色比城里人吃的"八一粉"要暗许多。

　　磨一次面要投入很多劳动和时间。水磨坊里麻布口袋摆了一长溜儿。有时半夜有人来敲门：该你家磨面了！只得困兮兮地爬起来，点燃煤油灯，一路跌跌撞撞地跑上山去。岂知口中馍，粒粒皆辛苦！

28　挑水、看水、看青

我们那个山村缺水。以前请风水先生看过地形，也请人打过井，就是没有水。老乡吃水要到邻村去挑水，走4里地，还要下坡，过河滩，再上坡。所以，老乡把水看的像油一样金贵。我们村和邻村之间有一个河滩，河滩里面堆积着大小不等的鹅卵石。下完大雨之后，过上一两个钟头，你就听见轰轰隆隆的声音从山里传来。一瞬间，河滩的上游就冒出两三尺高的浑浊的水头，夺路而下。什么树枝、杂草、羊粪等等漂在水面上呼啸而至。老乡说，在这种情况下是绝对不能蹚水过河的，否则就被冲跑了。可是，再过一两个钟点，水一下子就变小了，终于停止了。河滩上又露出大大小小的鹅卵石。只是这时的鹅卵石已经不是原来的鹅卵石了。下雨时，第一件要紧的事情是把家里的坛坛罐罐摆到房檐下面，接满了水，就把水转到水缸（当地叫瓮）里。有了这些雨水，就可以几天不去邻村挑水了。谢谢老天爷！

我们的生产大队由六个自然村，也就是六个生产队组成。全大队只有一股泉水，从深山里流下来。赶到浇地的时候，六个生产队按照老规矩平均分配水源。于是就有专人去管理水源，叫作"看水"。

这天半夜，队长提着马灯来叫我一块儿去看水。我卷了一张席，一领薄被子，一盏马灯，一把铁锹，跟着队长出了门。走到小水沟旁边时，邻村的看水人已经在那里等候了。打过招呼以后，他开始扎水，即用土把水流截住。我和队长同时用铁锹新开出流水口，把水引向我们生产队的地里。然后顺着水流一路巡回，等把一块地浇透了，我把水流扎住，再开一个新口，浇下一块地。遇到几十亩的大田，就可以铺开席子，睡个把钟头。队长说，你睡会儿，我到前面去看看。还说，马灯一定要燃着，别叫风吹灭了，外村的人一看有人看水，就不敢来偷水了。快到吃饭的时候，我们轮换着回家吃饭，午饭后可以找个树荫儿休息。到半夜时分，见邻村的看水人提着马灯走来。打过招呼后，我们就回家休息了。计工员告诉我，看一次水，计工分 20 分。

"看青"指看守即将成熟的农作物和瓜果梨杏之类。我们村有三个姓：李姓、段姓、杨姓。我是外来的，是外姓人。但外姓人不仅没有被忽视，反而被重视。最明显的一例是让我当"看青"人。

春天之后，杏快成熟了，我就看杏。沙果（有似苹果）快成熟了，我就看沙果。白天在果园，可以生火做饭。晚上住在果园，有个窝棚，晚上有两个年轻社员来加班。村子的背面有一座山，有人说叫王家山。山上有几片梨树园。梨儿快熟了，就有叫不出名字的野兽来祸害，是必须要看守的。因为梨园不大，白天晚上都是我一个人看守。

这天晚上，大约12点刚过的样子，远处山梁上出现了四个白蓝色的小亮点儿，忽闪忽闪的。我没在意，以为是萤火虫之类。一会儿，那四个亮点儿越来越近了。我的头突然冒出一阵冷气，脑海里闪出一个吓人的影像——狼！我上山看梨，只带一只手电，一把镰刀，一张凉席，一个薄被子。手中没有像样的武器。怎么办？可巧，梨园有几只去年盛梨用的大筐。我急中生智，把两只大筐横放着，我一猫腰钻进筐里，把两只筐口对口连在一起。我屏住呼吸，一动不动。两只狼——也许不是——走近了，四处闻了闻，左右张望了一阵。慢慢地离开了。

第二天，我把夜间遇到的事情告诉了房东。房东说，山上那道梁是狼道，那东西十有八九是狼。你用手电照它们，它们就害怕了。房东还建议把他家的黄狗带上，狼怕狗，不敢伤人。

第二天傍晚，我带上房东家的黄狗，一道上山看梨。半夜时分，山梁上又出现了四个白蓝色的亮点，黄狗就愤怒地吼叫起来。那四个亮点便忽闪忽闪地远去了。以后，那四个亮点就再也没有出现过。我抚摸着房东家的黄狗，突然就想起我家的"黄黄"——那只我在"三年自然灾害"时期忍饥挨饿喂养的"黄黄"。我脑海里突然冒出一个念头：房东家的黄狗会不会就是我家的"黄黄"托生的呢？莫非它知道我有难，不远千里地跑来保护我，就像当年我们小孩子玩打仗时，奋不顾身地保护它的主人，永远和主人共进退一样？想到这些，心中不免升起一阵悲伤，一阵幻想。当时，我是多么愿意相信一切生命都有往世来世，在那个世界，一切曾经熟识的生命都恢复了生机，都会重逢，他们用新的语言交谈，回味往日的欢乐！

29　祖父的骨灰

　　我的祖父是个煤矿工人，为人仗义，擅七节鞭，喜饮酒，大字不识，将自己的名字文在左臂上，以备不测。他下夜班经常路过一片小树林，曾经救过几条寻短见者的性命。祖父最喜欢我。以前，我每年寒假都回老家，跟祖父祖母叔叔婶婶们一起过年。每次返回北京时都有可观的收入——压岁钱。可是，我却没有机会报答他们，尤其是我的祖父。想起这些，心中十分惭愧。

　　1971 年 9 月，祖父病逝。当时我正在山西插队，亲戚们怕影响我，就没写信告诉我。1972 年我回老家，才知道祖父已经不在人世。祖母说，你爷爷挺想你的，还给你留了钱。我把祖父留给我的钱都转送给祖母了。现在想起来，当时真应当留下一张，哪怕是一块钱，作为纪念。

　　第二天，四叔陪我去殡仪馆骨灰堂瞻仰祖父的骨灰盒。

一个多么高大的人，火化后只剩下一小口袋骨灰，没有任何人能够例外。经四叔同意，我从祖父骨灰盒中取了一小块，小心翼翼地带在身边。此后，不管在山西，还是四川，是在乡村，还是在城镇，我都珍藏着。用这种方式，寄托我对祖父的爱。用这种方式，激励自己努力前行，不半途而废。1976 年 7 月 28 日的大地震，殡仪馆骨灰堂存放的所有骨灰盒荡然无存。我保存的骨灰更显得珍贵。

2001 年，在祖父逝世 30 周年之际，我在老家公墓为祖父祖母购置了一方墓地。将祖父的骨灰和祖母的遗物置于其中，正所谓"入土为安"。每年清明回老家祭扫，全家二三十人聚在一起，追思先辈，延续亲情。

《礼记·曲礼》说，君子抱孙不抱子。此言孙可以为王父尸（主持祭祀）。信矣。

30 自学针灸为当兵

去山西插队之前，我突然对针灸产生兴趣。北京书店里有关针灸的书，我差不多都买了。当时的念头是，农村看病难，学会了针灸，可以自我诊治，说不定还能帮助别人治病。当然，除了医书之外，还买了银针、消毒酒精棉，等等。

插队几年以后，军人子弟开始离开农村，到部队当兵。据说毛主席有最高指示：子继父业，历来如此。同时，知青当中还盛传一个消息：到缅甸当缅共，共同打击美帝国主义。不管是当兵还是当缅共，身体条件一定要合格。我的眼睛自初中开始就近视，这个毛病不解决，什么都是空话。

于是，我下定决心用针灸疗法治近视。办法是，每天晚上夜深人静时，开始针灸。扎攒竹、头维、睛明、承泣、曲池等穴位，停针 20 分钟。两个月以后，视力从 0.4 上升到 1.2，我的心里别提多高兴了。

可是，由于喜欢看书，尤其是晚上在煤油灯下看书，一看我就看到深夜。这样，视力又下降了，返回 0.4 的水平了。是当兵还是看书？最后还是选择看书。

听说北京有配隐形眼镜的，我马上回家配眼镜，用 40 元钱戴上了隐形眼镜，视力是 1.5，太好了。就等着招兵了。

这年，春季征兵开始了。我报了名。政审没问题，就是体检时，测视力和检查五官在一个房子里。本来，我想测完视力之后借故出去，把隐形眼镜取出来，再去检查五官。可是不巧，刚一测完视力，正赶上五官科空档，我只能硬着头皮去查五官。结果大夫发现了隐形眼镜，说，这不符合当兵的条件，这样，我就被刷下来了。

此后，我又开始针灸，视力恢复到 1.0，我又悄悄地等待来年招兵。

31　参加专案组

　　这年的冬天，公社革委会成立了一个专案组，专门调查"公社大楼纵火案"。

　　"公社大楼纵火案"是此前不久发生的一个案件。公社有一座三层的办公大楼。有人在夜间将一只煤油桶放到二层楼板上，将煤油点燃，油尽火熄，对周围物件没有造成实质性的损害。这一举动很可能与当时的派别斗争有关。

　　经过调查，专案组决定对一名嫌疑人进行审查。这个嫌疑人是某大队总支书记赵天赐。审查的办法是将嫌疑人隔离，当时称"办学习班"。公社革委会从各大队选派六名可靠的年轻社员，进行 24 小时看守。我是被选派的成员之一。

　　"办学习班"的地点是公社办公大楼二层的一间大房子。房子里有三张简单的单人床，床上有简单的铺盖，一张桌子，桌子上有纸和笔，还有几把椅子，洗脸盆、毛巾、刷牙缸等。

透过窗户，可以看见公社院的围墙，和对面公路上的行人车辆。

这天下午，革委会负责人和我们六位年轻人见面，布置工作。过了不多一会，有人把那嫌疑人带进房间，当着大家的面，严肃地向嫌疑人交待纪律和注意事项。于是，看守的工作就这样开始了。

嫌疑人的年龄约在 50 岁上下，身体健康，说话声音洪亮，比较健谈。他和我们六个年轻人一一打招呼，问我们来自哪个村。接着又问某某村的某人最近怎么样，等等。总之，当时气氛比较宽松，像熟人聊天一样。

办学习班期间，白天我们一天三顿饭都是在公社食堂吃饭。晚上有两个人值前半夜班，两个人值后半夜班。晚上睡觉时开着灯，不许聊天。有时，公社革委会的人把嫌疑人带去谈话，不多时又把嫌疑人送回来。有时，嫌疑人很生气，滔滔不绝地诉说着他的冤屈。我们只能安静地听着。每天下午四五点钟，我们选一个人去向负责人汇报。汇报的内容是嫌疑人都说了什么，涉及了什么具体的人，等等。

我们六个人当中，有一个年轻人，是偏远一个大队派来的，他很憨厚。我们接触多了，比较谈得来。有一次他偷偷告诉我，那个嫌疑人就是他的亲戚，公社和大队都不知道，否则不会挑他进专案组。还说，他是"保皇派"，是"造反派"的眼中钉。"造反派"借此机会打击"保皇派"。还说，嫌疑人给县革委会写了申诉信，他已经偷偷转出去了。

　　过了将近一个月，公社革委会以证据不足为由把嫌疑人放了。我们六个年轻人的任务也就完成了。分手的时候，大家还依依不舍的。在自己动手自力更生的年月，我还过了一个多月吃食堂，住楼房，有电灯的日子。心里不免涌出一个念头：我将来如果能够到有食堂、有电灯的单位工作，就好了。

32 "一次剥削六亿人民"

　　麦收过后是农闲，于是，想回家看看。同行的共五个知青。我们先是乘长途汽车（大卡车）到平陆县的茅津渡，再花一角五分钱乘大木船过黄河，用手掬一汪浑浊的黄河水，雅兴未尽，就到了河南省的三门峡，再乘汽车到三门峡火车站。此时，我兜里只剩四、五元钱了，心里不免惴惴不安。但是，一路上走山路，过黄河，心里还是很兴奋的。一过黄河，当地的老乡们操着一口河南话，和山西话迥然不同了——真是十里不同风啊！

　　到了三门峡火车站，我们花五分钱买站台票，等有火车路过，只要是向东开的，就上车。可是一上了车，乘警就查票，就把我们轰下来了，再等下一班火车，再被轰下来。于是我们就改变策略——改乘货车。我们先溜进货车站，看火车尾部守车车厢有工人师傅，就过去聊天，当然，先要递上一支烟。聊天的内容是说，我们是北京插队的知青，现在农闲了，想回去看看父母，生产队没分红，我们没钱买火车票。工人师傅很同情我们，告诉我们这辆货车几点钟发车，到石家庄火车站就停下不走了，你们可以先到石家庄，再想办法。于是，我们就上了货车厢。因为时间还早，就到处转一转，找点报纸，硬纸壳什么的。因为车厢里比较脏乱，到处是煤渣子。在车厢地板铺上报纸，再垫一块砖头，正好睡觉。货车开动前先挂车头，一节一节车厢相互撞击的声音很大，车厢也剧烈震动。但一开起来，就好了。

天亮时，火车开进石家庄站。向工人师傅致谢之后，我们就溜进站台。站台上几乎没有乘客。有一位警察看我们可疑，就把我们逮到车站派出所分别盘问。最后，派出所领导把我们五个知青叫到一起训话。训话的要点是：第一，现在农村都学大寨，没有农忙农闲的差别，你们应当回农村积极劳动，虚心接受贫下中农的再教育；第二，火车是六亿人民的火车，火车站也是六亿人民的火车站，你们不买票就坐车，性质十分严重。解放前的大地主，比如刘文彩，他剥削人民，最多剥削一个村，几个村，顶多是一个县，可你们呢，一次就剥削了六亿人民；第三，这种不劳而获的思想就是剥削阶级的思想，你们到农村去，接收贫下中农的再教育，看来政治觉悟还不及格，要深挖思想根源。

然后，派出所给我们分发了纸和笔，写检讨。写完了检讨后一同交上去。过了一会，那个警察说，有四个知青的检讨写得比较深刻，但是我的反省检讨不深刻，还得重新写。我就悄悄问他该怎么写的。他们告诉我，必须写上"一次就剥削了六亿人民"。后来我就把这句话加到检讨书的最后一个自然段里，交上去。又过了一会，派出所负责人宣布，检讨写的还可以。不过，你们要把身上带的钱都交出来，统一给你们补买火车票。于是，我们都主动配合，把身上的钱都如实交给那个民警。过了一会，民警拿着五张火车票过来，发给每个人一张，说，你们到候车室候车吧！我们千恩万谢地走出派出所。

我们到了候车室，定下心来，拿出车票一看，才大吃一惊。原来警察给我们买了相反方向——三门峡方向的火车票！心里有说不出的滋味。有人建议，咱们还是回村儿吧。有人建议，把票卖了再说。还有人建议，咱们继续往东走，还去坐货车。经过讨论，大家同意最后一个意见。于是我们沿着铁路，一直向东走。一直走进正定火车站。然后溜进货车站找货车。我们终于找到一列开往北京的货车。

这列货车走走停停，过了很久很久，终于到了丰台车站。在工人师傅的指点下，我们从丰台火车站侧面的出口溜出车站，去找公共汽车站。要分手了，我从内裤小兜里取出最后的两元钱，在路旁的小店处换成零钱，每人四角钱，回家差不多是够用了。最后，大家商定，今后谁也别提写检讨的事儿!

虽然经历了不少艰难困苦，但是，我们终于回家了！我心里想，在家，父母最亲。在农村，农民最亲，一进城，工人阶级最亲！

33　夜歌行：走访梧桐村

赴山西插队的第二年，也就是 1969 年夏天，正是玉米成熟的时节，我应同班同学何济达、周邦成的邀请，到他们插队的晋中孝义县孝义公社梧桐大队做客。

先是乘火车在榆次下车，换乘至孝义的火车，下车徒步走到梧桐村。这是个平原村，自然条件不错。来自北京的 20 多名知青住在这里。这 20 多名同学虽然来自北京的各个中学，但是，他们十分团结，插队半年多还是一个灶上吃饭，住在一个院子里。这个集体不同于其他知青点，因为他们原来是首都中学红卫兵宣传队的成员，所谓"同一个战壕的战友"。当初，我还参加了那个宣传队，住在北京动物园附近的建工学校里，为他们编的剧本提了几条修改意见。这次也算是故友重逢吧。

一进他们住的院子，就闻到一股煮老玉米的浓香味，真是太诱人了！这是老朋友欢迎来客的美餐。晚饭是老玉米、馍（馒头）、小米稀饭，菜很简单，炒西红柿、茄子之类。

晚饭后，大家围坐在一起聊天，高兴的时候，拉一曲手风琴，唱几首当年的歌。这些歌都是当年中学红卫兵宣传队的同学填词谱曲的歌，比如《我们和中央"文革"心相连》、《铁锁黑牢听雷吼》等。"文革"的暴风雨似乎早已离去，但是，这些老歌的旋律却依然能够激动人心，使人回想起当年的峥嵘岁月。抚今追昔，感慨系之。同学们虽歌喉依旧动听，原先细嫩的面颊上却添了些许皱纹。

晚上，何济达、周邦成陪我去参观了他们大队正在为知青们修建的窑洞。这排窑洞很长，20多个房间，还设计了厨房、库房、活动室。可以看出，大队党支部对北京知青十分重视，希望他们长期安家落户。从老同学那里了解到，有些同学正在谈恋爱，将来有了房子，就打算结婚了。有的同学的父母已离开北京，到五七干校劳动，他们已无家可归。他们看到这排窑洞，似乎就看到了自己的归宿。我们站在窑洞的房顶上，遥望夜空，正是满天星斗，清风送爽。那天正是农历七月初七，何济达、周邦成半开玩笑地说，老武，何不吟诗一首，作为纪念？于是，当天夜里，我便写了一首诗，名为《夜歌行》。第二天分手时，送给两位同学。

夜歌行*

夜登窑台，仰首望，已是天星漫布。认取牛郎织女，待鹊衔桥，隔水低诉。黄墙墨瓦梧桐国，万祖千宗依如故。远处乱草荒丘，可是禹王旧墓？听朗朗歌笑，知是京城儿女。正值晚餐过了，各回自家蓬屋。

轻风徐来，掠我衣襟，爽得诗情微露。遥想少年节日，长号铜鼓，樱桃园里，轻歌曼舞。叹兮山腾海啸，贞锋凌俗，栽火种火，壮士奇度。当有千腹豪情，万腔慷慨，时人争与评赋。看天下兴亡万事，疾如弹指速。君知否，人传道：月上有人归，静海无白兔？②

不闻喜鹊声，牛郎踏云去。我欲倾倒银河仙水，洒向人间荒处。君劝我，疾手慢挥，重足轻举，莫毁了北人新宿。③ 我唤君来，偏首笑问：敢向天国徐步？

---

* 1969年8月19日农历七夕，作于晋中孝义梧桐村。
② 指美国阿波罗宇宙飞船登月。
③ 北人指北京知识青年。

34 队长的"三句禅"

我们生产队的队长 50 多岁，为人朴实勤劳，经验丰富。在我印象中，队长的形象常常与早上的钟声联系在一起。

在农村，几乎家家养鸡。鸡叫头遍的时候，天还黑黑的。勤快的人这时候就起床了，有的收拾院子，有的出门到路上拾粪。这段时间属于"自由活动"。

村头的钟声一响，大家就集中到村头，听队长分派任务。然后各自回家取干活的工具。

到了干活的地方，队长大吼一声"钩架！"就开始干活了。"钩架"是什么意思？当时老乡似乎也没讲清楚，大约就是"开始"、"动手"的意思。我心里想，"钩"是不是古代打仗的武器？"架"是大家把"钩"举起来？至今也没弄明白。后来到了四川，四川农村的生产队长说"煞戈"，就是结束、终止的意思。"戈"是古代打仗的武器，"煞"是收拾的意思？

至今也没弄明白。反正队长说"钩架"就是动手，"煞戈"就是收工。

在地里干活干了一阵子，队长又说了一句话："点火"！于是，大家围坐在一起，有人拣来柴禾，用"火连"（由石头和铁块组成）打燃柴火，把随身带的馍放在火旁烤热。会抽烟的社员取出烟袋锅子，开始抽烟。等馍烤热乎了，就掰开吃。有人还带来了葱或是蒜，跟大家分着，就着馍吃起来。但是，奇怪，没有一个人带水。我现在有不喝水的习惯，大约就是那时养成的吧！他们抽烟对火的时候，各自用嘴吮着烟袋，将头向左右偏着，让烟袋锅口对着口，那样子十分亲密。后来，读《说文解字》，汉代郑玄解释"仁"是"相人偶"，我就联想到山西农民对火的样子。只是殷商时代还没有抽烟的习俗。

队长的第三句话是"回呀"。就是结束的意思。大家开始收尾，有的整理农具，有的收拾休息时捡的柴禾，三三两两地结伴下山了。有人咿咿呀呀地唱起山西"迷糊"（梆子）。

至今，队长的三句口头禅，联同村头的钟声，久久地响在耳畔。它不仅让我时时回忆起插队时的生活，还鼓励我勤奋工作，拒绝懈怠——每一件任务，每一件工作，不是都有"钩架""点火""回呀"的过程吗？

35　仰韶陶片

夏县有多处仰韶文化保护区。我所在的村也在其中。平时，在地里劳动常常会发现灰色的陶片。一看，就觉得是古老的东西。

有一次，在犁地时就发现了一块陶片。赶集时，我和另外几个知青约好，带上陶片去夏县文化馆去问个究竟。

夏县文化馆在县城里一条小街上，其实是一个不起眼的小院。门牌上面写着"夏县文化馆"，接待我们的馆长是一个穿着很普通的老先生。他很健谈。文化馆里有价值的文物其实不少，但没有地方展示，在角落里，摆放着许多新石器时代的陶器、石器。馆长打开一个五斗橱的抽屉，里面是战国时代的货币，有刀型的、铲型的，都是青铜铸的货币，上面有一层苍茫的绿色。馆长还取出一些书画作品。今天只记得有于右任的对联。

馆长说，夏县是夏朝的都城，原名叫安邑。夏县出了许多历史名人，比如皇帝元妃嫘祖在夏县的西阴村，还有大禹王和启，夏县的禹王城就是夏朝的遗址。夏县的司马村是宋代司马光的故居。馆长说，他的最大心愿，是盖一座像样的文化馆，把那些珍贵的文物都陈列出来。

　　以后，在地里干活时，心里总怀着一丝希望，说不定什么时候再碰上仰韶的陶器。

36 村里的老秀才

邻村有一位老秀才，年近 80 岁了，很有学问，家里还有许多书。我心里想，不是都"破四旧"了么，还能保留什么书呢？

这一天下雨，没出工，我就悄悄溜到邻村，打听到老先生的住处，说明来意，老先生非常高兴，谈天论地。他从夏县的"夏"字说起。他说，"夏"字是个象形字，是夏朝人的装束。头顶上一个大的帽子，下面是人的衣裳和衣带。老先生边说，便用手指尖在桌子上划。

我问，老先生，前两年搞"破四旧"，村里受影响吗？他说，年轻娃不懂事，到我家来查过。我的书都是古书，我舍不得交出去，都藏起来了，只留了一套《夏县志》。他们翻了翻，书上记的都是某某年大旱，某某年水灾，没有什么价值，就走了。

告别时，我向老先生借了一册线装的《夏县志》。过几日去还，再续借下一册。看完了《夏县志》，就借线装的经书，如《易》、《书》、《诗》、《春秋》三传、三《礼》、《论语》、《孟子》、《孝经》，只是没有《尔雅》。老先生谨慎地说，你拿回去仔细保管，不要让人家看见。还特意说，你们将来都是国家干部呀！听话听音，我知道老先生担心影响我们的前程。多么善良的老人，第一次见面就肯借书的人，多么厚道！

多少年以后，当我读书时，遇到"夏"字，就想起邻村老秀才的诠释。后来，我给同学讲课时，就把"夏"字写在黑板上。再后来，就做成PPT。我心中的老先生，似乎就是那位头顶大草帽，腰间系着腰带的夏人先祖的形象。

37 六张报纸一张饼

这一年的夏天，一连下了好几天的雨。突然发现，没有柴禾了。按照当地的风俗，邻里之间，可以借米面油盐，却不可以借柴禾。怎么办呢？只有焚书了。

俗话说，"书到用时方恨少。"此间，可以说"书到焚时舍不得"。从北京带来的书中间找出应当焚烧的哪怕是几页书，是多么痛苦的事情啊！

选来选去，各种书籍，包括历史、文学、数学、小说都绝对不能烧掉。最后只剩下两个选项：一是高中的教材，二是当年收集的"文革"类小报。当时头脑中闪出一个念头——将来要是恢复高考，这些高中教材可是宝贝啊！看来只能烧那些小报了。

为了节约燃料，决定只烙一张玉米饼。取一点玉米面在碗里，加些水，调成糊状，放一点盐。点燃报纸，一张，两张，三张，把玉米糊倒进锅里，"刺"的一声，马上盖上锅盖。接着就是第四张、第五张、第六张。管它熟没熟，就是六张了。天还在下雨，没有晴的迹象，一定要节约用燃料。

多少年以后，我在日本东京大学东洋文化研究所的图书馆里，无意间看到了那些"文革"小报，心里真有说不出来的滋味。当时，看见一位年轻人正认真地读着"文革"小报，还在摘录着什么。我脑子里突然冒出马克思的那句话：人们必须首先解决衣食住行，才能从事艺术、哲学、宗教活动。多么正确呀！

38　赤脚医生的秘方

山村缺水，自然就不能种菜。所以当地的饮食习惯是不怎么吃菜。除了办红白喜事、盖房子，要办酒席之外，老乡们平时难得吃上菜。有时，把蒜或者辣椒切成片，点几滴水，放点盐，就算是一盘菜了。

由于吃菜少，总是出现口腔溃疡。一疼起来，十分的烦人。不得已，我去大队找赤脚医生，他那里也没有什么特效药。

有一次，我又去找赤脚医生。他同情地看着我，他说，只要你不怕疼，我保证五分钟治好你的毛病。我答应了。他让我张开嘴，用手电筒照着，找准了溃疡的地方，然后用镊子从一个小玻璃瓶里夹出一点暗色的东西，把这东西粘在溃疡的地方，我马上疼得跳起来。医生说，忍着，别动，30秒钟就行。忍着30秒剧痛，然后漱口，对着镜子一照，原先那块白色的地方，变得鲜红了。奇怪，口腔溃疡治好了！

赤脚医生告诉我，这是高锰酸钾，是消毒用的，是治疗口腔溃疡的秘方。医生还给了我一小包，说，一定要漱口。有了这小包秘方，我如获至宝。以后再犯口腔溃疡，凭着这宝贝，就可以把他消灭在摇篮中！

39　慈母手中线

村里养着一群羊。羊圈就在半山腰的窑洞里，放养人就住在旁边。

天气热的时候，放养人在其他社员帮助下，剪羊毛。剪下的羊毛过了称，用麻袋装了，放到仓库里。经过队委会研究，今年不分羊毛，把羊毛卖了，卖价队内低，队外高。

我买了三斤羊毛，每斤七毛钱。那羊毛没洗时脏兮兮的，还带着怪味。队长说，我给你找个人家帮你洗了，纺成毛线，你回北京时带回家。于是请了一位年轻姑娘，把羊毛洗了多遍，晒得干干的。晚上，那姑娘就在煤油灯下纺毛线。纺线的工费是每斤一块钱。这样我用五块一毛钱，得到三斤毛线。

冬天回北京时，把毛线送给母亲，让她给她自己打一件毛衣或毛裤。结果，过了几天母亲打了一条毛裤，我一看是男式的。母亲说，你穿吧，冬天在地里干活冷。我穿上毛裤，

114

母亲很高兴，说合适，合适。一年后，我把毛裤穿破了，带回家放着。一晃 40 年过去了。

有一次，我回家看母亲，母亲取出一件毛线背心，是蓝色的。母亲说，毛线不太够了，颜色也不好看，我把它染成蓝色了，给你织了这件背心，你穿上试试，看合适不？我穿上一试，很合适，真暖和。母亲很高兴。

一年以后，母亲故去了，我们都十分难过。我舍不得穿那件蓝色的毛线背心，一直珍藏着。有一次，我突然想穿着试试，只觉得脖子那里感觉有点紧。原来是我长胖了，脖子变粗了。于是，我下决心减肥。中午少吃主食，饭上只吃点稀粥、水果。体重很快减下来了。这天，我又从柜子里面取出毛线背心，试了一下，太好了，合适。于是，耳边似乎出现母亲的笑声——合适，合适。

"慈母手中线，游子身上衣。"看到这件蓝色的毛线背心，我就想起我慈爱的母亲。我相信，那是母亲特意留给我的念想，就像那只手表一样。同时，我也想起山西农村剪羊毛的羊倌，煤油灯下纺线的姑娘。如今，亲手纺线织衣的手工活，怕是已经绝迹了吧。

40 知青大会

在山西夏县县委县政府的领导下，夏县每年召开一次"上山下乡知识青年代表会议"。

夏县全县共有来自北京、天津的知识青年 1255 人，分在包括：泗光、大吕、水头、禹王、郭道、胡张、庙前、大庙、曹家庄等十几个公社（现在改为乡镇）。到 1972 年 10 月 28 日召开第四次知青代表会议的时候，共有 28 人加入了共产党，164 人加入了共青团，283 人被评为学习积极分子，206 人被选调输送到工交财贸和机关工作，78 人参了军，53 人被推荐上了大专院校。在继续插队的知青中，有 224 人担任了县、社、队各种领导工作。

我参加了第四次知青代表会议。至今还保留了县知青办当时印发的《会议材料选编》。上面刊登的发言目录是：《年年月月抓管理，世世代代育新人——我县加强对知识青年"再教育"工作的几点体会》、《把知识青年上山下乡的伟大革命进行到底》、《五·七道路宽又广，水稻安家人扎根》、《改读马列和毛主席的书，彻底改造世界观》、《永走五·七路，一生献人民》、《安家落户干革命，扎根农村为人民》、《踏踏实实向前进，勤勤恳恳为人民》、《掌握思想教育，切实加强对知识青年的"再教育"》、《我们是怎样树立长期管理教育思想的》。

当时的县委常委孙恩俭、王振兴、梁合水参加了会议，并作了指示。政工组长李永辉同时作了总结。会议开了三天，31日结束。

大会还表彰了先进模范集体11个，个人88人，还发了光荣榜。

先进模范集体11个：泗交公社窑头大队、水头公社大张大队、泗交公社王家河大队、庙前公社史家大队、大吕公社裴介庄大队、庙前公社南吴大队、禹王公社中其里大队、大庙公社大庙大队、郭道公社陈村大队、曹家庄公社东交口大队、胡张公社东张南大队。

这88个先进知青当中，有葛秀荣、曹小仪、王翠玉、王旭、王传华、冯丽娟、杨复宽、孙广智、武树臣、于同萱、李伟、易朋、李忠秀、张大元、葛元仁、李旭、王海河、乔丹杨、卫凌燕、曹永兰、孙岩，等。在发言中还表彰了庙前公社史家大队的王保祥。

今天，读了光荣榜上的名字，倍感亲切。他们都是当年的有志知青，对国家和个人的未来曾经充满着期待。我想，也许有人有机会，读到我写的这些文字，就请当年的知青朋友们注意，不管是不是先进模范，我都真诚地向大家道一声珍重！

41 临别的贡献

　　我住的山村，离镇子比较远，一直没有通上电。后来，有一排高压电线经过村头，乡亲们都盼望着早点通上电。可是，当时买不到电线。

　　队长找到我，说能不能帮忙买电线。我就给当时在贵州遵义蹲点的父亲写信。很快，父亲回了信，说某电厂库存有多余的电线。于是，我马上带着两个旅行包乘火车赶往遵义。

　　到了遵义，买了六卷电线，每卷5公斤，200米，分装在两个旅行包里，一前一后担在肩上，马上往回赶。最艰苦的路程是下了长途汽车之后的山路，我一个人担着60斤旅行包，山路上是前无古人，后无来者。我再累也不敢放下旅行包休息，因为一放下，就再也担不上去了。走这段山路，似乎是在山西农村插队四年中最辛苦的劳动任务！

　　回村后，乡亲们十分高兴。逗留数日，我就告别了山西——

我的第二故乡。

后来，听同村的知青说，不久后，队里 35 户人家都通了电，队里还建了电动磨坊，周围村民都到电磨坊磨面。

听到这个消息，我也十分欣慰。

那段艰苦的路程，就算是给第二故乡亲人的分别礼物吧！

42　转插川西坝子

父亲在四川工作。他来信告诉我，为了加强三线建设，根据上级安排，他工作的系统——水电建设系统即将转为部队系列，领导干部已经量身材准备配发军装了。同时准备在本地招兵。他已经和某县领导和武装部的同志谈好，先把我的户口转到四川农村，然后再从四川农村直接应征入伍。听了这个消息，我兴奋得几夜没睡好觉。

1972年底，我的户口已经转到四川某农村。次年初，传来一个负面消息：水电建设系统即将转为部队的计划被取消了。这样，我只得硬着头皮到四川农村插队，继续接受贫下中农的再教育。

我来到四川农村时，正值农村给菜籽"洇水"（浇水）的时节，天还比较冷。我和社员一起挑着粪水，用长把的"当当"（木勺）把粪水一勺一勺地泼到菜籽地里。我和社员一样光着脚板儿，脚下冰凉冰凉的，我十分诧异：四川人怎么比北方人还耐寒哪！

我住的地方十分简陋，也就算是一个草棚子。房檐下和墙之间有个空间，燕子都能自由穿来穿去。房背后有一个大粪池，气味浓烈，久而不觉其臭。房角有一个规模很大的灶，灶上有一口很大的铁锅。

没过几天，菜籽开花了，金黄黄的一片，真好看。没过几天，洋芋（北方人称土豆）成熟了，挖洋芋，分洋芋。我分了140斤。跟老乡借一副担子，两个大筐，一口气挑回家。半路上跳水沟时差一点翻了车。没过几天，收割小麦，晒麦子。没过几天，栽秧子，我没经验，队长让我送秧苗，后来让我"栽秧边"——在田间地头补栽秧苗。

四川农村干活比山西累多了。比如，担尿水，一根长扁担挑两个大木桶，这就有十几斤重，两个木桶盛满尿水，怕有一百多斤。赤着脚走在田埂上，滑溜溜的，不小心就会跌跤。前面是社员，后面是社员，大家都疾步如风，把你前后夹在中间，想歇个脚都没地方停。我是"独肩膀"，全靠右肩，左肩坚持不了一分钟。怎么办？有时实在不行，就用后脖颈子担扁担。晚上回家一摸脖子，肿了半个馒头大的包。第二天还得出工。再比如推"鸡公车"（北方称独轮车），头一次推鸡公车，装了240斤谷子，从生产队送到公社粮库。路上又是滑溜溜的田间小路，又是满地石头子儿的机耕道，光着脚板，前面是鸡公车，后面是鸡公车，只得咬牙坚持。还有就是"薅（hao）秧子"（给水稻除草），每人一个长把的耙子，沿着水稻的长垄，一路耙过去，蚊子咬且不必说，蚂蟥才可怕。还有，光着脚，免不了踩上玻璃碴碗片之类。

我住的地方有一条水沟，水量比山西的泉水大多了。晚上就到沟里冲个凉。身边蚊子嗡嗡作响，逼得你在水里蹲下去，只露出脑袋。

我住的地方没有厕所。房后的大粪池就是公共厕所。好在村里没有路灯，黑乎乎的。

做饭也是一件艰苦的事儿。到做饭时，你一点火，蚊子就冲过来了。直往你鼻子、耳朵里钻。你不能自由呼吸，否则会把蚊子吸到嘴巴里。好在有一个小小蚊帐，多少可以睡个安稳觉。但是，睡着以后，难免不把手脚伸到蚊帐外面，成为蚊子的美餐。

有了 140 斤洋芋，可解决大问题了，我很长时间不用去"赶场"（北方称赶集）买菜了。我做的饭是固定规式的：铁锅的下面是米，加上一定量的水，让水将将没过手背——这是邻居大娘教我的，上面是一层洋芋，当然要洗干净。不多时，米饭煮好了，洋芋也熟了。把洋芋和米饭分别用两个碗盆盛出来，然后刷锅，点火，加油和葱花，把洋芋倒进去，加点盐，用铲子把洋芋压烂，这就是"土豆泥"。饭菜都有了。早饭、午饭、晚饭一贯制。渴了，就喝刷锅水，因为没有暖水瓶。

　　当然，在农村干活并不是天天都那么累，也有闲的时候，因为这里工分值高，10分工合1.2元，在四川干一天，等于在山西干六天。队里有调工的制度，让经济困难的人家多出工，于是我就有了空闲的时光。我和队里的孩子们玩得很好。白天到小河沟钓螃蟹，方法很简单，用细绳子拴一个瓦片，再系上一只蝗虫螳螂蚯蚓之类，沉到水下，将另一头系在沟边的树枝上，过一会，把绳子拉上来，就有一只螃蟹，它还紧抓着诱饵不放。晚上可以到水田里捉黄鳝——一种似蛇一样的鱼。捉黄鳝比较难。先是提着煤油灯在水田边转悠，发现黄鳝，就用一种用竹子做的夹子去夹，有经验的人就用手直接抓。螃蟹、黄鳝洗干净用油煎熟了，很好吃。但是，黄鳝要去掉内脏。

　　总之，在四川农村，苦和乐都交织在一起，让你想忘都忘不了。

43　参加第一次高考

1973 年秋天，县文教局发出恢复高考的通知，号召知青报名参加高考。我报了名。因为手头没有教科书和复习资料，就跟队里请了一个礼拜的假，四处找教科书和资料。

考场设在新都县一中，在学生宿舍住了一个晚上。考完试不久，成绩出来了，但没有公开。上线的考生被通知填志愿。我填了四川大学中文系。

不知从哪儿传出消息，说是我考了全县第一名，川大中文系录取了几名考生，其中就有我。我十分高兴，能读大学了，学习中文，正是我梦寐以求的。

此间，发生了张铁生交白卷的事儿。文教局和招生学校可能是接到上级指示了，注意张铁生公开信中所说的"白专道路"的问题。

不久，我接到正式录取通知——温江地区师范学校。我有些吃惊，不是说四川大学中文系已经录取了吗？怎么又变了？

紧接着，有人传出这样的消息：同大队插队的知青给文教局写信，反映我考试前请了一个礼拜的假，是"白专道路"的表现。文教局特意给公社打电话核实过。认为我虽然考试成绩不错，但是上级有指示，怕社会影响不好，所以才调换了学校。

当时，我心情有点不平静，心想：大学录取我，就是"白专道路"，中专录取我就不是"白专道路"？请假一个礼拜抵得过插队五年吗？

我给父亲打电话汇报情况，并表示，我从来没想过当教师，我不去中师报道，等明年再考。父亲劝我说，当教师挺好的，还有寒暑假，将来回北京也方便。你这次不服从分配，等于废了学校一个名额，无形中耽误了一名考生。这样做太不成熟。还是去中师报道。最后，我同意了父亲的建议。心里的气恼消解了，心胸也变得开阔起来。有食堂，有房住，有电灯，这不正是我的理想吗！

至今，我都不知道是谁写的举报信。不过，我从心里感激他，真的。如果没有他的举报，我就没有第二次高考的机会了！

44 "假老师"

我高高兴兴去中师报道。班主任是杨老师，她让我接待新生。

新生大多来自成都四周的县份，有插队知青，也有当地回乡青年。由于我的四川口音不太标准，再加上我长得样子比较老成，他们还以为我是中师的老师呢。

新生们一个个喜气洋洋的样子，远远一看就能认出来。我先问他们哪个班，如果是和我同班的，我就引导他们回宿舍，选铺位，发饭票，然后到教室填表之类。

晚上，和同宿舍的同学聊天。认识了同公社的知青，临近公社的知青，成都知青，很快就成了朋友。

正式开班会的时候，班主任老师一一点名，同学们一一自我介绍。我是用普通话自我介绍的。不少同学用惊诧的眼光看我——原来你也是学生呀！我心里说，我从来就长得老相，就没年轻过！

我们的师范学校属于中专，培养目标是小学、初中教师。分理科和文科两个专业，各设两个班。学制二年。在校读书期间，学校多次安排我给周边学校的学生上课。当然，这不是教学计划之内的事儿，而是临时"抓差"。

记得有一次，附近城关小学的一位老师，骑自行车上班时，被拖拉机撞伤了，没人上课。就让我去顶替。没想到是教画图画，又没有教材。小学校的校长说，你就教学生画那些日常见得到的东西就可以。我就教学生画麦穗儿、鸡、鸭、鹅、兔，等等，每节课画一种。

还有一次，附近一初中的语文老师家里有事，请了事假。我就被"抓"去顶班儿。记得那次是讲唐代王勃的《送杜少府之任蜀州》，也就是"海内存知己，天涯若比邻"那首诗。好在有教科书，我就利用师范学校图书馆的资料认真备课，顺利完成了任务。

给县一中讲课那次，听课的学生是高中生，讲的是鲁迅的《故乡》。那是一篇写人的文章。少年闰土活泼机灵，擅长捕鸟、刺猬和拾贝，能够引起学生的共鸣。同时，与精神麻木、寡言少语的中年闰土的形象形成鲜明对比，反映了社会制度的不公平。

通过临时抓差，我渐渐学会了教书，逐渐喜欢上了教书。这是当初连我自己都想不到的事儿。

45 "招生专业户"

我从中等师范学校毕业，留校当老师。此后，每年暑假都被学校派出去招生。

我工作的中等师范学校是温江地区办的学校，只在温江地区范围内招生，学生毕业后被分配到原区县从事小学、初中教学工作。原来是新都、双流、灌县、什邡、金堂、广汉、邛崃、大邑、崇庆、浦江、新津14个县，后来这些县都划归成都市了。

我们学校是培养教师的，因此，在招生时，一定要和考生见面，通过见面交谈和观察，来判断该考生适不适合当老师。如有必要，还要到考生所在的农村去考察一下。当然，录取与否，还要和当地的文教局（招生办公室）交换意见，也还要打电话请示校领导。

参加招生工作的，还有专区内其他几所中等师范学校的老师。我们都住在县招待所，在当地文教局办公。然后，一个县一个县地转，和这些老师长期接触，我们都成了好朋友。

通过招生工作，我发现农村的青年特别想离开农村，但是除了当兵之外，只有考学这条路。加上师范学校是不收学费的，国家包干，所以，家庭经济条件不好的孩子，更愿意读师范。参加几次招生工作，都没有遇到请客吃饭送条子之类的事儿，当地的领导也没有走后门的现象。录取主要看分数，当时的社会风气还是值得称赞的。

46　十个鸡蛋渡难关

　　参加工作后，享受公费医疗。我第一件事就是把扁桃体割掉。从小到大，不知因扁桃体作祟发了多少次烧，打了多少次针！

　　给我做手术的是一位中年女医生。往口腔里打麻药针时，针剂都漏在我嗓子里了，凉凉的，我也不懂，一口就咽下去了。十分钟后，医生用手术刀在扁桃体部位划了一刀，"太疼了"！我叫了一声。没办法，医生就又打了一针。

　　开刀后，医生说，从来没见过这么大的扁桃体，都粘连了。40分钟后，开始处理另一侧的扁桃体。满脸是汗的医生建议，要不就留一个吧？我说，再疼我也要割掉它！

　　终于割完了。来了一位年长的男医生，看了看创面。女医生说，创口太大，要不要缝一下？男医生说，不用。可能恢复得慢一些。离开医院，口水不断，都带着血。忍痛骑着自行车回到学校。医生建议我这几天吃流食，比如鸡蛋羹。我就用 5 斤粮票换了 10 个鸡蛋。

每天上午和下午用煤油炉做鸡蛋羹，滴几滴香油、酱油，味道真不错。到了第六天，实在饿得慌了，就上食堂买饭吃了。

此后，我再也没有感冒发烧。

47　我的师范校

　　我读书的师范校全称是四川省温江地区五七师范学校，是中专，以培养小学教师为目标，但由于当时缺少师资，师范校的毕业生大都分配到了中学教书。

　　师范校坐落在彭县的南街，校园不大，但是很漂亮，特别是教美术的高能耕老师调来之后，把校园修建了一番，有点像个花园。

　　我们班的班主任杨惠芝老师，比我年长两岁，教我们语文。当时的教材，多是鲁迅的杂文。还有一位教语文的老师，杨亦丹老师，年龄比较大，很有学问，有一次讲易经八卦，大家都觉得很新鲜。美术老师高老师，四川美院高材生，他教我们写生画，我画了一只苹果，他给打了"5"分。范家卓老师教物理，他在黑板上写公式，要擦的时候却找不到黑板擦，于是就用袖子去擦，写一次，擦一次，直到下课，其实黑板擦就放在黑板下方的框子里。教我们算数和珠算的刘老师，具有丰富的小学教学经验。他形象地教我们，怎么让小学生明白"五"变成"一"，他像变魔术似的，把一只手的五个手指并起来，用另一只手向上一捋，五就变成一了。刘老师的讲课艺术吸引着我，并且留下极深的印象。后来，我在北大读书，有一次读到德国数学家莱布尼兹（1646—1716）和《易经》卦画的关系，突然想起刘老师的魔术动作，我恍然大悟，原来莱布尼兹的二进位原理是受我国算盘的影响。算盘的上档，每个珠子表示五，这个珠子的下侧，一个珠子表示一，二五一十，二等于一，不正是二进制吗！教我们体育的老师是一对夫妇，男老师李昌伟老师是第一届全国运动会跳伞冠军，拿着政府津贴。女老师徐之平，原是北京女排的运动员。除了教一般体育项目之外，李老师还专门教我们打篮球，徐老师教我们打排球。有一次，我打排球手腕子受伤，起了一个包。李老师说，如果你不怕疼，我给你医一下。于是，用手掌把那个包硬是给揉没有了。

我们班的同学有44人都来自成都周围的郊区县，有少量的下乡知青，大部分都是当地青年。国家每月给我们发8元的生活费。每周五中午才吃一次回锅肉，当地学生都是等吃了这顿饭以后，才回家。那时候，我才知道，肉是肥的香！

有一次杨惠芝老师给我们上课，讲《现代中国的孔夫子》。先请一位同学念一遍。这位同学由于紧张，把"腋下夹着一只杖"念成"腋下夹着一支枪"，同学们哄然大笑。紧接着这位同学又接着念"然而从来不笑"，同学们又哄然大笑。

我当时担任地区师范校团委宣传委员，学校有十个团支部。我们编辑了一份半月刊"团的生活"，有两张 A4 纸那么大。我和胡灿两个人负责。除了约稿、收稿、编辑之外，胡灿还负责刻蜡版。她写得一手好字。我用一块木板刻了刊头"团的生活"，待刻好蜡版印刷完了之后，在刊头上方的空白处再印上红色的手写体"团的生活"，显得格外漂亮。

遇到节假日，我就到付先其的大丰家里玩。付先其的父亲是一名在当地有名的厨师，做得一手好菜。付先其的母亲特别善良，待人热情，后来才知道她信佛。天气冷的时候，白天烤"烘笼儿"（碳火盆），晚上我和付先其"抵足而眠"。

那时候，四川供应比较紧张。我每次回北京探亲，都有很多"采购"任务，最多的是白糖。四川习惯，妇女怀孕要吃糖。在北京，白糖八角一斤，每人每次限购两斤。我就动员弟弟妹妹一块去买，我最多一次带了 20 斤白糖。此外还有北京布鞋。带着沉重的行李，在成都下了火车，赶到城北的荷花池，乘去彭县的长途汽车，到了彭县车站，借用车站的电话给学校的李昌伟老师打电话，他骑上三轮车到西街来接我。

有一天晚自习，我正在写入党申请书，只觉得后面有动静，回头一看，是教务处刘学儒主任。他看了我一眼，不动声色地走了。不久以后，我成了培养对象。1974 年 11 月 11 日，学校召开支部大会，讨论我入党问题。我的介绍人是黄吉昌、张训英班长。那天晚上，学校停电，我是在煤油灯下宣读我的入党申请书的。嗅着熟悉的煤油烟味，我不由得想起山西农村房东的厢房。

毕业后，我留校教书，教语文、写作，兼当班主任。其间，6 月份，我带着学生乘小火车（车轨很窄）到隆丰山上，劳动锻炼两个月。半天上课，半天劳动。有一天晚上，我和七八名学生干部在山坡上开干部会，只见西南方的夜空上有一个发光物体呈螺旋形慢慢向远处飞去。后来到北大读书时，看到 UFO 杂志，才知道那可能是不明飞行物。

留校工作期间，1975 年底，省委布置农村基本路线教育运动。曾德祥、史玉芳、赖朝云和我参加工作组，被分配到郫县犀浦，当时的红光公社红光大队。临近过年时，史玉芳看我总是穿一身旧军装，还有几个补丁，就说，老武，做一身新衣服吧。她带我去一家裁缝铺，量好尺寸，买了一米多铁灰色的"的卡"布料，做了一身新衣服。这是我第一次穿新衣服。以前，都是穿我爸爸我哥哥的旧衣服。春节到了，曾德祥邀我去他家过年。春天来了，曾德祥带领我们在住处附近的小渠旁种菜，不久就结满了豇豆、黄瓜、西红柿，可以自给自足了。一直到 1976 年 9 月中旬才结束。那一天，我们骑着自行车回学校，经过团结公社时，听到公社大喇叭播送毛主席逝世的消息。我们一路上谁都没有说话，心情十分沉重。

几乎和我留校的同时，学校又来了两夫妇老师，商振泰和宗小荣老师，他们都是北京大学中文系的毕业生。商老师曾经送给我两本关于法家的书，一本是《商君书》，扉页上注着："一九七五、五、二五，购于包头青山"。还有一本是民国时期陈启天先生著的《关于中国古代的法家》。这本书包了牛皮纸书皮，书皮上的书名写得非常漂亮。后来我才知道，是宗小荣老师的父亲亲手写的，据说，他老人家是沈尹默先生的学生。多么巧啊，我后来正是研究中国法律史的。后来，商振泰老师当了师范学校的校长，那时候，师范学校已经升格为成都师范专科学校了。过了几年商振泰老师和宗小荣老师调到福建集美大学，商振泰老师任副校长。

学校办公室主任是程洛玲，为人善良爽朗，语音清脆。她的儿子小勇和李昌伟老师的儿子小彪，经常到我宿舍来玩。小勇性格活泼好动，坐不住。小彪性格沉稳好静，我经常给他画画，刀枪剑戟，冲锋枪、手枪、飞机、大炮、坦克、德国兵。每次都欢欢喜喜地拿着画跑回家，说，武叔叔又给我画画了。后来，小彪读了日语专业，被分在北京西北郊的一个单位，后调回四川省政府工作。那个活泼好动的小勇，今天成了著名的男中音歌唱家霍勇。

李昌伟、徐之平老师待人极为厚道真诚。我是他们家的常客。周末，同学们或同事都回家了，我是独自一人。于是，每个周末我都在他们家吃饭。那时，市面上刚刚有高压锅，他们买了排骨，请我去吃，过了一会儿，徐老师看着桌上放着一小块骨头，说，武树臣，你怎么不吃啊？我不好意思地说，骨头都煮烂了，我把骨头都嚼碎咽下去了。有一次，我患了急性肝炎，可能是打排球打多了，营养跟不上。李老师徐老师就带我去县医院找老医生看病。医生说，没关系，休息几天再来检查。一周后，再去检查，所有指标都正常了。此间，我仍然在他们家吃饭，自带碗筷。他们说，没关系的，别紧张。还有一次，我刚从农场回来，徐老师给我烧了一大盆热水，让我洗澡。我心里十分感动。他们对我好，没有任何目的，只是因为我一个人，举目无亲。徐之平老师的父亲退休以后在四川住了一段时间。他是沼气专家，四处宣传沼气。他跟我说，沼气的前景非常好，只是漏气的问题不好解决。我说，如果有一个工厂专门生产金属的沼气池就解决了。他说，金属的太贵，恐怕农民买不起。

后来，我的母校成都师范专科学校，和四川省机械学院合并，成为今天的西华大学。我去过西华大学，曾德祥书记还邀请我给文法学院的学生讲过课。当时，我说，我想去看看我们当年住的红光大队。曾德祥书记说，老武，你现在脚底下踩着的，就是咱们当年住过的红光大队。怎么这么巧？

时代变迁，斗转星移，物去人非。社会似乎发展得越来越快。但是，在我的心里，却永远印着彭县师范学校的模样。

48 选举"盗窃分子"

温江地委组织了工作组，派到各县的试点公社，开始"社会主义基本路线教育运动"。我们学校派了曾德祥、史玉芳、赖朝云和我四名教师参加了工作组，和地区财政局、彭县水泥厂的两名干部共六人，分配到毛主席1958年3月16日曾经视察过的郫县红光公社。

这一天，公社领导干部组织开会，工作组全体同志参加。会上披露，责成公社公安员配合县公安局进行调查，工作组派两名同志参加调查工作，我就是工作组选派的同志之一。

会后，公社的公安员主持有关人员开会，介绍情况。几天前的夜里，某生产队仓库丢失新打的谷子2000余斤。县公安局来人现场勘查，情况是仓库设施完好，门及锁未见异常，仓库侧面临近地面的墙壁被人凿出一个洞，直径约40公分，无擦磨痕迹，洞内洞外各处无异常痕迹。距仓库200米处的田间，有自行车、独轮车痕迹。初步判断，内部作案的可能性较大。而且系多人作案，谷子很可能转移到村外隐藏。公安局的同志建议由公社出面，组成专案组搜集线索，会议决定分工事宜。两个工作组的同志长住涉案生产队，公社公安员负责到临近各生产队摸情况。

我和另一位工作组成员第二天就住进涉案生产队。经与大队总支负责人共同研究，大队总支的保卫委员参加办案，负责具体工作。

这天下午，生产队在场院召开社员大会，专门讨论盗窃案，让大家充分发表意见。大家你一言，我一语，最后形成共识：第一，当天刚打完的谷子，说是第二天分谷子，那么巧，当天夜里就丢了谷子，肯定是咱们队的事，是内盗；第二，仓库有两把钥匙，一把在队长手里，另一把在仓库保管员手里，墙上的洞太小，谷子不是从洞里运走的，是从大门运走的，队长和仓库保管员脱不了干系；第三，投票，看谁票多，就办谁的学习班。

结果，队长，队长的弟弟，队长的儿子，仓库保管员，仓库保管员的连襟成为大家集中的怀疑对象。大队保卫委员提出，让这几个人站到前面来，背向会场，每个人手背在后面，手里捏一个吃饭的碗。旁边一个竹筐，里面装着黄豆。社员们依次从筐里拿黄豆，把黄豆放在嫌疑人背后的碗里。经过统计，队长和仓库保管员得票最多，大家异口同声："办他们两个的学习班"。最后，经公社领导研究决定：队长到公社参加学习班；仓库保管员在大队参加学习班。工作组的同志做他们的思想工作。同时扩大调查范围，重点是找到谷子的下落。我和另一位工作组的同志就住在公社，集中力量作仓库保管员的工作。间或下到大队做生产队长的工作。

一个月过去了。这一天，公社治安员主持召开工作会议。各方汇报工作进展。首先是生产队长、仓库保管员都一口咬定没有参与盗窃；其次是经与附近各大队联系调查，未发现有价值的证据。总之，这个案子很难办。公安局的同志说，看来只能放人了，以后再慢慢查。过了两天，队长和仓库保管员的亲属到公社门口喊冤叫屈，要求放人。显然，他们听到了什么风声。第二天，经公社领导研究，把两个人都放回去了。这个案子就暂时放下了。

多少年以后，我还托人打听过这个案子是不是破了，回答是，没有破。

49　队长办案三句话

有一天上午，几个社员来到我们工作组驻地，反映一宗打架的事儿，要工作组主持公道。过了一会儿，又有几个社员来反映情况，结果是打架的另一方。事情经过很简单。甲乙两个妇女口角。甲的丈夫回家对乙动了手。乙的丈夫回来后又对甲的丈夫动了手。双方都受了伤。

我们一边听他们陈述，一边记录。正忙的时候，生产队长来了。对他们说，工作组是搞政治路线教育运动的，你们因为婆婆妈妈的小事情打扰工作组的正常工作，就是影响大局。都不要说了。这么个小事，为什么不找生产队？双方当事人都连忙解释说，找你了，你不在，那队长你说该怎么办呢？队长说，第一，煞弋（结束）了，莫再打；第二，都去医；第三，轻伤扶重伤。拿单单（收据）来说话。散喽！

双方当事人都不言语，离开了我们工作的驻地。这事就这么解决了。后来队长跟我们说，这打架的事，哪个先动手，哪个先骂了哪个，都搞不清楚了，只能这么办。好多年了，都是这么办。我们还真庆幸队长出面解决，不然，我们被"搅和"进去，还真难脱身呢。正所谓"清官难断家务事。"后来，听某位刑法专家说，不是所有轻伤害都追究刑事责任，比如，两个人打架，互相都构成轻伤害，实际上也可以不追究刑事责任。我想，上面这个案子，连公安局都没有介入，是否构成轻伤害，也没有经过鉴定，队长三句话就解决了。民不告则官不究，根据乡村的习俗就自我化解了。

50 父子情深

父亲从小就教育我勤劳俭朴，平和待人。记得有一次，我在纸上画画，画一张，丢一张。父亲看了说，我小时候读书，家里很穷，我都把纸的正反面都写满了字，铅笔削了又削，太短了，就捏在手指上写。从此以后，我就学会了节约。

1968 年 12 月我到山西插队锻炼，当时父亲在四川工作。1971 年冬天，父亲到西安开会，会后顺路到山西农村来看我。那几天正赶上天降大雪，路很难走。我一早起来就去扫雪，一直扫到村头。特作小诗一首：

盼父相逢在梦中，
起看鹅雪舞长风，
独立窗前听喜鹊，
先扫村头半里程。

144

父亲在村里只住了一天。晚上，屋子里面很冷，我们父子便抵足而眠。因为下雪，庙前公社至运城的长途汽车不开了，没办法，我就跟老乡借了一辆自行车，我们一个骑车，一人坐车，互相轮换着连夜赶到运城，赶上半夜开往西安的火车。我再连夜骑车回村，往返大概有 60 多里路。

后来，我转插到四川新都县，仍然在农村劳动。当时我是一人一户，队里控制我出工，因为村里还有比较困难的人户，让他们多出工。这样，赶上农闲，我就回成都去看父亲。先从复兴公社（现称斑竹镇）徒步 8 里走到成都公路，在路边等长途车。乘车到荷花池，再换车到东风路。父亲临时住在四川省电力局的宿舍。

赶上星期天，我们爷俩先在食堂吃过早饭，做点家务，然后上街。步行 4 里路，到春熙路，在书店逗留一下，然后在附近的小饭馆吃一碗"臊子面"，告诉伙计不放辣椒。然后继续前行，到当时唯一的一个有桶装啤酒的饭馆，各要一碗啤酒，不要菜，慢慢喝，然后满脸通红地走回家。

1978 年，父亲调回水电部工作，妹妹武凤翔从插队的河南禹县返京，在武汉空军政治部工作的哥哥武树林转业回京。我也于当年 3 月考入北京大学。在北京留守的是我的妈妈，和弟弟武树森。"文化革命"的风暴使我们四海为家，改革开放的春风让我们江河归海。

145

作者与父亲（右）合影于山西夏县史家村河滩，1971 年冬

父亲爱写诗，过年过节，总要写几首，然后我念。我有时还给他改几个字。他说，改得好。父亲对我的影响很大。除了如何做人之外，父亲给我留下两件遗产：一个是喜欢写诗，另一个是喜欢走路。

51 参加第二次高考

1977 年秋天，国家恢复高考。我和同校的几位年轻教师高高兴兴地报名填表，但是，被张万干校长泼了一盆冷水，他说：你们都考走了，影响学校的正常教学，不准报考。我们一听，心里凉了半截。又一想，校长的意见不符合国家政策，最后商定，去地区文教局"告状"。

我们到了文教局，说明来意。文教局的负责同志说，国家鼓励大家报考，你们校长的意见是不对的。我们马上打电话跟校长说明一下。等我们回到学校，张万干校长正笑嘻嘻地在大门口迎接我们。他说，文教局来电话了，你们去告我了，我不是有意为难你们，你们都很优秀，一考肯定考的取，我是舍不得你们！

报了名之后，就抓紧时间复习功课。好在那年不考外语。当时，我是班主任，每天早上 6：30 要和同学们一起出操跑步，每周有 6 小时的课，白天杂事也不少，没有完整的时间看书。只有晚上集中精力复习功课。我过去读高中那时做了不少笔记，还专门整理了数学、物理、化学的公式，历史、地里知识，等等。人常说，书到用时方恨少，真有道理。

每天晚上复习什么都有计划。一直奋战到凌晨两三点钟，那时候，伸个懒腰，踱出门来，发现别人宿舍还亮着灯。便用冰水洗个脸，继续战斗。那段时光，我自信是最晚熄灯睡觉的人。常常在似睡未睡之际，听到鸡鸣。

在紧张复习的两个多月里，未婚妻王永芳只来过一次。我们原是同班同学，毕业工作后，经过师范学校班主任杨老师介绍，才建立恋爱关系的。她给我买了一瓶炼乳，两副猪肝。她用煤油炉把猪肝煮熟之后，就回家了。那瓶炼乳我也是计划着吃，一直到高考完毕，正好吃完。

高考之后不久，就要填志愿了。那年在四川招生的学校挺多的，比如北京大学的图书馆系，复旦大学的新闻系，等等。到底填什么志愿呢？我没有一点心理准备。同校的宗小荣老师建议我第一志愿填复旦大学的新闻系，说，将来当记者好，记者是"无冕之王"。于是，我填了复旦大学新闻系。之后，突然想起来，要跟母亲打个电话汇报一下。母亲说，上海又没有亲戚，生活不方便。有北京的学校吗？我说，有，北京大学图书馆系。母亲坚定地说，就报北京大学图书馆系！只要能回北京就行！

放下电话，我马上去学校办公室去改志愿。老远就看见办公室的主任程洛玲夹着档案袋往校外走。我赶紧拦住程主任，说，我要改志愿。程主任说，老武，多危险，你再晚来一分钟，我就到彭县招生办送志愿表去了，那可就麻烦了！我们回到办公室，我用随身带来的刮胡子刀片，把志愿表上"复旦大学"的"复旦"二字轻轻刮掉，写上"北京"二字。把"新闻"二字刮掉，写上"图书馆"三字。改完志愿，心里平静下来。暗自庆幸给母亲打电话是太英明了。

不久后，接到校办公室通知，让我给四川省招办回电话。接电话的是北京大学法律系的老师，老师说，我们考虑到你年龄比较大了，北京大学图书馆系要学两门外语，你可能不太适应。同时，我们学校在云南、贵州、四川三省还有两个机动名额，是北京大学法律系的，你是党员，我们觉得你读法律比较合适，你愿不愿意？我问，法律系是学什么的，将来做什么工作？老师回答，就是学国家的政治、法律，将来当法官，国家干部，也可以搞研究，搞教学。我说，我愿意学法律，谢谢老师！心里想，这下可以回北京了！又过了几天，收到了北京大学的录取通知。我马上打电话告诉父亲母亲。多少年以后，我才得知，初中同学周小璞，就是曾经帮我取饭盒的班干部，也是北大图书馆系七七级学生。在同一个学校四年，竟然没有见过面。

接到录取通知，周围的同事们都替我高兴。不久，听到有人议论——老武的婚事会不会有变故？回北京再找对象也不迟，免得两地生活太麻烦。

于是，我和未婚妻王永芳商量，决定把婚事办了。元月下旬，学校快要放寒假了。照例是要会餐的。未婚妻在新都县清流乡中学任教。中学的黄明昭校长建议，把婚礼和会餐合起来办，这样，又"闹热"（四川人不说"热闹"），也节俭。我们非常感谢黄校长的细心安排。

爸爸给了我100元钱。我们买了水果糖，几条香烟，还有瓜子，水果，在会餐时，分发给各位老师。黄校长做证婚人，仪式简洁大方，就这样把婚结了。当时，我们什么家具都没有，把两张单人床一并，又把我去山西插队时妈妈给我做的8斤重的旧棉絮，请人网织了一下。弹网被套的师傅就是我们班长张训英的父亲。

回到师范校，我向张万干校长、陈行之书记、刘学儒主任，还有老师们和我的学生们辞了行。李昌伟、徐之平老师把我送到校门口。我握着李老师的手，热泪盈眶。我说，我一定会回来看你们的。

别了，我的老师们，别了，我的师范学校。

三　追随恩师
泛舟未名湖

52 初见恩师

我的恩师是张国华老师。我称张老师为恩师，不仅仅因为他是我的博士生导师，或者是我本科生时的实际意义上的导师，而是因为，我能够从事中国法律史教学研究工作，并且能够取得些许成绩，全仰仗着张老师的指引和栽培。不仅如此，我的人生观，待人处事的原则，生活态度，等等，都受到张老师的潜移默化。一位老学者能够对他的学生产生这么大的影响，使他的学生无形中获得那么多宝贵的精神财富，实在是太珍贵太稀少了！

1978 年 3 月，北京大学法律系七七级的 82 名新生，经过入学教育之后，便正式上课了。第二年过了寒假，按教学计划这学期本来应当先开中国法制史的课。但由于讲课老师有别的事情不能开课，于是临时调课，由张国华老师先讲法律思想史的课。在此之前，我们就听说张国华老师很有学问，讲课颇受欢迎。我们这些新生，上过小学、中学，没上过大学。大学教授是怎么讲课的？没有一点概念。我们都怀着喜悦和期待的心情在教室里静候。

张老师来了。他在教室门口停下脚步，问了一句：你们是七七级学生吗？是！大家不由得鼓起掌来。张老师个子不高，但神采奕奕。他眉毛很浓，双眼透着慈祥智慧的光芒。讲话不紧不慢，略带一点湖南口音，语言通俗而简洁，逻辑清晰，而且又符合语言规范。他讲的话，照录下来，甚至不用改动一字一句，就是一篇好文章。张老师在西南联大时是研究政治学的，在法律系教中国政治法律思想史。张老师这次给我们开课，是第一次讲中国法律思想史。1979年中国法律思想史正式成为法律院系的必修课，还成立了中国法律思想史研究会。张老师是这个研究会的会长。同时又做了北京大学法律系的系主任。

这次讲课的内容实际上分三个部分。首先，张老师祝贺我们考入北京大学法律系学习，勉励我们把个人的理想和国家民族的发展，自觉地结合起来，将来为国家法制建设贡献力量。他还提到抗日战争时期，西南联大师生的艰苦奋斗精神。其次，张老师讲到中国法律史课程在法学课程体系中的地位。强调一个国家的法学和法律都离不开民族的历史传统。法制建设也离不开民族的文化传统。在法治建设中，一个民族的法律思想和观念，往往起着巨大的指导作用。第三，张老师讲中国法律思想史的绪论部分，介绍中国法律思想史的概念、研究对象、研究方法、历史划分、基本特点，等等。

在讲到春秋战国时期的"百家争鸣"时，张老师在黑板上写了八个字："孔席不暖，墨突不黔"。接着他问谁能讲一讲这句话的意思？停了一下，见无人举手回答。就问：武树臣同学来了没有？你说说看。我站起来，说，孔子墨子学派为宣传自己的学说，四处游说，席子还没睡暖和，炉灶的烟囱还没熏黑，就出发了。张老师听了，十分高兴。这次课，是我和张老师第一次见面，第一次对话。下课以后，我和张老师又聊了几句，我简单介绍了自己的经历。张老师说，我知道，你是语文教师。分手时，张老师说，你帮我查一句话，是"承天之道以治人之情"，还是"取天之道以治人之情"，我记不清了。你查一下，下次上课时告诉我。

中午休息时，我骑车回家。从箱子里找出当年在山西插队时，读儒家经典时做的笔记本，查到了出处。是《礼记·礼运》，原文是："孔子曰：夫礼者，先王以承天之道以治人之情，故失之者死，得之者生。"下午，急忙回到北大，直接去了法律系教研室。正赶上老师们在开会。我把那张记着原文和出处的纸条，交给一位老师，请他转交给张老师。就这样，完成了张老师交给我的第一件任务。

作者与张国华老师（左）合影

晚上，在宿舍里跟同学聊天。有人说，老武，看来张老师是看上你了。又有人说，张老师让你查资料，显然是在考验你呢！我心里想，还好，总算没有给七七级同学丢脸，这是最重要的！

53　听侯仁之先生讲课

　　入学之后不久，就在办公楼礼堂听了一次学术报告，作报告的是著名历史地理学家侯仁之先生（1911—2013）。北京大学有个传统，就是差不多每周五晚上都有学术报告会。这种学术报告会的组织者是学生社团。由他们出面邀请社会贤达和学术名家，没有报酬，也不管接送。被邀请者都欣然登台。听课的学生不分年级专业，也不分校内校外，不发入场券，"先入为主"。我来到会场时，已经座无虚席了。我就站在过道上听讲。

　　侯仁之先生的讲座有个开场白。讲述和德国（西德）汉学家的一次小小争论。他说，在西周时期，华北地区就有"蓟"这个都邑。可是这个意见遭到德国汉学家的怀疑。他们说，"蓟"这个地方有商业交易活动吗？有这方面的证据吗？如果没有证据，"蓟"这个都邑的存在就是不符合逻辑的，是虚构的城市。侯先生说，我对那位汉学家说，欧洲古代的都邑确实是商品交易的产物，商人需要住宿、吃饭，存放货物，于是就有了饭店、旅馆和管理者，于是就产生了都邑。可是，在中国古代，商品交易并不发达，而政治因素处于决定的地位。一位统治者来到一片空旷的原野，决定要在这里筑城。有了军队，就有了为军队服务的设施和人群。都邑就产生了。都邑在西方是经济活动的产物，而在中国古代是政治的产物。

侯仁之先生的讲座很受欢迎，大家用阵阵掌声向侯先生表示由衷的敬意。今天，当年侯先生的讲座内容差不多都被淡忘了，但是，那个开场白依然记在我心中。他告诉我们，做学问，最重要的是实事求是，是尊重国情。否则就会削足适履，陷入西方中心论的歧途。

2004年，北京市高级法院选派我为团长，带着十几位各省会中级法院主管民事审判的副院长，到德国（统一后的德国）进行物权法的培训。给我们讲课的老师当中有一位知名的汉学家。他的汉语棒极了，如果只听其音不观其人，你一定认为他是北京人！

他讲到土地交易的历史时，不经意地说，中国西周春秋时没有土地交易。课间休息时，我跟汉学家聊起来。我说，西周春秋时虽然是分封制，但土地所有权形态已经相对稳定了。比如，周天子到鲁国的泰山去郊祀，想在泰山脚下盖一个供他们临时休息的招待所（行宫），是不可以的。那么，怎么办呢？周天子就用王的一块土地送给晋国，晋又把同样面积的土地送给卫国，卫也把同样面积的土地送给鲁国，于是，鲁国国君才批准周太子在泰山脚下盖了一座行宫。这也是土地交易的一种形式。这在《左传》里可以查到。汉学家说，好的，我回去查一查资料。

第二天上课时，汉学家开始就说，我昨天说中国西周春秋没有土地交易，这个观点受到武先生的批评。我回去以后查阅了资料，当时的确有土地交易的事实，但不是买卖，不必付款。我昨天的意见是错误的，在以后的场合，我也会改变我的意见。

我不由地又想起侯先生的结论——在西方古代，都邑是经济的产物，在中国古代，都邑是政治的产物。那么，在土地交易领域，在西方古代始终是经济行为，而在中国古代一开始则是政治行为。东西方文明的这种差异，体现了人类文明的差异性。各类文明之间本无高低贵贱先进落后之分。学问的价值就在于探讨各类文明起源、成长、衰落、解体的内在规律性。这种研究方法就是实事求是。

我刚刚进入大学的门槛，就有机会听到侯仁之先生精彩的报告，并且由此初步奠定实事求是的研究态度，从而避免了走许多弯路，不能不说是一大幸事！感谢侯仁之先生！

54　燕园蹭课

北京大学的教学是开放的。各系办公室外的楼道里，张贴着本学期的课程表，还有临时调课的通告。老师讲课也不点名，不清查人数，即使是一个不相干的人在老师讲课途中走进教室或者离开教室，也没人过问，充分体现教学自由。

一开学，我就骑着车，到有关的几个系里转悠一遍。用小本本记下老师开课的名称、地点、时间。然后和法律系的课程表合在一起，制定出自己的课程表。然后按图索骥去"蹭课"。

我先后听过历史系祝总斌教授的魏晋法制史专题和法史文献学方面的课。祝老师治学严谨，为人谦和，言必有据。他对史料极熟，可以信手拈来。我听过哲学系楼宇烈教授的中国哲学史课。楼先生学识渊博，讲课层次分明，深入浅出。听楼先生的课感觉很轻松而享受。有好几次，楼先生说，今

163

天就讲到这里。话音刚落，下课的铃声就响了，大家不由得发出笑声。我还听过中文系老师讲古代文献学。其中有一位女老师逐字逐句地讲《韩非子》的《五蠹》篇。从虚词实词讲到历史典故，可谓滴水不漏。原来一篇古代作品竟深藏着那么多的信息！有一次，在教学楼的楼道，我听到一位老师用洪亮的嗓音讲数学，时不时还发出爽朗的笑声。我走到教室门口一看，讲台上一位中年男老师在讲课，黑板上写满了数学公式，台下只有一位男学生在认真听课。老师那旁若无人、津津乐道的表情足见他对他研究的内容是多么钟爱！这就是教学自由。比起有些学校规定听课学生人数不超过 20 人就不能算一门课就不发教学津贴的规定来，其旨趣真是有天壤之别。

我的中文包括古文的水平，还是高中的水平，可以说没有经过正规的训练。这是一个先天的缺憾。通过"蹭课"，不敢说得到系统的提高，然而的确培养了对古文献包括古文字的极大兴趣。20 年后，我曾集中学习研究甲骨文金文，并斗胆提出前人未言的观点，这和我当年读本科时的"蹭课"不能不说具有因果联系。

55　俄语老师

　　入学之后，法律系教务办公室要求大家选外语。可以选的外语有俄语、英语。我因为初中、高中都学俄语，有一定基础。加之，年龄稍大些，不敢再学一门外语——英语。所以就选了俄语。我们班的姜明安、郭明瑞、刘德全等同学也选了俄语。

　　俄语课教室就在未名湖西侧的俄文楼。那里绿树成荫，花草繁茂，环境优美而安谧。弯弯曲曲的小径通向湖畔、勺园和静春园。路旁有条椅，供人们阅读和小憩。如果不是在俄文楼上课，我们还真不知道北大校园里有这么优雅的去处。

　　我们的俄语老师有两位，一位是李廷栋老师，另一位是王老师，可惜记不清名字了。李老师是甘肃人，虽然操着一口浓重的甘肃乡音，但并不影响教学效果。他对学生要求很严格，几乎刚刚开课，他就要求我们放弃汉语，用俄语回答问题。当然，他也是从头到尾用俄语，不讲汉语。这对我们这些把俄语丢了十年之久的老学生来说，无疑是个重大挑战。没办法，我们只能加紧学习，把淡忘的记忆重新捡拾起来。为此，我们把一多半的时间和精力都放到俄语上面。

王老师的教学风格却不同。她比较重视从基础出发，循序渐进，而且注意培养我们学习俄语的兴趣。她对苏联的社会生活了解的比较多，经常穿插着讲一些在苏联发生的小故事。至今我还记得三个故事。

第一个故事。一个苏联人到外地出差，要住旅馆，忘了带身份证。旅馆服务员说不能住，必须要有身份证。于是这个出差的人打电话让家里人赶紧把身份证寄到这个旅馆。很快，邮件寄到了这个旅馆，出差人要求领取邮件，旅馆服务员说，领取邮件必须出示证件，出差人说，天哪，我的证件就在这个邮件里呀！服务员说，不行，我们必须按规定办事。结果，出差人没住成旅馆，还失去了证件。只得赶回原单位，开了一份证明信，才把证件取回来。可是，什么事都耽误了。

第二个故事。有两个小伙子在离小镇不太远的野外游玩，无意间发现了一个山洞，进去一看，原来是一个当年德国人修建的仓库，里面有军装和武器。两个小伙子一时兴起，想搞一个恶作剧。他们俩穿上德国军装，戴上军帽，每人背着一支冲锋枪，大摇大摆地走到镇公所。正赶上镇公所在开干部会议。他们俩冲进门，大喝一声："不许动！你们指出谁是区委书记，否则就开枪啦！"结果，有一位职员站出来指着一个人说，他就是区委书记。后来，恶作剧很快被识破了，两个年轻人受到了批评，军火库里的物资也上缴给国家。但是，事情并未结束。那个指认区委书记的职员以"叛徒"的罪名被检察机关带走了，经过审判，居然判了刑。因为苏联人民很痛恨叛徒。

第三个故事。一次，有几个外国人在苏联某地饭馆吃晚饭。他们点了几个菜，吃了一阵，觉得不够吃，就把店员叫过来，要求再点几个菜。想不到店员说：不行，不能再加菜，刚才你们为什么不考虑好了？外国人说，对不起，你们的菜太好吃了，我们还想吃。最后，店员妥协了，说，你们等一下，他去了厨房，回来后说，好吧，只许加这次，不能再加了。外国人问，为什么？店员说，我们晚上8点下班。

除了这些故事之外，王老师还介绍了一些常识。比如，在苏联留学，要复印资料，首先到单位开证明，复印店才给你印，否则不行。听了这些介绍，我不免暗自思考，今天的苏联太僵化了，不改革怎么行呢。同时也在问自己，学好了俄语到底能做些什么呢？

两年的俄语终于结束了。我们为此付出了大量精力和时间。当然，我们应当感谢教我们俄语的老师们，他们为我们付出的更多，他们更辛苦。他们严格认真的教学态度让我们永远铭记在心。

留校教书以后，郭明瑞翻译了苏联学者关于《法律文化》的研究状况。姜明安和我共同翻译了《苏维埃行政法总论》。后来，由于研究的需要，姜明安、郭明瑞改学了英语，我则改学了日语。尽管如此，俄语那种美妙的旋律依然萦绕在心头，久久不能忘却。

56　五四科学讨论会

北京大学有一个传统，就是每年五四期间举行科学讨论会。届时校友们也返校参加，联谊性质的聚会和研讨活动有机地融合在一起。北大法律系也是这样，每年举办五四科学讨论会。大约是1979年，法律系动员学生们写文章，参加当年的五四学术交流活动。五四研讨会的会场是哲学楼101的阶梯教室。在这次研讨会上，几名七七级学生登上讲坛。比如，李克强以《法治机器与社会系统信息及控制》为题发了言。

留校教书以后，每年系里都组织五四科学研讨会。为此，我每年都写文章参加讨论。

这些文章后来大都发表在杂志上面。比如，《朱熹法律思想探索》、《亚里士多德法治思想探索》《论判例在我国法治建设中的地位》、《法律文化研究》、《易经与我国古代法制》、

《中国法律文化的总体精神与宏观样式》，等等。

　　总之，每年参加五四科学讨论会，使我养成了写文章的习惯。这些文章还可以"一稿两用"，既可以参加五四讨论会，又可以参加全国性的学术会议。这些不同规模的学术会议，使我认识了许多年轻学者，并结下了长久的友谊。更重要的是，通过交流培养了探索真理、平等交流、相互合作的精神。

57　给张老师当助手

1979 年，中国大百科全书出版社开始组织编写《中国大百科全书·法学》。我国知名法学家张友渔、潘念之为编辑委员会主任、副主任。张国华老师是法学卷中国法律思想史分支学科的主编。《法学》卷于 1984 年 9 月出版。在出版前一年多时间里，在张老师的安排下，我也参加了一些事务性工作，主要是做校对工作。

当时大百科全书出版社的责任编辑是张尊修。听人家议论，张尊修是张之洞的后代，她为人谦和，办事认真。我做校对的工作常常是在她的指导下进行的。

有一天，我到出版社去领任务。张尊修编辑给了我一份中国法律思想史辞条的打印稿，数百张专门印制的卡片。她要求凡是涉及人名、地址、年代、书名、术语、引文的，都要各立一张卡片，不要怕"浪费"，然后运用权威工具书核对，属于引文（即原文的），必须运用权威版本的著作，逐字进行核对。发现有错误的，在文字下面划红杠，然后用红笔写上正确的文字。她还强调，不论撰稿人是谁，就是你的老师，只要发现错误，也一定改过来，要为读者负责。

接受任务之后，我用了大约两个月时间完成此事。先是把要查的内容抄录在卡片上，编上号码，然后到图书馆核对。其中也有工作方法的窍门儿，比如，集中核对人名、地名、年代，免得反反复复，浪费时间。最难做的工作是查对原文。当初，因为出版社没有要求撰稿人必须注明引文出处，这样我不得不像大海捞针一般的去查找。好在中国法律思想史上的人物、著作、名词术语总是有限的。当时的心情是迎接挑战似的，非把原文找到不可。经过核对原文，的确发现了一些错误。有的属于理解上的错误，遇到这种情况，我就集中地向张国华老师请教，然后以张老师的意见为准。最后把卡片和打印稿一并交给出版社。

作为副产品，我留下两本厚厚的记录本。有了它，一方面可以回答出版社的询问。另一方面为自己精读古代原著打下基础。其实这个校对的过程，也是我"博览群书"的过程。张尊修编辑对我的工作比较满意，作为对我的酬劳，她额外给了我几百张卡片。这种奖励，也许还反映了她私人的些许谢意。因为，中国法律思想史的辞条里面，就有张之洞先生。此后，我就坚持一个习惯——不记卡片不读书。

172

在张国华老师的指导下，我作为一个高年级学生参加了编教材的工作。

首先是《中国法律思想史参考资料》。为了方便学生学习中国法律思想史，张老师组织编写和教材《中国法律思想史》相配套的《中国法律思想史资料选编》。我负责编写战国部分的参考资料，并参加了统稿工作。

其次是《中国法律思想史纲》（上、下）的撰稿工作，我撰写了杂家、拓跋宏、朱熹、邱濬、王守仁、耶律隆绪、完颜庸、耶律楚材等人的法律思想。

第三是和张国华老师合作的《中国法律史》。这是一本普及法史知识的通俗读物。

参加这些工作，对我既是考验，又是锻炼。每当我接到这些任务时，我都心存感激之情，意识到这是张老师对我的信任。我就集中时间，抛开别的事情，全力以赴地去做。先搞出一个轮廓，再逐渐填满，最后逐字润色。最开始写东西，难免受"文革"大字报风格的影响，选个四六字的题目，上下对仗。张老师看了，笑了笑，说，太板了些。我当时也不懂什么是"板"，估计可能是太僵化，没有个性，语言不生动吧。以后就努力克服。直到张老师满意为止。经过这种训练，我的文字功夫有了明显提高。不仅没有错别字和病句，有时还会点染一些文学色彩。我的本科毕业论文是《朱熹法律思想探索》，经张老师指导，和饶鑫贤老师推荐，发表在1985

173

年第 2 期的《北京大学学报》上。这是我发表的第一篇学术论文。这篇文章的发表让我受到极大鼓舞，调动了我写文章的积极性。以后，除了备课上课，就想着写什么论文。那时候，论文写好后，还要用正规稿纸和复写纸抄一遍，一式三份。然后整理出来，用订书钉订好。看看这些稿子，我心里有说不出的快乐。

58　不记卡片不读书

　　抄书是高中时就有的习惯。在山西插队时，大家都带了自己喜欢的书，可以换着看，我带了60余本的《文史资料》，大都是建国以后事件亲历者写的回忆性的文字。我用它跟同学们换了不少小说名著之类。因为要还，所以就把自己认为最重要的或最精彩的文字摘录下来。但是，常常没有注明出版信息，就是出版社和出版年份。摘录的文字都记在本子上面，有时还间或抄些歌曲。

　　以做学问为目的的摘录，还是从读大学时开始的。那时读书似乎也没有既定的程序，先读什么，后读什么，只是凭着兴趣。当时摘录原文已经不用本子了，而是用纸。把纸裁成信封大小的，一叠一叠的，编上号码。第一张纸一般记上作者、书名、出版社、年份。然后把书中需要摘录的内容标在第一页上面，比如第19页上，或中、下。待把书读完之后，按照页码，一一摘录在第 2、3、4 页卡片上面。每段原文后面标明页码。如果有感想或疑问，就在后面记下来，前面划一个括号，以区别是自己的话而非原著的话，尾部写上 R，即俄语"我"的意思。完成之后，就把这一叠卡片放到一个用牛皮纸糊制的口袋里，上面标明书名，时间长了，就积累了一大堆这样的牛皮纸口袋，把它们整整齐齐地摆放在硬纸壳做的盒子里，像一沓沓钞票。但是，在我心目中，它们比什么都贵重。

59 我的舍友、组友

我们的宿舍在北大南门附近，房间很小，只有 10.3 平方米。屋里有四张上下床，四张书桌，住着七个同学，一张空着的床用来放杂物。

入学时，我们住在 16 楼 128 房间，就是所谓"三角地"的东侧。后来搬到 37 楼 314 房间。仍然是原来的七位同学。

我们七位同学资格最老的是何山，曾经当过兵，经验丰富。他平时待人总是乐呵呵的，说话慢条斯理的，很风趣。他擅长照相，上刑侦课时，老师教我们照相，何山最熟练，什么快门、光圈、显影、定影，他都头头是道，照相质量效果都最好。何山家住在三里河，我家住月坛北街，星期六下午，我们一路骑车回家。何山文笔很好，读书时就组织大家写书写文章，我们合作了一本书，曾经投到群众出版社，后来没了下文。

我的下铺是何勤华。1955 年出生于上海。他生活很有规律，几点到几点做什么事，都井井有条。晚上 10 点准时睡觉，别人聊什么他也不听。小何学习很用功，总是认真地看着什么书，然后时不时地记着什么。如果有什么发现或是感慨，他就毫无保留地说出来，与大家分享，或是引起讨论。有一次上李志敏老师的婚姻法课，讲到五代血亲不能结婚，小何说，上海农村就有亲上加亲的风俗。小何的消化器官不怎么强。一次在食堂吃炒海带丝，把胃吃坏了，一直没有恢复。同时，因为北方气候干燥，时不时地流鼻血。因此他总是说将来要回南方。他毕业时到上海华东政法学院读硕士研究生，和他的身体状况不无关系。其实，我们都认为他应当继续读北大的硕士学位。但是事实证明，他的选择是正确的。1995 年，小何曾经跟我联系，想读我的论文博士，就是通过外语和专业课的考试之后，写一篇论文直接答辩。我说，我完全支持你的计划。但是，咱们是同班同学，那样一来，咱们就变成师生关系了，岂不是"乱伦"了！我建议他读王哲老师的西方法律思想史，他同意了。后来顺利获得博士学位。

　　刘凤鸣是从兰州考入北大的，1957 年出生在山东青岛，曾经在定西县下乡锻炼过。祖籍在河北沧州。小刘为人憨厚朴实豪爽，酒量惊人，一副西北人的形象。记得有一次，我们正热衷于照相的时候，我买了一包相纸，放在桌子上，准备晚上扩印照片。小刘一声不响打开纸包，说，老武，你买的相纸真不错，还是带纹儿的呢。我急忙说，小刘，你怎么提前给曝光啦！同宿舍的人哄然大笑。有一次，小刘跟我打赌，说，如果我每天早上围着未名湖跑三圈，坚持到毕业，他就认输。结果，我每天都坚持了，不管刮风下雨。到毕业时，小刘认输了，可是当初没说好输什么，小陶说，让小刘给老武买一个相册吧！

陶景洲是从安徽考来的。1958年出生。从安徽考来的同学还有李克强、张恒山。小陶很"爱美"，很文静，注重穿着打扮，一尘不染的样子。是班里公认的漂亮小伙儿。小陶学习很用功，学习方法很灵巧，悟性很高。他英语很好，又自学日语，出国留学前，又改学法语。很喜欢争论问题，有时争得面红耳赤的。输了也不服输，不定哪天又捡起来。他字写得很漂亮，他写的信，一看就知道用心写的，没有一处涂改。小陶出国留学时把一箱子书留给我保存。我搬了七次家都没遗失，最后完璧归赵。

徐杰来自浙江。他性格豪爽，说话声音洪亮，语速很快，一听就感觉他思维敏捷。若仅从外表来看，他倒是更像个北方人。他喜欢喝酒，一喝就醉，还不承认。他喜欢争论问题，不轻易认输。

顾雪挺是从江苏考来的。1957年出生。他个子比较高，留着短发，是个精明强干的小伙子。他学习很刻苦，珍惜时间，作息规律。性格有点内向，一般不参与争论。别人争论时，他总是笑眯眯地听着，你猜不出他究竟站在哪一头。我们宿舍我、老何、小顾是学俄语的。他俄语学的最好。他平时喜欢锻炼身体，洗冷水浴，总是显得精力充沛。他善于闹中取静，别人聊天，他端坐在那里，一动不动地读书。

毕业时，何山去了全国人大常委会法律工作委员会，直接参与多种重要法律的制定，写了很多注释性质的文章和著作。还组织同学合写了一本《现代生活法律全书》。至今他还在消费者权利保护协会活跃着。

何勤华从上海华东政法学院硕士毕业留校任教，最后任了10年的华东政法大学的校长。

小何特别勤奋，热爱学术，著作等身，为中国法史特别是外国法史研究作出卓越贡献。

刘凤鸣毕业后留学美国，后从事律师工作，成为第一位获得律师资格的外国人。后长期在国内工作、生活，担任美国微软和通用公司的CEO。

陶景洲毕业后留学法国，获得律师和仲裁员资格，1991年回国，长期在国内工作，是国内律师和仲裁业界的著名人物。

徐杰毕业后在浙江法院系统工作，具有基层法院中级法院、高级法院领导工作的经历，担任高级法院副院长。

说起舍友，还有一位庄宏志，他一年级时和我们住在一个宿舍，二年级时搬到别的宿舍去了，小庄是北京市人，

1954年出生，家住中关村，离学校最近。他个子很高，但是不怎么爱打篮球。小庄说话慢条斯理，不紧不慢，爱争论问题，有时熄灯之后大家都不说话了，他还滔滔不绝地发表言论。小庄很会考试，成绩一直名列前茅。

庄宏志毕业后到日本名古屋大学攻读硕士学位，先后在加拿大、（中国）香港、新加坡从事律师工作，1997年回国，在上海继续从事律师工作，工作十分投入，被称为"工作虫"。

说到组友，就是同组同学。是在同宿舍的男生加上四位女生组成的。

第一位女生是王月园。1954年出生于武汉市。毕业后分配到北京市司法局，先后在北京法制报、北京市律师协会工作。1996年在北京市金台律师事务所工作。

第二位女生是翟建萍，1958年出生，北京市人，毕业后在北大法律系攻读硕士学位。1984年调到最高人民检察院工作，任研究室副主任。后调到国家检察官学院任教务处处长。1996年到北京康达律师事务所任合伙人。

第三位女生是汤唯，1958年出生在新疆。毕业后在新疆大学工作了17年之久。1999年调入烟台大学法学院任教并曾担任院长。

第四位女生是苏岩，北京市人，毕业后在北京工作，不幸早亡。陶景洲曾写诗悼念："还记得你娇小的身影在硕大的燕园，还记得你那双忽忽闪闪的秀眼，你在我们的记忆中保持着青春，你那动人的笑声尚在耳边。我们相识在北大的校园，那注定是上帝定下的缘。你十多年来在天堂长眠，我们80人尝受人生的酸辣苦甜。不知你在长梦中是否听到，我们每次聚会时对你名字的呼唤？尽管你的名字被黑框圈起，你永远是我们班里的一员。”

我们的舍友、组友虽然只有七人，十人，但他们是七七级全班同学，甚至是恢复高考之后新三届学生群体的一个缩影。我们深切体味到，个人的命运是和国家民族的命运密切联系在一起的。如果没有改革开放，或者改革开放再晚 10年，就没有我们这一代人的经历。

60 留校四同窗

临近毕业时，系里进行毕业思想教育。之后，开始填志愿，每人可以填五个志愿。经过考虑，我填报了以下五个志愿：1. 中共中央政治委，2. 全国人大法工委，3. 最高人民法院，4. 最高人民检察院，5. 四川省高级法院。

一天，系党委书记王德意老师通知我去系办公室，王老师问：为什么填四川省高院？我说，我是从四川来的，我爱人还在四川工作。王老师说，现在的政策不是"哪儿来哪儿去"了，外地来的学生完全可以报北京单位。你再考虑考虑。

正在考虑的那几天，张国华老师找我谈话。他说，小武，要不要留到系里，教中国法律思想史？将来咱们还可以下棋。我说，我当年在四川就是中专毕业留校教中专，现在，我本科毕业教本科，恐怕不行吧？张老师说，有什么不行，将来一边工作，一边读个学位。只要有真才实学，学历没有那么重要。不着急，你好好考虑考虑。

我马上与爱人通信商量，爱人的意见是，以未来发展为主，教书挺好的，还有寒暑假。我把同意留系任教的决定告诉张老师，张老师非常高兴。我赶紧去系里找王德意老师。王老师说，留系的事儿，还要系里正式讨论才能定。不过，按照学校的要求，你要写一个承诺书，就是留校以后五年内，不向系里和学校提出解决两地生活的要求，我当时就签了字。之后，我跟张老师开玩笑地说，我签了"卖身契"了。张老师笑了一阵说，你反过来想，其实也是校方的一个保证书，答应五年内解决两地问题嘛！

张老师很认真地跟我说，中国法律思想史是个新成立的学科，特别需要人。将来，李贵连搞近代，你搞先秦，还需要一位搞现代的。咱们北大的队伍就是全国最强的了。张老师接着说，他特别想把李克强留在法史教研室，已经跟他透露了点声，他没拒绝。你跟他好好谈一谈，做做工作。李克强文史底子不错，英语又好，思维敏捷，将来搞现代部分，是把好手。当时，我和张国华老师在他家里下围棋。张老师无意中说，李克强也下棋，还下得不错呢。你们俩下过吗？我说，下过。他的棋风比较稳健，不张扬，不冒进，不缠斗，往往在布局阶段就占了上风，使你不得不在序盘时挑起冲突，或者在收官时加倍小心。下完棋，我们也不数子，我说，我输了，他也说，我输了。就这样，再下一盘。结束的时候，

184

我们都很高兴，都以为自己没输。后来，由于李克强工作越来越忙，我们就很少有机会下棋了。

我遵命行事，在学生宿舍跟李克强转达了张老师的意思。李克强说，张老师跟他透露出留我的意思。张老师人品好，学问也好，能够在张老师指导下从事法史研究，是一件大好事。我一听，心里特别高兴。我想，将来如果能够在一个教研室工作，下棋的机会就多了。我立即向张老师汇报了。张老师也非常高兴。他不经意地小声嘀咕了一句：你们七七级能够多留些人就好了。我一听这口气，心想，这留校的事儿还可能有变数呢！

过了几天，听系办公室的老师说，学校批准法律系七七级毕业留校的名额是四个人。老师们都说，四个人太少了！又过了几天，听说法律系名额还是四人，学校的意见是，各系都在争，学校的房子严重不足，四名年轻的教师合住一间筒子楼房间，还不能保证呢。最后，经过法律系领导班子认真研究决定，法律系七七级毕业生留校四人。根据学科发展的需要，李克强分到经济法教研室，郭明瑞分到民法教研室，姜明安分到行政法教研室，我分到法制史教研室。现在回想起来，他们三人的分配是很合理的。因为，经济法和行政法都是重点发展的学科，民法是传统的重点学科。还有一个传统重点学科是刑法，可是这次轮空了。也许是因为刑法老师没有发现合适对象，也许是没有人愿意留系教书，因为当时选择工作岗位的机会真是太多了，更不必说出国的热潮已经开始。也许是张国华老师坚持要留我到法制史教研室，才形成这样的结局。今天，这些事情都无以考察了。总之，我从此便成为一名中国法史研究者了。现在看来，可以说，在不经意之间，我选择了一个我最喜欢也最适合的工作。谢谢张老师的安排！

有一次，我们留校的四位同窗在宿舍聊天，大家商定，四人合作，写一本关于"法律文化"的书。这是一本宏观的体系宏大的书。可是，这个计划很快就变得不那么容易实现了。

首先是李克强的工作调动。李克强，安徽定远人，1955年7月出生，曾在安徽凤阳县插队，担任过大队党支部书记。在校学习期间担任校学生会负责人。留校不久后，他被选为北京大学团委书记，专门从事学生工作了。其次，我们三人各属各的教研室，教研室的一些事务性的工作要做，当助教，指导毕业生实习，还有更重要的是备课，渐渐地准备早日登上讲台。于是，我们那个宏大的计划就被排挤到后边去了。

我们四位同窗中间，第二个离开岗位是郭明瑞。老郭是山东招远人，1947年9月出生，高中毕业后务过农，当过兵，教过书。他的爱人和孩子都是农村户口，一时难于解决两地问题。但是，农村户口也有农村户口的优越性，老郭干脆把他们娘儿俩接到北京大学来。当时留校的年轻教师是四个人住一间 10.03 平方米的筒子楼，怎么办？教研室领导就安排她娘儿俩暂住在教研室。教研室的房子大约 30 多平方米，中间用布拉上一个帘子，帘里后边临窗的地方支一张床。好在教研室每周五下午开一次会。开会的时候，他们娘儿俩就躲出去。我有时候去教研室看见老郭的爱人在楼外边转悠，就笑着问：他们开会呢？她回答：是呀，正开会呢。

后来，为了解决老郭的两地分居的困难，由北京大学出面，将老郭调到山东烟台大学工作，不久，老郭的爱人也在烟台大学安排了工作。老郭后来当了烟台大学法律系主任、副校长、校长。前几年，老郭和我都被山东大学聘为人文社科一级教授。我和老郭，再加上在山东大学法学院长期工作的冯殿美，三位同班同学，能够先后在一个单位共事，也挺难得！

第三个离开工作岗位的是我，1997 年 4 月，北京市委调我到北京市第二中级人民法院任党组副书记、副院长。

这样，我们四人当中，始终坚持在北大工作的只有姜明安。姜明安是湖南汨罗市人，1951 年 9 月出生，当过农民，当过兵，教过书。按照北大的规矩，年轻教师留校四人住一间筒子楼，第二年三人一间，第三年二人一间。我和老姜一直住在一个宿舍，直到我搬到一居室为止。老姜为人很孝顺，攒点钱，就寄给家乡的父母。亲戚们有困难，他也寄钱回去。他为人简朴节约。早上在食堂买饭，经常是一个馒头一碗粥，一分钱咸菜要吃两顿。他学习刻苦。为了研究国际行政法学的新动态，他除了俄语之外，又增学了英语。后来，他结了婚，他爱人的单位分了房子。正赶上我解决两地问题，我爱人调到北京大学附小工作，但是没有房子。姜明安就主动让出筒子楼的一张床，让我们和孩子三人住下来，他骑自行车上下班。我深知，在北大上课，中午没有落脚休息的地方，是非常难受的！

老姜善于写书写文章，得了不少稿酬。但你看他的穿着，真是太普通不过了。他从美国回来，请老师和同学吃饭，对饭馆服务员说，我不会点菜，你们看着上，每人50元标准。那时，这个标准已经是很高的标准了。他有了积蓄，就支援家乡，建小学，修路。有一次，同学聚会，外地有些同学路费食宿有困难，他二话不说就捐了两万元。有一次，我们给老姜介绍了一个对象，约会第二天上午10点钟在紫竹院公园见面。他们两谈到11点钟，老姜看了看手表，说，今天就谈到这里，我们学校食堂11点半开饭，于是就骑车跑回来了。我一见老姜这么快就回来了，肯定是谈吹了。一问，才知道是回食堂吃饭来了。我问，老姜，你怎么不请人家吃顿午饭？老姜不解地说，啊？谈恋爱还要请吃饭？

在讲课方面，老郭和老姜是很受学生欢迎的，因为他们都以深厚的研究做基础，始终能够走在学术研究的前列。但是，说句实在话，他们俩讲课受欢迎，必须经过一个适应过程，也就是学生听力的适应过程。因为他们俩有一个共同的特点——乡音不改。比如，老郭讲婚姻法，讲了一个术语——Piou。经过一个月以后，学生才弄明白，那不是英文，而是汉语——"配偶"。胶东话叫作 Piou。老姜一口湖南腔，说话频率也快，讲到高兴处，自己先哈哈大笑，等学生们听懂了之后，才发出一阵大笑。老姜讲课时，要带一大缸子水。讲着讲着口渴了，想起喝水，就停下来，面向着同学们举起水缸子，伴着喉咙处发出的声响，以"临行喝妈一碗酒"的速度一饮而尽！让同学们顿时觉得痛快淋漓。

老郭、老姜和我，能够在教学上不辱使命，还真得要感谢北大的学生。因为北大的学生很优秀，也很有个性。如果你不认真备课，没有闪光之处，照本宣科，学生会不满意的。轻则到学校去反映，要求换人，重则在教室里，当着老师的面，把装着饭盒的书包向肩后一甩，咣当一声，趿着拖鞋，巴卡巴卡地走出教室，走到门口时，还冲着你回眸一瞥！

给北大学生讲课是一件愉快的事儿。因为他们能够跟你互动、讨论、争鸣，甚至面红耳赤。正好像你往湖面上抛出一片小石，它会在湖面上击起波纹来。这种愉快足以变成一种奋斗的热情，推着你努力去研究问题。在大学的讲堂里，难道不也是"水则载舟，水则覆舟"吗？

前排右起第一人郭明瑞,第二人姜明安,左起第一人武树臣。李克强同志因工作,未参加七级同学聚会

我的舍友、组友 前排左起：汤唯、何勤华、武树臣、王月圆、翟建萍，后排左起：刘凤鸣、陶景洲、顾雪挺、庄发志、何山

191

61 兼职律师

留校以后，工作并不是很忙。主要是为张老师做些教学辅助工作。张老师为八零级本科生授课，我就去旁听，找机会和学生们聊聊天，听一听反映之类。同时备课，准备第二年上课。其间和姜明安一起带七九级学生在石家庄法院系统实习三个月。

由于我家住北京，熟人较多，受人之托，开始介入律师业务。当时刚刚学完了法律，也很想了解一下首都司法的第一手资料，而且获得律师资格也没有后来那么复杂。留校以后的两三年时间，我在律师业务方面花了不少精力。为当事人辩护，当代理人，为法人单位做常年法律顾问，必须熟悉业务，光靠学校学的那些书本知识是远远不够的。记得那时候，一听说法院、检察院、税务局、海关等机关出台了什么新规定，就想办法搞到手，好好学习领悟。慢慢地和这些机关建立了联系，时不时地邀到一起聊一聊，的确获益良多。

我挂靠的律师事务所是北京市司法局下属的一个所，离学校比较远。后来，我把关系转到北京大学法律系办的同和律师事务所，还当过几个月的律师事务所主任。调到人民法院工作后，律师职业自然就中止了。对我来说，兼职律师工作虽然不是主要工作，但是，这段经历是十分珍贵的。作为一名研究中国法律史的教师，很容易埋头故纸堆，两耳不闻窗外事。特别是，当1997年春，北京市委组织部调我去人民法院工作之际，这段经历还是被看重的。同时，它还给我增添了许多勇气和信心。正如后来有人问我的，老武，你怎么敢去法院工作？

除了兼职律师工作之外，还搞了一段时间的培训班。当时专利法刚颁布，在法律系支持下，我们几位年轻老师一起合作办了几期培训班。听课的人来自全国各地，最多时有300多人。讲课的老师除了法律系的教师之外，还有实际工作部门的负责人。那段时间，请老师，印讲义，组织接送，十分辛苦。直到有一天，张老师找我谈话，要求我专心做学问，此后，一切就大变了。

62　兼职编辑

有一天，张老师找我谈话。他说，小武啊，年轻人，刚刚参加工作，又有家庭负担，出去挣点钱是无可厚非的。但是，在北京大学工作，怎样才能安身立命呢？我看，只有静下心来好好做学问。接着他又说，北京大学法律系和光明日报出版社合作办杂志，名字叫"自修大学"，我介绍你当兼职编辑，还可以发表文章。我听了张老师的话，真是又惭愧又感激。惭愧的是我目光短浅，舍本逐末了。感激老师给我指了一条光明正道。决心一下，此后便基本上不再搞律师业务，一心搞好学问。

1981 年，国务院批准实行自学考试制度，个人自学、社会助学、国家考试相结合。由于编教材来不及，发行渠道不畅，所以，光明日报和各教学单位合作，编辑出版月刊《自修大学》杂志。杂志分两种，一是文史哲经专业，1983 年 1

月创刊，至 1986 年 12 月停刊。其中，中国语言文学由北京师范大学中文系负责，中国古代史由北京大学历史学系负责，中国近代史由北京师范大学历史系负责，中共党史由北京师范大学马列研究所负责，哲学由中国人民大学哲学系负责，政治经济学由中国人民大学经济系负责。二是政法专业，1984 年 1 月创刊。由北京大学法律学系负责。《自修大学》的办刊宗旨是指导高等教育自学考试，帮助系统学习专业知识。编辑方针是在三四年里，陆续编辑大学法律系本科必修课的讲义，指导自学者的学习。1984 年，邓小平同志为杂志题字——"自修大学"。

《自修大学》（政法专业）的主编是我的师兄李贵连。他比我年长两岁，曾经在湖北省某法院工作。他工作经验丰富，文笔极好。我们合作得也很好。他多次带我去光明日报出版社办事，跟出版社的领导和编辑建立了很好的联系。十几年后，我的第一本法学文集就是在光明日报出版社出版的。

编辑法律系必修课讲义，对我来说不仅仅是一次再学习的好机会，借此机会，和法律系的老师们又增进了相互了解。当兼职编辑是有报酬的，每月 80 元。这对一位每月薪金 56 元的年轻助教而言是雪中送炭！而且，最重要的是，在《自修大学》上面，我发表了系列讲座《中国法律文化》十二讲。这些今天看上去并不起眼的文字，是对当初留校四同学的共同诺言——合写一本法律文化的书——的一个践行，也是此后我立志研究中国法律文化的一个奠基石。

　　不管怎么说，从当兼职律师到当兼职编辑，真是一个质的转型。从此，我便一头扎到学问堆儿里，乐此不疲。我就像一颗不成型的树苗儿，张老师就是园丁。我庆幸我遇到了一位好园丁！

63 我的"长征"

　　我留校教书以后不久，我爱人就调到河北省三河县燕郊的一所学校工作。她一边工作，一边带孩子，十分辛苦。最困难的是在当地买不到菜。于是，我每周必须从北京大学赶到燕郊，备好一周的蔬菜。

　　当时有一班从北京站到燕郊的火车，早上七点钟开，下午三点多钟返回。火车票是五角钱。如果骑自行车到北京火车站，把自行车存放在车站，一天的存车费是四分钱。为了节约开支，同时也为了路上买菜方便，就决定骑自行车往返。

　　我一般是每周一至周五在校工作，周五下午回燕郊，周日下午回学校。周五下午两三点钟，一般是教研室开会学习，五点钟散会。我就出发了。从中关村到动物园，向南经礼士路到长安街，东行到八里庄、通县、宋庄、白庙，过潮白河，就是燕郊。一路上还要买菜。当时在自行车后架子旁安了一个筐，专门装菜用的。骑车从北京大学到燕郊，中等偏快的速度，需要三个半小时。有时因为学校有事，下午六点多钟出发，到燕郊时已经天黑了。还有一次是下午八点钟出发，天已经黑了。一出通县，就是农村的机耕道，没有路灯，根本看不清路。我就仰望天空，因为路两旁是高大的杨树，漆黑漆黑的，中间有一条缝，略微有些光亮，似乎是一线天，这样就不会走错路。当时，就盼着有卡车经过，最好是同一方向的，这样，我就能够看清道路。那时，正好遇上五六个外出回家的农民，我就悄悄地跟在他们后面。路上听他们聊天，谁家要盖房了，谁家要娶媳妇了，心里觉得很安全。想到很快就能和家人团聚，心里充满了阳光。

我爱人在燕郊工作了五年，我就骑了五年的自行车。骑车时，两眼不免要看着自行车的前轮。眼看着前轮的外胎被磨薄了，突然鼓出一个包来，赶紧去车店换轮胎，五年换了两次轮胎。算下来，比买火车票还贵。

由于长期骑自行车，我得了痔疮。在北大校医院做了手术。那一年，我爱人被调到北大附小工作了。我再也用不着"长征"了。自行车后架子上的筐子被拆掉了，在自行车横梁上安了个小椅子。从此，自行车成了我女儿上学下学的"专车"。再后来，这辆专车被遗弃在北大筒子楼的楼道里，直到没有了踪影。

64 教研室的老师们

我留校教书，成为法律系法制史教研室的一名年轻教师。当时留法制史教研室的还有李贵连师兄。一下进两位年轻教师，而且都从事中国法律思想史的教学研究工作，实属不易。这无疑增强了中国法律史学科的力量。

当时，即使在全国高校法律系来看，我们教研室的科研力量也算是最强的了。

在中国法律思想史方面，恩师张国华老师堪称第一把"小提琴手"。"文化革命"结束后，张老师主编了全国第一本司法部编《中国法律思想史》和配套的《资料选编》，后来主编了《大百科全书·法学卷》的《中国法律思想史》部分，和《中国法律思想通史》（多卷本）。1979 年中国法律思想史研究会成立时，当选为会长。我的另一位恩师饶鑫贤老师，是教研室主任，曾经在南京中级法院工作过。他的研究方向主要是帝制时代的法律思想。饶老师书法非常漂亮，他讲课时，经常用粉笔竖写，学生们争相模仿，甚至不忍擦掉。饶老师平时喜好诗词歌赋，有《辛咸诗草》问世。饶老师也是我的恩师。我的本科毕业论文《朱熹法律思想探索》就是在饶老师指导下完成的。后来，经过饶老师的鼎力推荐，此文被刊登在《北京大学学报》1983 年 5 期上。1995 年秋天，张国华老师病笃，我的博士论文答辩是在饶老师指导下通过的。饶老师不幸于 2003 年故去。我在中国法史方面的些许成绩，离不开恩师张国华老师和恩师饶鑫贤老师的共同栽培。郑兆兰老师从事近代法律思想研究，给我们讲过近代法律思想史。李贵连师兄从事近代法律思想研究，其重点是清末修律和沈家本的研究，后来成为国内公认的沈家本研究的专家。我的兴趣在先秦。后来又增加了一位年轻人乔聪启，他从事中华民国时期的研究。

在中国法律制度史方面有肖永清老师，当时是系副主任，他的研究重点在西周。当时的中国法律制度史课是学年课，肖老师光讲西周就讲了一学期。肖老师主编的《中国法制史简编》（上、下）于 1982 年出版，是国内较早出版的中国法制史教材。蒲坚老师，当年给我们上课，讲古代法制。记得有一次，我刚刚留校，参加第一次教研室的会，蒲老师跟我说，你一定要多读书，先秦的材料太多了。蒲老师笔耕不止，今年又出版了《中国法制史大辞典》。张国福老师研究重点是中华民国法制史，特别是宪政。赵昆坡老师研究重点是近代法制史。应当说明一下，朱总斌老师本来也是我们教研室的老师，研究重点是魏晋隋唐，但是调到本校历史系去了，大家都非常惋惜。

在外国法律制度史方面，当时由嵘老师给我们七七级开课，记得他讲了一段话，我们记忆犹新。他说，当时，世界上有两个大帝国，东边的汉帝国，西边的罗马帝国，他们俩谁最厉害？他们没互相打过。汉武帝打败了匈奴，匈奴往西跑，一路打到欧洲，引起蛮族向南方大迁徙，于是就打败了罗马帝国。孙孝堃老师也曾经给我们上过课。

在外国法律思想史方面，沈叔平老师，原来在山西某新华书店工作，"文化革命"结束后归队。他专门研究黑格尔法哲学，给我们讲过西方古代法律思想。杨锡娟老师研究西方近代法律思想史。王哲老师后来继任教研室主任，他曾经在前苏联莫斯科大学学习，曾出版《西方法律思想史》。

随着岁月的流逝，特别是市场经济大潮的冲击，我们教研室发生了不小的变化，总的趋势是不断萎缩。此非一家，全国莫不如此。诚如孔子所曰："滔滔者天下皆是也，而谁与易之！"我们教研室往日的辉煌，已经一去而不复返了。

65　李志敏老师二三事

　　李志敏老师是教我们民法和婚姻法课的老师，他待人和善真诚，很有学问，且多才多艺，写得一手好字，尤善狂草，被学界称为"草圣"，与启功、欧阳中石齐名。

　　李志敏老师给我们七七级同学讲婚姻法，先讲中国古代婚姻史。他把恩格斯的《家庭、私有制和国家的起源》中的某些原理，和中国古代文献结合起来，让我们听得津津有味。比如，讲到春秋时代产生了重男轻女的意识。家里生了男孩，称"弄璋之喜"，生了女孩，称"弄瓦之喜"。到了战国，甚至出现了"产男则相贺，产女则杀之"的现象。又如，讲到战国时有"赘婿"，"家贫子壮则出赘"。男子嫁到女家，写立婚书，缴纳聘财，约定年限。课间休息时，我跟李老师说，我当年插队的山西夏县农村，就有招婿的风俗，以一年为期，有试婚性质，结果女方家庭对女婿不满意，把他赶走了。李老师说，古老的风俗习惯一经形成，就会延续下来。"礼失而求诸野"，农村还保留着许多古老习俗。城市与农村有很大差别。

当时，婚姻法课是考查课，不考试，李老师要求我们写一篇文章。可巧，我们在学校刚看了电影《简爱》。我就问李老师，写一篇观后感行不行？李老师说，当然可以。于是我就写了一篇《电影简爱观后感》。大意是说，中世纪的英国法律不准许离婚，造成了简爱和罗切斯特的悲剧。简爱的表兄圣·约翰向简爱求婚，可见，中表婚曾经在英国是被允许的，这点与中国古代相同。中国古代七出中有一条"恶疾"，像罗切斯特的妻子患了严重的精神病，也应当属于"恶疾"，在中国古代是允许离婚的。不过要对患病方妥善安顿。

文章交给李志敏老师，不久，班里的学习委员把文章分发给每个同学。我一看，在文章首页的上方，李老师批了几个字：中外比较，很好。你投稿了吗？同宿舍的何勤华很认真地跟我说，老武，你真可以给《大众电影》投稿。至于投没投稿，我忘记了。但是，李老师对学生的那种宽容和鼓励的态度，深深地激励着我向更高的标准行进。

李志敏老师是学俄语的。他平时喜欢到学生宿舍来找学生聊天，其真实目的也许是想在学生中选择未来的民法教师。一天晚上，我们宿舍的人都在静静地看书，没有人说话。这时，就听见有人在楼道敲我们宿舍的门。刘凤鸣风趣地用英

203

语问：您是谁？没人应声。又接着敲门。陶景洲用法语问：您是谁？还是没人应声，又接着敲门。我用日语问：您是谁？仍然无人应声，最后何山用俄语问：您是谁？只听门外的人用俄语说：是我。门打开后，李志敏老师笑嘻嘻地走进来，全宿舍一片笑声，引得左邻右舍的同学都围过来看热闹。其实，李老师本可以推门而入的，他对待学生的平等精神，和他的幽默感很快在班里传为佳话。

李志敏老师的书法特别好。有同学曾经试着向李老师讨字，李老师居然同意了。于是，我也扣响了李老师家的门。李老师家里并不宽敞，似乎连会客厅都没有。书房也不大，到处是书和书法作品。我们先聊了一阵，然后我说明了来意。李老师说你喜欢什么字，我就写什么字，横写竖写都没有问题。我说，四川青城山天师洞有一副对联："事在人为莫道万般皆是命，境由心造后退一步自然宽"，我很喜欢。他说，这副对联很有意境，一个人在顺境时，应当努力地去实现自己的理想；在逆境时不要悲观失望，要心平气和。我说，对联太长了，我希望您写八个字，"事在人为，境由心造"。李老师说可以调换一下，"境由心造，事在人为"，这样读起来好听。李老师很麻利地裁好了纸，押上镇纸，选了一支中型的毛笔，一挥而就。

大概是 1987 年底的一天，我在系里碰见李老师。李老师高兴地说，小武，你那篇《易经》的文章，我看了，写得不错。我正计划编一本《中国民法史》，请你当副主编如何？我急忙说，实在不敢当，我没有研究，谢谢李老师的抬举。到了1988年，李老师写的《中国古代民法》出版了。他特意让他的学生给我送了一本。书的扉页上写着：

赠树臣：我正组织研究生编写一大部中国民法史（分期），拟请你作副主编，有你参加，定能青胜于蓝，谅能同意。李志敏 1988.12.20

李志敏老师不幸早逝。他一生艰难困顿，累逢不幸。他独特的狂草作品蕴含着他坚韧不拔壮心不已的情操，和对世间万物的深切理解与宽容。他像一位世代相传满腹经纶的私塾先生，又像一位淡泊名利气度非凡的艺术大师，更像一位与人为善有求必应的布施者。在他的头上，没有过多的光环，然而，他留给世人的精神产品，足以让我们永远瞻仰和怀念。他的一生，正如他平时所说的："生前不鸣，死后留名"。

66　我们的"筒子楼"

筒子楼就是宿舍楼。因为楼道像一个长筒子,故名筒子楼。北京大学的校园内有一些宿舍楼。这些宿舍楼原本是供学生住宿的。后来,年轻老师留校工作,一时解决不了住房问题,就住在这些宿舍楼里。这些宿舍楼的构造大约是一个模子,三层楼,中间是楼梯,有纵向的楼道,楼道两侧是一间挨着一间的宿舍间,一侧是1、3、5、7、9,另一侧是2、4、6、8、10。每间是10.3平方米。年轻老师留校的第一年是四人一间,三个上下层的木床,两个床住人,一个床放东西,抵近窗户有两个简单的书桌,另外两个书桌放在房间的两个角落。我和郭明瑞、姜明安、乔聪启合住一间。乔聪启是中国人民大学党史系毕业分配到北大马列研究中心工作的,后考入法律系读法史硕士学位,并调入法律系法制史教研室工作,专门研究民国时期的法律史。第二年,是我和老郭、老姜三人住一间。第三年是我和老姜两人住一间。按规矩，第四年应该是一人一间，第五年也许就有资格分房了。这时，我想到当时留校时写的"卖身契"——五年内不提出解决两地分居的要求，还真是有道理呀！然而实际上我住筒子楼竟住了八年！记得1989年有一位从中国人民大学调到北大任校长的领导曾经说过：北大年轻老师，凡是因为住房问题要调出北大的，一个不留！我们属于一屁股坐下来就没想走的那一类年轻老师。

住筒子楼也有些方便之处。一是上课去图书馆比较近，骑车走路都不远；二是校园内比较安全、安静，环境不错；三是便于和教师、同学的交往，随叫随到；四是有几个食堂，哪个食堂菜好吃就去哪个食堂；五是校园内有操场、游泳池，便于锻炼身体；六是不交水电费，到锅炉房打开水不收费；七是有传达室，公共用电话……

住筒子楼最令人头疼的事是做饭。尽管学校里有好几个食堂，它们之间搞竞争，也经常花样翻新。但是，一是买饭要排队，颇费时间；二是一过了买饭的最佳时间段儿，好吃的菜没有了，菜饭都凉了。于是，我和乔聪启、倪亚明组成了互助组，一块儿做饭。说是做饭，其实就是煮面条。一人负责煮面，一人负责去食堂打菜。经常是一荤一素，把菜买回来，面条也煮熟了，就把菜往锅里一倒，再滴上几滴香油，撒上点盐，几个人一平分，就狼吞虎咽般地享受了。

周五是我们筒子楼兄弟的"快乐日"。赶上周五下午不学习的时候，乔聪启带几个伙伴去五四操场打篮球，郁晓路和他的伙伴去二体打乒乓球，我约几个朋友下围棋。等篮球兄弟们过完了瘾回来，就把盥洗室的门一关，用不花钱随便打的开水，兑上自来水，哗啦哗啦地冲澡。男士洗澡间本是厕所的过道，即男女共用的十平方米的盥洗间。洗澡前第一件事是把写着"男士洗澡20分钟，谢谢合作"字样的厚纸板挂在厕所门上，这样就可以放心了。我有时也参加进去，大家有说有笑，十分快活。当然，"入伙"必须提上两瓶开水，好在那时打开水是不花钱的。虽然条件比较艰苦，但是比读书时在学生大澡堂里面洗澡还是"尊严"得多了。记得读书时在学生澡堂里面洗澡，人多得如下饺子一般。你刚刚找着喷头打湿了转身抹上肥皂，一回头，喷头处就被别人抢占了，你只得带着一头一身的肥皂泡到处找空地儿，如果不小心肥皂沫进了眼睛，那滋味才难受。所以后来吸取教训了，再洗澡干脆先尽情地冲水，不敢贸然打肥皂。男士洗澡时同楼的女同志只好耐心地等上一二十分钟，等没动静了才进盥洗室打水洗菜。篮球兄弟洗澡的时候，乒乓兄弟班师归来，我这边围棋的五局三胜制也有了眉目，就马上分工去食堂打菜，买啤酒。大约六点钟左右，快乐日的"最后的晚餐"开始了。饭桌是拼起来的，没有椅子就挤坐在床边，还有站着的。晚餐的程序一般是乔聪启朗诵他的新诗，接着是碰杯，然后是唱歌，有独唱、合唱，不会唱歌的，就说一段逗乐的故事。八九点钟的光景，家住北京的人就告辞回家度周末去了。留在筒子楼的人们一齐动手收拾碗筷，打扫房间。然后，一切都安静下来，似乎什么事情也没发生过——各忙各的事业去了。

周日是筒子楼兄弟的"品尝日"。周日晚上，大家都返校了。每人都从家中带点好吃的东西。有的带来老北京炸酱，有的带来上海火腿，我带来四川泡菜，偶尔也带些四川酱肘子。大家互相品尝，最后评出最美味的食品。我带的酱肘子屡次得冠。按照各位夫人的设计，这些吃食是足够吃一周的。但是，她们不知道，我们这些兄弟是实行共产制的。不到周二，这些吃食就不见了踪影，只剩下空碗空瓶了。

筒子楼的确给我们带来欢乐，尽管是苦中作乐。时间久了，各个系的年轻老师都成了朋友，大家坐在一起清茶一杯，谈天论地，笑声不断。后来还出现了比较固定的乒乓友、围棋友、篮球友、收藏友。

不久之后，家属们一家一家的调过来了，都挤进十平方米的小屋。家属一来，带来的最大变化是楼道变窄了。楼道两边支起了煤气罐（液化石油气）。当时，煤气罐是很难搞到的。为防止小偷，还用铁链子把金属炉架子和煤气罐锁在一起。后来竟然发生了炉架子和煤气罐一并失窃的事情。不由得使人想起《庄子·胠箧》篇所说的把小箱子和大箱子一起偷走的"大盗"来。

楼道的变窄还不妨事，讨厌的是楼道变得昏暗无光了。特别是做饭的时候，炉火正旺，油烟四起，菜香缭绕。你戴着眼镜从这头走到那头，镜片上就挂满了油珠儿，使你视物不清了。尽管如此，各家特有的饭香味儿足以使你感受到中华饮食文化的诱惑，心里不禁自语：谁家炒菜这么香？属于什么菜系？

住筒子楼的一个缺点是上不了户口，领不到定量供应的副食。我爱人、孩子虽然有了北京户口，但是因为没有固定住所，只能是集体户口。后来燕园派出所把我们的户口上到北大红二楼103室，总算立了户。后来有一次我到红二楼办事，特意去看了看103室。原来103室是公共厕所！心里不免愤愤然——太不重视知识分子啦！可是，后来一问，所有调进北大没有房子的年轻教师的户口本上都写着"红二楼103室"。这成了公开的秘密了。

住筒子楼的另一个缺点是登记不上液化石油气，只得用煤油炉烧饭，煤油烟呛得人喘不过气来。后来，乔聪启把他家亲戚的一个液化石油气罐和炉架子借给我用，真是解决了大问题。但是，气用完了，就得找车把煤气罐拉到和平里去，在那里的煤气站用他家亲戚的煤气本儿换新罐，再拉回北大。尽管这样，总算是前进了一大步！

住筒子楼的最大不方便是厕所。当初每座楼的设计是男生楼、女生楼。男生楼没有女厕所，同样，女生楼也没有男厕所。大人还好办，孩子就有点麻烦。记得，我女儿晚上解手要用便盆儿。早上，我第一件工作是倒便盆儿。

十平方米的宿舍，支一个双人床，一个书桌，一个衣柜，就没有什么活动空间了。真是"一间屋子半间炕"。晚上吃饭，先支开一张圆桌，然后女儿用圆桌写作业。等爱人、女儿睡了，那张桌子才归我用。后来，我们把缝纫机支到床头，缝纫机的盖板儿就成了我的书桌。我有许多文章都是在缝纫机盖板儿上写成的。如今，这蜜蜂牌的缝纫机还保存在家里，舍不得卖掉。我想，我就是一只不断采粉不断酿蜜的蜜蜂！

1990 年，我们终于分到了中关园的一居室。在小小的过道支一个折叠沙发，算是女儿的小天地。1994 年，我们住进蔚秀园的两居室，女儿终于有了一个像样的小天地。1997 年，我们住进燕北园的三居室，我终于有了书房。北大就是这样，你爱她，不离开她，她就会善待你！

67 武警专修科

从 1986 年至 1990 年的五年间，北京大学法律学系曾在全国武装警察系统举办法律函授专修科。北京大学成人教育学院负责学籍管理，北大法律系负责教学，武警总队政治部负责学生管理。

函授专修科的运行方式是这样的，首先由武装总部负责推荐学员，经考核批准后获得学籍。法律系组织教师编写教材，北大成人教育学院负责教学录像，平时由学员自学，各武警总部负责集中看教学录像。法律系组织教师分批去各省会城市集中辅导，然后进行考试。

法律系委托法制史教研室负责教学环节。由当时的教研室主任王哲老师总负责。教研室的郑兆兰老师具体负责教务。我也参与其中。

武警系统的学员大都是排长以上职级的基层干部，平时工作很紧张。他们一边工作一边自学，十分辛苦。但是北京大学和武警总部早就达成共识：严肃学籍管理，宁缺毋滥。

开始，我们感觉人手不够，曾经尝试着委托当地法律院校从事辅导和监考。后来听到一些反映，觉得还是由自己操办比较好。于是，我们就利用寒暑假的空档进行考试，同时组织本系老师出去监考。老师们积极性很高，一来可以增加出差补贴，二来可以利用出差的机会回老家省亲。后来，北大成人教育学院的工作人员也加入了监考队伍。繁忙的时候，还聘请外系的老师参加。

我先后去过几个省会城市监考。一般都是二三人一组。一到那里，就有武警总队的同志接待。我们携带的考试卷子就存放在机要室。第二天早饭后，我们去机要室取出考卷，查验无误后，分赴考场。一个省区只设一个考场，考试开始之前，我们照例要宣读考试纪律。武警总队政治部的同志跟我们一起监考。考完后，收齐卷子，清点人数，装订好，封起来，带回学校，组织教师流水阅卷。

时间长了，我交了几个武警系统的朋友。甘肃武警总队有一位名叫王平的书法家，字写得非常漂亮，我还向他讨了一幅字。分手的时候，还有点依依不舍。武警的同志很会敬酒，让你无法拒绝。我天生的酒精过敏，一口酒下去，满脸通红。后来我学会了对付的手段，就是一声不吭，把眼一闭，头靠在椅子背上，自己感觉到脉搏的跳动，头也一颤一颤的。只听他们小声说，别劝了，武老师喝醉了。这招真灵。后来他们都说，武老师的酒量不大，但酒风还行。后来，我到法院工作，法院的同事们也说，武院长酒量不大，但酒风还行。

68 《易经》的智慧

在山西插队时，从邻村老先生那里借书读，第一次读到《易经》，便对六十四卦的卦画和爻辞产生兴趣。可惜，那时只是如同看天书一般，什么也没记住。

留校教书后，我曾集中一段时间读《易经》。《史记》说孔子晚而喜易，读易，韦编三绝。我就想，韦编三绝，可能是孔子读易的方法。就是把六十四卦拆分开来，按照一定的规律和标准，把爻辞联缀到一起，然后发现其中的奥妙。于是，我就把有关刑罚的爻辞集中到一起，从它们所属的卦画上看，是否有内在联系。经过反复比对，似乎也没发现什么规律。在失望之际，我把我的读易心得整理了一下，成为一篇文章《易经与我国古代法制》。那时，正好赶上参加一次中国法律思想史的学术会议，就打印出来在会议上分发了。

后来，我把这篇文章投到《北京大学学报》编辑部。编辑部请两位老师评审，评审老师的意见是，文章虽有新意，但未见于前人。于是把文章退回来了。

在这篇文章里，除了罗列《易经》中所涉及的罪名刑罚之外，我提出两条新的观点：一是对"无平不陂，无往不复"的新解释。我认为陂即贩，《说文解字》说：贩，移予也。是说把货物从一方转移到另一方，实际上实现了所有权的转移。平，指合议，即买卖双方所达成的买卖协议。往和复都指货物和货币的交易过程。原句意思是：没有达成买卖协议，卖方便无义务交出货物，买方也无义务支付价金。也可以译为：没有定了买卖协议而卖方却不交出货物的，也没有卖方交出了货物而买方不支付价金的。二是对《易经》"明夷"的新理解。夷字是由弓矢二字构成的，弓矢是古人战争的武器，战胜者把弓套在俘虏的脖颈上面，证明是自己的战利品。邻人的马匹被别人射伤，根据箭头，可以找到弓的主人，要求他赔偿损失。弓矢是打官司时判定所有权和损害赔偿的证据。"明夷"即《尚书·洪范》所说的"明用稽疑"。可见，古代审判是注重证据的，这就避免了刑讯。我曾称《易经》是古代的神明判例集。

《易经》对我的启示是多方面的。比如，对《易经》的"易"字学术界历来有多种解释。后来，我通过研究甲骨文发现，"易"字的原形是两个酒杯，是男女合欢喝交杯酒的古义。今天民间结婚也要喝交杯酒。因此，《礼记》说，酒食者，合欢也。"易"的本义是男女合欢，引申为阴阳调和之义。而贯穿《易经》的总体精神正是阴阳调和。即《系辞》所说，天地氤氲，万物化醇；男女构精，万物化生。又如，阴与阳是用卦象来表示的。其基础形象是阳爻——和阴爻－－。有学者说，德国数学家莱布尼兹发明的二进制，即受到阳爻和阴爻图像的启发。但是在易象的理论里，还看不到由阴爻转化为阳爻的内在逻辑关系。因此，我推想，莱布尼兹的二进制，很可能就是受到中国算盘的影响。因为中国算盘上档的一个珠，相当于五，两个珠，相当于十，即上档的两个珠相当于下档上一位的一个珠，即二五一十，也就是二进一。再如，《易经》所谓的"文明以止"，文即文身，包括文额，文乳，文胸，止是履行和停止。通过文身，排除父与女，母与子，兄弟与姐妹之间的性行为，即后世所说的"同姓不婚"。可见，中国古代的"文明"缘于人类自身再生产的行为规范。

《易经》里面一定藏着许多古人司空见惯的故事和常理。今天，我们已经无法将其复原。但是，它所体现的许多精神本身，就是中国古代文化的组成部分。我当初也没想到《易经》能够给我带来那么多的教益。

217

69　《论语》的联想

　　我喜欢读《论语》。在山西插队时第一次读《论语》。后来读大学时买了一本杨伯峻先生译注的《论语译注》，爱不释手。每天晚上躺在床上，借助台灯，反复研读。

　　《论语》的核心精神是仁。仁也是孔子思想的核心。仁字在《论语》中出现了 105 次。仁是春秋时出现的新词儿。《左传》、《国语》都出现过 30 多次。但是，经过孔子的改造和提升，仁具有特别鲜明和进步的内涵。

　　仁的精神是爱人。但是，怎么做才是爱人呢？就是忠恕。夫子之道，忠恕而已。怎样做到忠恕呢？原来，忠恕的境界是有层次之别的。己欲立而立人，己欲达而达人，是忠。己所不欲，勿施于人，是恕。

　　忠恕和孝慈相比较，其适用的人群范围是明显不同的。孝慈是血亲家族内部的道德伦理规范。忠恕则是非血缘的陌生人群适用的道德规范。你试想一下，父与子能够适用忠恕吗？陌生人能适用孝慈吗？显然不能。

因此，孔子的爱人不是仰仗着孝慈，而是仰仗着忠恕来承载的。这样，我们就会发现，孔子的仁是陌生人之间的道德规范，而不是亲属之间的道德规范。这就是孔子赋予仁的新的划时代的内涵。可以说，仁是脱离了宗法血缘纽带的个体自然人的圣经。

孔子是历史上最先从事民间教育的至圣先师。但是，与孔子同时代还有两个人也从事教育。一个是邓析，他从事法律专业教育，教人如何打官司。另一个是子产，他不毁乡校，鼓励民间俊秀在乡校讨论国家政治。子产是重视政治教育的，孔子不同，孔子注重人文素质教育，注重人格教育。

正因为孔子重视人格教育，所以他尊重人格的差异性。他是因材施教的。有一句话叫做"有教无类"。学者们都把类理解为族类、国别、阶级，说孔子是不讲这些社会差异的，一视同仁的，是全民教育家。其实，这个类指固定的教材，统一的教学内容。是说，孔子教学，没有统一的固定的内容或教材。他是因材施教的。

孔子尊重那些来自偏远地方的渴望求学的人。《论语》有这样的话：自行束修以上，吾未尝无诲焉。行指十字路口，村落，是古人最小的聚落。束修，被释为十条干肉，一束干肉，是学费的代名词，也是老师的薪水、工资，报酬。其实，束修，即装束，束发，修饰。一个从行这个偏远的地方来的人，之前把自己梳洗修饰了一番，以表示对所要拜谒的人的尊敬，对这样的求学者，我怎么能不好好教育他呢。把束修解释成了学费，是用后来的想象来杜撰春秋时的事物。那样的话，孔子不就成了收费办学的商人了吗？

谈到行字，《论语》还有一句话：三人行，必有我师焉。行，历来被解释为行走，人们为什么必须行走着，才会去发现旁边同行者的长处呢？或者说，一个人的长处只有行走时才能表现出来吗？可见，行是错落、聚落的意思。原意应当为：那些只住着三户人的小村子，也有值得我孔子学习的地方啊，这与孔子对他人人格的尊重的思想是一致的。《易经》也有"三人行"，可见，孔子的语言和《易经》的语言习惯是相同的，可能都与东夷有关。

孔子的弟子当中不乏注重人格尊严者。最突出的是仲由即子路。子路很贫穷，但他心存远大志向，从不自惭形秽。孔子说，穿着身破烂衫，却能够和身穿貂皮大衣的贵族们并肩而立，侃侃而言的，怕只有子路才能够做得到啊！子路死于一场政乱。他的帽子被打落到地上，他说，君子死，冠不免，结缨而死。这种置生死于度外的英雄气概，和战国时期的刺客游侠是一脉相承的。

颜渊（颜回）则是与子路完全不同的另一个孔子子弟形象。他潜心向学，身居陋巷，一箪食，一瓢饮，人不堪其忧，而颜回始终不改其乐。正体现了"朝闻道，夕死可矣"的追求真理的高尚境界。

《论语》当中有许多内容是讲做人和做学问的。其实，做人和做学问也是相通的。纵观一部《论语》，所述做人做学问的原则有三个：

第一是"君子不器"。孔子有一句话："君子不器"。君子不要把自己视为只能发挥某一种职能作用的器皿——你是锅，只能煮汤，你是碗，只能盛饭，你是勺，只能酌酒……君子应当努力获得各种能力，只待机会来临。这正是人们常说的：机会总是属于那些随时做好了准备的有心人。这句话还有一层意思，就是，君子永远不把他人视为自己发展的梯子和工具。这一思想和己欲立而立人，己所不欲勿施于人的思想是完全一致的。我经常记得这句话。我对我的学生也常常强调这句话。但是，真正做到，却是很难的呀！

第二是"不狂不狷"。《论语·子路》说："不得中道而与之，必也狂狷乎？狂者进取，狷者有所不为也。"这是讲做事的态度。"狂"者做事胆大激进，有时会急于求成，不计后果。"狷"者瞻前顾后谨小慎微，有时会失去机会放弃责任。两者的态度都不符合孔子所说的"中道"。其实，人的一生有顺境也有逆境。人在顺境容易自我膨胀，得意忘形，认为自己很了不起。人在逆境容易妄自菲薄，自暴自弃，消极颓唐。真正的仁人君子，应当像范仲淹所说的"不以物喜，不以己悲"。发达之际，做到"富贵不能淫"，困顿之时，"贫贱不能移"。面对有利于天下人民之事，应当积极大胆，而有章法地去做，不能明哲保身，畏首畏尾。

第三是"朝闻夕死"。子曰："朝闻道，夕死可矣。""闻"是打听、研究，探索之义。"道"，是真理，正道。早上研究出真理，即使晚上就死去，也没有什么值得遗憾的。"闻道"的第一层意思是找到真理，即治理天下的道理。第二层意思是绘制实现真理的途径并努力实践之。做为仁人君子，一旦找到真理就必须实践它。为了实现真理，必须进行宣传教育，使君主和人民都知晓真理。为了实现真理，君子要保持独立的人格，不做君主私人的附属品，即"从道不从君"，"威武不能屈"。遇到知遇之主，要积极从政。遇到暗主，则"卷而怀之"，洁身自好。

总之，《论语》所提倡的"君子不器"、"不狂不狷"、"朝闻夕死"，从某种角度上概括做人、做事、做学问的三个境界。尽管古今社会差异巨大，但其中的内涵，对今人仍有启迪意义。

但是，"仁"是怎么形成的？孔子之"仁"从何处而来？这是我久思不得其解的问题。我到了"耳顺"之年以后，终于找到了答案。

70 《荀子》的精髓

我时时精读且置之枕边的书，除了《易经》、《论语》之外，还有《荀子》。这三本书，一本讲哲学，一本讲人文，一本讲法律。

荀子是生不逢时死后寂寞的学者，但他是我国古代文化的真正的圣贤。秦汉以后，在两千年帝制王朝的文化旗帜上面写着"孔孟之道"，然而实际上践行的却是荀子之学。在政治领域，荀子主讲的"隆礼重法"，把儒家主治的礼治和法家的法治结合起来，让它们分别在血缘亲族领域和王朝的政治生活领域发挥作用。荀子是礼法合一的先行者。在法律领域，荀子主张将儒家的"判例法"传统和法家的"成文法"传统结合起来，提出"成文法"和"判例法"相结合的"混合法"理论，成为中国法系所特有的"混合法"样式的缔造者。谭嗣同（1865—1898）《仁学》谓："二千年来之学，荀学也"。

我窃谓："二千年来之法，荀法也。"

然而，荀子和荀子思想为后世帝王朝廷所不语，其学成为绝学，那是什么原因造成的呢？

作为一般原因，首先是荀子主张"天人相分"，认为人类社会与自然界各行其道，各有其规律，两不相干。这无疑杜绝了帝王被神圣化的途径。其次是荀子主张"人性恶"，人的本性都是自私自利的，古今以来上至圣人下至庶民无有例外。这无疑降低了帝王的人格品质及其个人魅力。第三，荀子直语严刑，认为对不服从教化的人可以"不待教而杀之"，这无疑也降低了帝王仁慈恩德的形象。

但是，此外还有更本质的原因。最本质的原因，是荀子在君臣关系上面的"大胆妄为"的主张。荀子认为，臣子的最高境界是"社稷之臣"，其最终目标和价值在于维护"社稷"即国家人民的利益。臣子不可以把自己拴在君主的裙带上，成为君主私人的奴仆家丁，不能唯君主之马首是瞻，唯唯诺诺，不能为了迎合君主个人的喜怒好恶而损害国家人民的利益。相反，为了维护国家人民的根本利益，"社稷之臣"有权利制约君主的专断行为。因此，荀子主张"天下之合为君"，"从道不从君"，"逆命而利君谓之忠"，"诛暴国之君若诛独夫"，"君臣易位非不顺"，"强君"，"矫君"，"立君"，在特殊情况下可以先斩后奏。

在君臣关系上，孔子、孟子都站在贵族政体的立场上，

224

主张贵族们在君主（天子或诸侯）面前有相对独立的人格尊严和较充裕的发言权。孔子以"唯其言而莫予违"为"丧邦之言"，反对君主刚愎自用独断专行。孟子则提出"闻诛一夫纣，未闻弑君"，实际上主张人民可以推翻暴君而不算"弑君"。他还认为，大臣应当是"贵戚之臣"，即出身贵族的贤德之臣，他们有权利匡正君主的错误。对于屡教不改一贯作恶的君主，"贵戚之臣"可以罢免君主而另立新君。正如孟子所谓："民为贵，社稷次之，君为轻。"在政治生活中，人民的事最重要，其次是国家，至于谁当君主，那是小事一桩。

荀子反对世卿世禄的贵族政体，主张建立平民可以参与的集权官僚政体。在这个政体里面，君主个人品行的善恶就显得更为重要。因此，荀子在继承孔子、孟子的思想主张的基础上，提出"社稷之臣"的概念。一方面要求大臣都以国家人民利益为尚，成为国家人民利益的忠实捍卫者，不为个人富贵荣华而变成君权之下的势利小人；另一方面要求君主以国家长治久安为计，克制个人的好恶，尊重大臣的人格尊严和意见，从而把国家治理好。

但是，在君主看来，天下最大的利益莫过于做君主了。做君主的好处就是天下人莫不敬畏、莫不顺从。如果让大臣享有"矫君"，"立君"的权力，那做君主不是太危险了吗？因此，荀子的思想是断断不可以接受的。这也许就是荀子之学成为绝学的最本质的原因。然而荀学成为绝学的原因，也正是荀学伟大之处，是荀学精髓之所在。

　　试看儒学之正统，就在"重民尊贤"四字。真正的"尊贤"，就在于"抑君"。汉代董仲舒讲"天人合一"，把君权神圣化了。但同时又提出"灾异谴告"之说，以抑制君权。明末清初的黄宗羲提出"学校议政"，其宗旨，也在于"尊贤抑君"。靠着儒学的这一正统，清末的君主立宪险些成功。可见，儒学之正统的影响之巨。然而真正得以实现，又是多么难！儒学之正统就在于"共和"，而"共和"正源于"仁"。

71　恶补日语300天

　　1989年初，一个周末的傍晚，我和爱人、孩子在校园里散步。正好碰上出来散步的罗豪才老师。罗老师问我，小武，这次校际交流你报名了吗？我说，报了。报哪个学校了？我报了莫斯科大学。罗老师说，现在学俄语的人多，学日语的人少。你是搞法律史的，日本学者研究中国历史的人不少，成果也很多。北京大学和日本的七所大学有校际交流关系。你是不是考虑一下日本的学校？我说，我日语不行，还是俄语好。罗老师说，日语可以补一下，还有一年的时间。我说，好吧，我就马上补日语。当天晚上，我就拟定了补习日语的计划。几天以后，我相继报了三个日语培训班，利用晚上和周末补习日语。培训班都办在小学或中学。晚上或周末，教室是空的，正好可以利用。桌椅都是小号的，坐上去多少有些别扭。课桌的抽屉里面还有原主人的物品。教书的老师都是附近大学的年轻老师，有的还去过日本。此外，我还买了其他日语教材和录音带。那时，北京广播电台有日语节目，播送着日语新闻。我就录下来，反复听，收获比较明显。

日语学习成效最大的是读北京大学东语系日语专业的培训课。我一共学了两个学期。教我们日语精读课的是郑老师，他曾经在日本帝国大学学习过。还有该专业的刘老师。教我们日语会话课的是王老师。郑老师常常从《天声人语》中选出一些精美的短文来做教材。《天声人语》是《朝日新闻》的一个栏目。是日本专栏作家深代惇郎（1930—1976）将先后发表在该栏目上的时政短文结集出版，名为《天声人语》。我记得其中有一篇名为《壮大の予言》（翻译过来应该是《伟大的预言》）介绍英国著名历史学家汤因比的一段话：现在是世界的战国时代，这是一个失掉了共同目标和价值观的世界，能够收拾这一局面的，也许就是中国。

刘老师多次去过日本，了解日本的风土人情。他嗓音浑厚，听起来很美。他经常用造句的方法来教学。他提出一个句式，然后一个人一个人地提问。他教学的特点是从语法出发，以口头语言为载体，培养会话能力。

王老师也是教日语会话的老师。她教学很仔细，注意语言场合的特殊性。比如，以机场、邮局、饭店、银行、听课、图书馆等等场所为核心，集中训练日常会话。现在一提起饭馆，我就能联想出刺身、大酱汤、米团子、天福箩等一串单词来。

　　经过不到一年的恶补，1990 年 1 月 18 日我终于踏上日本国土，到东京的法政大学研修一年。进入海关时，官员问：你是高中生吗？我说，我是北京大学的讲师。官员肃然起敬地说：看起来真年轻呀！1991 年 1 月 18 日，我出日本海关时，官员看了看签证说：啊，整整一年时间啊！

72　在日本研修

　　根据北京大学和日本法政大学之间的交流协议，法政大学每年接受一名学者，在该校的某学部研修一年时间。

　　1990 年 1 月 18 日，我来到日本东京成田机场。法政大学对外交流中心的吉田来机场接我，把我送到东京都小金井市贯井南町 18 号的寓所。

　　次日上午，我乘地铁来到法政大学，在对外交流中心见到我的指导老师川口由彦教授，我们简单寒暄了一阵之后，就讨论一年间的学习研究计划。大致要求是，我和他的研究生一起听他讲日本近代法制史的课，不参加考试。但是在快要结束的时候，用日语给他的研究生讲一个半小时的课，内容自定。川口老师还带着我去了法学部，见了办公室的职员。参观了我的办公室，给了我钥匙，去了图书馆，办理了一张复印 3000 页 A4 纸的卡。然后就分手了。就这样，我开始了为期一年的研修生活。

　　每周一至周六，我大体上都在学校。每周三的上午，在法学部听川口由彦教授讲授日本近代法制史。听课的学生有十六七人。时间长了，跟学生们渐渐熟了。他们每次复印材料都多印一份给我，我要交费他们坚持不收。上课之前，需要熟悉有关资料。如果有必要，还要查阅其他书籍。上课时，川口先生时不时地提问，同学先后回答。但是，川口先生很少问到我，可能是因为我不是学生，是北京大学的讲师的缘故。

　　除了听课之外，我就到图书馆看书。看见好的资料，我就复印下来。记得我复印过日本学者研究中国法制史的文章和书籍，还有目录。还重点复印过日本关于判例的法规和学术著作。回到家里，就借用工具书，消化这些材料。中午，就在学校的食堂吃饭。有咖喱饭、拉面，不需排队，食堂里面静悄悄的。吃完饭，自己把碗筷放到固定的桌子上。

　　此间，除了法政大学图书馆之外，我还去过早稻田大学、明治大学、东京大学的图书馆，重点查阅有关中国法律史的古文献。我和杨一凡、何勤华多次在图书馆会面交谈。东京还有许多私人藏书馆，通过预约，可以去看书。我就去过几所私人藏书馆，其规模虽然不大，但很有人情味。那里给你预备了雪白的手套，铅笔和纸张，供你摘录，但是不可以拍照和复印。到了中午的时候，服务人员会悄声问你要不要用饭，用什么饭。一会儿饭就送来了，你可以到旁边的会客室用饭，当然饭费自负。

川口由彦教授比我年轻，一副知识分子的模样。待人彬彬有礼。每隔一段时间，就把学生召集到一起，在学校附近的饭馆吃饭，或者喝茶。每次吃完饭喝完茶，他们都示意让我先走。我走了一段路，不经意地回头一看，他们正在算账付钱。原来他们是 AA 制。

这年夏天，正是放暑假时，川口由彦带领他的学生到箱根的招待所远游，我也参加了。住在箱根有温泉的招待所，每人都穿着合服。晚上就睡在通铺上面。这使我想到孔子，他曾经说过，最快乐的事情莫过于带着学生去郊游。

临到结束的时候，我用日语给学生们讲了一次课，题目是《中国传统法律文化的总体精神和宏观样式》。其间，回答了同学的几个问题。中午，在学校附近的饭馆共进午餐。我借此机会向川口由彦教授和同学们表达了感谢之情。下午，我专门去法学部，向办公室的职员表示谢意。又去了图书馆，向那里的职员告辞。最后，我特意去了对外交流中心，向吉田先生致谢。过了几天，我就回国了。

在日本研修的一年间，除了早就认识的东京大学的高见泽磨教授、九州大学的植田信广教授之外，还先后认识了早稻田大学的小口彦太教授、东京大学的池田温教授、明治大学的冈野诚教授、新潟大学的国谷知史教授、星药科大学的森田成满教授、鹿儿岛大学的石川英昭教授、北海道大学的铃木贤教授、东京大学的田中信行教授、京都大学的寺田浩明教授。我还参加了两次东洋法制史研究会的年会（即学术会议），在一次会议上荣幸地见到滋贺秀三先生。记得滋贺秀三先生听了我的发言后说，你的发言很有意思。此间，我还应邀在早稻田大学、新潟大学、九州大学做过演讲（学术报告）。为了节约时间，我事先把讲稿译成日文。这对我的日语水平的提高，很有帮助。

在日本研修的一年间，日语会话阅读能力有了大幅度的提高。记得在几位日本学者为我饯行的时候，我讲了在日本生活的感言，他们听了后说，武先生现在的日语真让我们吃惊呀！此外，日本学者在学术研究上的严谨仔细、一丝不苟的精神，给我留下深刻的印象。还有，在举办学术会议方面，由于吃饭住宿交通都由自己预定，会议主办方比较轻松。在学术交流方面，当一个学者发言时，大家都认真在听，不时提出一些问题。表现出对他人劳动的充分尊重。最后，日本老师与学生之间的亲戚般的和谐关系，也十分令人难忘。回国后，我也学习日本老师，时不时请我的学生包括日本留学生吃个便饭。但都由我付款，不实行 AA 制。

73 我的贯井南町

　　我在东京的一年间，都住在小金井市贯井南町 18 号。那是一幢私人的两层寓所，是法政大学租用供外国学者居住的宿舍。共有十个单元。一进门，有一个不大的玄关，接着是会客厅、厨房、书房、卫生间、卧室。除了卧室是"和式"的地板是榻榻米（草席垫子），被褥白天都放在壁柜里面，晚上睡觉时才取出来打开铺好——其余都是"洋式"的，是一个中西合璧的居室。

　　我到东京的当天下午，法政大学对外交流中心的吉田把我带到宿舍，这时房东大娘也闻讯赶来，各自寒暄了几句。房东大娘认真地提了几点建议：一是在卫生间要用专门的卫生纸，以免堵塞下水道，二是如果经常炒菜，油烟会附在壁柜上面，应当经常擦拭，三是出门时一定关上煤气、电气、水管的开关。四是早上八点前丢垃圾，垃圾要分可燃和不可燃的两种。八点有垃圾车过来收。过时就不能丢垃圾了。之后，吉田和房东大娘都走了，房间里只剩下我一个人。心中充满了莫名的孤独和冷僻。

当时，我最想和爱人、孩子、父母通个电话，可是那时候打国际电话是很不方便的。我在房间里四处转悠，突然发现阳台的矮墙上面卧着一只白色的大猫。我打开阳台的门，慢慢走过去抚摸它的头，它一动不动地让我抚摸。我想，这只猫可能跟我一样孤独。过了一会儿，它叫了一声，跑走了。我想，当时要是有点鱼肉罐头就好了。过了一会儿，我在卧室的窗帘上发现了一只蚊子。我心里说这房子里只有两个活物了，只要你不咬我，我就不伤害你。后来索性打开窗子把它放掉了，就当是一位中国人对日本蚊子的特赦吧！说起来也奇怪，我在日本一年，居然没有被蚊子咬过，可以说是得了福报吧！

第二天上午，吃过自带的方便面之后，就换上一双新皮鞋出门了。先是步行十分钟，到国分寺地铁站，乘车赶到法政大学，和我的指导老师川口由彦教授见面。忙活了大半天，下午才赶回住处。路上买了许多食品蔬菜。一进家，两只脚的后跟有点痛，一看，两片红红的血渍浸透了雪白的袜子，而且已经凝固了。我费了很大的劲儿才把袜子脱下来。好在我带了两瓶酒，就用酒消了毒。晚上洗澡，只能躺在澡盆里，把两只脚悬挂在外面。于是，我总结出到日本的第一条教训，就是出远门一定不要穿新鞋！

第三天上午，我到小金井市役所办了一张临时身份证。下午，有人敲门，一位警察站在门口，微笑着说，欢迎你居住在这个小区，我是负责这个小区安全的警察，这是我的名片，如果发现不正常的事件，比如发现"泥棒"（小偷）请你打这个电话。又过了一会儿，一位推销报纸的人来敲门，他拿着一份《朝日新闻》和两瓶啤酒，说，你如果订了我们的报纸，就奖励两瓶啤酒。我接过报纸一看，正好有《天声人语》栏目，心里有一种亲切感，这不正是郑老师当作教材的《天声人语》吗？我很快付了款，他说，明天早上你就可以看新报纸了。

白天出门，晚上回来，发现信箱里有几张广告，写着什么商店卖什么东西最便宜，下午四点钟可以"五割"（五折），于是，我就按图索骥，节约了不少开支。

为了出行方便，我买了一辆自行车。去学校时就把自行车放在国分寺火车站附近。有一次，停车时忘了锁。晚上回来时，那自行车还在那里。还有一次，我把自行车放在路边了，等下午回来时找不着了。只看见旁边电线杆上贴着一个条，写着违章驻车联络电话。我打了电话，原来是派出所的电话。我说我的自行车找不着了。他说，我们搞了三天活动，整顿违章驻车。你的车都集中在一个公民运动场里，你可以带着买车的发票和车钥匙去领取。我赶到那个运动场，管理人员问，你哪天丢的车，然后指着一个方向说，那天收的车都在那边。我找着了我的车，对管理人员说，要交费吗？他笑了笑，不缴费，今后注意就行了。从那次以后，我就再也没违章驻车过。

有一次，小金井市市民会馆举办一次活动，市民和美国驻日大使讨论进口美国大米问题。我也去旁听了。只见会场座无虚席，我坐在会场的后面。大使讲英语，有翻译把英语翻译成日语。我感到惊奇的是，当大使讲英语时，很多与会者或者微微点头，或者发出笑声，或者表示不满。可见日本人的英语普及的很好。

参加这次活动，我还有了意外的收获，发现市民会馆旁边有一个围棋会馆。有一个星期天，我来到围棋会馆。接待我的人很客气地把我引见给一个棋手。我很快把他赢了。于是，又换了一位棋手，我又赢了。接着，第三名棋手也败下阵来。他很礼貌地问，你是中国人吗？我说，我是北京大学的讲师，住在贯井南町。他说，下次你一定来，我们给你约一位高手。当时已经 12 点了。会馆里的棋手们开始吃自带的午饭了。我看见他们带的午饭，有的是两颗玉米，有的是几只饭团子，也有带便当（饭盒）的。这时，我才发现，棋手们大都是退休的老人，他们也许终生为生计而忙碌，退休后才刚刚学下围棋。我心中不由得升起一种莫名的敬意，刚才那种得胜的喜悦荡然无存。

闲暇时，我最爱骑着自行车上街找书店看书。有一次我走得太远了，成了"迷子"（迷路的孩子）。这时，一位年过花甲的老人骑车迎面而来，我对他说，对不起，我迷路了，我的家在贯井南町。他问，是小金井市的贯井南町吗？我说是，他说，太远了，这是府中市呀。然后他指示说，先直走，再左拐，再右拐。我紧张地重复着他的话，就分手各行其道了。我骑了一会儿，只见哪位老者掉过头来追上我，原来他一直看着我，发现我走错路了，就加速追过来。他说，你走错了，你跟我走吧！他在前边骑，速度飞快，像个小伙子。大约走了 20 分钟，他指着前面的十字路口说，前面就是贯井南町了。这时，我也认出来了，那正是我经常路过的十字路口。我下了车，对着老人恭恭敬敬地行了一个 90 度的鞠躬礼。这是我一生中行过的第一个标准的日本式的鞠躬礼。我说了几遍：太感谢您啦！至今，我依稀记得那白发老者的面容。

　　我经常到附近的蔬菜店买菜。店主是一位小伙子。时间长了都熟识了。他知道我是北京大学的教师，老远就微笑着点头示意。有一天，小伙子给我介绍了一个人，说是某出版社的编辑，很喜欢中国，知道我是中国人，想认识一下。这个人姓佐川。不久，我们就成了朋友。佐川家离我的住处不远，是一个靠工资吃饭的普通人居住的"团地"（小区）。他待人很热情，我应邀多次到他家吃他夫人的"手料理"（自家做的饭菜）。他家里供奉着观音菩萨像，旁边还放着经书和木鱼儿。原来，他家信奉佛教的大白莲花宗，每日焚香诵经。他和蔬菜店小伙子他们家都属于同一个教宗。他们还一身二任，同时也是创价学会所属的公明党的成员。有一天，他们支部搞一次活动，为某个成员过生日。我应邀参加了。在不太宽敞的厅堂里，围坐着男女老少十五六个人。书记先是对我的到来表示欢迎，然后说明这次聚会的目的。接下来，一位成员介绍这次庆生的主人翁，60 岁的老人，说他一生如何勤奋工作，关心邻里。然后，一位成员用小提琴演奏一曲，以示祝贺。最后是"老寿星"致感谢词。大家自始至终都是席地而跪的。我跪了不到 10 分钟腿脚就麻木了。佐川笑着说，武先生，请自由吧，别客气！我才改变姿势席地而坐。这次支部活动很简朴，连茶水点心都没有预备，但是，看得出来，大家的关系是十分真诚和实在的。我还参加了公明党小金井市委员会组织的一次报告会。在市民会馆，大家席地而坐，听领导人介绍池田大作先生出国访问取得的成绩。佐川激动地说，池田先生出国访问取得"大成功"！

一天下午，我在家中看书。听见有人敲门。开门一看，是一位小伙子和一位姑娘。我请他们进屋，他们不肯。说能不能耽误我一点时间。我说可以，他们自我介绍说，他们是基督教王国一派的成员，他们来的目的是，告诉所有人，世界末日即将来临，解救自己的唯一办法是加入基督教。他们给我留了一些宣传材料，就告辞了。过了几天，他们又来访，问那些材料看了没有？有没有不懂的地方？就这样，他们每周来访一次，给我讲解他们的教义。后来我才知道，小伙子叫神盛，在某公司就职，女孩叫长屋，在某学校念书。他们说，是神指示他们去唤醒所有的人们，把他们从世界末日的大灾难中解救出来。根据他们宣传的理论，到了世界末日那天，一切不信仰基督的人们将死亡，所有死去的基督徒将复活，连同活着的基督徒一起在上帝的指引下逃到伊甸园，获得永生。在他们盛情邀请下，我还参加了一次复活节纪念活动。教堂里座无虚席，一曲钢琴表示仪式开始，主持人致辞，一位服务人员端着托盘，里面盛着一大块面包，另一位服务人员端着酒杯，里面盛着红葡萄酒。他们缓缓地依次在人们面前走过，口中不停地说，请看，这是耶稣的血肉，他为了拯救人类，牺牲了自己的性命。最后，大家齐唱赞美颂歌。

参加了大白莲花宗和王国的活动以后，我反复思考，中国的儒学为什么没有形成宗教那样的组织和仪式？是因为儒学主张的礼仪都被国家提升为法律，已经具备了无上的权威，不需要其他形式了吗？我突然想起一位学者说的话：儒教之教，不是宗教之教，而是教育之教。真是这样，自从春秋时代的孔子坚持"敬鬼神而远之"，儒学便先失去了成为宗教的可能性。

我在贯井南町居住期间，曾经去过两次医院。第一次是因为肚子疼。头天晚上从学校回来，口渴得很，又懒得烧水，就从冰箱里取出一罐啤酒一饮而尽。结果肚子疼得要命。第二天上午去医院看病。大夫说，消化不良，灌肠，灌完肠，马上就解大便，当时就不疼了。第二次是心跳快，大约是连夜赶写讲稿的原因。大夫先给我测了脉搏，说，你心脏本身没有问题，是植物神经引起的，回去吧，没问题。我说，拜托您给我开点药。大夫说，不用吃药。我说，拜托您了。大夫就给我开了药，是环形的蓝色药片。回到家，正准备烧水吃药，突然觉得心跳正常了。这日本药还真是灵！

贯井小区有一个贯井神社，每年人们都组织起来祭祀神社。这一天，所有参加活动的男人都穿上统一的古典服饰，分不出谁是会社的董事长，谁是修理自行车的伙计，大家都是一个打扮。大家齐心合力抬着贯井神像，从小区的一头，走到另一头，然后走向神社。路旁都是看热闹的老百姓。在开阔的地方，妇女们穿着古代的服装，在音乐伴奏下，翩翩起舞。在日本，凡是人口聚集的地区，都有自己的神社，也都有自己的祭祀活动。这种祭祀活动，使陌生的人们想起共同的祖先，想起古老的友谊，从而拉近了人们之间的距离。

跟我住在同一个寓所的还有一位韩国教授高平锡先生。他是韩国庆南大学经济学教授，带着夫人和两个孩子，也是访问一年。他们比我先回国。临走，在他们家，专门请我吃了一顿韩国"手料理"。他夫人亲手做了四个菜，全是泡菜。

我看着他们一家人吃得很香。但是，说实在话，韩国泡菜没有四川泡菜好吃。

　　一年前，冒着纷纷扬扬的雪花，我来到小金井市贯井南町。今天又是雪花飞舞的时节，我将告别这个既陌生又亲切的街市，回到我的祖国，我的故乡。隔着飞机窗户，看见渐渐远去的富士山在蓝天白云的衬托下，周身洒满了灿烂的落日余晖。我的心里，却仍然想着我曾经住过一年的地方——我的贯井南町。

74 拯救永山泽夫

1990 年 4 月，我在日本期间曾经写了一篇文章，刊登在
《朝日新闻》的《声》栏目上。起因是，22 年前，日本发生了
永山泽夫杀人案。当时永山泽夫是个刚成年的年轻人。因盗
窃枪支被人发现追捕，连杀四人。被捕后，因为日本没有判
处未成年人死刑的先例，几经周折，一直没有做判决。永山
泽夫作为待决犯在拘留所待了 22 年。此间，永山泽夫不仅彻
底认罪悔恨，还写了小说如《弃儿》、《木桥》、《无知的泪》，
劝诫青少年遵守法律道德。被称为"少年杀人犯作家"。1990
年春天，最高法院又一次审理这个案子，被媒体披露，引起
日本刑法学界的热议。日本的刑法学者大都以废弃死刑为依
据，反对执行死刑。我的文章大意是，当年，永山泽夫被判
处死刑是合法的，如果被执行了死刑也应当是正确的。但是，
直到今天，永山泽夫作为死刑待决犯在拘留所待了 22 年，实

际上是被监禁了 22 年。今天如果执行死刑，那么，对永山泽夫的刑罚实际上是在死刑之外又加上监禁 22 年。司法机关没有权力对被告人判处 22 年监禁加死刑。如果出现这种判决，就违背了罪刑法定的原则，也就违背了法治精神。拖延 22 年是司法机关没有妥善行使司法权造成的。因此，今天，无论如何对 41 岁的永山泽夫已经不能执行死刑了，应当通过司法程序改判为有期徒刑。后来，有一次和日本学者讨论此案，他们说，武先生看问题的角度和我们都不一样，我们只是要求废除死刑，我们也知道这不是一件容易的事。我的文章发表后，《朝日新闻》的编辑给我打来电话，问我的地址。过几天，我收到了一条白色的印有"朝日新闻"字样的毛巾被。遗憾的是，不久以后最高法院做出死刑判决。永山泽夫于 1997 年被执行死刑。由于国家法律制度的原因，让永山泽夫额外服了 22 年监禁，最后竟仍然对已经改恶者执行了死刑，这无论从法律程序上还是维护人权角度上来看，都存在明显的瑕疵。

75　植田先生

我认识的第一位日本学者是九州大学法学部的植田信广先生。

1989 年初，学校外事处通知我，1990 年 1 月去日本法政大学法学部交流访问一年。于是，我就全力以赴地学习日语。可巧，植田先生 1989 年 4 月初来到北京大学从事讲学和研究，住在北大芍园。4 月 19 日，中国社会科学院法学研究所主办中国法律史国际学术讨论会，听说东京大学池田温教授、关西大学大庭修教授、专修大学宫坂宏教授、千叶大学寺田浩明等教授与会，我就参加了会议。在会上认识了植田先生。植田先生 1950 年出生在日本高知县。1974 年毕业于东京大学，后来在石井紫郎先生指导下深造并获得硕士学位，留校任教，从事日本法制史教学研究，后转勤至九州大学法学部，被评为教授。

我和植田先生见面时，他已经可以用汉语简单会话了，当时，他的汉语水平比我的日语水平要好。我告诉他，我明年要去日本法政大学法学部交流访问一年。他很高兴，他建议说，我们可以互相学习，每周两次，每次两小时，就在芍园宿舍。6月4日"天安门事件"发生后，植田先生临时回日本，11月又返回北大，继续原来的交流学习。当时，植田先生读过我写的《中国传统法律文化》的打印书稿，他说："我想，今后如果有机会的话，把这部书稿译成日文。"1990年1月，我将赴日本东京。分手的时候，植田信广先生要给我一个信封，他说，这么长时间，承蒙武先生辅导，这是一点礼金，请你一定收下。我当时就拒绝了，我说，我们是互相辅导。况且，我们已经是朋友了，不必"远虑"（客气）。我到东京以后不久，收到植田夫人从福冈寄来的邮件，打开一看，里面有五万日元的购书券。当时在日本，五万日元可以买很多书。

　　植田在北大期间，每个周末都在我们住的筒子楼的家中吃饭，他最爱吃我爱人做的蒜苗炒肉丝，爱喝中国的白酒。夏天爱吃西瓜，冬天爱吃北京雪花梨。我们吃西瓜是一刀切开，一人一半，用勺挖着吃，直吃到只剩下几乎透亮的瓜皮。我说，北大青年教师多，住房比较困难，他说，我工作时的住房比你的还窄。我说，我们三年困难时期，买肉要凭票供应。他说，50年代，日本买萝卜也要票。

1990 年春天，植田先生结束了在北大的研究，回到九州福冈。那年暑假，他特意到东京来看望他的父母，并邀请我去他父母家做客。他的父母年近 70 岁，是非常慈祥的老人。老妈妈忙了一早上，为我准备了丰盛的"呷噗呷噗"（涮火锅）。席间，老妈妈说，我的儿子在中国，得到你各种关照，真是太感谢你了。又说，中国是我们日本的"欧卡桑"（母亲），可是，当年日本军人却伤害中国，实在是太对不起了。说这番话的时候，一对老人都深深地鞠躬。

　　这年 9 月，植田先生邀请我去福冈参加东洋法史研究会会议，同时，在九州大学给学生讲一次课。题目是《让历史预言未来——中国法的总体精神和宏观样式》。这篇讲稿后来被植田先生翻译成日文，发表在九州大学《法政研究》1993 年第 1 期上。我在福冈逗留的五天时间，就住在植田先生家里。植田先生的家是日本最常见的二层小楼。一层的客厅刚刚装上空调。植田先生说，现在有钱的日本人开始装第二部空调了。第二天早上吃过早饭，准备出门，只见植田夫人在玄关（大门口）行跪拜礼。我至今都不明白，夫人的跪拜礼是妻子对丈夫的日常礼仪呢，还是特意向我表示谢意？

　　1991 年 1 月，我回到北京。同年春天，植田夫人来到北京大学学习中国文学。此间，植田夫人自然成为我家的常客。有一次，我问植田夫人，现在日本还行跪拜礼吗？她说，比较传统的家庭还行跪拜礼。年轻人差不多都不行跪拜礼了。

植田先生后来担任九州大学法学部的部长，工作非常繁忙。但是，他却一直悄悄地翻译我的书稿。一晃十年过去了。植田先生在百忙之中笔耕不辍，终于完成了翻译的工作。2001年11月、2002年3月植田先生两次专程来北京和我当面讨论译稿的问题。我看到，植田先生几乎对每一句古语都认真查阅了原著和注释，工作一丝不苟，使我十分感动。同时，我对自己写作时的疏忽大意而感到惭愧。我看到，植田先生的鬓角已经斑白，饭量也减少了，一问，才知道他不久前得了糖尿病。2003年，植田先生翻译的《中国传统法文化》被九州大学出版社出版了。我想，没有植田先生辛勤的不懈的工作，拙著是绝对不可能在日本出版的。只是因为十年前不经意说出的一句诺言，植田先生竟然付出了如此巨大的心血。

　　2010年，我邀请植田先生、韩国东国大学的孙晟先生，还有李力、武建敏、李任，共同写稿，组成一组关于古文字的文章，即"典型古文字与法文化"专题，在《河北法学》杂志第10期上发表了。植田君的文章题目是《日本关于法律相关文字之字形字义研究的学术概况》，孙晟先生的文章题目是《原始"法"字字形的新解释》。我想，文章的学术观点也许并不重要，重要的是，这是对20年友谊的一种纪念。

76 我认识的日本学者

北京大学对日交流的机会比较多，加之，每年都有学术会议，有来有往，于是就认识了一些日本学者。那时候，日本经济比较景气，学校和教授每年都有不菲的科研经费，为中日间的学术交流提供了物质基础。

小口彦太教授是早稻田大学法学部的中国法教授，后曾任日本早稻田大学国际部部长、教务长，一直致力于加强与中国大学之间的交流与合作。小口彦太教授曾多次邀请我访问早稻田大学，还邀请我去在千叶县他的家里做客。他不会开车，都是他夫人开车到地铁站接送。夫人开玩笑地说，小口是"仕事虫"（工作狂），"机械音痴"（动手能力差）。我的讲稿《中国法文化——对法统和法体的历史考察》被小口彦太翻译成日语发表在早稻田大学《比较法学》1992 年第 1 期。1999 年 11 月 16 日，我应小口彦太先生邀请，在早稻田大学比较法学研究所给学生讲《关于中国民事审判方式的改革》。我15日下午从北京出发，傍晚到成田机场，又换乘地铁，不小心乘了慢车，赶到早稻田奉仕园招待所，已经是晚上10点多钟了。第二天早上，觉得心跳得很快，一紧张更快了。下午一点钟要给学生讲课，必须解决这个问题。刚巧，正在早稻田大学访问的马小红教授建议，跟招待所的人说一下，到附近医院开点药，把脉搏调下来。我给招待所的服务人员打了电话，过了几分钟，一辆急救车开到院里，把我送到东京国际病院急救室。马小红也陪我去了。医生给我做了心电图，说，心脏本身没问题，由于心情紧张，引起植物神经紊乱，造成心跳过速，回去休息一下就行了。回到招待所，服务人员关心地问："武先生，大丈夫？"（没问题吧？）我说，放心吧，没问题，昨天一天赶路，太紧张了。我停了一下，又问，你们怎么知道的呢？他回答说，我们的工作有一个规矩，是"波兰草"（中文"波菜"的意思）。"波"是"报告"，"兰"是"联络"，"草"是"操作"，连起来读就是"波兰草"。所以，我们马上向早稻田大学小口彦太先生报告，是小口彦太先生联系的急救车。遇到事情，先报告，再联系，最后才操作。我想，怎么跟中国一样呢！

国谷知史先生是新潟大学法学部教授。曾经邀请我去新潟大学访问、讲课。我讲课的题目是《寻找最初的法》，后来国谷知史把讲稿翻译成日文，发表在新潟大学《法政理论》

1997 年 3 期上面。国谷也曾邀请我到他家做客，他的夫人学着做中国料理来招待我。餐后的茶点水果是西瓜，一个小玻璃碗盛着西瓜粒。我当时就想，我们中国人吃西瓜可是不这样的，而是像和植田先生那样，一人一半，大快朵颐。

　　冈野诚先生是明治大学法学部教授，研究中国法制史。我应邀参加过冈野诚先生主持的小型研讨会，参加者有年轻教师，也有研究生。我记得我的大学同学何勤华也参加了。散会后，冈野诚先生热情地请我们吃晚饭，还喝了啤酒，从饭馆出来，路过一家咖啡馆，冈野诚先生问大家，各位想不想喝咖啡？我说，"结构"。何勤华回头看了我一眼。结果，冈野诚先生就把我们引进咖啡馆。我诧异地小声对何勤华说，"结构"不是"够了，不必了"的意思吗？我们老师是这样教的呀！何勤华说，这个词前面加个"毛"，就是"不必"的意思。不加，就是"可以"的意思。我想，坏了，太失礼了。喝完咖啡，我抢着结账，冈野诚先生严肃地说，不可以！冈野诚先生曾经邀请我去他家做客。他住的房子是"团地"，也就是单元楼。他夫人用"手料理"（亲自下厨）招待我。后来，冈野诚先生应邀到北京大学研究访问半年。我们常常见面。他访问结束后，给我寄来一封信，里面有北京大学的出入证，说是临走匆忙，忘了归还。我又把出入证给他寄回去，说，那个出入证已经过期失效了，你留作纪念吧。

　　高见泽磨是日本东京大学东洋文化研究所教授，1958 年生，1994 年取得东京大学法学博士。高见泽磨专门研究中国现代法。主要论文有：《罪观念与制裁——以中国争端与裁判为视角》、《中华人民共和国法制资料》、《中华人民共和国的纠纷与解决纠纷》，等等。曾经在北京大学研修过。他中国话说得非常漂亮。我在东京时，和高见泽磨多次见面，还有其他学者。我们第一次见面就没见成。我们约定上午 10 点在新宿地铁站南门见面，结果，我在南门等了两个小时，不见高见泽磨的影子。中午，我用公用电话给他办公室打电话，他说，我刚进门，我也在南门等了两个小时。后来才明白，原来新宿站南门共有六个出口。我们都是"一根筋"，站在那里一动不动，傻等。

此间，经过李宁先生的介绍，我认识了东京法思株式会社的董事长反町胜夫先生。他从事司法培训工作，还主办了《法律文化》刊物。我应邀写了《中国法律样式一百年》，就刊登在 1997 年第 3、4 期上。1997 年秋天，我作为中国法院方面的一位代表，参加了反町胜夫先生组织的庆祝活动。在这次活动中，很荣幸地见到前总理大臣村山富市先生并合影留念。

通过熟人介绍，我认识了一位台湾教师曾鸿源先生。他在一所学校教日语，无疑，他的日语相当棒。有一次，我们之间发生了一场小争论。他说，他主张台湾独立。我问，为什么？他说，台湾和大陆就像夫妻一样，夫妻关系好的时候没问题，夫妻关系不好的时候就离婚。当年清政府把台湾割让出去，就是离婚了，各自独立了。我说，大陆和台湾是父母和孩子的关系，孩子不听话，父亲打了他一顿，孩子赌气跑了，不回来了。后来，大家都消了气，还是一家人。1997年春天，我去台北开会，他自己开车专程从台中赶过来看我。还带我看了看台北的"小胡同"，说，我带你看看真正的台北。临走，给了我两千新台币，说，给孩子买点吃的带回去。

我认识的日本学者还有一些，他们大都是研究中国法的，比如东京大学滋贺秀三教授、池田温教授、田中信行教授，京都大学寺田浩明教授，鹿儿岛大学石川英昭教授，星药科大学森田成满教授，北海道大学铃木贤教授，等等。他们热心于中国文化和中国法律，为中国文化的研究和传播做出极大贡献。更为可贵的是，他们还培养了一批热衷于日中友好的后继者。"君子之交淡如水"，我们的交往主要是开会、访问、参观、讲课，互相赠书。正因为"淡"，才长久，才值得回味。

77 陈守一老的教诲

陈守一老自 1954 年院校调整时就是北京大学法律系主任，又是"国家与法的理论"的老一辈学者。"文化大革命"中遭受迫害，在江西"五七干校"劳动改造。1978 年重任北京大学法律系主任，时年 72 岁高龄。在陈老的领导下，北大法律系获得了长足发展。

1992 年春天，法律系领导班子换届，组成魏振瀛为主任，张文、朱启超、王晨光、武树臣、吴志攀为副主任的新领导班子。不久后的一天，魏振瀛、张文老师和我等人，代表新领导班子，到友谊医院住院部去看望当时正在住院疗养的陈老。据说，陈老在北京大学东大地住的老房子，窗户是像老式火车车窗那样上下开关的，陈老开窗户时不小心把腰扭伤了，这才住了院。

我们一行数人来到陈老的病房。当时陈老正躺在病床上。

看见我们来了，他非常高兴。魏振瀛老师代表新班子向陈老表示慰问和敬意，并简单介绍了新班子的构成和基本工作思路。

陈老听了以后，首先对大家的慰问表示感谢，对新班子的工作思想表示支持。接着，谈了他对法律系工作的想法。他说，改革开放以来，法律系迎来了大发展，在学科建设上人才培养上都走在全国的前列。要保持这个优势，必须做到后继有人，这就需要给教师们创造良好的工作和生活环境，心情愉快地工作。其次，法学教育、法学研究必须联系国家法制工作的实际，要广交朋友，这样，才能在立法和司法工作方面有发言权。一定要克服唯我独尊，高高在上的态度，克服从书本到书本的学风。第三，要注意吸收中国历史特别是近代法制方面的经验和教训，避免走弯路。同时也要注意借鉴国外的新的动向，新的理论，来丰富我们的法学研究。

告别陈老，在返回学校的路上，我们议论着陈老的建议，认为陈老的建议是立系之本，并深为陈老那种人老心不老，继续关注法律系生存和发展的精神所感动，决心在将来的工作中努力贯彻陈老的意见。

后来，我一直思考着陈老的三条意见，认为这三条意见很有道理。一个学校，一个系，搞的好不好，关键在于教职员工心气儿高不高，是不是劲儿往一处使，心往一处想。是否能留住人才，吸引人才。因此，不断改善教师的工作生活环境，让大家无后顾之忧，心情愉快地工作，是最重要的。否则，学校的牌子再硬，人心涣散，"民怨"沸腾，也会走下坡路的。法学是个"市俗"的学问，不是艺术品，不是雕刻象牙之塔供人们欣赏。法学必须联系实际，必须和国家立法、司法、行政等活动密切结合起来，你的理论才立得起、站得住，你的理论才有人相信，才能培养合格的学生。法学研究不能割断民族文化传统，也不能隔绝外界联系，隔断传统和隔绝外界，是行不通的，也会吃亏的。

自 1992 年至 1996 年的四年间，法律系力争办学多样化，加强与实际部门的联系，注重与日本法学界的交流，可以说是在努力落实陈老的建议。

78　与香港树仁学院合作办学

1987 年，经过国家教育委员会的批准，北京大学法律系与香港树仁学院联合举办法律本科文凭及学士学位教育，至1997 年我调离北大时，共接收 11 届学生，1800 余人，有 400余人获得学士学位，为香港回归培养了一批法律专业人材。该项目荣获北京市普通高等学校教学成果一等奖，荣获国家级教学成果二等奖。

香港树仁学院是香港的一所私立学校，由香港大律师胡鸿烈及钟期荣夫妇于 1971 年创办，进行四年制大学教育，2006 年经香港政府批准晋升为大学。该校坐落在离旺角不远的宝马山上。

合作办学的方法是树仁学院负责招生和学籍管理，北京大学法律系负责组织本系教授赴香港集中授课和考核，课程为北大法律系的 14 门以上的必修课和选修课。考核合格，颁发国家教委核发的本科学历证书和北大学士学位证书。两单位的教务办公室实施联动，共同组织教学。凡为北大法律系本科生授课的老师，均可赴港授课，并获得报酬。

我和我的同事共同讲授中国法律思想史和法律文书写作课程，因此，每年都有机会去一趟香港。一般是乘机到深圳，从深圳出关乘地铁到旺角，再乘出租车到树仁学院。在那里逗留十几天。

由于学生大部分是已经工作的人，所以课程都安排在晚上进行。在一个很宽阔的阶梯教室里，数百名学员听课。有些人开始听普通话还比较吃力。因此开始讲课时语速要稍慢一些，尽量多写黑板。同时，我也感觉到，从我们的教学内容到自学考试，对香港人而言，都还是十分的陌生的。因为英国人在香港毕竟统治了近百年。当时我就想，将来香港回归了，一定要在香港提倡普通话。

香港的学生们很活跃，有班委会，各负其责。白天赶上周末，就有班干部陪我们到处参观。印象最深的是看赛马。在比赛之前，那些赌马的老手们，一早就围在跑马场周围，仔细观察那些即将参加比赛的马匹，看它们身体状况，情绪怎么样，然后去售票大厅下注。售票大厅很大，售票口一眼看不到头。我也买了一注，10 元钱，自然就是赔了。大厅内有许多警察，桌上堆着一摞一摞的现钞。赌赢了，马上兑现。还有一次是乘渔民的打鱼船出海，而且是晚上出海。渔船不大，是机帆船，柴油烟刺鼻刺眼，马达声震耳欲聋。船的两舷各有几盏日光灯，在黑暗的海里，十分耀眼。海里的乌贼鱼是趋光的，一条条地游过来，渔民就用四面带钩的渔具去勾。勾上来的乌贼鱼也不清洗，直接投到油锅里煎，醮一点酱油，味道极美。

我们去香港讲课，常常是带着任务去的。因为香港的金银首饰样式好又比较便宜，所以许多熟人都托我们代买。于是，讲课任务完成之后，就去集中采购。好在去旺角不远，而且旺角的商店一个挨着一个，卖什么的都有，店员一看是内地人打扮的客人，格外热情，不买他的东西没关系，只要进他的店，都送一点小礼品，比如圆珠笔、钥匙链之类。然后是选一个店，坐下来，呷一口茶水，一条一条地选购，老板乐不可支。

离港前，学生干部提前攒钱，给老师买个纪念品，比如公文包之类，他们专程来到我们的住处，当面表示谢意。

第一届毕业典礼是在北京大学法律系举办的，毕业生组织起来，包了一个旅游团，着统一服装。给每位授课老师准备了一份纪念品。在典礼上，学生代表发言致谢。他们的普通话，显得比四年前强许多。我想，这就是文化的融和力！

79   评博导的小插曲

1994 年春天，北京大学开始评博士生导师，以后每两年评一次。我报了名。法律系学术委员会通过了。北京大学文科学术委员会也通过了。到学校学术委员会是最后一关，当时吴树青校长提出异议：武树臣还是博士研究生，怎么能评博导呢？请研究生院拿个意见吧。

很快，朱启超老师找我说，博士研究生能不能评博导，学校没有规定。但是又不好开这个口子。研究生院建议你退学，不读研究生了，你写个声明，马上就评你为博导。要是不退学，就两年以后再评了。请你这两天表个态吧。

我回家跟我爱人商量，最后统一思想，还是把博士读完。因为我心里想，我要是不读博士了，怎么对得起张老师？张老师会怎么想？我这个关门弟子又把门打开了？最后跟朱启超老师表了态，还是读博士学位。可是心里还是耿耿于怀——当博导和当博士生毕竟是两件事啊！

有一天，法律系教务办公室的梁宾老师说，小武，别想不开，好事不能一个人都得了。你可以提前毕业呀，赶快写论文吧！

就这样，1995年夏天就把毕业论文写出来了。10月17日通过答辩。1996年1月获得博士学位和学历证书。4月份又开始评博导了，结果很顺利地到了最后一关。吴树青校长问：武树臣毕业了？回答，毕业了。大家有意见吗？没有。就这样，我被评为博导，开始招收博士研究生了。

80 答辩小组

自从招收博士研究生以后，按照学校研究生院的要求，要组成一个指导小组，负责论文选题、预答辩等工作，待正式答辩时又基本上成为答辩委员会成员。于是，时间长了，无形中就形成了一个相对稳定的小圈子，可称之为"答辩小组"。其中，论文开题、预答辩、正式答辩，都是"法定动作"，不仅要经过教务办公室批准，还要公开进行，允许旁人参加。

我们的答辩小组比较固定的成员，有中国政法大学的郭成伟教授、王宏治教授，中国人民大学的马小红教授，中国青年政治学院的李力教授，北京大学法律系兼职教授田涛，还有北京大学法律系的乔聪启教授。

每次活动，大家都提前到场，聊聊天，或者互相送本书。等正事儿办完了，照例是一顿午餐。就在北大校园里面的农

答辩老师与同学 前排左起:李力、郭成伟、武树臣、马小红、王芸洽、孙佟佟、后排左起:夏道虎、邓建鹏、庄伟燕、郝维华、丁明胜、武建敏、李小明、毛国权

园餐厅。五位老师和几位学生差不多正好一桌。席间，大家无所不谈，为的是轻松一下。当然，主要还是谈学术问题。有的话题，就和刚才答辩的内容有关。其实，午餐会是个小型研讨会。因为大家无拘无束，有许多话题，都是很有学术价值的。餐后，照例是我结账。当时，学校给博导发津贴，每年指导一名学生发 6000 元。

尽管答辩小组的成员都成了志同道合的朋友，学术界有什么新鲜事，或者什么学术会议，大家都相互打个招呼。但是，在"法定动作"的场合，大家都非常认真，坚持原则，绝不降低标准。因为，这不仅关系学生的前途，也关系老师的声誉。你想，一本博士论文通过以后，就放在图书馆的书架上面，而且要存放多少年，博士论文的封面上就印着学生和指导老师的名字。这是一件多么严肃的工作呀！

81　参加两岸法学交流

在中国法学会和台湾法学界的共同努力之下，大陆与台湾实现了海峡两岸的法学交流。我有幸参加了第一次第二次赴台湾的交流活动。第一次海峡两岸法学交流研讨会，于1997年3月在台北台湾大学召开。在研讨会上，我发言题目是《对十年间大陆法学界关于借鉴判例制度之研讨的回顾与评说》。第二次海峡两岸法学交流研讨会，于1998年10月在台北东吴大学召开，我发言题目是《海商法的制定与国际规约》。那时候，我已经调到法院工作了。

我们一行十余人，经深圳先到香港，在香港一家被大陆特别授权的旅行社办理赴台手续。因为当时两岸还没有实现"直通"。然后乘飞机抵达台北。一到机场，过了海关，就受到台湾大学师生们的欢迎。在第二天的会议上，我们荣幸地认识了柯泽东先生、刘宗华先生、吴淑妙女士。第二天晚上，当时的台北市长马英九先生宴请了我们。这次晚餐特别丰盛，规格很高，是我们在台湾逗留期间最令人难忘的一餐。在宴席上，大家无拘无束，谈笑风生。席间，台湾大学教授开玩笑说，现在，马先生成了台湾女孩子们心中的"白马王子"，又朝马英九先生问道：你每天接多少封信？引得大家一片笑声。

在第一次海峡两岸法学交流研讨会期间，我们在台中参观了模范监狱。监管人员给我们介绍了监狱的设施和监管制度。我们参观了轻刑犯狱室，四人一间，地铺，有抽水马桶。我们还造访了高雄市。当时的高雄市市长吴敦义先生宴请了我们。此间，吴淑妙女士一直陪同访问。

2007 年，台北发生了马英九特别公务费诉讼案。检察机关认为马英九在担任台北市市长期间贪污国家财产。台湾地方法院于 8 月 14 日做出一审判决，"按特别费制度，宋朝即已有之。"当时有"公使钱"、"公用钱"之区别。二者性质不同，前者为首长之特别津贴，可以私有、自俸；后者乃官署之特别办公费，用于招待来往官吏、贡使、犒军及其它特别用途。

马英九特别公务费，属于宋代的"公使钱"，故不涉及贪污，驳回诉讼请求，宣布无罪。后来，二审维持一审原判。

看到一审判决书，感觉台湾地方法院的法官水平很高，居然能够从宋代法律制度寻找判决的依据，而且还引用了几件判例。同时想到，当年马英九市长高规格宴请我们，使用的经费应当属于"公使钱"，系正当开支，与"特别公务费"无关。如此，心里便踏实了。

82　一场辩论

　　1996 年秋季号《南京大学法律评论》刊登了我的一篇文章：《横的法与纵的法——先秦法律文化的冲突与终结》。文章提出：在商周时代，以家族为单位的"横的法"占居主要地位。这主要表现在平等交易，尊重他人财产权和审判当中的"当事人主义"等方面。春秋战国时代，宗法家族的衰落和个体意识的萌芽，以及超血缘的新式国家的出现，使国家和个人建立了简洁的权利义务关系。从而导致"纵的法"取代了"横的法"。其主要表现是专制主义法律对社会生活的全面控制和支配，以及审判中的"罪刑法定"、刑讯等。从"横的法"到"纵的法"反映了先秦法律文化发展演进的内在规律。

　　1997 年秋天，我接到《南京大学法律评论》编辑部的来信，大意是说，上海华东政法学院法律古籍研究所副研究员杨师群写了一篇文章，题目是《评横的法：对商周法律文化的思考——与武树臣先生商榷》。我刊准备刊发。但是，为了深入讨论便于读者阅读，我刊希望你针对此文再写一篇答复性的文章，我刊拟将杨师群的文章和你答复的文章一并发表。来函还附有杨师群的文章校样。并强调，你如过期不寄来文章，我刊就将杨师群的文章单独发表了。

接到此函，我急忙阅读了杨师群的文章。当时心里比较矛盾。因为我刚刚调到北京市第二中级人民法院工作。当时工作的确十分繁忙。一是全国法院系统正在搞教育整顿工作，各种会议不断。二是我主管民事审判工作，每周三还有院长接待活动，实在抽不出时间去图书馆查阅古代文献。心里想，你写了文章不就是让大家批评的吗？有人批评总比没人理你强吧？于是，就想听之任之了。

过了几天，我又把编辑部的来函取出来看了一遍。突然觉得，还有三个月时间，要不就抽空写一篇答复的文章？我把文稿复印了，寄给我的几个法史界的朋友，想听听他们的意见，再做决定不迟。不久，他们回答我说，法史学界还没有过这样的辩论，应当写文章，杨师群的文章有几处硬伤，很容易驳倒。于是，我就下决心写文章。

我反复阅读了杨师群的文章，把他的观点和论据整理出一张表格，准备逐一论述。杨的文章的要点，是针对我关于《周易》研究的一些观点和论据提出反驳，认为是"杜撰"，

269

并使用了一些诸如"随心所欲""玩弄游戏""宰割历史""手法之拙劣""荒诞的推论"等感情四溢的字眼儿。

杨的文章的逻辑是：甲乙丙丁是易学权威，他们对《周易》的文句都是这样解释的，而你却是那样解释的，所以你是"杜撰"。

我的答复是：甲乙丙丁是易学权威，但是他们都说，他们的解释也只是猜测，《周易》的真义恐怕永远没有人能够说明白，因此，研究《周易》应当既博通故说，又允许新说。

我的文章题目是《再论横的法：对先秦法律文化的再探讨——对杨师群先生的答复》。该文有以下几个标题：一、"既生瑜，何生亮"，从东吴将军的霸道逻辑说起；二、对筮辞诸问题的答复；三、关于诉讼诸原则的问题；四、关于史料诸问题的答复；五、荒诞的推论与推论的荒诞；结束语：关于研究的方法和研究的心态。文章三万余字。

在文章的"结束语"里，我写了这样的话：止笔之际，言犹未尽。掩卷之余，怅然若失。我感到我写了一篇不像文章的文章，又写了本不愿写的言词（尽管是借用），毕竟出于无奈而背离了自己的风格。我想，法史学界的繁荣固然需要学术批评，一种真正的堪称学术批评的友善相待的给人以学术启迪的批评。但是，我不敢确认：靠着杨文的批评，就能培育法史学界的良好学风和氛围，就能促进法史学界的繁荣？尽管如此，不论杨文是在何种心态下和居于何种目的而写出的，也不论杨文除了激情之外并未提出任何有学术价值的东西，我仍真诚地认为，学界同仁应当人人平等、共塑宽容：任何人在任何场合运用任何方式表述任何学术观点的自由和权利，都应当得到普遍尊重。学者的涵养也在于斯，学问的价值在于斯，学术的昌荣在于斯。

我的文章和杨师群的文章后来都刊登在1998年春季号的《南京大学法律评论》上面。在论文写作过程中，有一次参加一个学术会议，正好遇见陈光中老师，我向他请教了我国历史上的证据制度问题。我已故的友人田涛先生还向我提供了董康氏所撰《集成刑事证据法》一书，使我对中国古代的证据制度有了更多的了解。过了一年，有一次何勤华来电话，顺便说了一句：争论到此为止，不再争了。

今天，偶尔重谈这篇三万字的旧文，心情仍有些不平静。文章里有一句："我今天的心情，仍怀着一个幼稚的梦，努力去接着随心所欲地杜撰一本《易经——中国古代神明判例集》。因为《易经》涉及法制的内容实在太多了。"

那是个1997年的梦，一晃18年过去了。我和杨师群先生都已年过花甲。

这个梦却一直萦绕在我的心底，挥之不去。

83 走出"法系"

　　记得沈宗灵老师给我们讲课时，讲到"法系"、"法族"、"法圈"、"法律传统"、"法律类群"、"法律集团"等概念，当时感觉非常新奇。后来，中国政法大学办了一个新杂志，叫作《比较法学》，这又一次引起了我对"法系"问题的关注。于是，我就利用一段时间，借阅了有关比较法的书籍和文章，集中学习和思考了有关"法系"的一些基本问题。

　　通过学习和思考，我觉得尽管"法系"的研究方法曾给人们以许多启迪，但是，"法系"划分过于任意轻率而不能自圆其说。最早提出"法系"的比较法学家实际上给自己并给其后继者提出了一个大难题，甚至可以说是一个"吃力不讨好"的大难题。他们留给我们的，尽管有许多有益的启示，但更多的是混乱，特别是由于没有使用明确的划分标准（或同时使用几个划分标准）所造成的逻辑混乱，以至于我们在读这些著作时不禁感觉到，他们除了历史根源之外，什么也没说清楚。因为"法系"的划分是违背逻辑的。正如对一群人进行分类，同时使用性别、年龄、国籍、教育水平等标准，这个分类结果究竟有多少科学性，是应当大打折扣的。事实已经告诉今天的比较法学者：再在"法系"上面下功夫是无益的事情。

我们读比较法学的著述，不管这些成果是宏观比较还是微观比较，是立足于法律思想还是法律制度，都觉得获益匪浅。但是，一读到关于"法系"的划分问题，就觉得不得要领。究其原因，倒不是法学家们没把问题说清楚，而是因为"法系"这个问题本身就很难说清楚。因此，有必要更换一下观察问题的角度。这个角度就是"法律样式"。

长期以来世界各地法律实践活动的巨大变化，从而使得"法系"的研究方法显得日益陈旧。同时，由于法律样式的研究角度和方法是建立在科学划分和定量分析基础之上的，不仅与历史的，又与现实的法律实践活动息息相关，因此，法律样式的研究方法便显得很有生气。于是，让法律样式从"法系"的古老领域中独立出来，则不仅是可能，而且是十分必要的。

世界主要"法律样式"从其类型来看，主要有三种："成文法"型的"法律样式"，"判例法"型的"法律样式"，"混合法"型的"法律样式"。三种"法律样式"不仅可以概括历史，也可以概括当今法律实践活动的宏观工作程序或方法，因而带有"置之古今而皆准"的特点。

中国"混合法"型的"法律样式"，不论就并列的"混合法"、循环的"混合法"，还是法律规范与半法律规范相结合的"混合法"而言，都是人类法律实践活动内在规律的一种表述。从规律的科学价值来看，符合历史的，也便符合现实；符合一国的，也便符合他国。在中华民族为人类奉献的诸多礼物当中，应当包括中国式的"混合法"。以往的比较法学者建造"法系"的楼群时，常常无视中国法的存在，并轻率宣布中国法系是死亡的法系，殊不知中国的"混合法"一直延续到近现代。其原因似乎不能简单地归结为"欧洲中心"论的影响，而是"法系"这一研究方法本身带来的局限性。因此，我们的结论是：走出"法系"。

84　别了恩师，别了未名湖

1995 年 12 月 23 日，上午我刚刚走进北大法律系办公室，就感觉两耳一阵强烈的耳鸣，心烦不已。10 点多钟，张国华老师的小儿子张若水打来电话，说父亲九时许故去了。当时我的眼泪夺眶而出。

张老师是夏天住进医院的。我每周总要去看望一次，顺便向张老师汇报博士论文的有关问题，当时他还能清楚地讲话，思路也还不错。没想到不幸的时刻竟然来得这么突然！在这之前的两三年间，我就感觉到张老师身体不如以前了。比如下围棋，过去张老师思路非常敏捷，几乎不露破绽。而且常常是张老师赢棋。后来我感觉他下棋屡有漏洞，偏于保守，战斗性也显然不如以前了。再后来，我不怎么吃力就赢了棋。开始，我还窃窃自喜。后来，突然醒悟到：张老师真的老了。

有一天，师母跟我说，张老师有一个心愿，就是希望你做他的关门弟子。说到读博士学位，还有一点故事。当年我留校教书，就感觉，我是一个本科毕业生，学历显然是不够的。我就找张老师，说，张老师，我读您的硕士吧。张老师想了一下说，你的水平已经不比硕士低了，你年龄不小了，不要浪费时间。将来直接读博士吧，现在教育部有一个设想，就是设立论文博士，只要有一定学术功底，被学术界认可，写一篇文章就可以直接答辩了。我一听心里真高兴。还是张老师想得周到！就这样，读博士的事就搁下了。一搁就是十年。听师母这么说，我马上准备考博士。1991 年 1 月我刚从日本回来，在日语方面还有点自信，趁热打铁。就这样，我通过了博士入学考试，1993 年 9 月"入学"，一边教书，一边读书。那些天，我看见张老师喜形于色。转眼间，到了 1995 年夏天。当我把博士论文《中国法律样式》打印稿送到张老师看时，张老师已经住进医院了。我的论文经我的另一位恩师饶鑫贤老师审阅、修订，并经学界诸位老前辈评议，于 10 月 17 日通过答辩。当天下午，我专程去看望张老师，并把论文拿给他老人家看。他连连说了几句"好，好，好。"就激动地落下眼泪。12 月，天气已经十分寒冷了，我又去看张老师。当时，他斜靠在床头，头上戴着一顶灰蓝色的毛线织成的帽子。似睡非睡的样子。他礼貌地说了一句谢谢，便不想说话了。我猜想，他一定不认识我是谁了，或者，他已经精疲力尽了。我离开时，又回头看着我的张老师，心中涌起一阵悲凉，一阵心痛，这就是我们崇敬的张老师吗，怎么会变成这个样子。再和张老师下一盘棋，怕是只有在来世了。

恩师故去之际，师母黄兰英老师正抱病在床。张先生的子女们说："妈妈和爸爸的生命是连在一起的，妈妈如果知道爸爸不在了，肯定会不久于人世"。经过慎重考虑，子女们一致决定：将噩耗瞒着，一瞒到底。于是，家人采取了万无一失的防范措施，绝不走漏一点风声。这样，张先生去世的消息一直未能披露于法学界。

俗话说，祸不单行。不幸的事情又发生了。1997 年 7 月 1 日，师母也随着张先生去了。她直到生命的最后一刻，仍不知道张先生故去的真相。也许，就在她弥留之际，她仍深切地惦念着久卧病院的张先生，并为自己的先走一步而感到不安和内疚。也许，她也会像子女们已经做的那样，嘱咐孩子们不要把这个坏消息告诉张先生，一瞒到底。她走得太快、太急，这些事情都没来得及安排。两位老人的心是连着的，两位老人的生命也是连着的。不然，他们何以这么快就上路了呢！

张老师的骨灰，根据老人家生前所嘱，要安葬在湖南长沙。这一天，张若水捧着张老师的骨灰盒，坐在车的后排座，我送他们登上了去长沙的火车。

张老师真的走了。冬日的余晖洒满了燕园。那安静的镜春园似乎多了几分哀伤，那优雅的未名湖似乎少了一抹涟漪……

我自 1978 年 3 月开始在北京大学法律学系读书。次年寒假结束后新学期开学，有幸听张国华老师讲授的中国法律思想史课。几乎就在第一次听课时开始，我便被张先生那生动、风趣、深入浅出的授课风度，深刻的洞察力，独辟蹊径的机敏，以及中国法律思想史的丰富内涵所打动。几乎就在那一刻，我便暗自立下了追随张先生，一辈子从事中国法律思想史研究的志向。不久以后，我同张先生的接触渐渐增多，从经常向张先生请教问题，多次完成张先生布置的读书任务，发展到每周一次的对弈，直到成了忘年之交。1982 年 3 月，我毕业留系任教，在张先生和饶鑫贤先生的指导帮助下，从事中国法律思想史的教学研究工作。尔后，在张先生和同教研室其他诸先生的教导下，我较快地成长起来，并在国内学界较早地较系统地提出了法律文化和中国传统法律文化的新领域。1994 年 8 月，北京大学出版社出版了由我负责并主要撰写的国家七五重点研究项目《中国传统法律文化》。在此之前，即 1991 年 8 月，我被评为副教授；1993 年 8 月，我被破格晋升为教授。这年 9 月，我和年轻人一起通过正式考试，开始在张先生指导下，在职攻读法学博士学位。我的博士论文《中国法律样式》，在张先生和饶先生的指导下，于 1995 年 10 月 17 日通过评审和答辩。次年 1 月，我获得北京大学法学博士学历证书和学位证书。又过了几个月，我被评为博士研究生指导教师。

痛定之后，我突然想到：应该为我崇敬的张先生写一点纪念的文字。此刻，我与张先生相处的件件往事，他的音容笑貌，他讲的令人捧腹的故事，他的学术观点，他的研究课题，甚至于对弈中得意的一步棋，都一下子涌到眼前，使我感到无从着笔。张先生渊博的学识、严谨的学风、坦诚的胸怀、君子儒的风骨、宽容的精神、老而无谋的无邪童心，对我及弟子们的影响是无形的和巨大的。一个学子能从老师那里看到和得到那么多宝贵的精神财富，真可以说是最大的幸运。我想，作为一个弟子，对先生的最大安慰和纪念，也许就是模范吾师的品格和在学术上取得些许成就吧。

经过组织的考核任命，我被调到北京市第二中级人民法院工作。1997 年 5 月 4 日，我办理了调动手续。第一张表是大家熟知的"转单"，即归还借用的公家财物，归还书籍，补交水电费等。第二张表是工会会员转出表。第三张表是工资关系调出表。上面写明，原工资自 4 月止，新工资自 5 月份开始。办完了这些手续，静下心来。心中突然升起一阵惆怅——我就这样离开了母校，我久已神往的，学习和工作了整整 20 年的母校。

此刻，我是多么怀念美丽的北大校园！清澈的未名湖水，金黄的银杏树，火红的枫林，碧绿的草坪，清晨里沿湖跑步的青年们的身影，夕阳下草坪里三五成群的学子们的朗朗笑声，夜幕里教学楼的棋盘似的灯窗……从四川温江师范学校的教师到北大的学生，从助教到讲师，从副教授到教授再到博士研究生导师，我在这块土地上度过了近 20 个年头。此间，有多少回伴着铃声涌进阅览室，有多少回用不起眼的书包占座位，有多少回和同学们争吵得面红耳赤，有多少回手捏几根粉笔走上讲台，有多少回巡视考场，有多少回把熬夜写就的文章投入信箱，有多少回和青年教师胡侃至后半夜，有多少回伏在缝纫机台面上奋笔疾书……俱往矣，一个由学生到学者的 20 年！

在我告别讲坛之际，请允许我代表我的同窗们，向当年为我们七七级讲课及承担各种工作的老师们表示由衷的感谢之情和我个人的惜别之情。这些老师是：

陈守一、张国华、肖蔚云、王铁崖、李志敏、沈宗灵、龚祥瑞、芮沐、刘升平、肖永清、蒲坚、由嵘、陈立新、朱华泽、罗玉中、朱启超、饶鑫贤、郑兆兰、沈叔平、杨锡娟、孙孝堃、魏定仁、陈宝音、杨春洗、杨敦先、杨殿升、张若羽、张玉镶、张文生、李宝珍、刘家兴、王国枢、罗祥文、周密、马振明、王德意、叶元生、徐卓世、张建早、梁滨、邓云、李华兰、蔡志敏等老师。

离开熟悉的工作生活环境，一切成就"归零"。置身于陌生的工作岗位，一切从零开始。然而我从未消沉，当我来到新的工作岗位之后，便又暗自立下了新的誓言：以一个学者的坦诚与周围的同事平等相处，用一个学者的双眼去观察有血有肉的活的法律，凭一个学者的执著之情去捕捉和吸取新鲜的理论营养，像历代通经入仕的儒生那样致力于经时济世之学。一句话：读无字之书，著无文之作。

别了，恩师；

别了，未名湖。

四　从讲坛到法坛

半路出家当法官

85 考查、任命、上班

1997年3月10日，北京大学党委组织部岳素兰部长来电话，说，北京市政法系统正在各大学法学院选干部。原因是1995年，北京市中级人民法院一分为二，成立第一和第二中级人民法院。市检察院也一分为二，成立第一和第二检察院分院。都是正局级单位。这样，就需要增加几位领导干部。市委组织部提出选拔的标准，一是中共党员，二是有管理工作的经历，三是45到50岁，四是教授，最好是博导。我们觉得你比较合适。建议你积极考虑。我问，为什么呢？她说，北京市委到北京大学选干部，机会很少。如果我们都不愿意去，以后北京市委就不会到北大选干部了。我不假思索地回答，我愿意去。岳部长又说，你不跟爱人商量一下？我说，不用。我爱人一定会支持我的。但是，有一个实际问题，我指导中国法律文化方向的博士生，我调走了，就没人指导了。

我问了一句：是检察院还是法院？岳部长说，听说是检察院。我说，如果法院有空缺，我更愿意去法院。岳部长问：这是为什么？都是正局级单位呀！我说，检察院只涉及刑事，法院涉及民事、刑事、行政，业务面更宽。最后岳部长答应再跟市委组织部交换一下意见。第二天，岳部长又来电话说，市委组织部说尊重你个人的意见，可以去法院。而且指导博士生的工作，不受影响，到法院工作以后，可以继续给学生上课，可以继续招收指导博士生。还说，不久以后就会来北京大学考察。我心里想，领导考虑问题真有水平。

3月20日，由北京市委政法委、北京市人大、北京市高级人民法院三家组成的考察小组来到北京大学，对我进行考察。考察进行了一整天。他们在校办公楼分别跟法律系的40多名教职员工谈话。下午4点多钟的时候，我正在法律系值班，电话响了。岳部长在电话里说，考察组说想见一见你本人，请你到校办公楼来一趟。

在校办公楼小会议室，岳部长做个介绍，考察小组由北京市委政法委副书记段桂青带队，还有市人大常委和市高级人民法院的几位干部。段书记待人和蔼可亲，很随便地聊了一会儿。她问，你除了法律史之外，其他专业熟不熟？我说，我做过多年的兼职律师，代理过一些诉讼案件，现在是北京大学法律系同和律师事务所的主任。她很高兴。又问，当律师挣钱吗？我说，挣钱了，前些年的机会较多。她听了连声说，好好好。最后，段书记说，我们考察完了，回去还需要向有关领导汇报。将来还需要经过北京市人大常委会审查任命。见了面，我就回系里去了。

回到系里，正好碰见新上任的系主任吴志攀。他说，老武，从感情上说，真舍不得你走。但是从事业上说，这真是一个好机会呀！我心里倒是想去，可是北大不让啊！我想，吴志攀说的倒是实话，经过几个月的酝酿，他刚刚当选为法律系主任，学校当然不同意他调走了。

过了几天，岳部长来电话说，市委组织部已经研究过了，任命你为第二中级法院的党组副书记。以后就准备"上会"了。我问，上什么会？她说，就是上市人大常委会讨论表决呀。又说，你等通知吧。这些天，你可以把系里的工作收个尾。也可以抽空到校党委档案室看一看有关政法方面的文件。我都照办了。

4月16日一早，北京市第二中级人民法院副院长韩文中同志亲自来北大接我，赶到怀柔的北京市人大常委办公处。听韩院长介绍，这是最后一次在怀柔开会，以后市人大常委就到建国门的新址开会了，那就近多了。

人大常委会会议正在进行中。我和另外几位将任命的法院、检察院的领导，都在会场旁边的休息室里等候。一会儿，一位工作人员走进来，问，"请问谁是武树臣同志？"我说，"我是。"他说，"委员们有一个问题需要你解释一下，你1992

年被提为副教授，1994年怎么就提成教授了，应该五年才提，是不是搞错了？"我说，"我是1992年提的副教授，1993年北京大学搞改革，试行破格提拔的制度，我符合破格的条件，就提前评为教授了。"工作人员说，"明白了，破格提拔，谢谢。"

过了一阵子，工作人员通知我们进会场主席台，市人大常委会主任张健民同志一一颁发任命书，并照了相。每颁发一份任命书，会场上就响起一片掌声。我接过任命书，心里十分激动，我想，这是党和人民的信任和委托，我一定努力工作，不骄不躁，脚踏实地……

4月26日，市委政法委段桂青通知我到市委办公楼，政法委书记强卫同志找我谈话。强卫书记的办公室很小，布置得十分简洁。我坐在沙发上，他把椅子朝我这边挪了挪，谈话就开始了。他大概讲了以下几个意思。第一，市中级法院和检察院一分为二，需要增加领导干部。市委主要领导指示，选拔干部应当从本系统产生，但也要扩大眼界，到学校去看一看，有没有合适的人选。第二，经过考察，北大方面对你是肯定的，市委、人大、法院也是肯定的。这证明你长期以来对自己要求是严格的，作风是正派的，教职员工都是认可的。第三，到法院工作以后，一定要谦虚谨慎，甘当小学生，尽快进入角色，熟悉业务，发挥作用。第四，进入法院以后要继续保持跟北大的联系，课照样上，博士生照样带，一定

工作时·1997 年 10 月

北京市第二中级人民法院升旗仪式

要加强实践部门和教学研究部门的联系。实践部门工作比较忙，有大量的问题需要研究，需要借鉴国外的经验。第五，这次从北京高校选拔干部，也是一个尝试。如果成功，我们会坚持这样做下去。所以，你的道路具有榜样的作用。我们相信你，一定不会辜负党和人民的希望。

5月20日下午，段书记和市人大常委、市高院的领导，带着我来到北京市第二中级法院。在二楼的会议室，庭处级领导40余人已在会场等候。段书记宣读市委组织部的任命。任命我为第二中级人民法院党组副书记。市人大常委领导宣读市人大常委的任命。任命我为审判员、审委会委员、副院长。段书记和市高院副院长先后讲话。我也简单地表了态，决心在上级党委的领导下，在二中院党组的指导下，甘当小学生，接受大家的监督。散会后，二中院党组成员开了一个简短的见面会。之后，办公室主任刘英同志带我到办公室看了一下。5点20分，正是发班车的时候。院长王永源同志把我带到一辆伊维科汽车门前，指着紧挨着车门的一张椅子对大家说，以后这个座就是武院长的专座。同车的人都热情地鼓起掌来。

当时的二中院在东铁营横七条，借用一个电子器件厂的厂房改造而成的。我乘坐的班车从东铁营到北京大学燕北园宿舍，等于从城东南到城西北。要走一个半小时。在这趟班车里，我是最远的一位乘客。乘这趟班车的人们，后来都成了我的好朋友。

291

86 院长接待日

1997 年 5 月 22 日，我刚到二中院上班，院长建议我参加院长接待活动，并通过院长接待活动，了解第一手资料，熟悉审判工作，掌握法院队伍的情况。

5 月下旬的一天，我第一次参加院长接待活动，那是像当学徒一般跟着王永源院长一起进行的。那时，法院还来不及给我发法官制服。当时是向别的法官借的夏装。那夏装不知是什么材料制作的，穿在身上稍一动就觉得痒痒的。因此只得正襟危坐了。那一天王永源院长接待了 13 位当事人。我和另一位书记员都努力作了笔录。王院长问问题都问到节骨眼儿上，回答问题表达意见又十分干脆。他要发表意见时肯定先说一句："得了，您甭说了，我听明白了。"接着是一、二、三。我深为王院长对法条的熟悉和丰富的审判经验所折服，同时也对接待工作的复杂性心怀恐惧。然而第二周我便独立接待当事人了。

我总是提前一天借好制服，于当日 9 时整走进接待室。而且总是一手捏着一个黄牛皮纸封面的笔记本，一手握着茶杯——虽然我并不喝茶，但法院的人大都人手一杯，否则也许会引起当事人的怀疑呢。我准点来到接待室，一位立案庭的书记员小黄已在那里等候了。那一天我接待了 11 位当事人。我发表意见之前，也学着王院长说一声："得了，您甭说了，我听明白了"。然后也是一、二、三。我觉着这句套话很有用，又很礼貌，否则当事人决不会自动给自己划句号的——可门外面还有别的当事人等着呐！

院长接待日是 1997 年初法院推出的一项改革措施。当初是每月有一天来接待当事人。由院长、副院长轮流接待。开始时，当事人一早来到法院门口排队，他们像在医院挂号排队那样自己发了"号"（纸条上写着数字，以明先来后到）。上班后，由告诉庭的同志逐一问明情况，确定十几位当事人。以后对接待的时间作了调整，先是两周一次，后是一周一次。接待的院长也都有了分工，主管民事的接待民庭的当事人，主管申诉的接待申诉的当事人。后来改成预约制，免得当事人浪费时间。最后又实行庭长接待前置制度，即哪庭的案子先由哪个庭的庭长接待。我参加接待的时候还属于当事人自己发"号"的时代。

当时的二中院是租一家电视机元件厂的厂房，是一幅很难让人肃然起敬的场景。食堂在院外面的一个地方，所以午饭必须走出院门，穿过自由市场一般的街头。二中院的食堂办得不错，据说这具有廉政和保健的意义——食堂办好了，法院的人就不会去吃别的馆子了。后来我接待当事人接待得多起来了。除了定期接待之外，还接待临时在法院门口强烈要求见院长的人。直到有一次我在去吃午饭的路上被几位当事人拦住不让走，情绪激动，大吵大闹，引来一大群人围观，乃至险些饿了一顿之后，才认识到"逛自由市场"的危险。后来，办公室的同志常常打电话给我，说："那个当事人正在院门口等您呢，您在办公室等着，我们把饭给您打回来"。大约 12 点半左右，办公室的同志笑眯眯地走进来，把手中的饭盒一放，说："来！快吃吧！"。于是，每到中午饥肠辘辘时，我总是静静地等着办公室的电话，并向窗外张望：外边是个小闹市，音乐声、叫卖声、川菜的香味，足以加速你肠胃的蠕动。有一句俗语叫"急中生智"。其实饿也能生智。我突然想起一位文学家曾经说过：其实大火是远看才可怕，走到大火跟前反不觉得可怕了（大意）。于是，我很快决定不吃"嗟来之食"了。直到有一天中午一位农民老大爷在路边真诚地笑着对我说："您先吃饭，别饿着，我在这儿等着您"之后，我就告别了饥肠辘辘的历史。因而也同时告别了恐惧当事人的历史：当事人找你，还是希望你给他一个说法的，这有什么可怕的呢？由于再也没有挨饿，我至今仍未想起议论大火

294

的那位文学家的名字。后来，在收拾山西插队时的读书笔记时，才发现，那句话是俄罗斯文学家车尔尼雪夫斯基在《怎么办?》中写的一句话。

我接待当事人的时候，是改革以后了。秩序已经好多了。来访者大多是民事案件当事人，而且以二审案件最多。其他案件，比如刑事的案件当事人，只在少数。

接待的方式就像医生看病一样，先听他讲，然后找出关键的问题问一下。有时也多问一句，对审判人员的工作有没有意见。到差不多的时候，小黄会说，好了，你的意见讲完了。院长也听明白了，我们会向合议庭转达你的意见。于是，就接待下一位。

当事人总是希望法院听取他们的意见。所以态度都比较理智。有的当事人一进门就跪下了，我马上起身把他扶起来，让他坐下，喝口水。在院门口大喊大叫的人，身上写着一个"冤"字的人，打着横幅的人，也有。但是附近派出所的警察一介入，很快就恢复秩序。

我第一天接待，上午接待了 13 人，下午接待 11 人。下班之前，和书记员小黄简单总结了一下。第二天形成文字材料，附上表格，我签上字，把材料转交给各主管院长处理。主管院长一般是再把材料转给有关庭长，庭长再转给有关审判人员，要求听汇报，之后再反馈给主管院长。审判人员根据案件当事人反映的情况，再决定如何处理。

院长接待日这项制度的好处是：有利于通过当事人的反映来了解审判人员的实际工作情况，包括审判质量、审判作风，法律文书写作的水平，等等；有利于暂时缓解当事人激动的情绪，特别是那些曾扬言去某某机关告状从而有可能影响稳定的当事人。但是，这项制度也有许多弊病。法院不是行政机关或企业，法院院长不是一级审判组织，他与审判人员之间不是简单的上下级关系，因此他无权对合议庭的审判工作横加干涉。主管院长接待了非主管范围的案件当事人之后，本身就不便发表意见，还要向那位主管院长转达情况，这就很麻烦。况且，接待了一方当事人，对方当事人的意见你听不到，这样也不公平。最后，等把当事人的意见层层转达给案件承办人，承办人说，当事人的意见早就提出过，但没有道理，而真实的情况是……。等这些意见反馈回来之后，你的第一感觉是："啊，原来如此！"接着第二个感觉是："这不白接待了？"院长接待的力度越大，当事人通过院长实现自己目标的愿望也就越强，法院大门口的秩序越难维持，法院的权威就大打折扣。其实，当事人有意见，尽可以通过纪检、监察、接待室、举报电话等渠道来解决。

这种接待活动延续了半年多，后来大家感觉效果不太好。第一，越接待人越多，你接待了一方当事人，对方当事人怕吃亏，也要求接待。第二，这等于发出一个信号，似乎具体办案人员都有问题。第三，当事人的意见跟承办人都陈述过了，还不放心，再找院长，没有实际意义。于是就改为庭长前期接待，如遇特殊情况才由院长接待。当事人如果对承办人有意见，可以把举报信投入举报箱，可以给监察室打电话。这样，院长接待日制度就逐渐废止了。

87 往返于法台与讲台之间

　　自 1997 年 5 月我从北京大学法学院调至北京市第二中级人民法院工作正好五年时间。刚到法院时的心境是：跺一跺脚，告别过去的书斋生活，去倾心投入一个崭新的工作！

　　然而没过多久，我的心境便逐渐从怅然若失的悲凉之中走了出来，并最终为自己的生活、工作和心境，找到了一个合适的位置。记得当时的系主任吴志攀教授曾对我说："老武，你不是兼职教授，而是全职教授，你随时都可以回来！"我是头一次听说有"全职教授"这个术语的。然而此言不谬——法学楼里仍给我保留着办公桌和书柜，大厅里仍保留着我的信箱，里面放着各种教学活动和学术活动的通知、材料，《燕园法学文录》照常收录我的文章，杂志社照旧给我寄杂志……更重要的，当我偶尔回到系里办事时，大家对我都是低调的微微一笑，微微点头，似乎并不介意工资单上少了我的名字。

而事实上我每周二晚上 7 时至 9 时半仍为系里的 50 多名硕士生讲授《中国法律思想史》、《中国法史史料学》，还有《法学前沿》的专题讲座。周末还要和我的博士生们碰头，商量中期综合考试、博士论文开题报告、论文评审、预答辩（即非正式答辩）和答辩的事情。这一切都使我感觉到，我还是过去的我。我蓦地回想起，在我到二中院报到上班之前，当时的市委政法委书记、现任市委副书记的强卫同志找我谈话时强调的那条意见："你现在还兼着学校的工作，这是件好事，不要一头扎到法院忙于事务就放弃学术研究了，法院工作和学术研究工作要很好地结合起来。"这话讲得多深刻呀。

1997 年 5 月，我调到法院工作。按照市委组织部和北大组织部的意见，我继续在北大法律系上课，并且继续招收指导博士研究生。这样，当年 9 月，按照北京大学法律系的教学计划，我又开始为硕士研究生讲授《中国法律思想史专题》（古代部分）。

每周二下午下班后，我乘班车在北大南门下车，如果当时是 6 点 40 的话，我还来得及在路旁一位卖大馅（猪肉大葱）包子的师傅那里，花 1.5 元买一个大包子，趁热边走边吃。走到第三教学楼，先从保温桶用自己携带的水杯接满一杯开水，再从一个筐子里捡几支粉笔，走进教室时，差不多正好 7 点钟，开始讲课。如果是 6 点 50 的话，便什么都来不及了。一路快走，在教学楼旁的小食店处，用事先准备好的

299

零钱买一盒牛奶。待课间休息时一口气把它喝完，算是一顿液体晚餐。

我之所以愿意坚持一边上班，一边上课，倒不是为了得到 1 小时 100 元的讲课费，而是为了一位同学的感叹。系里一位老师对我说："有一位同学说，武老师不该离开北大，这下我们再也听不到他讲课了。"我坚持讲课，除了以此回报同学们的厚爱之外，也想向大家说明，市里把我调到法院，并没给法律系造成什么损失。

作为一名多年从事教学研究的教师，我最得意的还是讲课。说实在的，由于历史的积累，我对古文远比对法条更为熟悉。手里捏着一支粉笔，没有讲稿，把大段的古文写在黑板上，然后用现代的语言翻译过来，并阐明自己的观点。课间休息时总是被几个学生围着讨论问题。然后侧身出去接一杯开水，算是对刚才那顿饭的补充。

晚上 9 点半左右，我走出教室，有二三位博士生陪着我走到北大南门，路上顺便讨论一下学习上的事情。我的学生们对我的研究支持很大，比如借还书，复印材料，等等。当我的学生恐怕要受点委屈，由于我不在学校，许多事情都靠他们自己去办。交待完了，然后乘出租车回家。回到家里，正是饥肠辘辘的时节，然而什么都不想吃，什么也不想说。第一件事是洗掉手上的粉笔灰。作为一位学者，我最愿意做的还是读书，写文章。过去读书时，注意做卡片，算是基本投资。以后可以随时翻找查看，非常方便，算是获益。我写文章有几条要求：一是立意要新，要言他人未曾言者；二是要有用，对理论研究和实践，总要有点价值；三是要努力使读者容易读明白，爱读，给读者脑海里留下一点痕迹；四是写出来以后要修改五次。每次修改都有目标：第一次是突出中心思想，对无关的，可要可不要的文字统统删去；第二次是文章结构，有不合理之处要调整过来；第三次是逻辑性，论点、论据、论证之间要有内在联系；第四次是验证引文及出处，凡用人家的观点，都要标明出处；第五次是语言风格，一篇文章至少有一处生动形象的文字，给文章增添一点文学色彩和雅致一点的意境。这一点我历来都十分看重。这大约是高中时受当时的语文老师魏启学先生的影响。当然，这些要求我自己并没有完全做到，尽管我也用这几条去要求我的学生。

学校里的老师比研究单位的研究人员的优越之处是，老师又教书又写东西。在面对满教室学生讲课时，和学生讨论问题时，常常即时碰出许多火花，成为研究的新思路。而新的科研成果又不断丰富了教学内容。

无论如何，我毕竟没有充裕的时间去研究我感兴趣的问题。几年来，我没有进过一次北大图书馆，也没有到外地参加过一次学术会议。原先那个每年出六篇文章的雄心大志早已被自己故意遗忘了。直到有一天我读了与我有关的一段评论之后似乎又增加了一点勇气。那是登在《法律史论集》第2

卷上高旗（笔名，真名高旭晨）写的《近年来中国法律史研究概观》。原文如下：

"在近几年中，武树臣先生对中国古代法律样式问题做了广泛的研究，并形成了一套独特的方法和观点。主要的成果有：《"横的法"与"纵的法"——先秦法律文化的冲突与终结》、《从"判例法"时代到"成文法"时代——对春秋法制改革的再探索》、《中国法律样式一百年》、《中国的混合法——兼及中国法系在世界上的地位》、《走出法系——论世界主要法律样式》，等等。这些论文都已收录于《武树臣法学文集》中。这部文集汇集了武树臣先生从事法学研究近20年来的学术成果，这本是一件值得欣喜的事。但由于其所包含的告别意义，令人怅然。在该书的《序言》中，他以朴实的语言道出对讲台和学界的惜别之情，其中所流露出的由衷情感，令人感动。多年来，武树臣先生以他鲜明的观点和优雅的文体为法史学界贡献良多。此时，我们本应该为他能在实际部门一展宏图而高兴，但我们也不禁为他离开讲台，离开学术界而感到由衷的遗憾。虽然古人有言：风清月凉水边宿，诗好官高有几人。我们难以冀望武树臣先生在目前的岗位上继续在学术上倾心投入。但我们也真诚地希望他能够直视"清晰的目标"，继续走他的学术道路。"

读了这段文字，我的心情久久不能平静。一个人以其毕生的勤奋和心血去持续地做一件事情，从而为自己争取到一个位置。这个位置足以使他感受到社会对他的评判，岁月的回报，及至人生的价值——我的位置也许仍然留在原处。因而我仍然属于原来那个世界。一个人总要退出历史舞台，总要回归寂寞的世界。所有那些曾经使人感到光荣和得意的东西，最终都将化为乌有。这个世界太大，而个人又如此渺小。时间无始无终，而属于自己的只是一瞬。但是，由于你努力过，追求过，因而在行将就木时便平平静静地没有太多的自责和遗憾。更重要的是，你为后世留下了哪怕是一点点的财富。这些财富是你用心用血去绘制的。后人，一代又一代的后人，仍有永恒的机会去领略去欣赏你创造的财富，仍有永恒的机会去从中汲取营养，从而把这份营养传给他们的后人。此时此刻，你的生命，你的灵魂，你的智慧，你的品格，便通过后世人们的目光的折射，依然会闪烁出幽静的光芒——这就是你的文章，你"立言于后世"的文章。

　　邻村的鸡鸣，唤来了灿烂的朝霞。西北郊的马路渐渐热闹起来。我站在路旁，遥望着班车驶来的方向。

88 八年的"访友"

有一个案件当事人，我前前后后接待了八年，成为"访友"。

她姓王，50岁，山东人。在北京某地开了一个裁缝铺，身边有一个十几岁的儿子。母子相依为命。有一次，她和相邻的一个生意人闹意见，竟动起手来。她身高马大出手利索，把那个邻人打伤了，住了院。街道和派出所多次出面解决，都没达成协议，只能打官司。一审判王某赔偿对方600余元，王不服，上诉到二中院。人常言，好事成双，祸不单行。正在二审期间，她的儿子跟同学一起到河边游泳溺水而亡。她就怀疑是那个邻人把她的儿子害死了。经公安机关调查，排除了他杀的可能性。此时，王的精神状况已经不太正常了。当二审开庭时，她就要求把那个邻人传来，一块儿审。后来二审判决维持一审原判。她不满意，三天两头来法院门口大喊大闹，说法院判决不公，包庇坏人。我曾经接待过她，以后每次她都点名要向我反映问题。这样，我共接待了她八年之久。

有一次我外出开会回来，看见一个妇女跪在法院门口，双手举着一页信纸，上面写着一个红色的"冤"字。进了法院，我就让办公室的人把院门口跪着的人请进来，再找一个人当记录。这是我第一次接待她。之后，我请承办人到我办公室介绍情况。听了汇报之后，我确信二审判决没有问题，心里就踏实了。

以后，王某又到门口，说跟武院长说好的，要反映情况。门卫打来电话，我一猜，肯定是她，就让门卫把她引到接待室。一接待就是一个多小时。结束时，我跟她说，以后不要跪大门，也不要写什么"冤"字，直接找我就行。此后，大约每个月她都来一次，还是说过的那些意见。我也知道没有办法把她说明白，只是暗中等待她明白道理，不再上访。

有一次，她又来反映情况。她说，最近她去了最高法院、高级法院、政法委、人大、政协、中纪委，说他们都很同情她，让她回去写材料。我劝她，还是安下心来，把裁缝铺做起来，不然怎么生活呢？她说，一定要等出了这口气，才能做生意。

一晃，几年过去了。王某还是不断地上访。有一次，她又来二中院，我又接待了她。她说，跟她打架的那个人找不着了，逃跑了。她去派出所举报了，派出所立案了。说这些

305

话的时候，她的脸上露出一丝得意。还说，最近她身体不好，想回山东老家去看看。

不知过了多久，她给二中院值班室打电话，说找我。值班室的人早就认识她。我让值班室把电话转过来。王某在电话里说，我从山东回来了。现在身体不太好，也跑不动了。我说，我给你留个电话，以后有任何事儿就打电话，别乱跑了。

此后，过不多久，她就来电话，还是原来的那些话。直到2005年5月，我调到北京奥组委工作了，才失去了联系。我想，她一定还是不断地给我打电话，盼望着派出所把逃走的邻人抓住，盼望着二中院把那个人判了刑。当然，我办公室的电话是没有人接的。她一定会怀疑我认出了她的电话，故意不接。可又一想，她说过，武院长好，没有官架子，同情老百姓。不接电话，一定是调走了。对了，她一定给值班室打过电话，那她一定知道我调走了。

八年的等待，明知无法沟通，无法劝说，但我从心里同情这个不幸的山东妇女。她儿子的不幸事件，给她造成重大伤害，她已经不能恢复原态正常生活。她四处上访，已经成了她生活内容甚至生命的一部分，她就仰仗着不断上访而活下去。

89 维护法官的尊严

有一次，上午 9 点左右，民庭一位女法官在宣读判决书时，那位败诉的劳动争议案的女当事人突然情绪失控，大骂法官，不仅使用非常难听的脏字，而且还冲到法官面前，一把连法官的眼镜和法官面前的判决书扯下来，把判决书撕个粉碎，把法官新配不久的眼镜用脚跺碎。

我得知此情况后，通知法官和庭长一起来我办公室商量对策。首先我们研究了案情，确认二审及一审判决没有问题。其次，分析了一下当事人是否有精神方面的障碍。庭长介绍说，那个当事人在一审法院审理时就态度不好，大吵大闹，说如果败诉我就不活了。一审法院反复研究之后才下判的。最后，我们商定，先把当事人送进暂看室，让她冷静下来。然后，由庭长见当事人，进行批评教育，如果承认错误，就放人。如果态度依然蛮横，再说。

11点钟左右，庭长来汇报，说此人依然恶劣，骂人骂得很难听，全是个人攻击式的语言。这时，食堂开饭了。我让办公室的同志买了一份盒饭，我一手托着饭盒，一手端着一杯水，亲自到暂看室。看见当事人坐在里面的长椅上。我隔着铁栅栏对她说，我是法院主管民事的院长，到了吃午饭的时间了，你消消气儿，喝点水，把饭吃了，然后咱们再谈，好不好？当事人听说我是院长，站起身来，破口大骂。

　　我回到办公室，马上给法院院长王永源同志打电话，当时他正因病住院治疗。王院长说，你们确认案子没问题吗？我说，一审审理时就很仔细研究过，没有问题。当事人的行为是违法的，可以拘留。王院长说，咱们二中院还没拘留过当事人，媒体会不会炒作？我说，我们法官的尊严需要保护，可以正面宣传。王院长最后表态，我同意拘留，拘留以后，再看看她的表现，如果承认错误了，可以提前放人。老武，你签字吧。

　　于是，我通知法警支队，马上跟拘留所联系，同时备好警车，安排两名法警（其中一名女法警）准备押送。我在拘留文书上签了字。警车直接开到暂看室门口，法警手里拿着拘留证，在院子里等候。我心中突然冒出一股怜悯之情。我对法警支队长说，你再问她一句，如果承认错误，我们就放人，如果不承认错误我们就把她送拘留所，拘留10天。结果是，她不承认错误，仍然在骂法官。箭在弦上，不能不发。下决心吧，拘人。

第二天上班，我心里一直想着拘人的事儿。我给庭长打电话，让他和承办法官一起到我办公室来一下。我建议让承办法官带着书记员去拘留所看一看那位当事人，如果她愿意具结悔过，写个检讨书，就可以提前放人。同时，我们在解除拘留的通知书上签了字。这些都是按照王院长的意见办的。

　　中午，承办法官打来电话说，当事人一见法官就哭了，说，"大姐，我不对，我赔你一个新眼镜。我家里还有个孩子，你们放了我吧。"现在她正在写检讨。我一听，一块石头落了地。下午，我给庭长打电话，建议安排承办人到女当事人的单位去一趟，单位官司虽然打赢了，但女职工的其他权利应当维护。让单位做好善后工作，化解矛盾。

　　过了一段时间，我在院子里碰到那位承办法官，戴着新眼镜。我问，又配眼镜了？她说，当事人主动要赔钱，那我哪能要呢？这不是有受贿嫌疑吗？还说，我们去了她的单位，单位态度挺好的。还特地见了那位当事人，她一见面就喊，大姐，大姐。还跟旁边的人开玩笑说，这可是我的亲大姐呀。

90　伺机夺刀

　　一天上午，庭长急急忙忙来到我的办公室，汇报了一个情况。在某法庭，正在审理一件离婚的二审案件。案件的当事人是二审上诉方，是个妇女，一审时就大吵大闹，说，如果判离婚就自杀。现在二审，她感觉可能维持原判，就拿出一把剪刀，威胁法官说，你们要维持原判，我就用刀自杀。现在正在僵持中。

　　我们先是讨论了案情，认为一审判决没有问题。当事人明知一判离婚，她的丈夫就会跟第三者结婚。所以赌这口气，就不离婚！我马上给法警支队打电话，让他们选一名动作麻利的女法警换上便装到我办公室来。我跟法警交待，一会儿你跟着我去法庭，那个女当事人情绪激动，手里拿着剪刀，你看我眼色行事，把刀夺下来，别伤着任何人。

　　我们悄悄来到法庭。承办法官见我们来了，不动声色，照常在做思想工作。我们悄悄挨近当事人。趁她不注意，我给了法警一个眼色，法警突然靠近当事人，按住她的右手，把她手里的刀夺下来。庭长趁势对当事人大声说，"你把凶器带进法院，是犯法行为！你想杀谁呀！我们完全可以拘留你！你现在承认错误还来得及。"

当事人终于承认了错误。法官宣布休庭，等候通知。一场小危机就这样解决了。后来，法院打报告申请经费，安装了安检的设备，以后再也没有发生安全事故。

91 审委会会议

每个法院都有审判委员会，由资深法官组成，当然包括院长、副院长和庭长。每周一上午是铁定的审委会会议。每次审委会都有编号，都有记录，妥善保存。

审委会开会前一周，那些准备上审委会讨论的案件的材料，都事先送到每位审委会委员的手里，以便于了解案情和争议的焦点。上审委会讨论的案件很多，包括可能判重刑的案件，发回重审的案件，重大改判的案件，准备进入审判监督程序的案件，和经审判监督程序判决的案件，还有，就是合议庭、庭长、主管院长意见不一致的案件，等等。

审委会的会议程序是，承办人汇报，所在庭庭长补充，各委员发言、院长发言、表决，形成决议。

有些疑难案件，并不是案件本身疑难，而是其他因素比较复杂，承办人不好拿意见。比如，有一件杀人案，经一审二审审理，认为证据不足，应予释放。但公安机关在破案时，都对办案人员进行了表彰了，检察机关也曾经退回去补充侦查了，怎么办呢？大家一致的意见是，法院对法律负责，该怎么判就怎么判，按王院长的话，就是"咱们法院不背黑锅"。

有这么一件案件。案由是诈骗罪。嫌疑人是一位外来打工的妇女，30多岁，家里有个四岁的女儿。有一天，她路过银行，看见门口地面上有一张银行的存单，上面写着姓名，存款额是6万元。于是就想投机取巧，到银行里面冒领。银行营业员问她，你叫×××吗？是呀。你取6万元吗？对。于是，她就被保安留住了。接着就被公安人员带走了。后来，经过检察院批捕，提起公诉，一审法院以诈骗罪判有期徒刑四年。当事人追悔莫及，每天都哭，说对不起政府，家里还有四岁的孩子，下次再也不敢了。当事人上诉了，这案子就到了二中院。刑二庭的法官认为，一审判决没问题，应当维持。庭长认为判得太重了，应当改判。于是，这个案子上了审委会。审委会委员也是两种意见。轮到我发言，我说了一句粗话："似这等蠢婆姨财迷心窍，何必判刑，臭骂一顿，放人了事。"大家哄堂一笑。王院长说，我同意武院长的意见，情节显著轻微，可以不视为犯罪，马上放人。

审委会的职能是讨论重大或疑难案件。但实际上审委会讨论的大都是必须经过讨论拿出意见的重刑案件，而刑事以

313

外的疑难案件不多。造成这种现状的原因，主要是重刑案子较多，每周一次审委会光讨论刑事案件已经很紧张了。在民事案件日渐增多的情况下，审委会也应当注意讨论民事审判中遇到的疑难或典型案件，以加强对民事审判工作的指导。其具体做法是，定期选择一些典型案例予以公布，来指导本庭、本院、本辖区的同类案件的审判，以实现审判统一。同时，除了讨论案件之外，审委会还应当经常研究审判所遇到的带有宏观意义的理论问题，在审委会指导下，调动审判人员的积极性，主动地研讨一些带有理论价值的实践问题。还可以邀请法学界的专家经常研讨一些问题，使法官与专家保持经常性的联系，以及时讨论疑难问题。最终淡化行政色彩，体现法官的职业特征，发挥法官集体的智慧，提高法官的审判水平。

　　法学界有一种意见，认为审委会没有存在的必要，是审者不判，判者不审。还有，认为刑事法官对民事案件，民事法官对刑事案件彼此都是外行，没有发言权，是外行领导内行。实际情况并非如此。医院不是也有"会诊"吗？医生的意见不一致，请专家们"会诊"一下就解决了。通过审委会，可以减轻审判人员的压力。比如，一审案件是经过审委会讨论决定的，或者是主管院长听汇报以后决定的，二审合议庭有顾虑，怎么办？上审委会就解决了。还有，有些案件经有关领导批示过，有个别批示还有明显的倾向性，但如果依照领导的指示办，就等于违法裁判了，怎么办，上审委会就解决了。关于我们的审委会委员，大都有着丰富的审判经历，今天的民庭庭长，过去曾经当过刑庭庭长，或者是立案庭庭长，审判监督庭庭长。所以不存在外行领导内行的问题。就我个人的看法，我认为审委会在目前我国司法条件下基本上发挥了积极的正面的作用。至于司法改革深入以后，法官的业务能力大幅度提高了，法官相对独立的职能和职责更为明确了，到时候审委会该怎么设计，那是以后的事情了。

92　特殊任务

　　中级人民法院日常工作中有一件十分重大的特殊任务，就是执行死刑。接到高级法院下达核准执行死刑后，马上启动执行工作程序。第一件事是与检察院、公安局、交管局、武警、民政等有关部门进行例行的协调。第二件事是了解死刑犯的表现。刑庭的承办法官要到拘留所去了解情况，包括死刑犯的态度情绪，必要时还要安排会见，然后写出报告。因此，每次执行死刑都比较顺利，没有发生突发事件。到了执行死刑那天，兵分两路，一路是法警提前出发到刑场执行戒严任务，另一路是提押人犯。每次执行出发前，法警小李照例来到我的办公室，给我带来一副白手套和一支 79 式手枪。并小心地说，您注意点，上着子弹呢。法院和检察院的案件承办人同时到拘留所验明正身。执行任务的车队由开道车、警备车、押解车、枪械车等组成。一路上警笛长鸣，路人瞩目。在执行完任务返回单位的路上，我不由得在琢磨，中国能不能废除死刑？罪犯的确恶贯满盈，死有余辜。但是，他已经痛哭流涕，认罪忏悔了，能不能不杀？可是，无辜被害者也的确善良可怜，他们只期望政府为他们主持公道，不杀又不足以平抑冤情。在我国无神论思想占主导地位，如果废除死刑会不会客观上助长犯罪？死刑执行还有个成本问题，能不能换一个方式？能不能允许死刑犯和家属见个面？想着想着就回到单位了。后来，由于一次偶然的机会，我见到一位青海的佛教"仁波切"上师，向他请教佛教对世间死刑的看法。这位大师说，处死不可饶恕的恶人，让他早些超度轮回，亦当属于善事。于是我就想，一个不信宗教而面临死亡的人一定很痛苦，应不应当在死刑执行之前请佛教上师给他们布道？然而，信仰是自由的，你怎能强迫别人信仰什么，不信仰什么呢？这些问题至今都没有想明白。

93 参加全国法院院长会

　　在参加法院系统的会议当中，我印象最深的一次会议，是 1997 年 12 月我参加的最高人民法院在上海召开的全国法院院长会。按照当时的习惯，直辖市的中级法院院长也被邀请参加会议。第一天上午半天是全体大会，由最高法院院长做工作报告，内容主要包括当年工作总结和明年工作思路。每人手里都有一份报告。一边听一边读。下午是分组讨论。我们中级法院院长分在一个组。记得在讨论时，我谈了引进判例制度，借鉴中国古代混合法的设想，以此解决老百姓说的同案不同判的顽疾，提升司法权威。同组的院长们都非常感兴趣。当时，重庆市第二中级法院的宋茂荣院长还说，什么时候深入地谈一谈。负责记录的同志是最高院研究室的一位年轻人，他也极表赞成。散会时，他还说，武老师，您讲得太好了，符合审判规律，我回去马上跟领导汇报。最高法院的政治部是会议的操办者，他们安排了记录人，每组两个人，始终听会。晚上，政治部召集记录人开会听汇报，编会议简报，第二天吃早饭时就发给大家交流。晚饭后我和宋茂荣院长聊了很久，我终于找到了知音。晚上我兴奋得久久不能入睡，我想，最高法院的决策者如果听取了我的建议，那么在中国复兴古代的混合法就有希望了。这真是一项划时代的伟业啊！我们的院长就像民国时的居正（1876—1951）院长一样可以名垂青史了！第二天早上，我早早来到食堂，领了一份简报，我一口气看完了。让我吃惊的是，我昨天发言的内容一个字都没有。当时心里觉得莫名其妙。第二次小组讨论时，宋院长看了我一眼，什么都没说。大家的表情都很平静，似乎什么都没有发生。我当时觉得多少有些尴尬。后来慢慢地明白了，你的意见并不因为自认为正确或者是因为你是什么教授博导，就一定被别人听取。小组讨论只应当根据大会报告的内容，结合本单位的具体情况来谈报告的总结如何客观、全面，工作设想如何正确、有力，当然还要说说今后如何落实。我的发言实际上是跑偏了，背离了领导的意图，这样的发言如果上了简报，政治部领导是要挨批的。我们的院领导们领会上级意图的能力是很强的。你常常可以听到十分生动的发言，比如，形势部分突出了一个紧字，总结部分突出了一个实字，问题部分突出了一个真字，设想部分突出了一个新字，等等。经过一天半的讨论，最后是大会总结。是最高院的一位副院长总结讲话。其中，最重要的一句话是大会的报告得到全体与会同志的充分肯定，大会圆满成功。通过参加这次会议，我明白了在现行体制下会议是怎么开的，在会上该说什么，不该说什么。同时也知道了政治部的重要作用，它就像一个大机关里的掌握内部重要文件起草和上传下达的中枢。总之，参加会议收获还是很大的，其中就是认识了第一线的朋友们。自从那次会议以后，我和宋院长和其他几位院长成了好朋友，北京二中院和其他中院就像亲戚一样来往了多年，直到我离开法院。

94 法院要向医院学习

　　法院和医院似乎是风马牛不相及的机构，但两者之间却存在着微妙的相通之处。医院是给人的身体看病的，法院是给人的行为看病的，两者都要跟人打交道，都有救助之责，都要按一定规律和规章、程序办事，都要为自己的行为负责任。但我说的并不是这些，是从管理角度而言，法院应当向医院学习分类管理的办法。

　　首先，医院对医务人员的管理是分类进行的。医院的人员分四类：管理人员、医生、护士、后勤保障人员。法院的人员也是四类：管理人员、法官、书记员、后勤保障人员。但是，医院里的医生和护士是分开的，各有其路，各司其职，互不交接。各有一套管理办法。法院则不同，院外人员（大学毕业生、社会招录人员）来到法院，先干五年书记员，然后晋升为助审员，再干五年，晋升为审判员。书记员队伍是流动的中转站和培训站。法院应当学习医院分类管理的办法，法官有法官的路，书记员有书记员的路，互不干扰，各有其职。法官来源于大学毕业生（含研究生）并经过一定时间的职业培训，书记员来源于大中专毕业生并经过必要的职业培训。法官和书记员各自的职级和相应的待遇，根据工作年限和业绩逐年晋升。说到这里，必然涉及当今我国的法律教育问题。目前，我国高等法学教育的弊端是"毕一功于一役"：把四年大学教育和法律职业教育混同一处，实际上没有法律职业教育。我国应借鉴欧洲大陆法系国家的做法，由国家设立专门的法官（或检察官、律师）学院，选拔优秀法律院校毕业生进行为期两年的培训，然后再择优分配到法院任见习法官。

其次，医院的业务活动也是分类进行的。医院的专业分工很细，内科、外科、妇科、儿科、骨科、泌尿科，等等。每位医生都有自己的专攻方向，专门看一种病（或一个方面的病）。这样，医生就可以不断积累经验，精益求精。法院的法官们虽然都在不同的审判庭（刑事、民事、行政等）办案，但办案范围还是比较宽。特别是民事，要让法官都能够精通各类民事案件，是比较困难的。所以还要适当细化分工。这样有利于让法官首先精通某一审判领域的审判业务，成为该审判领域的专家，然后再逐步扩大。从小专家法官发展到大专家法官。一群法官分别办各种案子的做法虽然有利于法官的全面发展，但是在当前信息不透明的情况下，很容易产生裁判不一，也造成裁判资源的浪费。

第三，医院对患者是分别对待的。在医院看病，小病去门诊部，大病去住院部，还有急诊室、观察室。门诊医生看小病，一般几个小时就看完了。住院部医生给住院的病人看病时间较长。对来看急诊的病人则随时来随时看，耽误不得。法院办案就没这么多区别，不管大案小案，急案缓案，五毛钱的案和五千万元的案，都是一个程序，一个审限。而且凡是二审案件，都要组成合议庭来审理。有些有恶意的当事人正是用"恶人先告状"的办法拖死对方或逼对方就范，有些企业正在生死存亡的关头被拖进了死胡同。因此，法院也要学习医院的分类办法，急案急办，小案快办，大案稳办。这样才能有效保护当事人的正当利益。当然，这就涉及程序法的修改问题。

第四，医生难免给病人看错病，同样，法官也有办错案的时候。医生是否看错病，是否承担相应的责任，这在医疗卫生界是由医疗事故鉴定委员会来审定的，该委员会成员是当地医疗卫生界的知名学者、专家。法官办的案是否系错案，不要由法官所在法院的审判委员会或纪检监察部门来审定，而应当由当地的法官行业组织来审定。因此，应当成立一个由当地知名法官组成的法官协会（法官职业委员会），由它根据当事人的申请对案件做出判断，以正确保护当事人和办案法官的正当权利。

总之，法院学习医院，重点在一个"分"字上。人员一分，各司其职，各行其路；案件一分，各有专长，精益求精；时限一分，急缓得当，各得其所。这个"分"字，也许是在当今案件繁多、人手不齐的客观情况下，解决燃眉之急的一剂良方。*

---

* 此文撰于 1997 年 11 月 21 日。

95 听案子

分管民事审判工作之后，我在业务上便有了一个专攻的方向。在这方面收获最大的是听案子。听案子就是听取合议庭的汇报，然后发表意见。需要汇报的案子常常是由于合议庭成员意见不一致，经向庭长（包括正庭长和副庭长）汇报复议后仍不能达成一致时，由庭长决定向主管副院长汇报。常常是由审判长和一名书记员来汇报。当然，如果案情复杂或意见分歧较大的，也有庭长、副庭长一齐来汇报的。但汇报的本质特征还是平等研究。在地位上庭长、院长并不比审判长高。当我听到审判员对庭长直呼其名，或干脆称我为"老武"时，我突然感觉到我已被一个新的群体所接纳，心里热乎乎的。同时也感觉到法院的平等精神甚至比学校还明显。我想这主要是因为，改革开放以后，法院队伍发展得非常快，而我国的立法速度更快。面对着越来越多的法律和司法解释，面对着几乎每天都在产生的新问题，大家都不断地处在大体相同的起跑线上。加之，近年来社会各界对法院工作日益关注，这种氛围使法官们自觉不自觉地加强了群体意识。还有，紧张繁忙的工作要求大家彼此配合，精诚合作。法院的审判工作是十分繁忙的，特别是在集中加班的时候。最后，对案情的讨论，对法条术语的解释，以及判决书的制作，这些工作其实都无异于一种专门性的学术研究，而学术研究是天然拒绝身份高低的。哪里没有权威，没有仰视，哪里就充满平等精神。此间，正是在这种平和的氛围中，我结交了许多新朋友，结下了深厚的友谊。有的成为莫逆之交。

在常规情况下，汇报案子是要先送文字报告的。这样，便于主管院长事先了解案情。但工作忙起来之后，对承办人来说，写报告的确成了一种额外负担。于是，不写报告而直接汇报的做法多了起来。这就要求主管院长做到两点：一是听得明白；二是说到了点上。

要做到"听得明白"是不容易的。光是当事人之间的关系，公司的称谓，就够你记的。还有案情的来龙去脉，事情的要害、性质、责任、法律依据、以往的先例，以及合议庭和庭长的不同意见，等等。我开始是作笔录，但一专心记，就忽略了听，免不了请他们再说一遍。当然，听得明白还要靠说得明白。在"讲故事"的艺术方面，我们的庭长就是庭长，老法官就是老法官。后来我索性不记录，而是画图，把案件的主要内容都勾画出来，反正一个是房客，一个是房主，管他姓甚名谁呢？总之，在听案子时，我从来不曾说过："得了，你甭说了，我听明白了"。因为我的实践经验还是太少了。

至于"说到点上"则更难。大家再平等，你当院长的也得有个主见，有个说法。我常常对承办人说："我是半路出家，我更多地是从一个老百姓对正义、情理的理解来看问题的。"在我国法制尚不甚完备（法律上有空白，法条规定过于原则宽泛，不同法律规范之间不谐调等）的情况下，法官主观裁量的余地较大，有时似乎怎么判都有理，都有法律依据。在这种情况下，老百姓式的见解亦即社会大文化和传统风俗式的见解，就显得更有价值了。有时候也会遇到这样的情况，一件腾房案，判决腾也对，判决不腾也不错，那就看你是倾向于保护承租人的利益呢，还是倾向于保护私有房主的利益？而这种主观的倾向性又常常受到当时当地的政策的影响。判腾房有法律和事实依据，判不腾房也有法律和事实依据，两者扯平了，政策的作用就显现出来了。

除了听案子，还有两件事情要做：一是每年同市高级法院民庭搞一次座谈会，征求他们对我院民事一审工作的意见；二是每年同9个区县法院的民庭搞一次交流，征求他们对我院民事二审工作的意见。对于带有全市普遍性的问题，都是高院出面搞调研、出纪要、发意见。

为了积累实践经验，我还担任审判长试着办案。我办的第一件案子是离婚上诉案。男方与女方经人介绍不久后结婚。婚前男方为女方支付了32，000元礼品和现金，女方给男方花2300元买了一身西服。婚后不久感情不合，女方即回娘家不归。双方同意离婚，男方要求女方返还32，000元财物，女方不允，遂致诉讼。一审判决：一、准予双方离婚；二、双方各自返还财物。女方不服判决上诉至我院。经审理后，我认为，女方无以婚姻为手段骗取男方财物之故意，婚前相互赠与行为已经实施且被双方接受，故不应返还财物。鉴于男方生活困难，家有老母，收入不高，系举债成亲。故经过反复劝说，令两人达成和解，女方返还男方15，000元结案。其实，这种判决思路，在中国古代屡见不鲜。

96　我们的领导班子

二中院的领导班子由院党组成员组成。王永源是院长，党组书记，我是副院长，党组副书记，还有韩文中副院长，王振清副院长，耿景仪副院长，政治部主任张永明。领导班子开会时，参加会议的还有办公室主任刘英，她兼任党组秘书。王院长工作经验非常丰富，为人诚恳厚道，负责全面工作。韩院长有过基层法院院长的经历，做事稳健，说话风趣，负责民三庭、民四庭，即商事审判。王振清院长颇具文采，擅长写司法小说，口才极佳，负责行政审判庭和知识产权庭、法警支队、后勤。耿院长为人耿直、乐观豁达，负责刑事审判，即刑一庭、刑二庭。我负责政治部、纪检（监察室）、民一庭、民二庭、民六庭，即民事审判，审判监督庭、研究室、案件评查办，还兼任机关党委书记。张永明同志负责政治组织思想工作。

我 1997 年 5 月到二中院工作。当年在全国法院系统正在进行集中教育整顿工作。这摊工作属于政治部,各种会议,整理文件,征求意见,建章立制,等等,所以工作十分繁忙。

民事二审案件多,民事权利大都涉及当事人的切身利益,矛盾最突出。法官的工作量最大,任务最重。记得当年民事法官判案最多的达 240 多件。而且,下班的班车开走了,留下来处理缠诉当事人的法官,也都是民庭的。有的当事人躺在审判庭不走,怎么办?就得留人,备饭备水,准备铺盖。直到人走了才能回家。

我们的耿院长是个女才子。对刑事审判十分精熟。但由于特殊原因,她不宜于指挥死刑执行任务,党组就把这项任务交给了我。大约每季度都执行一次死刑。每次都经过严密部署。当天早上一早就去看守所接人,验明正身,押赴刑场。车队浩浩荡荡,警笛长鸣。我想,这就是当年刑法老师讲的"一般预防"的震慑效果。

我参加的会议最多。其中,大部分是队伍建设方面的会议。在法院,队伍建设工作是至关重要的首务。各级领导干部都是"一岗双责"——把队伍带好,把案子审好。队伍建设内容广泛,包括党风廉政建设、纪律作风建设、纪检、监察、政治学习、各项中心任务,还有业务培训,后备干部的培养使用,等等。在这方面,大体上每年年底中央政法委都会作出部署,接着,最高人民法院于年底年初开始贯彻。每年都有一个工作中心，叫作某某年。1997 年是"教育整顿年"，1998 年是"整顿年"（整顿思想、纪律、作风、组织），1999 年是"质量年"、"执行年"、"双争创年"，2000 年是"整顿与基层建设年"，2001 年是"一教育三整顿年"，2002 年是"转变审判作风年"。北京市委方面直接负责这摊工作的，正是当年到北京大学考察我的段桂青副书记。我们的领导班子每周都召开例会。之前，办公室会把议程发给大家。王院长经验丰富，主意多，敢拍板。在他眼里，党组会和领导班子是有区别的。开会时，他总是说，先开个党组会。刘英同志就拿出党组会记录本做记录。开完了，王院长说，下面开个领导班子会，通知老张参加，于是刘英同志就拿出党组领导班子的记录本来。在一把手的带领下，领导班子成员都以诚相待，互相帮助，心往一处想，力往一处使。这种作风直接影响着 40 多位中层干部，又影响着整个二中院。所以常常听外人说，二中院的人厚道，没事儿。

2000 年 4 月 17 日，院党组进行了调整，王永源院长因到龄退休。曾任海淀区法院（全国模范法院）院长、市高级法院副院长的李克同志担任二中院党组书记、院长。由李克、武树臣、耿景仪、张本亭、淳于国平、秦炳瑞同志组成的新一届党组，确立了向全国先进法院进军的目标。2001 年 7 月，我们告别了热闹的东铁匠营横七条小街，搬进了庄严肃穆的新办公大楼。同时，最高法院颁布了法官着法袍、法庭配置法槌的规定，法官们都穿上了崭新的法袍。经过近一年多的努力奋斗，二中院由于在各方面都取得长足发展，达到评先的各项指标，于 2001 年底被评为首都先进法院。

2003 年 9 月，院党组进行了调整，李克院长调任北京高级法院任副院长，王振清任二中院党组书记、院长。由王振清、武树臣、张本亭、淳于国平、白山云、马跃、唐柏树同志组成新一届党组。其中，王振清、唐柏树二同志是二中院的老人。

法院就像部队一样，干部流动性比较大，所谓"铁打的营盘流水的兵。"我调到北京奥组委工作后，由于工作繁忙，很少回二中院。等过了几年回去一看，老人不多了，几乎全是陌生面孔。"流水不腐，户枢不蠹，"正是靠着干部和人员的流动，才使法院保持了不息的生命力。

97　先进与后进

《论语·先进》说："先进于礼乐，野人也。后进于礼乐，君子也。如用之，则吾从先进。"从字面上解释是说，先学习了礼乐的人，都在野外干活呢。先当了官再去学习礼乐的人，都是城里的领导呀。按照傅斯年先生（1896—1950）的解释，那些有知识的人都是郊外的殷遗民，那些开始学习礼乐的人都是西周的贵族。

在人民法院，法官群体也有先进后进之分。那些先当了法官，然后再去读业余大学的，是老法官。那些学习了系统法学知识之后才进入法院的，是新法官。

面对两种法官，应当一碗水端平，不能伤害任何一方的积极性。有一次，在一次政法干部会议上，强卫同志就说过，我们的老同志，不要见了学历高的新同志，心里就酸溜溜的。我们的新同志，见了老同志，也不要自视清高。要互相学习，取长补短。

我调到法院工作以后，由于案件数量逐年大增，于是，每年都进毕业生。开始时是本科生，后来就进硕士生、博士生。学历高的新同志一进法院，我就开了个小规模的座谈会，嘱咐他们一定要夹着尾巴做人，要从扫地、打开水开始，尊重老同志。不要看不起老同志，他们学历低，是时代造成的。不是他们个人造成的。但是他们有长处。一是能吃苦，骑着自行车到山区办案，晚上不回来就住在老乡家。二是他们阅历深厚，了解社会，了解人们在想什么。他们会用大众语言，跟大众交流，抽根烟，拍拍肩膀，开个玩笑，很容易跟当事人沟通。三是他们定力好，能管得住自己，不做违法违纪的事儿，让领导放心。

在提拔干部问题上，在重视学历的同时，更要重视实际工作能力。有一位复转军人，工作很出色，从来没有当事人反映意见，办案数量多，案子没有出过纰漏。后来成为骨干，大家都心服口服。

后来，老同志逐渐退出历史舞台，新同志成了主流。大家都是高学历，谁也不比谁差。这时，最重要的是能力，是法律知识方面的能力，是具体办案排难解忧的能力，更是待人处事与人沟通的能力。可惜我国至今还没有法官职业训练机制。法官素质养成，还靠法院老同志的指导和个人的悟性。

98　年终决战

　　每年 12 月 20 日，是结案日，是统计当年办案数量的最后一天。过了这一天，案卷的编号就用下一年度的编号。最高法院有不成文的规定，结案率不到 96％的法院，不能申报优秀法院。因此，每年的第 4 季度是最繁忙的时候。

　　十一长假一过，法院就开始动员了。先是要求各庭统计案件数字，预计结案数量，找出缺口，落实任务，加强督导，如有疑难案件，要及时登记，及时讨论汇报。其次是跟基层法院打招呼，能审判的赶紧宣判，宣判以后有上诉的，及时整理案卷给我们送上来。第三是周末加班。开始是周六或周日加一天班，后来是加两天班。再后来是周一或周三晚上再加班。一直延续到 12 月 20 日为止。

　　加班的时候，班车照发，食堂照开，当事人照传。周末跟平日是一样的。下了班，有的法官还把材料带回家，在家里"打件儿"。

加班的时节，大家在食堂吃饭的速度也加快了，聊天的少了，走路都是一路小跑。去院里理发，去洗澡间洗澡的人也都不见了踪影。法警支队的法警和警车也都派出去送法律文书去了。院里表面上静悄悄的，人们却忙得不可开交。

主管院长几乎每天都听案件，听结案数。情况不乐观的时候，大家脸色都阴沉沉的。情况乐观的时候，脸上像开了花，话也多起来了。

结案日一过，法院最轻松的时光就到来了。这种日子一直延续到春节之后。我们真是个农耕社会，不然法官们的节日怎么会与农闲时节正好重叠呢！

99　三家共建

　　到法院工作不久，认识了我们法院所在的"地主"南苑乡的领导。心中突然冒出了一个想法，就是建立北京市第二中级人民法院、北京大学法学院、南苑乡三家共建精神文明的机制。法院方面负责普法，指导调解民间纠纷。北京大学法学院参与第二中级法院的调研工作，二中院参与法学院的教学研究工作。我当初的设想，是选几个北大优秀硕士毕业生，到北京市区的基层去工作锻炼，为基层公务员队伍提供新鲜血液。这就是多少年以后出现的所谓"村官"。我心里还有一个秘而未宣的想法，就是看有没有机会给二中院的职工解决住房的困难。

　　这一设想得到三方领导的热情支持。三方还专门开了一个成立大会。后来，二中院和南苑乡办讲座，指导乡里司法处的工作。二中院也曾选派老审判员到北大法学院参加座谈

337

会，办讲座。但是，时间长了，就没什么动静了。本来南苑乡特别欢迎硕士毕业生或者本科毕业生到乡镇机关工作，还答应解决户口、房子问题。但是，没想到，北大法学院的毕业生对此不感兴趣，就连我的学生也是支支吾吾，搞得我兴味索然。

这使我想起当年陈守一老的嘱咐，一定要加强和政法实践部门的联系，不要孤芳自赏。陈老说的多好啊，可是，要做到，是多么难啊！

难就难在缺乏一个机制。教师没有到实践部门深入调研的积极性，因为调查报告不算科研成果，也很难在学术刊物上发表。法官提职也不看你是否去过学校搞什么讲座。

这样，就形成教学科研方面不了解司法实践，甚至看不起司法实践的偏见，因为按照发达国家的模式，我国的司法状况的确有很大差距。反过来，司法实践部门也看不上那些书本的知识，认为是脱离实践的空头理论，反而更重视实践经验。这就使法学研究和法律实践相脱钩，两张皮，中间存在一道深深的鸿沟。这是由傲慢和偏见造成的鸿沟。尽管每年都有新的一批批毕业生加入到法院队伍中来，但是，因为他们对"法治国情"了解不多，头脑里大都是些应然的理论。加之，我国至今还没有建立司法专业人员的职业培训制度，光靠司法考试和到工作岗位之后的短期训练，还不能从根本上解决问题。

在北大时就想多联系实践部门，到了实践部门之后又想多联系教学科研单位，跳过来，跳过去，这道鸿沟就是填不上！

100 广交朋友

　　我调到法院工作以后，逐渐和法官们交往，渐渐地成了朋友。因为，我从到法院的第一天开始，就怀着一颗永当小学生的心。

　　我跟法官们的交往方式，主要是听案子。听案子之前有个表，叫做"安民告示"。有时候汇报案子的是一位法官，带着一位书记员。他口齿清晰，逻辑完整，态度明确。一听就是个办案能手。有时候庭长或副庭长也跟着来，那多半是担心法官说不明白，怕耽误事儿，在一旁保驾的。但是也有例外，承办法官和庭长意见不一致，谁也说服不了谁，就找主管院长来决断。遇到这种情况，必须注意工作方法。比如说，双方的意见都有道理，从社会效果上看，怎么处理更好。从当事人角度来看，怎么处理更能让人接受。从判决先例的角度而言，怎么处理更能体现立法的精神。思路宽敞了，分歧就好解决了。实在不行，咱们上一次审委会听听大家的意见？

在法院，法官们是很平等的。大家经常直呼其名。我有意识地利用机会向大家表白：我是个书斋里的读书人，到法院来工作，没有当过书记员、助审员、审判员的经历。实践经验等于是一张白纸。没关系，我拜各位为老师，老师总不能欺负学生吧！我对案件的看法，就是一个普通老百姓的看法，你们别笑话我！过了不久，就有人叫我"老武"，听着心里真舒坦！

到法院工作以后，我乘坐了几年的班车。跟班车里的同事都成了熟人儿、朋友。在他们看来，二把手本来可以坐"专车"，却跟大家一起坐班车，那是愿意跟大家交往。一路上，我们无话不聊，谁家遇到什么困难事儿了，谁的儿子考上什么学校了，谁的女儿出嫁了……

有一次，一位同车的法官没上班，闹肚子。据说是带的饭有问题。我问，为什么自己带饭？一问，原来他是回民，不在食堂吃饭。到了单位，我把后勤负责人叫到办公室，商量能不能办个回民灶？他说，以前也试办过。但是，灶具、锅碗瓢勺要单独使用，单独清洗，还有，比较麻烦的是，要到牛街去买牛羊肉，那是经过宗教仪式杀过的牛羊。有一次，在党组会上，我提出了这个问题。大家一致意见是，等将来咱办公条件好了再解决，现在咱们每月给回民同志发点特殊津贴，每人每月 15 元，共 8 位同志，下月开始发。不久后，那位回民同志见了我，会心地说，谢谢武院长。

住在法院的还有一个特殊集体，就是武警战士。他们不仅为法院 24 小时执勤，而且，遇到搬家、打扫卫生时，冲锋在前。过年过节，我们领导班子都要去慰问，表示感谢。一年夏天，天气热，蚊子多，晚上战士们睡不好觉。我知道了，让办公室买了蚊帐送去。还有一次，一位战士的家属来探亲，没有地方住，我就让办公室把家属安排在附近的旅店。几年后，我到奥组委工作，去场馆检查工作，警卫干部老远给我敬礼，说，武院长好！我是二中院的。

我跟法官们的交往还有一个途径，就是下围棋。院里有七八位爱下围棋的同志。时不时就组织一次围棋比赛。比赛的场所就在法院，时间是周末。中午就让食堂煮点面条。有时候还跟律师协会、一中院、检察院等单位搞个对抗赛。在一次全市法院系统的运动会上，我得了围棋第四名，为二中院赢得了四分。我心想，真是学点什么都不白学呀！

法院每年春天都集训，住在郊区的培训中心。白天开会讨论，晚上就下棋、唱歌。总之，法院的人际关系比学校更为亲密。在学校是单兵作战，自己关在屋子里写文章，宿舍、教室、图书馆三点一线。法院的同志们天天在一起。一个 500 多人的大单位，天天都有新型案件需要研究，天天都有新鲜事儿，天天都有聊不完的天儿。

101 高级培训班

在市委政法委段桂青副书记的指导下，二中院和市政法管理学院合作，举办了一期导师制的高级培训班。导师是从在京高校和研究单位选聘的教授，博士生导师。学员是市单位选送的"后备"年轻干部。学制两年，教学方法是一年集中授课，一年写论文。

教学的地点就设在二中院，研究室负责日常教务活动。授课教师由二中院负责接送。一年中间，共聘请20多位知名学者集中授课。每次授课之后，要求学员写心得。每次授课要严格考勤，无故缺课三次的，取消"学籍"。一年之后，根据自己工作岗位的性质，在导师指导下，写出三万字的总结，可以是理论文章，也可以是调研报告，然后通过答辩，发给结业证书。

经过两年的培训，学员们都提高了理论研究的水平。这些学员后来都在各自工作岗位上成为后起之秀。

102 在法官学院学习

在法院工作期间，我曾经两次参加最高人民法院的法官学院组织的培训，每次一个月。

当时的法官学院在北京东侧的通县，学员来自全国各地的基层法院或中级法院，其职务是院长或主管审判业务的副院长。

学习方式一是请法学家授课，二是分组讨论。每组有11至13人。培训结束时，每人需写一篇文章。最后学院领导颁发结业证书。

我们组有来自西藏地区的基层法院院长，有一次小组讨论发言。他说，他们法院是全国规模最小的法院。我们都很吃惊，问，多少人啊？他说，三个人。一个院长、一个书记员、一个司机。我们又问，一年办多少案子啊？他说，基本上没有案子。有一次，一位牧民和邻居打官司，说他的一只羊跑到邻居家的羊群里去了。邻居不还，说是他们家的羊。我们开车几百公里，到了牧民家去办案。他们双方各执一辞，互不相让。这时候都12点钟了。牧民说，你看人家院长这么远来给咱们解决问题，咱不能让人家饿着肚子，先吃饭吧。结果，杀了羊，吃了肉，还喝了酒。双方说，都是邻居，羊的事今后不要再提了。案子就这么处理完了。还说，我们法院办案条件差，有了案子，先去申请汽油，然后才出去办案。

听了西藏院长的发言，我忽然想到1997年秋天修订刑法的时候，草稿上写着"复印件"，有人提意见说，我们那地方还没见过复印机，哪里有"复印件"？应该改成"复制件"。中国之大，千差万别，顶层设计，高高在上，不了解基层，又如何正确决策？

还有一位院长说，我们的法官们，至今都还感激原来的最高法院的郑天祥院长。因为那时候他给全国法官发了法官服。我们那地方条件差，很穷。法官回家挑水干活都穿着法官服。

五年之后，我又参加法官学院的民事审判培训。这次小组讨论时，大家都热心于法院的改革，和民事审判的业务问题。发达地区的同志报怨案子多、干扰多、压力大。欠发达地区的同志则报怨条件差，队伍不稳定。不管怎么说，国家在发展，社会在进步，我们的法院也在进步。困难不少，前途光明。

103　告别傲慢与偏见

　　傲慢与偏见是人们对待周围事物所持有的一种不客观的偏颇的态度和见解。这种态度和见解除了人们主观方面的原因之外，还在很大程度上取决于一定的社会实践状况。

　　在改革开放 20 多年的今天，审视当今的法律界，我们似乎仍然能够感受到因为傲慢与偏见而形成的传统鸿沟的存在。法律事业的健康发展要求"法律人"正视这种鸿沟的存在，并致力于长期实践，以期填平这个鸿沟。最终告别傲慢与偏见。

　　我们的法律界是由两部分组成的：一部分是法学界，由学者教授所组成。他们是法学研究成果和法律人才的培育者。可称之为法学工作者；另一部分是法律界，由从事立法、司法和法律服务的专业人士所组成。他们站在法律实践活动的最前沿，是通过自己的专业活动直接影响社会生活的群体。可称之为法律工作者。当然，就局部而言，有人可以兼而职之。

由于体制和现存社会条件所限，法学工作者和法律工作者这两个职业群体之间，形成了互相独立的工作内容和心态。似乎一方不依赖另一方的活动而可以自行生存和发展。比如，法学工作者的研究成果或晋升职称，并不依赖法律工作者的评判；而法律工作者的业绩（比如判决），也并不因为法学工作者的褒贬而影响其升降。再比如，老师们在指导学生撰写毕业论文时，常常不会想到到法律实践部门去开发课题；而法律工作者在遇到难题时，更习惯于向上级请示而忽视了向法学著作去讨教。如此等等，不胜枚举。长此以往，人们习惯了这种存在，加深了这种意识，并由此产生一种偏颇的态度：傲慢与偏见。

在这种传统偏见的影响下，法学工作者总是将大量时间和精力花在理论研究上面，其研究成果也大都体现在纯理论层面上。这些成果足以使之成为知名学者并获得相应职称和学术地位。在这种氛围下，人们觉得似乎实践是可有可无的。甚至认为实践是落后的，不值一提的。他们培养的学生也延续了老师们的学术道路，养成了注重学术的研究风格。这些学生一旦到了法律实际工作岗位之后，常常需要相当长的过渡期，来弥补对国情和法律实践知识的不足。因为，他们的老师忽略了对他们进行法律领域的"国情教育"，在某种程度上甚至可以说没有给学生们一个真实的知识。这个不足，当

347

然主要应归责于我们当今的高等法律教育：把大学教育和法律职业教育混同一处，没有真正的高等法律职业教育。但是，仍不能否认，老师们的知识结构也许是存在问题的。

同样是在这种传统偏见的影响下，法律工作者自然是将大量时间和精力花在实践工作上面。他们习惯于按照既有的模式（经验）去处理问题。遇到新的难题时，常常习惯于等待上级的指示。他们或许曾经在学校系统地学习过法学理论知识。但在实际工作岗位上，这些理论知识常常不能马上解决问题，从而产生了忽视理论的倾向：理论虽然美好，但是没用。面对法律实践中几乎天天产生的问题，已经养成了"慢慢来"，"这不是我们所能解决的"心态。对法律实践活动的宏观、全局问题和发展方向问题，缺乏兴趣。认为只要把手头的工作做好就完成任务了。

我们注意到，随着改革开放的深入，这种鸿沟已经开始淡化。比如，不少法学工作者开始注意研究法律实践中出现的问题，并提出很有价值的意见。而不少法律工作者也开始用理论视角去分析法律实践问题。这些都是值得肯定的。但是，总体而言，这个鸿沟远未填平。

这种鸿沟的存在影响和迟滞了法律实践活动的正常发展。比如，在法律实践中，存在着大量的具有理论价值的课题。但法律工作者因工作任务紧张无暇他顾。而法律院系的学生（博士、硕士）仍然习惯从图书馆的资料中寻找课题。再如，在法律实践领域，有不少经验丰富又有理论水平的人，他们开的讲座应当能够吸引学生。又如，法学工作者和法律工作者之间，虽不乏个体交流，但从整体而言，两个群体之间的、经常性的、深层次的交流还是很缺乏的。这种状态不利于法律实践的总体发展。

指出这种鸿沟的存在，其目的在于改变这种存在。那么，如何才能填平这个鸿沟呢？

要填平这个鸿沟，不能立足于"道德说教"，而应当从"体制"上入手。

首先，应当安排一种机会和场合，使某一城市或地区的法学工作者和法律工作者，定期在一起进行宏观的背景式的交流。使大家了解国家法制建设的宏观形势和任务，以便在国家法制建设的宏观背景之上，来思考自己的专门性工作。这项工作宜于由政法委牵头操作。其交流成果应当以适当的形式确定下来。

其次，鼓励法学工作者和法律工作者之间的经常性深层次的交流。法学工作者可以到法律实践部门担任学术顾问、调研顾问等，可以运用法律实践部门的信息资源，共同进行学术研究和调查研究。鼓励法律工作者在法学教学研究单位担任客座教授，为学生讲课并参与指导研究生工作。上述工作应作为一项具体的指标，成为晋升晋级的重要参考内容。

第三，选拔一定数量的优秀的法学工作者到法律实践部门（各层次）担任一定职务（长期或短期），优秀的法律工作者退休后可受聘于法学教育单位，从事教学研究工作。同时，填平鸿沟应从年轻人入手。法律院系毕业生的实习活动应受到重视，法律实践机关的年轻人员的业务"回炉充电"也应提到日程上来。

总之，只有每一个"法律人"的知识构成不再单一，既有理论，又有实践；既知国情，又知国际；既知历史，又晓未来，只有在这个时候，法律界长期存在的由傲慢和偏见形成的鸿沟才会被填平，我国的法制建设才会出现新气象。

填平法学工作者和法律工作者之间的鸿沟并不是目的。由于工作性质和目标的差异，这两者之间的差别总是存在的。我们的目的是使两者有机地结合起来，优势互补，形成一个共同的"法律人"的群体意识。从而在实施"依法治国"、"建设社会主义法治国家"的伟大历程中共同发挥更大的作用。*

----

* 此文撰于 1998 年。

104　时代呼唤活的法律

　　法律作为人类社会的独特现象，正日益受到人们的关注。然而在学者看来，法律的概念、特征、本质等最为一般的问题，常常是众口多辞、莫衷一是的。这种百家争鸣的氛围无疑有益于法学研究的深化。当我们审思法律之际，不应忘记，我们是在具有数千年历史的传统法律文化的根基之上，是在近现代先是承继欧洲大陆法系，后是借鉴英美判例法系的过程之中，是在既有的经久不衰的和现有的日益强化的文化影响之下，进行表面独立实际难以独立的思考的。这种强大的文化影响，在不知不觉之中既给人们以启迪，又限制了我们的思考。而人们对法律的认识和理解，直接关系着法律的发展方向和完善程度。

　　在这里，我们不想生造出什么新的术语和理论，只是面对法律实践活动的真实场景，向世人提出一个建议，向学者提供一种资料，向法律专门工作者（法官、检察官、律师）提出一种新方法，以期对我国法制建设事业有所帮助。这就是我们要言及的"活的法律"。

为着论述的方便，我们以社会功能为标准，把法律分成两类：静的法律和活的法律。静的法律和活的法律是两种不同的法律规范的表现形式和立法司法活动的宏观样式。

静的法律指成文法。作为一种法律规范，成文法是由国家立法机关经一定程序制定的。一般来说，它具有一定的篇章结构，并大量使用法律的专门术语。这种法律规范一般是向民众公布的，让人们预先知道何种行为是合法的，违法的，又应承担何种责任。这种法律规范具有极高权威，非经立法机关不得更改和废除。它一经公布便要求人们普遍服从。法官在审判中必须严格依照成文法律裁判，既不允许运用自己的主观判断，又不得援引以往的案例。在法无明文规定的情况下，或者实行"法无明文规定不为罪"的原则不予追究责任，或者作为疑难个案层层上报审批，并且一案一报一批，只对此案，不及其余。成文法崇尚"立法至上"的原则。法官只是实施法律的工匠。由于成文法律是用一系列高度概括的抽象的语言和法律术语写成的，因此，要明白法律的真实含义必须有赖于法学家的学理注释，和最高审判机关的司法解释。因此，对法官来说，如果没有上述两种解释，他们便很难了解法律究竟说了些什么。社会生活总是不断发展变化的，成文法律的缺点是：第一，它不可能对社会生活的方方面面包揽无余；第二，它也不可能自动地适应变化了的新情况。而立法活动常常是一个颇费时日的复杂过程，这就使成文法律常常与社会生活相脱节，从而多少影响人们对法律的信仰。

活的法律是判例法。作为一种法律规范，判例来源于审判机关针对具体案件做出的判决。这些数量繁多的判例被依照一定顺序或类别编纂起来，以便人们查找。这些判例不仅包含对案件的裁判决定，还包含对案件事实的评价，对责任的认定，以及判决的理由。这些理由常常从以往的判例中被抽象引申出来并适用于正在审理的案件。这些判例是经一定程序被确认正确有效的，法官在今后审理同类案件时必须遵循以往判例所体现的法律原则。这就是"遵循先例"。当社会生活发生变化，以往的判例不再适用之际，审判机关可以依一定程序废止这些判例，并创制新的判例。在这个过程中，法官居于主导地位。因此判例法崇尚"司法至上"的口号。法官是创制和适用判例的核心人物。而法官的审判活动则将立法过程和司法过程悄然合而为一。判例法的缺点是卷帙浩繁难以把握，使寻常百姓望而却步。

按学者们通常的分类方法，欧洲大陆国家的法律属于成文法法律，英美等国家的法律属于判例法法律。而中国的传统法律，依笔者的看法，既有类似判例法的时期，如西周春秋时代，又有类似成文法的时期，如战国秦朝，还有成文法与判例相结合的混合法时代，如西汉至清末。一个多世纪以来，西方两大法系不论从理论、观念还是法律形式上，都出现了相互靠拢的发展趋势。这种趋势也许正是中国古已有之的静动结合的混合法。

今天，当古老的中华民族步入 21 世纪的时候，我们刚刚确定了"依法治国"的总方针。实施改革开放以来的 20 年，国家立法机关成绩卓著，社会生活的主要方面都有了相应的法律、法规。可谓"诸产得宜，皆有法式"。但是，一方面，由于社会生活发展的速度越来越快，在审判活动中经常遇到法无明文规定，或法律条文过于抽象的情况，使法官无所措手足，同时也无法有效保护当事人的正当权利。另一方面，由于成文法律的"网眼"太大，造成法官的自由裁量权也过大，加上法官的素质不一，最终造成"司法不一"。在这种情况下，一些学者提出了借鉴判例制度的意见，他们开始呼唤"活的法律"。

活的法律与静的法律相比，有一系列明显的特点。首先，活的法律更为久远。世界上的古老民族，大都是先有诉讼活动，先有对具体案件的审理和判决，然后才有了成文法条的。其次，活的法律更为精确。成文法条的文字常常是抽象的，比如"情节严重"、"数额巨大"等，使人无法把握。而活的法律则对具体的情节作出定量的判断，并作出具体的处分，这种实在的评价是十分精确的。这种精确的法律一旦被赋予法律、半法律或内部规则的效力，便会有效地指导或制约法官的裁量活动，实现"裁判自律"。第三，活的法律更为灵活。在法无明文规定或旧的法律规定违背新的社会公共准则的特殊情况下，法官通过创制和适用新的判例的方式，机敏地解决法律滞后的弊端。第四，活的法律更为可读。人民大众常常是通过具体的案例而非法学原理来了解法律是什么，以及什么是违法行为。近些年来，新闻媒体正是通过以案说法的方式进行着卓有成效的普法活动。第五，活的法律更为新颖进步。法官通过对新类型案件的审判，以案例的形式为同类案件的审判提供先例，完成了法律的局部更新。正因如此，近年来，活的法律日渐受到社会的重视。以案例为主要材料的司法注释和教科书大批问世，并且在法官培训和院校教学中运用，就是证明。

在司法改革日趋深入的今天，案例的作用逐渐被人们所认识。人们常说"司法不公"，其实"公"或"不公"本身就是个模糊的语言。我们应当追求可以定量分析的目标，那就是"司法统一"，即同类案件得到大体相同的处分。举例说，对某一具体犯罪行为，在刑法规定的法定刑范围内，既可以判1年，也可以判7年，这就是"司法不一"。如果在成文法条下面，列出一系列具体案例，分别判处1至7年徒刑，并以此来规范同类案件的审判，就有可能实现"司法统一"。这种在成文法条下面罗列具体案例的做法是古已有之、行之有效的。司法改革的关键是提高法官的综合素质。近年来，人民法院系统非常重视法官的培训工作，但真正有效的培训也许不是学者来培训法官，而是法官自己培训自己。在这种过程中，案例有着不可或缺的作用。如果一名法官，能够把某一审判领域的成文法条的规定和法言法语用大量的案例来加以诠释的话，他大体上就成了一名"专家型的法官"了。这种法官不仅面对寻常案件可以得心应手、信手拈来，面对新型案件可以自信满满、"温故而知新"，而且可以登上法学教学和研究的大雅之堂。这样一来，再加上科班出身的学子不断注入人民法院，法学界和法律实践界的传统鸿沟最终将被填平。

应当指出，今天，我们对判例的认识和重视仅仅是一个小小的开端，大量的工作还没真正展开。不可否认，我国的成文法传统是个主流，在历史上判例只是个不自觉的配角。近代以降，我国法律的现代化与中国法律的大陆法系化如出一辙。英美法系对我国法律的影响只是后来的事情。因此，"判例不是法律的渊源"的见解仍然凝重并制约着人们的思考。同样不可否认的是，在我国现行法律架构之下，还不具备严格意义的判例法机制和科学意义的可操作性。其中最重要的是，法官未被赋予创制和适用判例的权力，法院也没有被授予编制整理颁布判例，并赋予这些判例以法律渊源的职权。尽管如此，我们仍然坚信，引入判例法机制是符合中国法制国情的明智之举，它的引进必然大大推动我国司法实践乃至"依法治国"建设法治国家的进程。这是近年来为此而呼唤的学者们和法律工作者们的共同的神圣的期待。

在一边期待一边勤奋工作的人群当中，就包括主办《判例与研究》的法界同仁们。今天，这部专门研究判例的杂志不仅为全国的法官和律师所熟知，还被北京大学法学院列为为数不多的"内定法学核心刊物"之一。他们的工作，正是寻找法的活力，呼唤活的法律。当《活的法律》被商务印书馆出版之际，我应邀写了上面的话，是为序。*

---

* 广东非凡精诚律师事务所主编:《活的法律》，商务印书馆 2001 年版。

105　红色之旅

为配合思想政治教育，重温红色革命之路，继承发扬革命传统，第二中级法院组织全院同志分期到井冈山观摩学习，叫作"红色之旅"。全院同志 500 余人分四批，由各主管院领导带队，分别到达革命圣地井冈山，每期四五天。学习方式主要是实地参观，听讲解，请老一辈革命同志做报告，祭扫革命烈士墓，举行入党宣誓仪式。其间，还吃了当地的红米饭，喝了南瓜汤。"红色之旅"结束后，政治部组织大家写心得体会，诗歌散文。最后连同摄影作品一起编辑了内部刊物《红色之旅》。《红色之旅》刊登了院长李克同志的《七律·革命传统教育有感》：

罗霄井冈多圣灵，南瓜扁担闹火星。密林草舍灯如豆，红旗领袖育其中。云洗三叠雾绕庐，五老峰山数英雄。风景应说两边好，历史精神引我行。

副院长淳于国平也作了一首七律诗

昔日伟人上井冈，镰刀斧头铸刚强。党纲政纪谋大道，赤色大旗任飘扬。今朝后生放远望，英烈忠骨山河壮。号角再起黄羊界，凯歌高奏谱新章。

我也作了一首《水调歌头·朝谒井冈山》

夏去秋雨后，朝谒井冈山。高天峻岭浓雾，依稀鼓角传。镰刀斧头高举，实行武装割据，马列未曾言。更有黄羊界，一夫可当关。勇实践，敢创新，不照搬。坚定信念，多少壮士去无还。一灯圣火如豆，赤遍神州沃土，不忘毛委员。长征有新路，吾辈肯登攀。

106　"聚会"小汤山

　　每年 6 至 7 月，北京市第二中级人民法院组织离退休人员到北郊小汤山进行集体体检。这是老同事"聚会"的日子。虽然每月月初，离退休人员党支部都组织大家回院开会学习，但只有集中体检时，离退休人员到的最整齐，因此也最热闹。二中院老干部处和医务室负责体检活动。先是用班车把老同志依次接送到医院，领取体检表，开始逐项检查。查完之后，在医院共同吃自助餐。有的老同志还带了酒，届时可以小酌一番。喝了酒，便来了兴致。大家愉快地回顾往事，谈天说地，家长里短。其实大家最关心的还是家庭和身体健康。从话题上面，你可以感受到人生的足迹。比如，开始说谁的孩子念了哪所大学，跟谁家的孩子结婚了，再后来又说，谁当了爷爷、奶奶、姥爷、姥姥之类。大家的愉快，在很大程度是因为体检正常，没发生什么毛病。特别是查血糖时，大家都互相问询：血糖正常吗？回答道：正常。都这岁数了，想得糖尿病也没那么容易了。每次聚会，都发现大家的头发比前一年又白了一些，脸上的皱纹又多了一些，腰也弯了一些，说话的频率也慢了一些。可以看得出来，大家都十分怀念在一起工作的时光，珍爱当年互相理解、互相帮助的同志情谊。过去都曾经发生过的不快早已经烟消云散。大家更珍爱今天平静的衣食无忧的生活。我想，这是大家应当得到的酬报，因为，他们为国家努力奋斗过一生。

107 "司法不公"与"裁判不一"

长期以来，社会舆论对司法工作评价不高，"司法不公"的指责时时可见。我在学校工作时，也曾经持此观点。但是，我到法院工作几年以后，对这个问题的看法就更客观了。

其实，不管是"司法公正"还是"司法不公"，这都是大众化的、多少带有感情色彩的、缺乏定性分析的语言。"司法公正"、"司法不公"常常是很难界定的概念，而"司法统一"才是可以操作的东西。实际上"司法不公"在许多场合下是"裁判不一"造成的。

有时候会遇到这样的情况：同样的案情却得到相反的裁判。比如：不同地区的养鱼专业户买了同一家（三无厂家）的鱼饲料，造成鱼大量死亡。于是养鱼专业户把饲料厂分别告到当地法院。一个法院以养鱼专业户举不出证明鱼饲料的质量问题与鱼死亡之间有因果关系为由，驳回其诉讼请求；

而另一个法院以厂家生产的饲料未获得产品合格证为由判令其赔偿原告的经济损失；再如：同样两个购车人在购车当天即与保险公司签定了保险合同，上面写明该保险合同自当天午夜 12 时生效。但保险合同中有一条规定：本合同待购车人到交通管理机关办理了车牌之后才生效。可是，就在第二天，他们的新车被盗了。车主找保险公司索赔，被拒绝，理由是：保险合同还没生效呢！于是保险公司被分别告到当地法院。一个法院依据保险合同条款的约定，认为合同未生效，故驳回购车人的诉讼请求；而另一个法院则认为，双方签字时就合同生效日期已做特殊约定，故合同生效，判令保险公司赔偿；又如：腾房案是伴随城市建设和住房商品化而来的热点案件。在大致相同的情况下，有的法官以不具备腾房条件为由，驳回房主的诉讼请求；也有的法官以保护房主合法权利为由，判令房客腾房；还有的判令腾一部分房，或限期腾房；再如，有的刑事案子，两个被告人各自实施了同样的犯罪行为，如果前者是单独犯罪，判得可能就重一些，而后者是伙在其他共同犯罪里面，可能就判得轻一些，这也许是出于区别对待的考虑，等等。上述种种"裁判不一"的判决，必然造成败诉方的不服，从而形成"司法不公"的舆论。

为什么会出现"裁判不一"的现象呢？是法官政治素质、业务素质有问题吗？我认为，"裁判不一"的本质原因是我国的成文法不完备，成文法条有空白，成文法条规定得过于笼

参加民六庭党支部红色之旅

统，不具体不精细，从而给法官太大的自由裁量权。因此，法官怎么判都对，都不违法，都正确。这种实际上得不到有效制约的自由裁量权，难道不会到市场上去实现交换价值吗？长期以来，司法界屡屡出现同案不同判的现象，这不仅造成案件当事人上诉、累讼，而且也使民众对司法的公正性产生怀疑，深为舆论所诟病。

那么，如何才能有效制约法官的自由裁量权呢？是靠培训教育提高法官的政治素质、业务素质，还是加强对法官职务行为的内部监督、社会监督，还是靠随时加强立法，直至把成文法条制定得非常详细面面俱到，恐怕都不能实现。成文法的天然弊病是既不可能包揽无遗，又不可能随机应变。那么，真正有效的办法是什么呢？

真正有效的办法，就是借鉴中国古已有之的判例制度，通过"裁判自律"来实现"裁判统一"，进而实现"司法公正"。

108 裁判自律

所谓"裁判自律",是法官在审理案件做出裁判的时候,不仅要依据法律、法规、最高法院的解释,还要依据以往对同类案件做出判决。这种判决是经过审判委员会核准并公布的生效判决。这种判决实际上已经成为判决先例。以后,法官再遇到同类案件,就应当按照这个先例来判决,这就实现裁判统一了。同时也就实现司法公正了。人民法院应当经常核准和颁布这种判决先例,让法官有所遵循,同时也让当事人和律师知道。当人们都预先明白什么案子应当如何裁判,就会减弱人为影响判决的期望值,从而逐渐从根本上改善司法环境,使法院和法官得以有效杜绝来自各个方面的干扰和影响,以实现独立审判。

"裁判自律"是一项重大的审判机制和工程。要实现"裁判自律",首先要解放思想,从"我国是成文法国家,判例不是法律渊源"的旧框框里面解放出来，勇于借鉴我国古代的判例法传统，做到古为今用。其次是建立一套工作制度和程序，包括：典型案例的遴选、核准、公布、汇编、修正、更替。

实行"裁判自律"的目的，一是试图在本法院范围内规范法官的自由裁量权，以统一法律在某一地区的适用，从而杜绝同类案件得到不同判决的现象。二是节约审判资源，提高审判的质量和效率，同时培养专门型法官。三是改善审判委员会指导审判工作的方式。四是接受社会的评判和监督，提高司法公信力。

109 编辑《裁判要旨》

刚到法院工作不久，我和王永源院长谈工作时，顺便谈了编写《裁判要旨》的设想，希望用这种办法，建立一批典型或疑难案件的判决先例，从中抽象出简洁的概括的要义，在院内公布，以指导同类案件的审判，从而实现司法统一、同案同判。王院长说，咱们国家是成文法国家，不是判例法国家，案例不是法律渊源，不具有法律效力，还是慎重从事，咱们不冒这个尖儿。

过了三年，王永源院长退休了，李克同志任院长。一次，我又把编写《裁判要旨》的想法跟他谈了。李克同志很感兴趣，说，你布置给政治部，写材料，纳入明年的工作计划，先从你主管的民事审判开始，逐年编写《裁判要旨》，以后向全院推广。建议由研究室出面组织，你总负责。没想到李克同志这么痛快就答应了，我真是喜出望外！

很快，编写民事裁判要旨的设想纳入新年度工作计划，研究室开始操办。具体的做法是，民事审判庭每一位审判员每年选择五个以上具有典型意义的或属于疑难案件的案例，并且用简洁的文字概括出该案件的判决理由和结果，后面附上生效判决书。每年编辑一册，在法院内部印发。其实，这种办法正是中华民国初期大理院的做法。

编写民事裁判要旨的工作进行了两年，每年编写一本《裁判要旨》。后来，我调离法院，到北京奥组委法律事务部工作，这项工作无形中就停止了。这是我最感可惜和遗憾的事情！

2010年，最高人民法院推出指导案例制度，和我当初的想法有相合之处。但是，按照最高法院的设计，每个典型案例缺少一个简洁的使人一望而知又便于查阅的标题，不便于读者查阅。同时，由最高人民法院独揽典型案例编辑工作，等于排斥了各级法院特别是各高级法院的积极性。最高人民法院编辑典型案例的速度过慢，远远不能满足全国法院的需求。但是，不管怎么说，最高人民法院推出指导案例制度，使我们有理由相信，中国的判例制度的最终形成，乃至中国传统"混合法"的复兴，是值得期待的！

110　一个梦：复兴中国的"混合法"

今天，当我们研究法这一特殊社会现象的时候，我们也许很少意识到，我们远非在中国传统法律文化的氛围中，而是在西方大陆法系的思维模式和理论氛围之中来思考问题的。这种影响无声无息而又无时不在，竟使我们常常忽略它的存在。当我们为中国法制的进步和成功欢呼时，也许不太注意，我们的法典、法条、名词、概念、原理的"落款"，都印着"舶来"的标记。由于时代的局限性，肩负挽救危亡重任的近代法律家们，来不及深入观察世界法律文化的全部成果（包括中国的）及其发展大势，便确定了向西方大陆法系行进的航标。就这样，一个世纪过去了。这是一个热衷成文法而忽视判例法的世纪。

在进入近代之前，中华民族对于法这一现象的思索，是在"自然"的环境中进行的。中国先贤对法的见解本来就没有像一个世纪前西方两大法系那样针锋相对的观念。在中国先哲看来，法作为人们必须遵从的行为规范，不仅表现为无处不在、无时不在的传统风俗习惯——礼，不仅表现为在王宫前面定期颁布并妥为保存的"象魏之法"，还表现为有具体文字形式的案例。《荀子·君道》："有法者以法行，无法者以类举，听之尽也"。在整个帝制时代，在成文法典阙如或不适于社会生活之际，判例的创制与适用实际上起着拯救法、延续法、发展法的作用。它们不断产生出来，与法典并行不悖，最终又被新的法典所吸收。这就是中国独有的混合法。新中国建国初期，在重要法典暂时空白的情况下，判例与其说是政策的外衣，不如说就是法。而法官的政策水平正是靠判例意识来维系的。改革开放以来，判例的价值开始被人们重新认识。今天，法律意识的成熟，离不开判例意识的觉醒。

如果我们囿于大陆成文法系的传统见解，把法仅仅理解为国家立法机关的产物，那么，法的发展就过于古板了。实际上，法并不只是立法家们的艺术作品，法就发端于人们的社会交往之际，定型于社会行为之中。它的生命力就在于它应当而且也能够不断发现、发展和描述。而以法官、律师、法学家为代表的法律实践者们便充当了完成这一使命的历史角色。即使是在成文法的运行机制下，由于其自身永恒的欠缺（既不能包揽无遗又不能随机应变），使法的生命和正义不得不仰仗法官来维系。中外历史证明，法的发展和飞跃，常常靠着法官群体的默默无闻的、持之以恒的工作。他们从琐碎纷乱的案牍入手，去推动法的宏观变革。从中国西汉的"春秋决狱"，到美国大法官的著名判例；从中国古代的"决事比例"、"断例"，到英美法系的判例汇编；从中国不绝如缕的律学，到美国法官和律师对法的诠释，无不履行着这一历史使命。

社会变革呼唤着法的变革，法的变革仰仗法律意识的更新。这种更新正期待着判例意识的复兴和成熟。当人们不囿于成见，按法律实践本身的规律性来思考法和操作法的时候，判例意识就会生成。而只有当判例的创制与适用成为一种自觉过程时，判例的价值才会社会化。

从 1986 年开始，判例问题受到法律界（包括法学界和法律界）的普遍关注。这主要表现在：首先，最高人民法院不仅用通过公布典型案例的方法来指导全国的审判活动，而且最高法院乃至各级法院都十分重视典型、疑难案例的研究和总结工作，这类内容的读物和著作不仅得到出版发行，而且受到法律界的普遍欢迎。与此同时，全国各种法学杂志也更为重视案例方面的研究并刊登这类文章。其次，我国各级法院在审判活动中普遍重视专业化分工和案件的评查工作。在这个过程中，法官们更为关注某一审判领域的案例，同时也更为审慎地对待案件的审理和裁判文书的制作。因为随着审判活动的公开与透明，法律文书最终成为社会的共同财产被社会随时检验和研究。第三，通过各种方式的国际交流，我国法律界对英美法系国家的审判活动有了更多的更深层次的理解，这种交流无疑加强了对借鉴判例制度的信心。第四，法律院校的教师们开始并持续地运用判例教学的方法来教育学生们。教师要给学生们一个真实的知识、实践的知识，这样才能使学生们更好地适应法律职业的要求。这样一来，从法条到法条，从原理到原理，从书本到书本的传统教学方法便走到了尽头。教师走出书斋，更多地了解审判实践的问题。作为教师，他们用一系列案例来填充他们的授课提纲；作为法学研究者，他们更从审判实践中发现新的研究课题。第五，计算机网络技术的广泛运用，使编纂大量案例并对之进行各种技术处理成为可能。任何一名法官、律师、教授或学生，都可以靠着计算机很方便地查阅各类案例。今天，我们的教授们已经熟练地运用计算机来研究问题。明天，我相信，全国的法官们也许会运用计算机来为自己的审判插上双翼。

在改革开放以来短短的 20 余年间，我国法制建设获得突飞猛进的发展。先是通过大量的立法活动告别了"无法可依"的时代。紧接着就是立足解决"有法必依"即司法公正问题。在司法界，成文法的永恒欠缺使人们想到了判例。于是，判例这个似乎陌生的事物，不断从学者的头脑走到法官的案头，从一种观念演变成为一种机制。它涉足审判实践，并顽强地表现着自己的生命力。作为一个新生事物，让我们对它多一点宽容，多一点关爱，让它有机会为构筑共和国的司法大厦贡献一份力量。我们相信，判例法确立之日，正是传统"混合法"复兴之时。*

---

  * 节选自《判例制度研究·绪言》，人民法院出版社 2004 年版。

五 保卫吉祥物

2008 年奥运记事

111　任职北京奥组委

　　2005 年 4 月的一天，北京市高级人民法院院长秦正安给我打来电话，说，北京奥组委法律事务部部长一直空缺，市委政法委领导初步考虑想让你去，正局职待遇，让我问问你的意见。我们高院党组也议过，认为你去比较合适。怎么样，老武？你可以考虑一下再答复。我说，不用考虑了，我现在就能答复你，我不想去。因为我在二中院工作，各方面都熟悉了。另外，北京奥组委法律事务部的工作，对我来说，太生疏了，搞不好工作，真对不起组织上的信任。我谢谢政法委领导，谢谢秦院长的推荐。秦院长又问，那么我就这么回复政法委领导了？我说，好吧。

　　第二天，秦院长又来电话说，上次没说清楚，你在二中院职务不免，保留着，你去北京奥组委工作属于借调，等 2008 年奥运会结束了，可以回二中院，也可以另有安排，市委组织部说，北京奥组委是部级单位，各部部长是正局职，这样，你就等于提了一级。我看，你还是去吧。组织相信你能胜任新岗位的工作。我回答说，谢谢领导的信任，我在二中院正在搞民事裁判要旨的编辑工作，已经搞了三年，这件事对我国司法改革具有重大意义，我一走，说不定就接不上茬儿了。我还是不愿意去。秦院长又说，那我就这么回答政法委领导了。我说，好吧。

第三天，市委政法委秘书打来电话，约我到市委大楼，强卫书记找我谈话。我急忙按时赶到台基厂的市委大楼。我仍然坐在沙发上，强书记还是坐着椅子。强卫书记说，怎么样，老武，一晃八年了吧？在二中院工作还行吧？今天找你，还是想动员你去北京奥组委法律事务部工作。你先说说为什么不想去？我听听有没有道理。我就把我在电话里跟秦院长说的话又重复了一遍。接着，强卫书记说了几点意见。他说，你是我们从北京高校选拔来的干部。八年来，谦虚谨慎、任劳任怨、平易近人、作风扎实，方方面面表现都很好。可是，由于各方面条件的限制，二中院只有一个正局职职数，高院的职数也很有限，一直想解决你的问题。一直也没遇上机会。这次北京举办 2008 年奥运会，有了机会。北京奥委会一共 20 多个部门，都是正局职建制，其中有五个部一直没配备上部长，其中就有法律事务部。市委组织部要求市委政法委推荐人选，他们考核。我们就在政法系统局级干部中间排队，选来选去，还是觉得你合适，老秦连咳儿都没打，一口同意。可见，大家对你都是信任的。这样，既解决了北京奥组委缺员的问题，也解决了你的问题。其次，这次调动，是借调，你在二中院的党组副书记副院长职务，不免，保留。你去了以后，二中院有什么未了的工作可以继续抓，我们可以跟二中院党组打招呼。但是，主要精力要尽快转移到北京奥组委，听说，那里的工作十分繁忙。第三，对新岗位的工作，不要怕，要尽快进入角色，从外行变成内行。有什么困难，政法委和法院都做你的后盾。有什么问题，你随时给我打电话。怎么样，老武？

听了强卫书记的一番话，我心里热乎乎的。我马上表态：感谢组织的信任，服从组织的安排，我一定努力搞好工作，不辜负组织的培养。

过了几天，北京市委组织部和北京奥组委人事部派人来考察。4月30日组织部下发了任命书。5月10日，我参加了北京市第二中级人民法院建院10周年庆祝活动，当天下午，就到北京奥组委报到上班了。

112　法律事务部的同事们

　　北京奥组委有 20 几个部，其中包括法律事务部。法律事务部的职责是保护奥林匹克知识产权，衔接和协调奥林匹克国际惯例与我国现行法制之间的关系，监管合同的制定和履行，为奥组委决策提供法律支撑，等等。

　　法律事务部下设三个处，综合处、维权处、合同处。分别处理日常事务、维护知识产权、合同业务等工作。全部编制满员为 50 余人。

　　我刚到法律事务部的时候，总共才 11 个人，人员显著缺乏。因此，我初到法律部的第一件工作是"招兵买马"。当时 5 月份，法律院校的毕业生大部分都有了去向，但是还有一些人没有最后落实工作岗位。于是，我利用当年在北京大学工作的老人关系，动员毕业生到法律事务部工作。同时，还从二中院退休老同志中间选聘了三位高级专家，她们原职务都是庭长。同时，还接收了一批在校硕士生。这样，法律事务部一下子就扩编为40多人的队伍，扭转了人手不足，捉襟见肘的困难。

法律事务部的副部长刘岩同志，原来是国家体委的干部，他是一位"老奥运"。参加过两次申奥工作。他经验丰富，工作非常投入。经常是一早就来，大家都下班了才走。作为个人特长，他擅长公文写作，又精于政治地理，他能把阿鲁纳恰尔的来龙去脉讲得头头是道。综合处处长李燕军也是国家体委的干部，他外语很棒，对国际奥运业务十分熟悉。他起草文件时，就在办公室里边走边说，旁边的人记下来，几乎不用改动就可以发出。维权处处长丁硕，毕业于外交关系学校，外语数一数二。自从第一次申奥开始就与奥运结下不解之缘。他为人憨厚朴实，工作热情乐观，人缘极好。善于和政府部门特别是工商局的官员们合作共事。合同处处长陈畅，原来是某律师事务所的律师，外语很好，可以用外语直接谈判。她为人正直热情，关心同志，总是笑眯眯的，从未发过火。经合同处监管的重要合同有8000多宗。

我们聘任的三位高级专家，一位是二中院民三庭（商事诉讼）老庭长王俊乔，高级法官，精通商事业务。一位原来是立案庭庭长陈芝芳，长于行政审判业务。一位是二中院办公室主任刘英，她长于日常事务管理，特别是档案管理。当奥运会结束时，要求各部上交档案材料，我们部的档案整理

北京奥组委法律事务部同事合影，2008 年 8 月

得最规范、最完整。

法律事务部的职工有三个特点：一是有不少人来源于律师，具有较强的司法实务方面的知识和经验。二是，经过良好的本科或硕士阶段的专门训练，专业外语都很强，阅读、会话、写作基本没有问题。第三是队伍年轻，大家都带着为祖国争光、为奥运作贡献的人生信念来奥组委工作，把这段经历看做自己人生的光荣一页。因此，工作积极主动，团结互助，情绪饱满而乐观。

奥运结束后，凡借调的干部基本回到原单位，其中也有的同志调换了工作岗位，也有律师又回到原来的律师事务所工作，从社会上选聘来的年轻同志，其中有相当数量的人经奥组委与各方联系协调，被安排到金融机关工作。

每逢 8 月 8 日，法律事务部的朋友们都小聚一下，共同回味那段难忘的时光。

113 奥组委的办公会

　　每周一上午，是北京奥组委法定的办公会。驻会的副主席和 28 个部门的负责人都要出席。在会上讨论重要事项，并做出决定。

　　会议议程由行政部组织安排。待讨论研究的议题由各部门提出，经各主管驻会副主席圈阅之后，进入办公会决策程序，行政部事先印发有关文件。一般情况下，办公会由刘敬民副主席主持。会议议程一般是，有关部门介绍情况，提出解决问题的方案，主管副主席补充，各部门负责人发表意见，各副主席发言，最后刘敬民副主席拍板，形成决议，会后行政部印发文件。

　　除了大规模的办公会之外，北京奥组委还有小规模的办公会，由主管副主席主持召开，有关部门负责人参加。这种会一般都短小精悍，马上能形成决议，马上操办。

国际奥委会执行委员会每季度要来北京召开一次为期五六天的办公会。一般是先开大会，参加者有执行委员 40 余人，北京奥组委主席、副主席、各部负责人、市政府负责人。然后按照业务部门，再分别开小型会议，最后开大会总结。国际奥委会通过这样的会议来检查督促北京奥委会的筹办进度，保障奥运会如期召开。国际奥委会办会经验丰富，他们有一个十分详细的工作进程图表，到哪一周，该完成什么工作，都有明确规定。比如说，到 2005 年一季度，北京奥组委各部门负责人都应配齐，就是这张图里明文规定的。

　　为了协调工作，各部门之间还召开小型工作会，各部门还和政府有关部门召开小型工作会。有时，市政府还要求奥组委有关部门到市政府参加会议。

　　总之，会议成为奥运筹办过程中最重要的工作方式。当北京奥组委召开总结表彰大会的时候，北京奥组委的历史使命就基本完成了。

114   访问国际奥委会

2008年3月，距离北京奥运会召开还有不到四五个月，为了进一步落实有关法律事项，应国际奥委会法律部部长斯托夫先生邀请，北京奥组委法律部一行四人赴位于瑞士洛桑的国际奥委会，进行工作访问。

我们来到洛桑，天上还飘着小雪，但是，并不觉得寒冷。第二天上午九点半，我们带着时差的一丝倦意，来到国际奥委会。那是一个并不高大的建筑物，显得有点小巧玲珑。斯托夫先生早已在门口等候着我们。他领着我们穿过奥林匹克博物馆，到了他的办公室，办公室只有40平方米，但是很简洁大方。办公桌前只有一张椅子，所以我们只能站着交谈。紧接着，斯托夫先生带着我们到楼下看望了法律部的其他六位同事。他们都先后到过北京，我们都已经认识了。同事们站起来一一握手，简单寒暄几句，便继续埋头工作。

在小会议室里，我们双方共八人，就北京奥运会召开前几个月需要最后确定的几个问题交换意见。我们首先汇报工作进展情况和需要请示的问题，包括奥林匹克知识产权保护、场馆安全检测、兴奋剂等事件的仲裁、突发事件处分所依据的国内法，等等。之后，对方介绍了国际奥运会的一般要求，和往届奥运会的实际做法。会谈中，我们强调，奥运会的精神是超越种族、超越政治、超越宗教的，如果在北京奥运会上发生违背这种精神的事件，其矛头首先是针对国际奥委会的，而不仅仅是针对中国政府的。斯托夫先生明确表态说，我们历来坚决反对任何人或组织利用种族、政治、宗教问题破坏奥运会。在这个问题上，国际奥委会的立场和主办城市历来是高度一致的。

　　中午，斯托夫先生在国际奥委会的食堂招待我们吃盒饭。罗格主席也来用餐。罗格指着斯托夫先生，跟我们开玩笑说，斯托夫先生很狡猾，你们跟他打交道一定要小心！

　　下午，我们根据各自的工作职责，分头和国际奥委会法律事务部的工作人员进行进一步的交流。之后，斯托夫先生带领我们参观奥林匹克博物馆。博物馆很小，就设在国际奥委会办公处的走廊里面。博物馆陈列着历次奥运会的照片、吉祥物、徽标、奖章、火炬、运动器械、运动服。我们看到，北京奥运会的吉祥物和火炬也放在橱窗里，十分夺目，心里有说不出的喜悦和骄傲！历届奥运会的吉祥物只是一个，而北京奥运会的吉祥物是五个：北北、京京、欢欢、迎迎、尼尼！

115　法治为北京奥运护航

举世瞩目的 2008 年奥运会即将在北京举行。随着"人文奥运、法治同行"主题宣传活动的深入推进,"弘扬法治奥运精神"的理念亦日渐深入人心。奥林匹克的历史和实践证明,良好的法治环境是办好奥运会不可或缺的重要条件。而与北京奥运会筹备工作同步全面展开的中国奥林匹克法律实践独具特色。日前,就法治奥运的相关问题,记者采访了北京奥组委法律事务部部长武树臣先生。

记者(简称记)　武部长,您好。2008 年,全世界的眼睛将投注在北京的夏天。作为法律刊物,我们和我们的读者特别关注奥运与法律的关系,奥运准备过程中的法律问题。您是北京奥组委法律部的部长,在奥运法律的实践已浸润近三年,我们很期待听到您对这个问题的心得。

武树臣(简称武)　首先,我代表北京奥组委法律事务部全体同仁，感谢贵刊和广大读者对奥运背景下的法律问题的关注。我涉足这个领域时间不长，经验不多，还是个新兵。我愿意就大家关心的问题谈一谈个人的体会。有不妥当之处，请批评指正。

记　再有半年就比赛了，除了关心比赛本身，法律界的人士也关心比赛过程中会遇到哪些法律问题，对此您们有何预测、准备和应对措施？

武　我个人认为，奥运会、残奥会正式比赛过程中所涉及的法律问题比较单纯，远没有奥运筹备过程中涉及的法律问题那么复杂多样。比赛过程中涉及的法律问题主要是体育仲裁。在比赛期间，国际体育仲裁庭（CAS）将在北京市设立临时派出仲裁庭，受理仲裁申请。在比赛过程中，国际单项体育联合会（IF）可能就运动员资格、竞赛成绩和服用兴奋剂问题，作出决定或处分。运动员对上述决定或处分不服的，有权向国际体育仲裁庭提出仲裁申请。仲裁庭依据相关规定或惯例对案件作出裁决，是为生效裁决。当事人必须服从，不得寻求其他救济。运动员在注册登记时就作出了上述承诺。

记　国际奥委会是领导奥林匹克运动的国际体育组织，它是怎样处理法律事务的？

武　国际奥委会（IOC）设有法律事务部。该部的职责是根据《奥林匹克宪章》和奥林匹克国际惯例，通过协议来协调国际奥委会与各国家、地区奥委会（NOC）、国际单项体育组织、奥运会市场开发赞助计划参与企业，特别是奥运会主办城市（即奥林匹克运动会组织委员会）之间的关系。在世界领域保护奥林匹克知识产权。重点协调奥运会主办城市所在国家现行法律与奥林匹克国际惯例的关系。

记　北京奥组委和国际奥委会在法律问题上会发生哪些联系？

武　北京奥组委（BOCOG）与国际奥委会之间的联系，或者说权利义务关系，集中表述在主办城市合同中。主办城市合同由合同主文和附件组成。该合同内容很详实，涉及奥运筹备的各方面事务。同时，由于该合同确认了奥林匹克宪章、主办城市申办报告的地位，所以这三个文件构成了一个整体，从不同角度对两者关系作出十分全面的规定。

记　有人觉得，中国需要一部奥运法，至少应该对奥运做一次专门立法，您怎么看？

武　主办奥运会的城市或国家专门为奥运立法的先例并不多见。据我所知，只有韩国曾经专门为奥组委立了一部法，叫做《汉城奥组委支援法》，规定奥组委的组成、职责、运作等。在我国，由于我国政府对奥林匹克知识产权保护十分重视，同时也是为履行申办时的承诺，曾于 2002 年 2 月 4 日颁布了《奥林匹克标志保护条例》，北京市人大常委会于 2001 年 10 月 11 日颁布了《北京市奥林匹克知识产权保护规定》。

我个人认为，在我国国情之下，国家立法机关专门为奥运单独制定法律、法规的必要性并不明显。主要原因是：第一，我国现行法律日臻完备，基本满足在我国举办奥运会的需求。第二，由于我国是第一次举办奥运会，没有现成的经验可以借鉴，即使事先制定了专门的法律、法规，也很可能不方便执行，反而会束缚手脚。举一个例子：按照国际奥委会、世界反兴奋剂机构（WADA）相关规则，兴奋剂检查样品在传送过程中应由传送员携带并始终不离其视线。京外城市样品需通过飞机运送至北京实验室，样品要由传送员携带上飞机。但根据目前国内航空运输相关法律规定，超过 100 毫升的液体不能随身携带上飞机。这些情况我们无法事先掌握并进行新的立法。我个人认为，这主要是在执法中如何进行变通协调的问题。

记　大家对北京奥组委法律部的内部设置和工作模式还不了解，甚至觉得有些神秘，您能介绍一下吗？

武　我们部共有 51 个人，主要是由执业律师、法律院校硕士毕业生、赛时实习生三部分人员组成。我部下设三个处：一是合同处，协助委内各部门参与以北京奥组委为一方的各类合同的谈判、签约，并监督合同的正常履行；二是权益保障处，负责以我委为权利人的知识产权的保护；三是综合处，在日常工作中，负责答复来自委领导和委内其他部门的法律咨询，并负责日常办公和调查研究工作。法律事务部的职责是保证依法办奥运，避免法律风险，为北京奥运会和北京奥组委保驾护航。

记　您除了担任北京奥组委法律部部长，本身也是一位知名法学家，担任过北京大学法律系副主任——现在您仍然是北京大学法学院教授和博士生导师。您能否谈谈学术研究与法律实践工作的不同感受？

武　作为一名学者，我已经习惯于关在书斋里面读书做学问。我十分热爱我从事的中国传统法律文化的教学和研究工作。特别是对中国历史上的判例制度这一课题，我始终持以浓厚的兴趣。但是，我觉得做学问并不是一件纯粹私人的事情，并不是雕刻象牙之塔，孤芳自赏。因为好的学问应与现实生活息息相关。有益的学问应与社会同步前行。在习惯了读书的时候，也要习惯于把现实生活当作一本"无字之书"来读。因为理论有时是苍白的，而实践却永远充满活力。*

---

* 本采访实录刊载于《中国法律》2008 年 2 月号。

392

116 我上了被告席

在奥组委工作期间，因为一宗案件，我上了海淀区法院的被告席。

事件的原委是这样的：2004 年 12 月，奥组委通过官方网站发出征集 2008 年奥运会口号的启事，承诺将向获奖口号作者颁发荣誉证书。方寿威自称于"2005 年 1 月 20 日"将其创作的"one world one dream"英文口号及中译文"同一个梦想"中文口号以电子邮件的形式发给奥组委。2005 年 6 月奥组委公布并确定了 2008 年奥运会口号"One world One dream（同一个世界，同一个梦想）"奥运口号。方寿威认为英文口号与其创作的英中文口号完全相同，中文口号后半部分与其创作的中文口号相同，故致函说明情况，要求认定他为奥运口号的著作权人。当时法律事务部曾对他的要求做出口头答复，首先表示感谢，欢迎参与奥组委的各项活动，但我们始终没有收到你的电子邮件，奥运会口号是在奥组委指导下独立完成的，并于 2005 年 11 月 24 日在国家工商行政管理总局商标局进行了奥林匹克标志备案，已经取得合法著作权。

2007 年 5 月 15 日，方寿威聘请的律师向北京奥组委发出律师函，望共同寻找解决问题的方案。经接触，感觉双方立场对立，一时找不到双方都能接受的办法。方寿威一方认为，他已经举出了曾经向奥组委投稿的证据，"已发送"应当被视为"已经到达"。就当获得著作权。我方则认为，我们反复查证过，确实没有收到方的投稿，奥运会口号是我方独立完成的，而且，奥组委对奥运会口号的专有权已经受到国家机关的确认和保护，这是不可动摇的。对方则认为，奥组委内部的查证行为，因为是利益相关人，证明力不高。

2007 年年底，方寿威向北京市海淀区人民法院起诉。海淀区法院受理后，由宋鱼水、卢正新、李颖组成合议庭，宋鱼水为审判员，审理此案。原告方代理人是吴革、王振宇，被告方法定代表刘淇（奥组委主席），代理人是黄滔、丁硕。根据奥组委领导的指示，我也参加诉讼活动。

在正式开庭审理之前，在宋鱼水审判员的主持下，双方曾到海淀法院多次交换意见。有一次，海淀法院的书记员通知我们到院，双方进行第一次正式接触。就在开庭的头一天，我接到宋鱼水的电话，说，武院长，我们知道您的车可以直接进海淀法院西门，但是，您是诉讼当事人的一方，您应像普通当事人一样进东门，接受安检，这样才公平，也免得引起对方的猜疑。我说，咱们想到一块去了，我们跟对方约好了，同时在东门见面，一块儿进法庭。我也想顺便看看你们的安检设备呢。

这一天下午，我和黄滔、丁硕来到海淀法院，和方寿威的代理人吴革、王振宇一见面，他们就笑着说，武老师，您可能不记得我们了，您给我们上过课。我笑着说，天地君亲师，学生告老师，只有北大的学生才做得出来。进了法庭，他们坐在法官席的左侧，是原告席，我们坐在法官席的右侧，是被告席。我开玩笑地说，我头一次坐被告席，多谢你们的抬举。一会儿，宋鱼水法官从旁门进来，在审判席上就座。她首先说明，这是第一次调解，希望双方直言不讳。

原告重申了原来的诉讼理由，提供了经公证处公证的证据。被告方重申了答辩理由，第一，我们没有收到方寿威的投稿。第二，奥运会口号是奥组委经反复研究集体创作出来的，并出示了奥组委方面的证言证人，包括从电子邮件系统中拷出的优盘。同时特别强调，有一个细节是关键性的。方寿威没有看到奥组委官方网站的具体要求，而是依据报纸上面的新闻报道提供的网址投了稿。按照奥组委官方网站的要求，投稿人必须按照奥组委设计的表，登录相关事项，其中就包括，自应征口号创作完成之日，承诺一次性排他性地将本人对应征口号所拥有的著作权及一切衍生权利，全部无偿地转让给奥组委，本人在任何时候均不撤销上述承诺。没有按规定表填写，就当被视为投稿未完成。这也是奥组委没有也不可能收到方寿威投稿的重要原因。

经过几次调解，双方未能找到和解的可行方案。于是，2008年2月4日，海淀区人民法院做出一审判决，驳回原告方寿威的全部诉讼请求。判决理由是：原告未履行被告方设定的投稿行为的义务，投稿行为未完成，"已发送"因不符合特殊约定而不能被视为"已经送达"。原告未能完成证明奥组委曾经接触过方寿威投稿内容的举证，属于举证不足。法院支持奥组委的奥运口号是集体独立完成的，未接触方寿威的投稿。

一审判决后，一审原告不服，上诉于北京市第一中级人民法院。二审合议庭由审判长姜颖、代理审判员赵明、芮松艳组成。二审审理中，双方又有过接触，仍希望找到和解的方案。但是，没有实现。2008年4月3日，北京市第一中级人民法院做出二审判决，驳回了方寿威的诉讼请求，维持了原判。二审法院认为，根据《中华人民共和国著作权法》第11条第一款第四款的规定，著作权属于作者，如无相反证明，在作品上署名的公民、法人或者其他组织为作者。奥运会口号"同一个世界，同一个梦想（one world one Dream）"经奥组委于2005年6月26日公布并于2005年11月24日在国家工商总局进行备案，奥组委提供的依据证明奥运会口号系集体创作，故奥运会口号的著作权应为奥组委所有。法院认为，方寿威提供的证据不能证明其已发送的邮件实际到达奥组委指定的邮件系统，故不能证明奥组委收到了该邮件，进而"接触"了方寿威的作品，因此，方寿威的主张没有事实和法律依据。二审法院认为，原审判决认定事实清楚，适用法律正确。

案子虽然结束了，但我们心里并没有胜诉的喜悦。我们特别为方寿威感到惋惜，我们何尝不愿意一个普通的中国人成为奥运口号的创作人？但是，遗憾的是，由于细节的原因，使一位年轻人失去了展示其风采的机会。同时，对像方寿威这样积极关心支持奥运会工作的无数民众，从心里无限敬重。也许正是由于这个原因，原告被告双方自始至终都没有撕破脸。

不久，我给方寿威打电话，欢迎他到奥组委来做客。他非常高兴地说，我先请你吃个便饭吧。于是，在孔乙己饭店，我和方寿威共进晚餐。方寿威眉清目秀、举止文雅，一看就是个南方人。我特意送给他一本书，《武树臣法学文集》。他说，自从告了奥组委以后，同事们都疏远了他，觉得他很异样。还有单位专门来了解他的社会背景，心里很不舒服。又说，他很佩服何振梁先生，如果有机会，想跟何老照张相。又说，当初很想得到一张奥运开幕式的票。还说，英国某报刊记者曾经要采访他，他拒绝了。我说，真可惜，你本来可以成为名人的，照相和开幕式票本来都是应得的。不过，在我们法律部同事们心中，你的聪明和智慧是无可置疑的。相信你一定能成就一番大事业。他说，我这个人很执着，当初我就是坚信"邮件发出"，你们就一定能收到。你们没收到也是你们工作上出了失误。你们不愿意承认失误。现在，我认识了您，您待人这么真诚，不会说谎，看来我以前的判断是有失偏颇了。早认识您，我就不打官司了。为了调整气氛，我还引开话题说，你读过鲁迅的《孔乙己》吗？"多乎哉，不多也"是什么意思？这是孔子的话，孔子出身贫寒，所以学会做许多普通百姓所擅长的工作，但是，贵族会做这些吗？不会。

喝了几杯绍兴黄酒，我俩都满脸通红。我说，咱们打官司都没红过脸，今天喝酒倒喝红了脸。将来有机会，我想把这段故事写出来，你同意吗？他说，同意，同意。于是，才有了这篇文字。

117 在现行法律与奥林匹克国际惯例之间寻求平衡

第29届奥林匹克运动会组织委员会（即北京奥组委）负责组织2008年夏季奥林匹克运动会。这是国际奥委会的委托，也是中国人民的重托。根据国际公法的一般原则，参加本次奥运会的注册人员理应遵守主办国家的现行法律。同时，根据申办报告和主办城市合同，北京奥组委有义务遵守《奥林匹克宪章》和奥林匹克国际惯例。尽管国际奥委会是一个非政府间国际组织，《奥林匹克宪章》也不是政府间国际条约，但是，北京奥组委既然做出了承诺，就应当履行相应的义务。这样，既有利于维护中国的国际形象，也有利于奥运会的成功筹办和举办。

改革开放30年来，我国现行法律已日臻完备。大体而言，社会生活的多个领域均有相应的法律法规加以调整。但是，我国现行法律与奥林匹克国际惯例又存在着许多差异和矛盾之处。解决这种差异和矛盾，当然离不开立法。比如国务院制定的《奥林匹克标志保护条例》和筹办及赛会期间关于媒体采访的规定。但是，完全靠立法或进行大规模的立法又是不现实的。主要原因是：第一，启动立法机制要花费大量的精力，且旷日持久，如果许多工作需等待立法之后再开始，难免会耽误大局。第二，我们对奥林匹克国际惯例仅是刚刚接触，不能期望在极短时间内对之了如指掌。在一知半解的情况下贸然立法，必然会带来风险。第三，作为一个社会主义法治国家，是否有必要为了一件具体的活动（哪怕是国际性重大活动）进行"一次性"立法，待这个具体活动结束后，再加以废止。在对待这个问题上面，我们的立场是：我国现行法律基本够用，没必要进行大规模的立法。在遇到我国现行法律与奥林匹克国际惯例不一致的具体场合，则采取特事特办的权宜之策来加以解决。这样，既无损国家法律的严肃性，又适应了筹办举办奥运会的特殊要求。现行法律与奥林匹克惯例从冲突走向平衡的事例是很多的。现举例说明如下：

为了明确双方的权利义务，北京奥组委应当与国际赞助企业签订合同。按照我国法律的有关规定，重大涉外合同应向我国国家工商行政管理机关备案，办理备案手续时要提供原合同文本。但是，国际赞助企业认为，合同是合同双方的约定，其中涉及商业秘密，故不同意向中国国家工商行政管理机关提供合同文本。经过多次协调之后，国家工商行政管理机关采取灵活措施，简化合同备案手续，只提供一份证明合同主要内容的表格即可。这样，既维护了我国法律的严肃性，又遵循了国际惯例。

按照我国航空运输相关法律规定，乘客不能随身携带超过100毫升的液体乘坐飞机。而按照国际奥委会、世界反兴奋剂机构的相关规则，兴奋剂检验样品在传送过程中应当由传送员携带并始终不离其视线。京外城市样品需经过飞机运输，送至北京实验室，样品要由传送员携带上飞机。这就出现了国内现行法律规定与奥林匹克国际惯例的冲突。这种冲突同样是经过国家有关部门的灵活处置来加以解决的。

有效防范"隐性市场"行为，是北京奥组委在《主办城市合同》中的承诺。所谓"隐性市场"行为，是指商业经营者不直接使用奥林匹克标志，而借用某种巧妙的宣传手法，使公众误以为该商业经营者与奥运会存在直接或间接的关系。究其实这属于一种虚假宣传。尽管"隐性市场"行为在我国法律辞典中是一个陌生的舶来术语，尽管我国权力机关已表明：不准备就"隐性市场"行为立法，但是，北京奥组委和北京市政府仍然要认真努力地防范"隐性市场"行为，以确保奥林匹克赞助企业的正当利益。支持这种立场的有两个方面：一是立法。《中华人民共和国反不正当竞争法》第9条规定："经营者不得利用广告或者其他方法，对商品的质量、制作成分、性能、用途、生产者、有效期限、产地等作引人误解的虚假宣传。"本条的要害是不得运用各种方法进行引人误解的虚假宣传。最高人民法院《关于审理不正当竞争民事案件应用法律若干问题的解释》第8条对该第9条的界定是："以歧义性语言或者其他引人误解的方式进行商品宣传的"。这就为防范"隐性市场"行为提供了法律依据。其立意与防范"隐性市场"行为是一致的。二是执法。北京市人大常委会做出了《关于为顺利筹备和成功举办奥运会进一步加强法治环境建设的决议》，授权北京市政府在奥运筹办和举办期间，在不与宪法、法律和行政法规相抵触的前提下，根据实际需要可以采取临时性行政管理措施。这就保证了对"隐性市场"行为的有效制约。

根据申奥时外交部、公安部关于入境的承诺，在奥运会期间以及奥运会前后各不超过一个月的时间内，应允许持奥林匹克身份和注册证的所有人员多次进入中国，执行奥运会的任务。按照奥林匹克国际惯例，在上述人员中并不排除艾滋病患者及病毒感染者。然而，此项承诺与现行法律法规中关于禁止艾滋病患者入境的规定相抵触。为履行承诺，国家质检总局、民航总局等有关部门已采取了奥运会期间临时卫生检疫、简化航空口岸出入境健康申报手续等措施。

根据申奥承诺和国际惯例，由外交部、公安部通知各自所属的签证机关，作为特例，准许在签证申请表中申明艾滋病患者或感染艾滋病病毒者获得来华签证。该临时政策适用于所有来华的外国人，适用期限按国际奥委会要求为奥运会期间及赛前、赛后各一个月，即自 2008 年 7 月 8 日起至 2008 年 10 月 17 日止。

根据我国民用航空法和城市养犬等规定，犬类等动物不得进入航空器座席，亦不得进入饭店、商店等公共场所。但是，在发达国家，导盲犬被视为视力残疾人的肢体的一部分，故没有上述限制性规定。在奥运会特别是残奥会举办期间，不排除国外视力残疾人携带导盲犬入境的可能性。2008 年 7 月 16 日北京市政府发出"北京市政府关于北京奥运会残奥会期间导盲犬使用和管理的通告"，允许参加奥运会残奥会的盲人运动员、官员、观赛者，自 2008 年 7 月 20 日至 9 月 20 日在本市携带导盲犬出行。

关于承认国外仲裁机关的仲裁裁决的问题，是涉及国家司法权的重大问题。中国加入了"纽约公约"，从而与缔约国相互承认仲裁裁决效力。但是，按照《奥林匹克宪章》、《主办城市合同》及具体合同的约定，北京奥组委与国际赞助企业、各国家地区奥委会和各有关国家的城市（如火炬传递经过的城市）签订的合同，合同双方一旦发生争议，只能向国际体育仲裁委员会申请仲裁，该仲裁委员会做出的仲裁是终极裁决，无其他法律救济手段。国际体育仲裁委员会并非"纽约公约"承认的仲裁机关。为了解决上述矛盾，我国最高人民法院于 2008 年 6 月 10 日发出《最高人民法院关于人民法院是否受理北京奥运会期间有关体育争议的通知》。该通知规定：当事人不服国际体育仲裁庭就运动员资格，兴奋剂检测，比赛成绩及裁判判罚而做出的仲裁裁决，向人民法院请求撤销的，或者向人民法院申请执行的，人民法院不予受理。这就排除了对国际体育仲裁委员会裁决进行诉讼的可能性，从而保证我国对奥林匹克国际惯例的承诺及落实。

按照我国著作权法规定，在著作权转让中，人身权（即署名权）是不能转让的。在奥运会筹办过程中，北京奥组委获得一系列著作权，比如会徽、会歌、吉祥物、口号，等等。按照奥林匹克国际惯例，这些著作权，在奥运会结束后要无偿转让给国际奥委会。为了保证这种权利转让的无瑕疵，根据惯例，上述专用标识的原创人在一开始就须承诺：一旦作品入选，与之联系的全部权利无偿转让给北京奥组委。尽管从法理上看，人身权的转让缺乏法律依据，但这种转让符合奥林匹克国际惯例，也是我们在《主办城市合同》中做出的承诺，成为法律实践中的一个暂时的特例。

根据北京市政府职能机关的规定，在北京除了公共汽车之外，其他车辆的车身均不得设置广告。但是，根据惯例，在赛会期间，奥运会赞助企业租赁的客车要经过专门装饰，以便于客人识别。因此，在对待这个问题上，看问题的角度是很重要的。简单将赞助企业车身装饰视为车身广告是不对的。因为，车身装饰是赞助商服务的一项内容，便于接待，也是奥运景观和赞助企业品牌形象的有机结合，是城市奥运景观的流动风景线。这样，赞助商车身装饰问题就很容易解决了。

为了保证奥运会的正常进行，保证奥运会参与人员的安全，维护奥运会赞助企业的利益，北京奥组委出台了《北京奥组委实施奥林匹克宪章第五十一条的规定》。这个规定包括《奥林匹克宪章》、国际奥委会《道德准则》、《品牌保护技术手册》，以及中国法律（主要是《中华人民共和国治安管理处罚法》）的有关规定，并强调对违规运动员的处分由国际奥委会和国际体育单项组织负责。对其他违规人员的处分由北京奥组委负责。这种明确而详细的行为规范形式的出现，在奥运历史上还是第一次。我们相信，它必将为保证奥运会的顺利筹办，为促进奥林匹克精神在不同国度的普及，做出积极贡献。

以上事例说明，除了专门的立法手段之外，在执法过程中，将奥林匹克国际惯例视为一种特殊情况，加以因时因地的变通，是解决我国现行法律与奥林匹克国际惯例之间矛盾的较为经济可行的方法。在奥运筹办过程中，正由于我们较好地运用了这一方法，才使得奥运筹办工作顺利进行。这一做法的价值不仅在于为今后奥运会的筹办提供了一个模式，而且还在于，它为我国法律在更广泛的范围内实现与国际接轨，开创了一个良好的示范。[*]

118　抵制北京奥运会，必将无果而终

　　将在北京举行的第 29 届夏季奥运会，是全球影响最大的国际性体育盛事。"和平、友谊、进步"是奥运遵循的一贯宗旨。正如《奥林匹克宪章》所阐述的："奥林匹克的宗旨是使体育运动为人的和谐发展服务，以促进建立一个维护人的尊严的和平社会"，"通过没有任何歧视，具有奥林匹克精神——以友谊、团结和公平精神互相了解的因为体育活动来教育青年，从而为建立一个和平的更美好的世界做出贡献"。正因为奥林匹克运动，以服务于世界的和谐与和平发展为目标，因此，它从诞生之日起就超越政治、国家、种族、宗教信仰和意识形态，鲜明地拒绝对奥林匹克精神的亵渎和扭曲。

　　中国作为一个具有五千年悠久历史的文明国家，终于有机会承办一届奥运会，从而实现了几代中国人的梦想。中国人民无比珍惜这个机会，希望以此为契机，让更多的外国朋

友关注中国，了解中国，感受中国人民的热情好客，与中国人民成为朋友。为成功举行一届奥运会，中国政府从2001年申奥成功以后，马上积极开展筹办工作。数以千计的工作人员为之兢兢业业工作了数年。此间，我们也得到了国际奥委会及国际友人的大力支持。大家有一个共同的心声，那就是北京奥运会口号："同一个世界，同一个梦想"。

但是，一个时期以来，我们却听到了一些不和谐的"声音"。比如在去年，美国导演斯皮尔伯格据说是因为不满中国政府在苏丹达尔富尔问题上的态度，辞去了北京夏季奥运会艺术总监一职。他这样做也许是受到了来自某些方面的压力。但他将政治和奥运会联系起来的做法，实在令人感到遗憾。又如，今年在境外个别城市，因为所谓西藏问题、苏丹达尔富尔问题，火炬传递受到冲击和干扰。这种破坏性的行为背后隐藏着不可告人的政治目的。正如美国国会众议院议长佩洛西所宣称的："火炬将沿着'和谐之旅'，受到世界上政治家和国家元首的迎接。是中国政府将奥运火炬接力变成了政治事件。"她甚至狂妄地说，国际奥委会将2008年夏季奥运会举办权授予中国是"一个错误"。她还煽动支持个人和团体在火炬传递到旧金山时采取行动。对于这样的言论，我们只能回赠以"可笑"二字。不久前，八国集团中的三位领导人，即英国首相戈登·布朗、德国总理安格拉·默克尔和加拿大总理斯蒂芬·哈珀先后表示，由于日程安排而非政治原因，他们将不能出席北京夏季奥运会。我们尊重这些国家领导人的决定。但是，不难设想，在隆重的开幕式上，当他们国家的运动员注目主席台时，却看不到本国领导人的身影，他们也许会倍感失落。

比起从前，中国已强大许多。在国际交谈中，中国拥有了更多的话语权。中国政府的观点在国际社会已经是掷地有声。中国希望通过奥运会来加深与参赛国之间的平等与合作，并向各国朋友展示一个正在蓬勃发展的中国。

奥运会是四年一度的世界性的体育盛会。奥运会一直以来都欢迎所有热爱体育运动及和平的人民加入其中。微笑的中国，微笑的北京正在恭候各国宾客的到来。

种植橄榄，将获得和平；种植偏见，将获得懊悔。任何抵制北京奥运会的行为必将无果而终！*

---

* 此文作于 2008 年 7 月 22 日。

119　在北京奥运会上搞小动作，只能自讨没趣

2008 年夏季奥运会将在中国北京举行。奥林匹克运动会历来都是全世界影响最大的体育盛事，是全世界人民交流的盛会，和平的盛会，友谊的盛会。中国政府和中国人民为奥运会的成功举办，正投入巨大的热情与力量，以期向全世界的运动员和来宾展示中华文明的风采。

但是，奥运会也有严格的规则。没有严密的规则，成功进行超大规模的竞赛是不可能的。根据《奥林匹克宪章》、《奥林匹克宪章附则》，以及国际奥委会《道德标准》的规定，以下三种违规行为在奥运场所是被禁止的：第一是一般违规行为，包括影响裁判员裁判、运动员比赛和其他观众观赛的干扰行为；第二是商业性违规行为，指在奥运期间在奥运场馆或上空，以穿着的服装或携带的物品、器材进行各种形式的广告或其他商业宣传活动；第三是政治性违规行为，是指在奥运期间在奥运场馆或上空，进行任何形式的示威或政治、种族和宗教的宣传。

伴随着北京奥运会的日益临近，各种政治性的小动作也许在紧锣密鼓地策划中。一些人受到敌视中国的言论的鼓动，错误地以为在北京奥运会上玩弄这样那样的花招，就可以抵制北京奥运会，抵制中国政府，给中国脸上抹黑。殊不知，违反奥运会的规则，也是会受到处分的。

根据《奥林匹克宪章》的规定，出现以上任何一种违规行为的相关人员，将受到相应的处分。对于普通观众，如果实施违规行为，场馆的工作人员可以进行劝阻和说服，以阻止事态发展。对于拒绝接受劝阻的违规人员，工作人员可以将其请离比赛场地或场馆。对于实施违规行为的运动员，由国际奥委会和国际单项体育联合会作出处分决定。情节严重的运动员可能受到取消比赛资格以致停赛的处分。所以，想在奥运会上捣乱的人，最终都会自食其果。不仅如此，搞小动作者必将由于破坏了正常的气氛而引起广大观众的反感。

那些试图在奥运会上制造麻烦的人，忘记了奥林匹克最基本的宗旨是"和平、友谊、进步"。他们违背了奥林匹克运动自创建之初一直延续至今的最基本的精神，那就是以超政治、超种族、超宗教、超意识形态的体育运动，来促进建立一个更加和平美好的世界。

在北京奥运会上搞小动作者，最终只能是自讨没趣！*

---

* 此文作于 2008 年 7 月 23 日。

120 北京奥运会的遗产

举世瞩目的举全国之力操办的北京奥运会，以罗格主席所说"无与伦比"的赞颂之词为评语胜利结束了。那么，北京奥运会究竟有什么意义，给我们留下什么遗产呢?

北京奥运会是中国自鸦片战争以来，第一次以主人的姿态，主动邀请成千上万的外国人到我们的首都来做客。这件事情本身就具有巨大意义，她标志着中国的实力及其在世界历史上的地位，已经今非昔比。贫穷落后被人小视的历史，顿成往事!

北京奥组委单独设置法律事务部也是个创举，以往的奥组委只是把法律事务科设在市场开发部或行政事务部里面。这充分表现出我国政府对法律的重视。

在奥运筹办过程中，我国政府，根据主办城市合同的约定，对奥林匹克国际惯例，表现了充分的理解和尊重。在处理国家现行法律法规与国际惯例之间矛盾时，表现了高度的机动灵活性。其中，比如在对待艾滋病毒携带者和导盲犬问题上，为我国国内法与国际通行规则的接轨，做了有益的先行尝试。

在奥运筹办的方式上，我国既发挥了集中领导，集中力量办大事的传统优势，又广泛调动民间企业积极性，采取合同的方式，确定双方的权利义务，实现合作共赢。

北京奥运会的举办方针是：人文奥运、科技奥运、绿色奥运。人文、科技、绿色这三个精神，很自然成为我国城市建设和社会建设的基本方针，有利于促进我国全方位的社会进步。

在奥运筹办过程中，根据主办城市合同的约定，主办城市有义务对当地少年儿童进行奥林匹克精神的教育和宣传。奥林匹克精神是超越种族、超越政治、超越宗教的，是公开、公正、人人平等的。这种教育和宣传，不仅对少年儿童，而且对整个社会，都会产生潜在的作用。

在奥运筹办过程中，根据主办城市合同的约定，对奥林匹克知识产权进行有效的保护。这一实践，对我国保护知识产权的实践无疑是一个有力的促进。

在奥运筹办和进行当中，由于和各国体育管理机构的接触，使我们对体育的领导和操作方式，有更深入的了解，从而对我国体育领域的改革提供经验。

北京奥运会结束了，奥运场馆、奥运公园、奥林匹克博物馆，这些实物会永远保留下去。它们告诉后人，在公元2008年8月8日，在中国首都北京，曾经成功地举办了一届奥运会——第29届奥林匹克运动大会。

六　法学会，读书会

121 任职法学会

2008 年北京奥运会、残奥会成功举办。经过总结和善后工作，北京奥组委的工作人员开始遣散。其中，借调人员回原单位，社会招聘人员按双向选择的原则被重新介绍安排工作。当年 11 月 12 日，北京市委组织部安排我到北京市法学会任党组副书记，并建议经选举程序担任驻会副会长。由于合同收尾和各种法律关系终止等事务的原因，法律事务部属于最后遣散的单位，这样，我到 2009 年春天才正式离开北京奥组委，到北京市法学会上班。

北京市法学会属于北京市政法系统的一个局级单位。一般情况下市委政法委书记兼任法学会会长。法学会下属办公室、研究部、联络部、社会工作部、《法学杂志》社、北京市应用法学研究中心、北京市法学信息中心等机构，工作人员有 30 余人。市法学会负责管理和联络的研究组织有将近

40个。市法学会每年根据市政法委的工作部署开展工作。市法学会的日常工作包括：组织研究项目的评定、青年法学家的评选、各研究会的组成和换届、各研究会的学术活动、组织北京法学家论坛等。

北京市法学会还是个机关，需要天天上班。但是，工作不那么紧张。法学会的领导班子有四个人：党组书记、常务副会长周信，副会长杜石平、秘书长邵新莲。记得第一次见面时，周信同志说，法学会的工作没有奥组委那么繁重，可以调整调整，搞点学术研究，再搞你的老本行。不久，我们举办了"读书会"活动，每个人轮流谈谈自己的读书心得，并一直坚持下去。由于经常和学者打交道，感觉自己又回到法学研究领域了。特别是每年春节前要逐个看望在京的老一辈法学家，听他们滔滔不绝地回忆往事，我突然感觉到我又回到教师队伍里来了。奥运会期间熟悉的"屠龙之术"顿然失去了用武之地。

北京市法学会离我原来工作的第二中级法院只有数百米，路过时，看着那高高耸立的旗杆，宽阔的台阶，站得笔直的武警战士，大门口的电子屏幕，进进出出的当事人，还有我曾经开过庭的二层楼法庭，我组织生活所挂靠的民六庭党支部所在11层的办公室，心中涌起一阵无比的留恋之情。这是我曾经工作了九年的地方，我的心，就在附近，从未走远。

122　孔子教育的特点及其启示

尊敬的东道主，首都经济贸易大学的杨书记，法学院的符院长，以及来自全国各个高校法学院的各位院长、教授，新闻媒体和出版社等各个方面的朋友：大家上午好！

在十五届全国高校法学院院长联席会议召开的时候，我代表北京市法学会向这个会议表示祝贺。祝愿我们这个会议开得成功，也祝愿来自北京以外的朋友在北京度过一个愉快的会期。感谢符院长的邀请，他让我讲一讲。我离开教学很长时间了，对今天的法学教育没有什么发言权。

最近我写了一篇文章，题目叫作《孔子的贵族精神》。在写作过程中，我又翻了翻《论语》。于是呢，又联系到我们今天的法学教育，有了一点体会。改革开放30年了，我们的法制建设取得了很大的成就，我们的法学教育也取得了很大的成绩。今天正在接受教育的年轻人在未来的30年，第二个30

年国家的法制建设中会发挥很大的作用。那么我们今天要培养什么样的法学人才呢，我想啊，依据孔子教学的三个特点，对我们今天的法学教育提三点建议，不一定对，欢迎大家批评。

我们说到教育，最早的祖宗就是孔子。孔子在教学中有三个特点。

第一个特点孔子是注重人格教育，孔子本身对追求真理和实践真理付出了毕生的精力，他有一句话，我不知道大家注意了没有，他说"朝闻道，夕死可矣"。早晨我追求到、了解到了真理，晚上死去也很值得。孔子追求真理，发现了真理而去为真理献身，他的生活本来应该很好，但是他颠沛流离，有人批评他是"知其不可而为之"，"滔滔者，天下皆是矣，而谁与易之"。世界变成这个样子了，像大洪水一样，一片汪洋，谁挡得住，谁改变得了呢？但是孔子很执著。孔子还有一句话说得很悲观，他说"道不行，乘桴浮于海"。桴是舢板，小皮划子。如果我的真理实现不了，我就乘着小船出海。乘桴浮于海是什么意思呢，实际上就是殉道。紧接着还有一句话，"从我者，其由也与"。就是跟随我的，能够去为真理而献身的，大概只有由吧。由是谁，仲由，就是子路。孔子追求真理，为真理而献身，因此他作为一个老师，做出了表率。这种人格教育反映在学生中应该是有成效的，最突出的例子是子路。子路，小孔子九岁，山东泗水人，他的行为应该说是实现了孔子人格教育的这样一个过程，表现得非常突出。子路很穷，他穿着破烂的衣服，能够和那些个穿着貂皮的贵族在一起站着，侃侃而谈，面无愧色。孔子说了，像这样一个穷人，在贵族面前自己能够充满了自尊心，认为自己在人格上跟贵族是平等的，大概只有子路吧。子路这个人很讲信用，他无宿诺，宿就是晚上，就是他今天白天答应的事不过夜，马上兑现。他是非常忠勇的人，最后他死于卫国的一次内乱。他忠于国君，最后被敌对势力的人杀死了。当时他的帽子被打落在地上了，他说"君子死，冠不免"，把那个帽子上的那个缨系起来，系在脖子上，结缨而死。孔子开创了文侠的形象，子路开创了武侠的形象。后来的墨家，还有要离、专诸、聂政、荆轲等刺客，与子路的精神都是一样的。孔子的人格教育在他的教育过程中应该是实现了。人格教育在我们中国的国度里非常重要。我们做教育的，首先是教育人，我们老说品德教育、思想教育、政治教育、素质教育，其实很多都是人格教育。人格教育达到了一种境界，什么道德品质，行为规范都不在话下了。如果人格教育是失败的，什么道德品质、行为规范、乡规民约，等等，那些都是起不了根本作用的，那是表不是本。因为道德教育常常只注重人的言行，而不涉及人的心灵和良心。有时道德还容易变成表里不一的实用道德。比如在领导、同事、朋友、家人面前扮演不同角色，言论行为反差很大。今天，在建设社会主义法治国家的过程中，我们的法律群体应当有为国家、为人民、为公平正义而无私奉献的精神。这就是法律群体的人格形象。

我们为什么要重视人格教育？这和中国文化传统有关。中国历史文化有什么特点呢？有两个特点，不知道大家注意了没有。第一个特点是，我们神权思想退出得太早，退出得太彻底；第二个特点是，我们的贵族政体时间相对于中央集权的君主专制政体是太短了。由于这两个原因，使我们这个民族的成长过程出现了先天的弱点。就像一个小孩三四岁的时候，人格正在充分发展的时候，他自言自语地去幻想，去表达，去设计。如果由于特殊的原因，这个孩子三四岁的时候没有幻想这样一个经历，他长大了以后，他的工作，他的思想，很可能就缺乏创造力。我们信仰什么并不重要，但是重要的是我们会信仰，我们有信仰这样一种经历，这个很重要。我们的神权退出得很早，西周的时候就开始退出了。到孔子的时候已经"子不语怪力乱神"了，"敬鬼神而远之"了。没有神权的统治好不好？好也不好。好在哪里呢？我们免除了那种残酷的宗教战争，免除了人们对于彼岸世界的那种恐惧。但是，当一种新的思想比如法家的法治思想，明末黄宗羲的启蒙思想，近代康有为、梁启超的宪政思想，等等。当新的思想产生的时候，由于没有本体论的支持，这种理论就显得很苍白无力，难以获得民众。他们不得不借助于古代的传说，在古代的经典里面去找新思想的根源。寻找它们的合理性的依据。我国贵族政体的历史比较短。贵族政体有什么好处呢？贵族政体能够塑造贵族的形象，这就是君子的形象。因为你先天血缘高贵，你就应当具备最优秀的品质和德行。这有利于塑造一个完整的人格。孔子的学问都是在讲君子如何成为一个君子，实际上是贵族精神的体现。其次，在贵族政体下的平民，因为血缘不高贵，没有什么机会，所以就安安静静的恪守自己的本分，心甘情愿伺候贵族，去把自己手头的工作做好。我们看欧洲的贵族，看欧洲的中世纪，还有宗教的专制独裁，残酷的宗教裁判。平民没有什么可想的，只有去把自己的手工业、各个方面的事情做好，把各种手艺代代相传，精益求精。于是科学技术就发展起来了。中国整个古代历史不是这样的，我们的贵族政体发展不充分，它没有形成一个完整的文化传统和精神力量，后来在中央集权的君主专制政体下面很快就弱化了。由于这两种原因，再加上我们在很长时间，对什么是封建的文化，封建文化中哪些是可以借鉴，哪些是坏的，哪些在今天的现实生活中还有所表现，需要克服的，这项重大的工作仍有待于进一步探索和加强。与此相联系的就是对国民性的改造问题。我们知道鲁迅先生对此有很深切的看法。今天由于国际经济危机反衬出我们经济上的独立性，世界的理论界、舆论界都在重新研究和评价中国模式。在这样的情况下，我们更应该注重软实力，就是注重国民性改造的问题。在建设社会主义法治国家的过程中，法律群体应当有为国家、为人民、为公平正义而无私奉献的精神。这就是法律群体的人格形象。

第二个特点，孔子教学是注重国情教育的。孔子有弟子三千，贤人七十二，他的教育里面有一个很重要的内容是历史，这个历史就是春秋。在春秋时代，各个诸侯国都有自己的历史文献，像《史记》那样的史书，叫做春秋。鲁有鲁春秋，齐有齐春秋。孔子的弟子大部分都去从政了。不仅是在鲁国从政，还去各个诸侯国从政。因为孔子教学中有一个国情教育，他知道这个诸侯国的国情怎么样，历史文化传统是什么样的，这个诸侯国权力结构怎么样，你应该支持哪一家，应该怎么去施政。学生获得了这种知识以后，在从政过程中，可以避免走很多弯路。我们今天的法学教育缺少一个法制国情的课程。也许有人会说，我们有这门课呀，有中国法制史呀。我认为，中国法制史这门课远远不能起到这个法治国情课的作用。我们当老师的教学生，应该教给他们真实的知识。不能说凡是西方的东西都好得很，我们古代的今天的什么都不行，到处都是黑暗的。学生们带着这样的观点到现实社会中去工作，没有不碰壁的。碰壁了以后又想不通，怨天尤人，怀才不遇。这辈子恐怕就无法逆转了。他们无法生存又怎么能发展呢？我记得乔聪启先生说过，教学生首先让他学会生存，然后才能发展。这个很重要，如果我们的学生头脑里面装满了错误的知识和错误的观点离开学校进入社会，他们怎么能够生存呢？不能生存又怎么能发展呢？当大家都有机会发挥他们的聪明才智的时候，对不起，这种机会不属于你，因为你格格不入，被边缘化了。所以我们应该有一个法制国情教育课，让年轻人少走弯路。

第三个特点，孔子的教学是宽口径的基础教育和专业教育、职业教育相结合。我这样说也许是把古人现代化了。首先，孔子教学内容很多很宽。礼、乐、书、数、御、射。骑马、驾车、射箭有点像军事训练。射箭相当于今天的高尔夫球运动一样，它是贵族的交际活动，有很多仪式，很讲礼貌。礼，各种场合的礼节仪式。乐，音乐。书，包括写字和写作。数，算数。他的学生学会这么丰富的知识毕业以后，没有哪个没找到工作的。他的弟子也很用功。孔子最喜欢的弟子有那么几个，一个是颜回，非常爱读书，39岁就死了，死于营养不良。颜回身居陋巷，一箪食，一瓢饮，人不堪其忧而终生不改其乐。为什么有这种精神，因为他有抱负有理想。所以学习非常刻苦。我读这篇《论语》的时候我就想到了姜明安。当年毕业后我跟姜明安住在一个宿舍。他学习非常刻苦，生活也非常简朴。他每天早晨买一个馒头，一分钱咸菜吃三顿，再加上一碗开水。然后去图书馆看书。我就说姜明安你可要注意营养，你可别做颜回呀。孔子还有几个学生都非常突出。孔子在教学中是为学生毕业以后谋生考虑的。有一个

425

学生叫端木赐，他不认真读书，讨论也不参加。但是他数学很好，而孔子教学里有数学。他对市场的判断非常准，市场里面什么货物价格会走高，什么货物价格会走低，他都心中有数。低价买进，高价卖出，挣了很多钱，发财了。孔子的学生中大部分从了政，有一部分经了商。孔子教学是宽口径的，它是一种基础教育。所以我想，我们今天的本科法学教育不要把它当成职业教育，它还是基础教育。你就把本科学生当成高中四年级、五年级学生。本科法学教育就是基础教育。人格教育包含在本科法学教育当中。两者毕其功于一役。其次呢，除了宽口径的基础教育，孔子还重视法学教育。我这样说是不是合适？孔子不仅重视法学教育，还引进了判例教学。孔子有一句话，当学生问他如何做师的时候，孔子是第一个老师，孔子谈老师的师的时候，不是教师，是士师，士师是什么，士师就是法官。孔子说："温故而知新，可以为师矣"。温故，温是温习和掌握，故是判例、故事，知新，就是知道如何裁判今天审判的新的案子。我们今天的法学教育应当注意引进判例，引进案例。用具体、详细、明确的判例，来说明、解释成文法法条之所谓。不要从书本到书本，从原则到原则。在判例教学这方面北京大学英华公司在做技术上的支持，软件上的支持。比如某某罪，你一敲键盘，几十个这方面的案例就出来了。前后比较，中外比较，一篇文章就出来了。使同学们通过案例的内容明白法条之所谓，这是很好的方法。

　　还有，孔子还注重能力的教育。孔子讲诉讼一共有两处。一处他讲子路，说子路"片言可以折狱"。狱，是刑事诉讼。片言，指诉讼当事人一方的主张和证据。审判案件本来应当原告被告都到场，有时还要求证人到场。孔子说：只审一方当事人就可以下判的只有子路做得到吧！为什么呢？子路这个人很真诚、豪爽、仗义。他跟刑事犯罪的嫌疑人谈话的时候，由于他的人格形象很高大，所以犯罪嫌疑人就如实地向他交代了。于是根据嫌疑人的交代，不需找什么人证啊，旁证啊，就判案了。法官如果都有这种人格魅力的话，那很多案子就好办了。第二处，孔子还说了第二句话："听讼吾犹人也，必也使无讼乎！"讼是民事诉讼。我处理民事案件的时候跟别人是一样的，但是我的目标是使他们不再诉讼。孔子是注重调解的。他是一个法官，他做了鲁司寇做了三个月，身兼二职，同时还是社会的教师。我们今天的法官要承担法官和社会教师的责任，这是一个很高的标准。孔子是通过做工作，通过教育感化，使人们知晓法律，提高道德觉悟，从而达到无诉的境界。孔子教学自然注重学生司法实际能力的培养。这就是一边判案，一边做思想工作。看一看《史记》、《汉书》里面的《循吏列传》，两汉的循吏都是这样做的。他们都是儒生出身，学而优则仕，是地方官也是民间教师，是学者式的官僚。

从孔子办学的三个特点，我联想到对我们今天中国的法学教育，想提三个建议。第一，要注重人格教育；第二，要加强司法国情教育；第三，要宽口径，基础教育和专业教育相结合，提高同学们的实际能力。以上建议不一定对，谨供参考。

　　这次会议是十五届法学院院长联谊会，坚持这么长时间了，这是非常好的一个形式。在这个会议中，全国有关的、有名的高校法学院院长都来了，还有新闻媒体，还有出版界的朋友都来了。能够吸引这么多人的关心，说明这种会议是一个很好的形式，值得坚持。有了这样一个交流的平台，我们才能够更好地瞻前顾后，为未来几十年中国的法制建设培养合格的人才。未来中国的法律人才应当是人格健全的，有坚定的使命感；知识是全面的，不仅懂中国，而且懂西方；不仅有书面知识，而且还有很强的动手能力。这样多方面的人才，才符合未来中国法制建设的需要。*

---

　　* 本文系 2010 年 5 月 14 日在十五届全国高校法学院院长联席会上的致辞。北京市法学会王森根据录音整理。

123　中国混合法的三次轮回

各位领导、各位学者：大家好！

感谢东道主的邀请，使我有机会获得学习和交流的机会。

今天是全国人民为甘肃舟曲死难同胞的哀悼日。作为一名法律工作者，我想我们都有这样的心情，就是在悼念我们死难同胞的同时，我们愿意建议与期望在不久的将来会有这样一条新的法律出现，就是规定在有泥石流历史和危险的河谷地带，兴建和扩建居民点的项目，要经过更为严格的审批手续。我们知道，法律是一个世俗的东西，不是供人们欣赏的像象牙之塔那样的艺术品。法律是随着社会生活的变化而不断变化的。法律的进步常常要付出重大的代价。当"泰坦尼克号"沉没以后，英国的一条法律就在批评声中退出了历史舞台。因为这条法律规定轮船的救生艇的配置不按照乘客的人数而只按照轮船的吨位。

我们都愿意憧憬和崇尚法律，崇尚法治。但是很遗憾，我们的法律常常是有缺欠的，而且这种缺欠是与生俱来的，先天就有的，很难克服。例如，成文法不可能包揽无余，也不可能随机应变；判例法有时候失之庞杂，失之过于灵活。但是仍然有一些法学家期望着伟大和永恒的法律出现。比如美国法学家博登海默先生（1908—1991）就曾经说过：那种伟大的法是既能够克服自身的僵化又能够克服过于灵活的那些缺点的法；日本法学家穗积陈重（1855—1926）曾经说过：那些能够把人的作用和法的作用合理地结合起来的法是永恒的法。但他们都认为这种伟大而永恒的法还没有出现。但是我想说，这种法，在中国的汉武帝时代也就是大约公元前140年的时候就已经出现了，这就是中国的混合法。

中国的混合法有两层含义，一是成文法和判例法相结合，二是法律和非法律规范相结合。这种混合法就其第一个含义来说，克服了判例法和成文法自身的缺欠，而结合了他们的长处，体现了人类法律实践活动的自身的规律性。中国混合法的理论奠基人是战国末期的荀子，他的功绩是提出了两条最重要的原则。一是把法律和风俗习惯结合起来，就是"礼法结合"、"隆礼重法"；二是把成文法和判例法结合起来，就是"有法者依法行，无法者以类举"。在审判中，有成文法就依成文法，没有的话就按照判例和判例所体现的精神和原则来裁判。

我们中国的混合法经历过三次轮回。第一次轮回是从西周春秋的议事以制的判例法到战国秦朝的成文法，再到汉朝以后形成的成文法和判例法结合的混合法。第二次轮回是从清末修律，开启了中国法律近代化的序幕，而这种近代化是伴随着中国传统法律通过日本向欧洲学习，向欧洲成文法系一边倒的这样一个方向。但是民国之后，从 1912 年到 1928 年民法典成立之前，大理院的法官们在那些欧洲大陆法系的成文法不适应中国国情的情况下，勇敢地创制和适用判例，形成了大理院的判例法。大理院在短短的十几年时间里，制定判例 3900 多件，解释例 2000 多件。之后，在国民党统治时期，当时有一位知名的司法院院长，做过最高法院院长，名叫居正（1876—1951），他很了解中国法律的历史，他说"中国历来就是判例法国家，同英美法系差不多"。从三四十年代开始，在居正先生的指导之下，那个时候的司法开始了一个新的动向，就是逐渐告别了向欧洲生吞活剥的引进成文法的那样一种做法，转而借鉴英美的判例法。那个时候，有一位美国的学者庞德先生担任了民国司法部的顾问，参与司法改革活动。在最高法院的领导下，当时的法院组织法规定要成立案例编纂委员会，要通过一定的程序确认那些被认为是正确的判决为判决先例，也就是判例，在以后的审判中可以引用，同时规定，过时的判例通过会议来加以排除、取缔。在国民党《六法全书》形成的情况下，又有大量的判例作为辅助，从而完成了混合法的第二次轮回。

中华人民共和国成立后，在前 30 年我们是政策法。政策法有两种趋势——人治趋势和法治趋势。法治趋势又有两个方向：一个是成文法趋势，一个是判例法趋势。人治趋势就是否定法治的作用的趋势。很不幸，人治趋势占了上风，才爆发了"文化大革命"。后 30 年，人们开始迎来了社会主义法制建设的辉煌时期，其中一个重要的成就就是我们的成文立法取得了辉煌的成就，经过一段时间的成文立法，我们可以说社会生活的各个方面都有了相应的法律可以依据。过去那种无法可依的时代已经一去不复返了。但是，社会主义法制不仅仅是制定法律这样一件事情。实行法治，依法治国，建立社会主义法治国家是一个复杂的系统工程。我们中华民族是一个聪明的民族，他们具有敏锐的预见性。但有时候表现出急性子。我们 1968 年到山西下乡时，在村头的墙上还保留一幅 1958 年大跃进时代时的旧标语。上面写着："少活二十年，掉他十斤肉，跑步进入共产主义。"有些意见本身是很好的，但并不是水到渠成，瓜熟蒂落的。因此我们就要补课。人家小学读六年我们要读八年九年。补课是很痛苦的一件事。

近些年来，人民法院推出了很多司法改革的措施。其中，案例指导制度是最能够体现审判规律的，也最有生命力，是值得继续探讨的带有长效机制的很重要的制度。各地法院在这方面做出了很多尝试，也取得了很重要的成果，这件工作

432

值得继续下去。从历史的经验来看，中国的混合法的最重要的一个侧面就是判例法。在中国历史上，判例主要起到两种作用：

一是在社会大变革的时候，它起着适应社会变化，推动社会发展的催化剂的作用。比如在汉武帝时代，当时清除了法家的"以法治国"的政策，树立了儒家的思想——德治、礼治、人治。接下来就是要完成用儒家的思想来改变法家的法律的这样一个历史任务。这个任务的完成是在潜移默化中进行的，其中判例就起到非常重要的作用。比如，我举一个例子，在汉武帝时代有这样一个案例，甲乙两人喝醉酒打起来了，甲拔出佩刀要杀乙，乙的儿子在旁边看见了就要救他父亲。拿了一根扁担打过去，不想打错了，把自己的父亲打晕了。这个案子就到了法官的手里。法官问道："他是你父亲吗？""是"。"是你打的吗？""是我打的"。法律规定："殴父当枭首"。处以死刑，把头割下来，插在杆子上，在闹市区展示。但是法官们也觉得这样做不太合适，于是就上报廷尉，廷尉也没有主意，就向当时的儒家大师董仲舒请教，董仲舒就从孔子编纂的一部历史教科书《春秋》里面找到一个案例："许止进药弑父案"。许止的父亲许公病重，儿子许止在药铺买了药，回来熬好了给父亲喝，父亲喝完就死了。于是他就被抓起来了。法官怀疑他有弑父之嫌。后来经过审理，法官认为许止平时表现很好，很孝顺。按照礼的规定，给父母进药自己应当先尝，确认没有危险了才可以进药。但是他救父心切，忘记了这样的"礼"，没有先尝这个药，但是他确实没有弑父之心。于是法官原心论罪——"原心"就是探讨犯罪嫌疑人实施犯罪行为时的主观状态是故意还是过失。法官认为他没有弑父之心，当然也就不构成弑父罪，批评一下就放人了。董仲舒根据历史上的这样一个案例来抽象出原心论罪这样一个原则，以适用于当时所审判的这个案子。结果认为犯罪嫌疑人没有殴父之心，当然也不构成殴父罪。这是第一个作用，在社会变革中起了法制变革的催化剂的作用。

第二个作用，就是注释成文法法条之所谓。成文法讲究法言法语，名词术语往往很笼统，很原则，因为它是用抽象的文字和概括的方式写成的。不光老百姓看不懂，就是法官也不一定看得懂。但是有了判例就可以把法律这些法言法语界定得很清楚。历史上有这样的制度叫"犯罪存留养亲"。就是一个人犯了罪本来应当判处死刑，但是他父母只有这一个独生子，或者祖父母就只有这样一个孙子，在这种情况下是可以上报皇帝来"存留养亲"，不判死刑或者其他的监禁，让其回到家里奉养父母或祖父母。这在当时来说是一个很仁道的制度。但是，在执行过程中，法官并不知道在什么情况下可以实行存留养亲，什么情况下不可以。但有了这样的几十个案例之后法官就很清楚了。我们看《大清律例》"犯罪存留养亲"法条下面，有从几十个案例当中抽象出来的例文：故杀不可以存留养亲，只有戏杀、误杀才可以存留养亲；还有，你杀的这个人也是人家的一个独生子、独生女或者孙子，你就不能存留养亲了，否则就不公平了；第三，兄弟两人共同杀人，只许一个存留养亲；第四，犯罪存留养亲只能适用一次，下一次就不可以了；第五，犯了诬告陷害等罪的，不可以存留养亲；第六，犯罪者有兄弟过继而可以归宗的，不可以存留养亲；另外，还需要征求父母祖父母的同意，如果父母祖父母认为这个孩子不可救药，不同意存留养亲，那还是要杀的。当然，犯谋反等十恶不赦重罪的，不可以存留养亲。经过这么几十个例的说明，对这个法条的本意以及如何裁判就提供了具体的标准。这是历史上的判例所具有的功用。当然，还有一个功用，就是为成文立法创造了条件，积累了经验。在成文立法的时候，那些最成熟的具有普遍意义的判例就被抽象为法条，编入成文法典。这样就完成了从成文法到判例，再从判例到成文法的这样一个循环往复的过程。在中国历史上，在皇权的统一支配下，成文法和判例是并行不悖、互为条件、相辅相成的这样一个循环往复没有终点的运动过程。我们看到，中国历史上的混合法应该是比较合理的，体现了人类法律实践活动的规律性。

今天我们正在提出和实践依法治国，建设社会主义法治国家的历史重任。我刚才说要补课，我们目前最需要补的一个课就是树立或者提升民众心目中对国家法律和司法机关的公信力。只有相信才能信仰。我们常常听到一个说法，就是我们司法机关法官水平普遍不高，司法不公，司法腐败等。其实这些说法，都是大众化的语言，缺乏科学的定性的分析。所谓司法不公实际上就是司法不一。比如有这样一个案件：十几年前，很多养鱼专业户买了几个厂家生产的鱼饲料之后，鱼大批死亡，于是就打官司。有的法院认为你养鱼专业户认为你的鱼的死亡与饲料有直接的因果关系，那你就举证。但那时候老百姓举证很困难，国家没有关于饲料的鉴定标准和鉴定机构。于是养鱼专业户败诉了。而有的法院认为，饲料工厂生产的饲料没有合格证，没有这样的证明来证明饲料是合格的，那么你就排除不了鱼死亡的结果与饲料有直接关系。于是判决饲料工厂赔偿损失。一种案子两种判决，结果两个案件的败诉方都认为司法不公，都上诉。我们常常认为我们的法官，业务素质和政治觉悟有待提高，应该不断地加强政治学习、业务学习。但是有时候发生的问题不简单是法官政治觉悟和业务素质不高的问题。有这样一个例子，十几年前某个法院有两个法官犯了错误，一个是经济庭的，一个是刑庭的，都办了人情案，受贿了。都判了刑。他们也都承认了确实是拿了人家的钱，帮人家办事——徇私了。但是，他们都不服气，耿耿于怀。为什么？他们说："我是徇私了，但我没有枉法"。后来有关机关把他们办理的几十个案卷拿来审查，最后结论是：案子还是正确的，没有出格。徇私了却没有违法,问题出在哪里?问题出在我们的法上面。我们的法有毛病。我们的法是成文法,法条笼统、太宽泛、太原则。什么行为是什么罪,情节一般的,3 年到 7 年,情节严重的,多少年有期徒刑,无期徒刑,特别严重的,死刑。只要法官在法定刑内判决,就都不算错。于是法官就没有一个后顾之忧。

美国学者波斯纳说过:一个案件如果有两个正确答案的话,法官就会存在很大的自由裁量权。我们的成文法为我们的法官提供了太大的自由裁量权。他们可以名正言顺地制作无数种判决,而且都有法律依据。其次,正是由于法官有很大的自由裁量权,有关的人,有关的方面都尽量想方设法去影响法官。于是,在法院周围就形成了一个市场,一个由特殊供求关系构成的交易市场。这种市场足以造成裁判的多样性。于是就产生了司法不一。老百姓认为司法不一就是司法不公。而我们要解决司法不公的问题,首先除了政治教育之外,还要解决一个机制问题,就是实现司法统一。实现司法统一的最有效的办法就是引进判例法,实行裁判自律。裁判自律就是人民法院的法官在裁判案件的时候,不仅要引用成文法和最高法院的司法解释,还应当引用和参考以前对同类案件作出的判决作为依据。当然这件工作我们还没有开始操作。这是一项很复杂的工作,很严肃的一项工作,值得好好去探讨。于是,我们今天又面临着历史的选择,就是中国混合法的第三次轮回。我们的成文法已经相对比较健全，如果我们把判例法的传统，把我们案例的作用充分发挥起来的话，会不会有一天，逐渐形成了判例法和成文法相结合的混合法。如果有这么一天的话，我们可以高兴地宣布：中国的混合法完成了第三次轮回。

我们仍然崇尚法律，崇尚法治。在同一时间，保证法在空间上的统一性的，莫过于成文法；在同一空间，保证法在时间前后的统一性的，莫过于判例法。但它们都有缺点。它们自己无法克服。只有把两者结合起来才能够形成一个伟大的可以永恒的法律，这就是中国的混合法。*

---

* 2010 年 8 月 15 日，在清华大学法学院案例指导制度研讨会上的发言，白贵秀根据录音整理。

124　古代立法的七个特点

　　作为全国最高的立法机关，能够在社会主义法律体系即将形成的时候回过头来，看一看几十年来在立法当中，有哪些成功经验，是很有眼光的。

　　谈到立法，从中国历史上来看，确切意义的立法活动应该是从战国和秦朝开始的，因为西周和春秋之前文献并不充足，看得不是很清楚。西周和春秋由于文献比较充足，我们就看得相对清楚了。西周和春秋我个人理解是"判例法"，它是在五种刑罚框架下，适用五种刑罚所形成和积累的"以刑统例"的法律样式，是中国式的判例法。"五刑之属三千"，"三千"不是成文法条，而是判例。狭义的立法是与成文法相联系的。战国和秦代有了成文法，从魏国李悝的《法经》六篇，从公元前360年商鞅应秦孝公的征召到秦国去参与变法，两次变法，到了公元前221年秦帝国成立，秦帝国成立的时候它们已经有了一个非常完备的成文法体系。汉代人说秦法是"繁如秋荼，密如凝脂"。1975年睡虎地云梦秦简发掘以后，我们才知道秦法的确非常完备。因此，我说我们历史上的立法活动，也就是狭义的立法活动，是从战国和秦开始的。从秦开始到清末到民国，两千多年，我们在立法活动中有些什么特点呢？有些什么值得我们借鉴的方面呢？我总结了以下七个方面。

第一个特点是立法时机选择的合理性。比如说我举的这些例子，秦朝的法律是从公元前360年到公元前221年秦统一，经历了140年，法律一直是在自然演进过程中，从土地私有制取代了土地贵族所有制，从身份制取代了贵族的血缘继承世袭制，等等。所以过去那些体现旧的所有制关系的判例法已经不适用了，于是只有拿起成文法来改变，伴随社会的发展来进行政治方面的改革、经济方面的改革、文化方面的改革，是用了140年。到了秦朝成立时成文法已经洋洋大观，我们看到云梦秦简中带有"律"字的有30多种。到了汉朝，从公元前202年刘邦称帝到汉武帝公元前141年继位，汉朝的法律形成了，在商鞅的秦法六篇的基础上增加了三篇，九章律等共六十篇，到汉武帝形成汉朝法律，用了60年，三国的魏用了9年，晋律用了3年，隋律用了1年，唐律用了6年，宋用了3年，元朝用了20年，明朝用了6年，清朝用了4年，民国从1912年到1935年，以1930年《中华民国民法典》的成立到 1935 年《中华民国刑法典》的再次修订为标志，民国的《六法全书》已经形成，民国用了 23 年。我们总结了这样一个经验就是，在各朝历代立法时机的选择上是合理的，符合水到渠成的规律。水不到，渠不成，这时立法很生硬，也提不到议事日程上来。原则是水未到，不立法，水已经到了，不拖延。最快的隋律当年就形成了，因为古代法律广泛地适应了社会生活的需要，经济生活、政治生活、人的思想观念，它有很强的继承性和适应性。当然有些政权特别是少数民族政权，入主中原后想立即制定法典，确认政权的合法性。虽然有这样强烈的愿望，但是时机不成熟，它也还要调整自己游牧部落的习惯，和汉民族的文化传统之间的矛盾，清朝就是这样，入关后 20 年才颁布了《大清律》。

第二个特点立法精神的稳定性。这也和中国古代社会的特点是必然联系的。古代社会是农耕社会，宗法家族的社会细胞，再加上中央集权的专制政体，这样一个三合一的社会的基本形态，延续了两千年。在这样的情况下，社会生活的变化，缓慢的进步，基本特征没有质的变化。因此，立法精神也就是指导思想是相对稳定的。礼、法，皇权支配大臣的权力，使他们严格按照封建的法律规则来办事，在空间和时间上保持法的统一性，所以法律制定得相对完备。由于有了立法精神的稳定性，使我们两千年法典的继承性这个特点显得非常的突出。到了中华民国时期，由于当时的统治集团确

441

立了孙中山的三民主义这样一个立法方针，当时的立法院院长胡汉民先生把孙中山的三民主义思想介入到立法领域，把它概括为国家至上的公法观和社会至上的私法观，这两个思想指导了民国时期的立法活动。有人说胡汉民作为立法院院长代表了立法的灵魂。所以有了这样一个稳定的立法的指导思想，稳定的立法原则对于立法宏观的把握是非常有利的。比如民国的前一段是延续了清末修律，是向着欧洲大陆法系一边倒的朝向来发展的，到了后半段认识到从西方引进来的现成的法律不太好用。因为西方的法律是以个人自由为条件的，个人自由如果没有其他方面的约束，这不适合中国的国情。只是到了后半段开始向英美法系靠拢。过去有些文章说"西法东渐"不准确，还是"欧法东渐"，到了40年代的时候开始向美国靠拢，开始向英国法律靠拢，很多制度学习英美法系的东西。即使是这样，我们中国没有丢掉自己立法的原则，就是国家至上的公法观和社会至上的私法观，西方个人本位的东西在吸收西方法律文化的过程中被剔除了。按照胡汉民先生的解释，民法也好其他社会保障法也好，都相对兼顾了劳动人民的利益。对契约自由做了很多的限制，对债权做了很多的限制，比如利息达到20％以上法院就不支持。于是西方的法律一到了中国就过了一遍筛子，因为我们民国时有一个明确的立法方针，就是国家至上，社会至上。

　　第三个特点是立法过程的开放性。古代社会的立法活动是一个非常严肃的工作，经过大臣的上书、研究、请示，成熟了由专门的大臣、群臣共同讨论，有时也讨论得很激烈，最后由皇帝和大臣一起参加讨论，整个过程是很开放的。就拿秦国（朝）来说，秦孝公开始变法的时候，商鞅和两个大臣辩论，最后由国王决定变法。到了秦统一以后，就国家是继续搞分封制还是搞统一的官僚制又开始辩论，李斯和一帮守旧大臣进行辩论，秦始皇采纳了李斯的意见搞官僚制，秦很专制但是立法很开放。清末从 1904 年到 1912 年如果没有辛亥革命，清末修律活动还会轰轰烈烈、热热闹闹地搞下去的。这时不管出于什么目的，清政府确实比较认认真真地在操办清末修律活动。请了数十名日本专家白天帮助政府立法，晚上给贵族子弟办班学习法律，然后准备把他们派到立法机关、审判机关准备认真变法了。这个修律活动是很开放的活动。到了民国时期，搞司法改革也很开放，请了庞德先生（1870—1964）到司法部来做顾问，提出了一些意见，但是没来得及，1945 年日本投降，1949 年国民党跑到台湾去了，这个活动没有完成。但是立法活动是很开放的，不仅向国内开放，有时还向国际开放。这是第三个特点。

第四个特点就是立法内容的循环性。我有一个不成熟的看法，就是中国古代的法律和欧洲和英美的法律比较起来，我们是有特点的。我们既不是完全的欧洲大陆法系的成文法、制定法，也不是英美法系的判例法，我们是既有成文法，又

443

有判例法、又有判例，两种结合起来，中国是混合法。为什么是混合法呢？在某种角度来说，我们古代的立法者、统治集团，在某种程度上体会到了法律实践活动的规律性。他看到了成文法和判例法之间的内在联系，认识到成文法典它有先天的不足，生下来就有毛病，它既不可能包揽无余，又不可能随机应变，那怎么办呢？社会生活是不断变化的，你的立法跟不上。在判例法国家，法院一判，就解决了，在司法过程中完成了立法工作。我们古代的思想家认识到成文法不行，在没有成文法的情况下，在有了成文法但成文法太笼统、太宽泛，法官也读不清楚的情况下，法官大胆地创制和适用判例，当然这个过程要经过中央和朝廷的首肯，特别是牵涉到命案的要经过皇帝的首肯，这样就形成了判例。有了判例，在没有与判例相应的成文法规定的时候，这个判例就起到比成文法更高的作用，因为它是皇帝批准的。所以我们历史上为什么有例不用律呢？是因为那个律没有规定，律没有规定，是因为那个律非常笼统，法官看不懂，老百姓也看不懂，于是才有了例，经过朝廷批准就形成了断例，就形成了一本书，汉武帝时代就有春秋决狱二百三十二事，全是原始判例，宋代就有断例，没有相应的成文法条，就要用判例。判例积累到一定程度，在制定成文法的时候，这个判例就会抽象成一种原则，就会成为法条加工到成文法典里边。法典改变了，修订了，不是很好吗？用着用着社会生活又变了。人们的主观智慧永远不可能预见得那么远，那么清楚，于是又有了判例。居正先生说我们中国历来就是判例法国家，和英美法系差不多。到了民国十八年（1929 年）民法典颁布之前，我们民事审判全靠判例。这都是居正的原话。所以我们中国法律原理、法律名词、法律概念等等，我们有独立的话语特点，有独立的话语体系，因此怎么挖掘中国古代的法律思想、法律理念，来和我们中国的现实结合起来，这还是一件没有完成的任务。明朝和清朝的法律有一个特点，开国的皇帝立法，明朝从洪武立法以后就规定，子子孙孙都按照这个法典办事，不能增损一字。清朝也是这样，谁都不敢动，于是就有了例。清朝三年一小编，五年一大编，几年一编。清朝社会生活就很丰富了，法律解不能随机应变，例可以不断地变化。掌握了立法活动的规律性，用例不断地弥补成文法的不足。成文法容易僵化、锈蚀，走不动了，我们总得挽救它，怎么办呢？我们的古人很聪明，成文法和判例法结合得比较好。在同一时间内，能够解决法律在空间上的一致的，莫过于成文法。在同一空间内，能够解决法律在时间上的统一性的，莫过于判例法。我们古人掌握了法律的循环性。

第五个特点就是法典编纂形式的科学性。从唐律开始，以前的我们材料不多，不丰富，难以概括，从唐律开始法典的表现形式就多起来了，除了法典、法条，还有例、断例、律、令、格式，等等，法典的编纂从唐律开始就已经完备了。

法条、题目、关键词、解释，用例来解释法条之所谓。这样编纂就很科学，我们今天没做到。依我们今天的条件，比如我们刑法典有一个什么罪，下面有几十个判例抽象出来的法条的话，老百姓都懂，如果没有这些解读性的例、令的话，法官也看不懂，老百姓更看不懂了。有了这样一种编纂方式，法官能看懂，皇帝能看懂，老百姓也能看懂，有利于法律知识的普及。唐律、宋律、明律、清律都是这样，相沿不改。我想耽误一点时间解释一下，为什么这样的编纂方式是很科学的？举个例子，我们古代有一条法律规定叫做犯罪存留养亲，本来这个人犯死罪应该处死了，但是一查他的户口本呢，他上面只有父母，或者只有祖父母，就这么一个儿子或孙子，那么这种情况按照法律的规定，经过皇帝的圈阅以后可以不杀，存留养亲，回去养父母、养祖父母，这也是社会保障的一种措施。但是法官开了这个头以后，一个人犯了死罪了，要不要犯罪存留养亲，法官是不知道的。但是经过几十年的实践，看看大清律例里边有 20 多个例，比如故意杀人不能存留养亲，故意杀人主观恶性很重，只有戏杀、斗杀才可以存留养亲。再如，平时不赡养父母，不尽孝道，长期在外地经商不务正业的，也不适用存留养亲。有 20 多个例，我们一看就知道，原来法条是这个意思，就明白了。所以古代法典编纂是很科学的。

第六个特点法律形式的多样性。古代法律的主体是刑法典和行政法典。我国古代社会历朝历代非常重视刑法典和行政法典的编纂，其他领域不一定都编成法典、法律。好多领域都是家族法规、风俗习惯来调整，法律样式是多样性的。

第七个特点是古代立法的宽容性。即允许准法律规范和半法律规范的存在。我认为官箴是中国古代的一个官法，是部门长官制定的，带有说教性的、道德操行和操作性。比如什么人打、什么时候打等，家里刚死了人的不打，大病初愈的不打，风烛残年的不打等。什么样的打，口供反复变，拿官府不当回事，死不交代又有证据还不招的等。官箴讲了很多实际操作的东西，这个东西比国家的法典管用，为什么呢？它是部门首长制定的，在这个部门工作不按官箴办事，是有碍官箴，没有规矩不成。家族就是家法族规、乡规民约，行有行规、帮有帮规，还有风俗习惯，古代朝廷是以不管、不制约这些领域的半法律规范、准法律规范的正常存在、发展和运行的这样一种方式来支持它，这种支持的态度从秦律里就有了，这个领域我不管，这种精神是一脉相传。洪武皇帝开始就规定，除了十恶重罪、除了人命案的重罪之外，其他纠纷通通不得告官。如果告官是越诉，越诉就打板子，官府受理了打板子免职。这些民间的诉讼谁管？里长和老人。村长、里长也没有特权，只有一票，要组织在当地行为端庄、品行优良的、大家都信得过的老成人，列一个名单，大概一二十个人，审这个案子的时候从里边挑大概八九个人，再一块开会审理。里长也不能包办，要大家一起公推、公断，不能徇私枉法。我们古代刑法发达，行政法发达，为什么民法不发达呢？不是，是因为民法的东西没有表现为法典。就像丘吉尔（1874—1965）说的，我们的法写在纸上吗？没有，在哪儿呢？在法官的头脑里，那是什么东西呀，那就是我们经久不息的风俗习惯，中国就是这样。我就想，村里人怎么判案，怎么引用明代的法律？我看很大程度上就是风俗习惯，几个人一说，认为这个就公平，大家就这么办了。可是我们看不到，它没有文字。其实我们古代的民法不是不发达，而是没有痕迹。我们加强法制，不要把任何领域的任何事情、任何行为规范都变成法律规范，不现实，有时立法不是那么奏效。有些领域不一定非要立法，当然这是价值观的问题了。我想古代立法有这么七个特点。

看到我们60年，长也不长，现在跟汉代初期差不多。汉代开始时法家的思想很臭，大家都不敢援用法家的思想，因为严刑酷罚。后来就是黄老思想，黄帝是重视法的，老是老子，老子是清静无为的，于是有了"文景之治"，几十年的休养生息，到了汉武帝时代，之前有七国之乱，要加强统一了。法家思想不好用了，开始选择儒家思想作为统治思想，于是从汉武帝开始选择儒家思想作为统治思想以后，各个方面都一直延续下来，找到一个正确的思想。那么我们这60年也是这样，30年的积累，30年之前还有20年的积累，因为解放前还有根据地，从 1927 年到 1949 年红色政权的立法实践、司法实践的积累。到改革开放后 30 年，整个 80 年是一脉相传的。我们这个 80 年，应该说虽然在微观领域、中观领域有一些不同思想在起作用，但是我们整个的思想还是马克思主义的。这是我们社会主义制度稳定的重要的思想来源。指导思想很重要。改革开放以后，市场经济需要法制，需要加强法制，于是我们才有了立法上面多方面的成就。*

---

　　* 此文系 2010 年 9 月 14 日下午，在全国人大法工委研究室座谈会上的发言。北京市法学会王森根据录音整理。

125　中国法律史学的任务

感谢东道主的邀请，使我们得到宝贵的学习机会。这两天听了许多老师的发言，获益良多。借此机会，我想讲四个问题。

一是法律史学研究者的历史责任。作为中国法史的研究者，其社会责任是：客观地再现历史，深刻地体察当今，科学地预见未来。作为教师，还有一个职业责任，就是给学生们一个真实的知识，特别是国情知识，使学生们进入社会以后能够顺利地生存和发展。

二是中国古代文明的历史特点。中国古代文明与西方文明相比较，具有鲜明的宏观对照性。西方文明由三部分组成：一个是以不断提高人类对自然界的控制力来证明上帝之万能的基督教精神；一个是以不断获取物质财富包括虚拟财富为目标的商业精神；一个是以多党民主为基础的完备的政治法律制度。中国古代文明也由三部分组成：一个是在不断调整人与人之间、人与自然之间的和谐关系的过程中品味人生之愉悦的人生哲学；一个是以自给自足自然经济为基础的宗法家族社会；一个是中央集权的官僚政体。这两种文明分别是两种不同的经济、政治、文化、历史条件的产物，它们本来无所谓高低贵贱。但是两种文明一旦接触，生产力发达的一方就占据优势并且引领发展方向。而弱势一方仍然有机会再度走向辉煌。

中国古代文明还有许多微观上的特点。这包括：文明诞生的超越性、早熟性，文明构成的多样性、混合性，文明行进的缓慢性、激进性。下面择要加以说明。

比如说文明即国家的形成的早熟性。按照马克思主义经典作家的概括，国家的形成有一个标准，就是按照地域来划分居民。可是，在中国，即使是到了西周初期"封疆土建诸侯"时，还远没有打破宗法血缘纽带。据《左传·文公四年》记载，伯禽初建鲁国时，是把殷民六族、七族整体地降为臣虏，而殷民宗族体系未曾被打破。这等于使"礼"在进入文明阶段之后不仅没有被削弱反而还大大膨胀了。这一特征对后世的影响是巨大的。

比如说中国古代文明的混合性。我想以法为例来加以说明。我们古代的法既不是单纯的成文法，像欧洲大陆成文法那样；也不是单纯的判例法，像英美判例法那样；而是成文法与判例法相结合的混合法。日本法学家穗积陈重先生说，只有能够把人和法的作用有机结合起来的法，才是永恒的法。美国法学家博登海默说，只有克服了僵化性和过于灵活性的法才是伟大的法。他们都认为永恒的法、伟大的法还没有出现。但是，这种法在中国汉代就已经形成。在同一空间，能够有效保持法的前后连续性的，莫过于判例法了；在同一时间，能够有效保持法的地域上的统一性的，莫过于成文法了。而在中国古代，这两种不同的法却能够结合得天衣无缝。我们今天实现司法统一，提升司法的公信力，还要借鉴这种混合法机制。

我们都知道中国古代社会发展十分缓慢。但是，除了缓慢之外，还有另外一个特点，就是激进性。这可能与我们的民族性格有关。20 世纪 60 年代末我去山西农村插队时，村头墙壁上还保留着一条标语："少活二十年，掉它十斤肉，跑步进入共产主义。"我们的民族很聪明，善于提前发现并提出一个美好的目标。比如"依法治国"，建设"法治国家"的口号。当这个主张被国家确认之际，我们整个民族也许还没有充分的思想准备。因为那是一个巨大的社会工程，也许需要几代人的奋斗才能完成。于是就需要补课。激进，补课；再激进，再补课，构成了中国文明行进的另一个特点。在补课之际，我们不必为种种不尽如人意之处而灰心懊悔，因为这是不能跨越的历史阶段，前途还是光明的。

三是如何对待我国古代的法制文明成果。这是个早已解决的问题。就是要坚持党的"百花齐放，百家争鸣"的方针和"去其糟粕，取其精华。"今天，清理和批判封建主义思想意识的工作还应当认真去做。小平同志《论我党领导制度的改革》一文讲得就很好。比如批评"一人当道，鸡犬升天"之类。这种在思想领域对旧事物的批判清理，有利于广义的改革。"取其精华"，不必羞羞答答。只要是好的，就可以借鉴。（中国）台湾法官审理马英九公务特别费案时，就"公使钱"的性质问题，引用了北宋的滕子京案，也就是范仲淹《岳阳楼记》序中说的滕子京。滕子京被人检举挪用了"公用钱"，被朝廷贬到巴陵郡。因为"公使钱"是可以私用的。在今天的判决书里面大段引证大约一千年前的案例，这种尊重历史的精神和智慧值得表彰。法史工作者应当注意把历史经验运用于现实生活当中。

四是中国法史研究方法面临着新的转折。以往以通史刑法志、历代刑法典，或者说经、史、子、集为基本史料的研究模式已经没有太大空间了。而以反映历史上法律实践活动真实情景的大量新的史料为研究材料的研究方式，正在兴起。这些史料足以使我们重新审视和评价中国法律史。杨一凡先生30年来矢志不移地致力于中国法史史料的收集整理工作。已经出版的史料约有6000万字，正准备出版的约有1000万字。再过五六年，如果顺利的话，还将有约8000万字的史料要出版。这大约一亿五千万（150,000,000）字的史料，将有利于全面客观再现古代法律实践活动的真实面貌，有利于重新搭建中国法史框架，有利于解决如中国古代的法律体系、法律形式、民事法律、地方法律等并未真正解决的基础性课题。中国法史学研究者在这方面是可以大有作为的。*

126　法官的尊严与使命

各位领导、法官朋友们：大家下午好！

这次我有机会被邀请参加这次座谈会，我感到非常荣幸。朝阳法院是我很熟悉的一个单位，过去我们应该说都在同一个战壕里面工作，是同一个战壕里的战友。多年以来，朝阳法院就已经形成了一个"特别能吃苦、特别能战斗、特别能奉献"的集体精神。今天，我们看了录像，听了汇报和介绍，我感觉到这种精神正在不断地发扬和壮大。全院 600 人，年结案 60，000 件，在全国名列前茅。近几个月以来进行的关于"朝法魂"的讨论活动，我觉得很有意义。它的意义不在于最后形成一个什么样的院训，而在于这个过程本身。大家深入关心法院的发展，通过深入的讨论产生了自己编的歌词和歌曲的院歌，下一步还会产生法院的院训。院歌和院训，对于团结全体同志，共同奋斗，互相支持，团结合作，共同完成国家交给我们的任务，是具有积极意义的。我来到朝阳法院，感到法官很有精神，朝气蓬勃，很有尊严，我们的法院也很有尊严了。90年代以来，我们全国法院的硬件建设基本解决，这一举措对提高法院的尊严，提高法官群体的尊严，无疑具有积极作用。于是我就有一个联想，我们在欣赏一个艺术作品的时候，常常会有一个距离，叫做距离产生美。我们有好多好的诗歌，它们和图画的境界是一样的。"落霞与孤鹜齐飞，秋水共长天一色"，"大漠孤烟直，长河落日圆"。这些诗句，这些展现在我们眼前的图画，需要有距离才能够欣赏，否则我们就感受不到它们那种雄浑的、震撼人心的意境。反过来，工笔画可能就不需要距离，因为距离远了就看不清楚。那么我就想，是否距离也会产生尊严呢？我想应该是的。

距离不仅产生美还产生威严或尊严。是这样吗？也不一定都是这样。传说时代的大禹，身执耒臿，以为民先，人们都称赞他。西周有一位法官叫召公，名字叫奭，他就是经常到民间去，现场办公，"听讼于甘棠之下"，在一棵棠梨树下面听案子，而且他秉公执法，案子判的很公平，受到了人们的拥护。到春秋时民间还流传着一首诗歌，就是诗经里的《召南·甘棠》。诗里面说：千万不要去砍坏这棵树干呀，因为我们的召公他老人家曾在这里休息过哟；千万不要剪断这棵树的枝叶呀，因为我们的召公他老人家曾在这里审过案子哟。老百姓对这样一个法官表达了赞扬和怀念之情。汉代的郡守、县令，特别是受过儒家思想影响的官员，也常放下架子，到农村去，到当事人身边去，现场办案。有的亲属之间打官司，官员就拿着《论语》、《孝经》，去做思想工作，让他们认识自己的错误，最后抱头痛哭，通过调解解决问题，官员由于没有架子，受到人们的赞扬。陕甘宁边区的马锡五法官，开创了巡回审判的方法，到民间去，到当事人身边去，到村头巷尾，到老百姓炕头盘腿一坐，就地办案，方便了群众，而且多以调解结案，受到人们的赞扬。这样看来，法官和当事人和民众没有距离，也会受到赞扬，也会有尊严。

看来距离不是一个最重要的东西，距离之有无，还有再加上法袍，法槌，高堂明镜，这些都不是最本质的东西。法官的尊严并不是仰仗外在的东西而是内在的东西，那就是他的内心世界。法官的尊严来自他的内心世界。那么，在法官的内心世界里面，到底是什么能够给法官带来尊严呢？

第一，法官的尊严来自他的职业良知。换句话说，来自他对公平和正义的不屈的追求，换一句老百姓的话就是天地良心或天理良知。有了良知和良心就足以抵御人情世故的干扰，足以摒弃名誉、地位、金钱、权势、利益的影响。首先提到良知这个问题的是孟子。孟子把孔子"朝闻道，夕死可矣"的求道精神发展成为殉道精神。孟子主张作为君子，要有一种浩然之气，就是为了追求"仁"的最高道德境界，可以放弃一切，舍生取义，杀身成仁。这种精神与重民思想密切联系。为实现"仁"的理想，他公然宣布"民为贵，社稷次之，君为轻"。还宣布对于倒行逆施、骄奢淫逸、专横残暴的君主，人们可以起来推翻他。这种"良知"不专属于君子，民间的平民百姓也有这种思想。中国是一个人情社会，人和人的关系在现实生活中发挥着很重要的作用。因此，在这样的情况下，我们的法官在办案的时候能做到一碗水端平，不管什么人找，不管什么人打招呼，我们都要做到秉公办案，不能把案子办偏了，办错了，能做到这一点，是法治社会的基本要求。历史上，也有很多清官，他们不畏权贵，不惧淫威，不怕报复，甚至于在皇帝面前也不肯低下他的头。历史上有不少清官，比如包公、海瑞，等等，他们忠于法律，忠于国家利益的精神值得借鉴。在帝制时代做清官很难。战国时的法家就曾经感悟到要真正按照法律办事并不容易。对此，韩非和商鞅均有相同的感受。商鞅说"法之不行，自上犯之。"韩非说"法术之士与当途者，不可两存之仇也。"我们今天的法是人民意志的最高体现，忠于法就是忠于人民，就是恪守法官的良知。

第二，法官的尊严来自对社会生活的深切领悟，来自对不幸人群的深切同情。在对待犯罪、违法行为和诉讼问题上，法家和儒家有着不同的看法。法家认为每个人都是趋利避害、自私自利的，即"好利恶害"的人性论。这种自私自利的人性是普遍的，君子小人都一样，而且是不能改变的，人生来如此不能通过教育改变。法家认为，治理国家就需要用刑罚，由于教化不起作用，只有通过用刑罚来处置犯罪行为，哪怕是轻微的犯罪行为也要重处。这样，人们由于受到刑罚的处罚要远远超过他们通过违法犯罪行为所获得的利益，人们就会权衡利弊，不敢去犯罪，从而达到以刑去刑的目的。儒家对犯罪的看法比较深刻，儒家认为犯罪和违法是一种社会现象。值得注意的是，儒家认为，社会上之所以产生犯罪，是因为统治者的统治太残暴了，民不聊生，民众才去铤而走险，导致社会犯罪产生。那该怎么办呢？孔子主张"富而后教"，只有先让老百姓富起来，老百姓富起来后就会对统治者感恩戴德，在此基础上对其进行教化，从而使他们获得道德伦理观念，认识到哪些行为好，哪些行为坏，从而自觉约束自己的行为。

老百姓有一句也许并不恰当的话说："可恨之人，必有可怜之处"。这是什么道理呢？就是表面上看来是一种可恨的行为，但是这种行为的产生有其必然的社会原因。只有这样看问题，我们才能采取比较妥当的方式处理案件。

我们法官对社会生活的深切理解来源于什么呢？来源于我们的生活经验，来源于我们的阅历。如果我们让一个年轻的法官去判断一对夫妻的感情基础是否已经破裂，那似乎就有点勉强。但在这方面，我们的老法官经验丰富，特别是搞

459

调解，老法官比年轻法官有办法，有成效。近些年来，有许多硕士毕业的年轻法官充实了我们的队伍，发挥了很好的作用，因为他们的理论知识比较全面，比较深厚。但是，由于年轻法官阅历少，生活经验不够丰富，在许多方面还应向老法官学习，以增加其阅历和生活经验，从而增强处理案件特别是调解的实际工作能力。因为，我们的法律、法学是一个世俗的学问，不是艺术家关在屋子里面雕刻象牙之塔。除了学习书本知识理论知识之外，更重要的还要向社会学习，向生活学习。

第三，法官的尊严来源于对审判活动的全面深刻娴熟的把握。我们法官的工作背景是成文法，成文法有好处，它有利于维护司法的宏观统一，有利于普法宣传，有利于维护宏观的公正。但是，它也有缺点，既它不可能包揽无余，也不可能随机应变，也不那么详细具体。和成文法相对应的是判例法。判例法有利于实现微观的个案的公正，有利于随着社会的发展而发展。但是，它的缺点是庞杂不容易把握。特别是老百姓不容易掌握判例法的知识。那么我们中国古代的法既非欧洲大陆法系的成文法，也不是英美法系的判例法，而是成文法和判例法结合的混合法。中华民国时期，长期做司法院院长、最高法院院长的居正先生说过，中国历来是判例法国家，和英美法系差不多。在 1930 年，以颁布的《中华民国刑法》为标志，国民党《六法全书》就形成了。我们今天

460

也宣布我们社会主义法律体系形成了。那么两者有什么差别呢,《六法全书》有大量的判例、判决要旨,我们没有。日本的六法体系也有大量的判例,那些判例是可以援引的。现在的中国台湾还坚持这样一种制度。我国历史上的混合法,就是在成文法出现僵化的时候,通过创制和适用判例,然后把判例所体现的精神,把它抽象化为成文法条来作为一个例,不断的附着在成文法条的后面,就形成了"以例辅律"的法律编纂形式。以例辅律是一个很重要的经验。我们的成文法看起来很容易懂,但是,深一步再仔细看的话,往往又看不懂。比如说,我们古代有一条法律叫犯罪存留养亲,就是人犯了死罪杀了人本应处死,但是他的父母、祖父母只有他这么一个独生子孙,把他杀了以后父母祖父母没人供养,怎么办呢?仅仅从这条规定我们是看不懂的,那么经过十几个,几十个这样的判例就明白了。比如说,只有戏杀、斗杀这种非故意杀人的才可以存留养亲,故意杀人的不可以存留养亲,被杀的人也是独生子孙的就不可以存留养亲,等等。通过这些例、判例,我们才能读懂法律条文的真实和具体的含义。我们法官应当成为某一领域的专家,这叫专家型的法官,我们专家型的法官应当懂得某一审判领域的法律、法规、司法解释、案例,还有国外的理论和经验,国外司法改革的新的进展,等等。这样就把理论知识和实践知识结合起来,就成为某一领域的专家。

法官的尊严来自以上三个方面。我这样说并不等于说，法官的尊严不需要外在的政治经济文化条件。我恰恰认为，我们今天非常有必要从更高更远的角度来看待和解决法官尊严的课题。那么，法官的尊严有没有价值？其价值在哪里呢？法官的尊严不是一般的个人的尊严，而是一个群体的尊严。而这种尊严与国家的法律的尊严是密切联系的，一荣俱荣、一损俱损。所以它是有价值的。其次，法官尊严的社会文化价值还在于能推动法治国家和法治文化建设。

　　接下来就又有一个问题，法治国家值得我们追求和向往吗？法治作为一种管理社会管理国家的方法，它是和民主科学相联系的，是我们所知道的所有治国方法中最好的治国方法。长期以来我们的历史上形成了人治的传统。人治就是贤人政治，但是从实践来看人治并不稳定。它过于仰仗个人特别是统治阶级个人、领导者个人的素质的好坏，带有偶然性，没有必然性。当现代社会取代传统社会时，法治就必然会取代贤人政治。因此，法治是值得追求和向往的。

　　培养和树立法官的尊严并非目的本身，而是为了实现法官的历史使命。这就是维护司法的权威，践行我们今天实行的依法治国建设社会主义法治国家的治国方略。法治的道路是漫长的、复杂的，有时可能还是曲折的。为什么会出现这个情况？因为在历史上我们缺少一个完整的资本主义阶段，缺少敬畏法律的习惯和社会意识。我们是在一个对法治陌生的土壤上进行法治建设的。在完成这个历史使命当中，我们的法官群体应当走在最前列。*

＊　节选于 2010 年 12 月 10 日，在北京市朝阳区人民法院"朝法魂"专家研讨会上的发言。山东大学法学院研究生王唯根据录音整理。

127 法治与国情

各位领导，各位同仁：大家好！

能够出席今天的研讨会，特别是能够为周道鸾老师作评议，我感到非常荣幸。周老师是我的老学长，是功勋与事业并进，道德与文章齐名的法学前辈，值得我们后辈景仰和效法。

刚才，周老师以《案例指导制度要符合中国国情》为题做了专题发言。其中的观点和意见、建议都非常好，我完全赞成。周老师的发言实际上涉及了一个非常重要的课题，就是法治与国情的关系问题。我们搞法制建设，司法改革，法学教育，都必须明白国情，尊重国情。否则，就会偏离正确的轨道。我刚才征求了周老师的意见，经他同意，我想讲一些宏观一点的看法。有以下三点：

一、国情铸就历史

世界上有许多法，但是人们似乎还没有发现尽善尽美的法。于是，法学家们就努力寻找最好的法。美国法学家博登海默说，只有既克服了法的僵化性，同时也克服了法的过于灵活性的法，才是伟大的法。日本法学家穗积陈重说，只有那种能够把人的作用和法的作用有机结合起来的法，才可以称为永恒的法。但是他们都认为，这种伟大的法、永恒的法都没有出现。其实，在我看来，这种伟大而永恒的法在中国的汉代就已经基本形成。这就是中国的"混合法"。我们可以从以下两个角度来描述这种"混合法"。第一，是成文法和判例法相结合的混合法。在中国历史上，由于特殊的社会背景，曾经出现了以遵循先例为主要特征的可以称作判例法的法律形式。当然，判例法是个舶来的术语。我在使用这个术语时，并不意味着认为中国古代曾经有过与英国法系完全相同的判例法。我认为，发现不同文明之间的共同点，比描述它们的不同点也许更具有理论价值。比如在西汉时期，由于在法律政策上废止秦法，与民更始。刘邦入关，与父老约法三章而已。杀人者死，伤人及盗抵罪。由于法网宽疏，造成了网漏吞舟之鱼的问题。在这种情况下，就产生了大量的决事比，死罪决事比，还有春秋决狱。这种创制和适用判例的做法，弥补了成文法的不足。又如，在元代，由于蒙古官吏一时难于掌握宋刑统，所以就慢慢产生了断例，这种断例对以后同类案件的审判具有约束力。法官断案，遵照这些断例。再如，民国初年大理院在无法律可以援引的情况下，创制和适用判例。当时，除了判例之外，还产生了大量的判例要旨，解释例要旨。第二，是成文法与例相结合。例主要来源于原始判决，经朝廷批准之后，抽象为例文，附在有关法律条文后面。例的作用主要是，弥补成文法条的空白，诠释条文之所谓，同时为成文立法积累素材。中国古代法律的优秀成果之一，是在法律编纂上采取了"以例辅律"的体裁。这种做法至迟在唐朝就已经出现。成文法律条文的缺点是不具体、笼统、宽泛。不仅老百姓难以理解，即使法官也难于把握。有了例，就解决了这个问题。比如"犯罪存留养亲"一条，后面附上十几个、几十个例，就容易掌握了。故杀、诬告、十恶不赦重罪，不可以"存留养亲"。戏杀、斗杀才可以。被杀的人也是独子独孙，不可以"存留养亲"。兄弟数人犯罪只准一人"存留养亲"。父母、祖父同意，才可"存留养亲"，等等。中国古代的法律是把成文法和判例、例结合起来的混合法。这一优秀传统值得我们学习和借鉴。

二、国情塑造当今

我们今天都正在建设社会主义法治国家。这是一件前所未有的伟大事业。但是，与世界其他国家的法治道路不同，我们是在中国国情背景之下来走向法治国家的。我们搞依法治国，应当了解我们的国情。30多年的经济改革，使我们告别了"山高皇帝远"的熟人组成的乡村，来到"街长故人稀"的陌生人组成的都市。但是，人情社会、人治思想的古老传统依然凝重。与商品社会相适应的行为习惯和思维方式刚刚起步。中国传统法律文化成果如断线风筝，一下子变得遥远而陌生。而舶来的域外法律文化成果则显得半生半熟。由于我们历史上缺少信仰法律的传统，建国 30 年的法律虚无主义又扯断了法律古往今来、代代相传的逻辑链条，形成了"前不见古人，后不见来者"的一段历史。因此，像（中国）台湾法官在判决马英九公务特别费一案时，竟然从《宋史》当中引用滕子京一案的案例精神，来作为判决依据，这种做法在大陆是不可想象的。当我们的学者们为我国确立"依法治国，建设社会主义法治国家"的国策而欢呼的时候，很难想象建设法治国家的艰难。当我们庆贺国家立法的辉煌成就的时候，是否充分意识到，这些法律如果真的要落实，还需要太多太多的社会条件。就是在这种法治国情之下，改革开放以后 30 年来立法活动的急行军，终于把司法机关推到前台，让司法机关在民众面前接受"公平"、"正义"的短距离、零距离的考验。这让我们想起"司法不公"的不平之声。"司法不公"是个大众化的语言。所谓"司法不公"其实在很多场合都是"司法不一"造成的。老百姓把它叫做"同案不同判"。试想一下，如果出现了哪怕是微观上的"同案不同判"，那么当事人当中，就有一半怀疑法律，质疑法官。"司法不公"的舆论就是这么形成的。那么，为什么会产生"司法不一"？原因很多。最本质的原因不是法官群体政治素质、业务素质的问题，而是我们的成文法。我们的成文法给了法官太多的自由裁量权。就拿刑法来说，什么行为是什么罪，犯了罪，根据情节不同，可以判几年到几年有期徒刑，情节严重、特别严重、社会危害性大的，可以判有期徒刑、无期徒刑，甚至死刑。今天，大家正在热议的75岁以上老人不实行死刑问题，"以特别残忍的手段致人死亡者除外"。"特别"、"残忍"都是文学语言，不是法言法语。而且即使是法言法语，也需要更具体、更明确和可操作的规定。那么，怎么才能实现"司法统一"？这就要从审判内在规律入手，把法网的网眼儿变得小些再小些。从而规范法官的自由裁量权。最高人民法院试行多年的案例指导制度就是一项从审判规律入手，解决"司法不一"顽疾的长效机制。

三、国情预言未来

2010年，是我国法制建设史上值得记住的年份。2010年，我们宣布具有中国特色的社会主义法律体系形成。还是2010年，最高人民法院和最高人民检察院先后颁布了关于案例指导工作的规定。社会主义中国的法律体系的确立，来之不易，意义重大，如何评价都不为过高。它标志着"人治"、"法律虚无主义"传统的终结，和社会主义市场经济、民主政治的启航。但是，我们在总结成就的时候千万不要盲目乐观，以为大功告成。须知，日本六法体系的确立，民国六法全书体系的确立，它们都包含着大量的判例、判例要旨。在这方面，我们也许刚刚觉醒。两高制定并颁布关于案例指导工作的规定，意义重大。它们标志着当今中国法律样式出现了一个新动向。这个新动向也来之不易，它是我国数十万法官群体和法律、法学工作者共同实践和集体智慧的结晶。它标志着，我国的法律样式正在从单一的成文法走向以成文法为主，以典型案例为辅助的新格局的酝酿和起步。它的发展前景，就是中国古已有之的"混合法"。当我们真正实现了新形势下的"以例辅律"，才能实现"司法统一"，实现"司法公正"。民众只有相信了法律，才会尊重法官，才会信仰法治。"混合法"体现了古人的聪明才智，是人类法律实践活动内在规律的反映。从历史中汲取营养，从创新中返回传统，这就是中国当今法律文化建设的历史逻辑。*

---

　　* 2010年12月26日，在最高人民法院主办"构建中国案例指导制度研讨会暨周道鸾先生八十华诞庆祝会"上对周道鸾老师发言的评议。山东大学法学院研究生王唯根据发言录音整理。

128 历史就在我们身边

历史和历史学是两回事。历史学是极少数学者研究的领域。研究历史历来是冷清的工作，钻故纸堆，坐冷板凳，还不一定被社会重视。如果全社会都研究历史，谈论历史，那就不正常了。像在"文化大革命"中"评法反儒"、"批林批孔"、"批宋江"，等等。那种大众式的史学是政治史学，很难客观公正。但是，历史作为一种知识却无处不在。

就拿咱们生活的北京来说，北京的历史就特别典型，可以说是中华民族历史的一个缩影。北京这个古老城邑西周就存在了。欧洲的学者提出质疑，说那个时候不可能有这个城邑，因为没有经济交往，怎么会产生都邑呢？侯仁之先生（1911—2013）反驳说，中国的城邑是政治的产物，欧洲的城邑是经济的产物，两种文化背景完全不一样。这使我们联想到，中国古代的奴隶大多来源于战争和犯罪，是政治的产物。

西方则是经济活动的产物，比如"债奴"。

北京有延庆县，延庆县有阪泉村，据传说是黄帝和炎帝打仗的古战场。再向西，过了官厅水库，是河北省涿鹿县。那里有黄帝城，黄帝泉，蚩尤寨，是当年黄帝和蚩尤打仗的地方。当时可能在许多地方打过多次仗，所以遗址很多。蚩尤是东夷民族的领袖，他们的图腾是独角兽，也就是廌。古代的"法"（灋）字里面就有廌。廌的读音就是蚩尤、咎繇、祝融、皋陶。皋陶是古代最早的大法官。传说皋陶用一角神羊裁判疑难案件。北京过去应当属东夷的领地。有学者说《山海经》里面说的很多地方都以燕山山脉为参照物。至于海，北京过去就有许多湖。当然这是一种推测。

北京有个密云县。"密云"是个古名。《易经》里面说"密云不雨"。可能有某种联系。当年陈胜、吴广起义，他们去驻守长城，目的地就是密云。秦始皇比较迷信，当时有一块陨石，上面写着"亡秦者胡"。于是就派大量部队驻守边关，最后激化了矛盾，二世而亡。后来证明秦亡于胡亥，原来"胡"在自己儿子身上，歪打正着。

北京有个通县，是京杭大运河的终点。通县有个八里桥，是清朝军队和英法联军打仗的地方。后来法国司令回法国，法国政府授给他"八里桥"勋爵称号。那个奖章上面写着三个中国字"八里桥"。英法联军以清军杀了他们的谈判代表为理由，火烧圆明园。当时圆明园和颐和园是连着的。颐和园

471

的损失不大，只烧了文昌阁，阁上面的钟指着六点半，被法国记者拍下来了。文昌阁向北不远，是知春亭。里面有一个大塚，是耶律楚材墓。耶律楚材是汉化的官员。当时蒙古皇帝想把汉人赶走，让草木昌茂，以便放牧。耶律楚材劝阻皇帝，改为征收赋税。他随元太祖西征时，就见到一只"鹿形马尾，绿色而独角"的异兽甪（读 lù）端，以此来劝阻太祖滥杀无辜。当年修颐和园时，没有迁耶律楚材的坟，说明清朝皇帝很注意搞好民族关系。从知春亭再向北走不远，是仁寿殿。"仁寿"这两个字应当是"仁兽"，"夷兽"。就是传说的麒麟。仁寿殿院里有一尊铜的麒麟。殿里还有一对小的独角兽形香炉，这个独角兽名叫作甪端。麒麟是独角兽，甪端也是独角兽。前一段时间，我去曲阜参观，发现孔府门前的牌楼上面有甪端，上马石侧面的浮雕也是甪端。孔子墓前面神道两边还有一对大的石兽，也是甪端。据《左转》记载，鲁哀公十四年，鲁国郊外发现一只野兽，被人打死了，大家都没见过。就请孔子去看，孔子看了，说：这是麟。此后，孔子就止笔不再写文章了。又过了两年，孔子就逝世了。麟其实就是仁兽。古文字当中，"夷"与"仁"是同一个字，"仁兽"就是"夷兽"，东夷之兽。孔子的先世是东夷人。麟就是东夷民族的图腾。因此，孔子自从看见麟之后，就闷闷不乐。《论语》说孔子"欲居九夷"，就是想回老家的意思。孔子心里有着难以割舍的东夷情节。

472

话说蚩尤被黄帝打败之后，就被收编了。黄帝在泰山召开部落联盟大会，蚩尤居前，黄帝让他主管兵，古代主兵者兼管司法，那是军法。打仗之前要发誓，立功要受奖，逃跑不服从命令要处罚。打完仗以后，由军事法官判决案件，该赏的赏，该罚的罚，叫作"用命赏于祖，弗用命戮于社"。《诗经》赞美鲁国的法官说："淑问如皋陶，在泮献囚。"献是谳（读 yàn），审判的意思。是说鲁国的法官像皋陶那样聪明，善于处理疑难案件。什么疑难案件呢？就是士兵争功，说这个俘虏是我抓的，那个敌人是我杀的。怎么判断呢？看证据呀，什么证据呢？就是弓箭。你抓的俘虏，他脖子上就套着你的弓弦，你射中了敌人，他身上就有你的箭头。你看，甲骨文的"臣"字，就是以弓缚首的样子。你看古代的"瀍"字，下面那个"去"字，就是"矢"和"弓"两个字组成的，代表"人相违"，"矢"和"弓"上面的族徽符号不一样。"夷"也由"矢"和"弓"两个字组成的，代表"矢"和"弓"上面的族徽符号一致。原来"瀍"字是通过证据裁判案件的意思。那个法官就是廌。对有功者赏，于是甲骨文里面就有了由"心"和"廌"组成的字（心廌），就是我们今天的"庆"（慶）字，表示庆赏。有了罪就要罚，于是甲骨文里面就有了由"廌"和"丄"组成的字（廌丄），丄就是"社"，代表在社前行罚之义。这个独角兽廌不仅是军事首长，是司法官，司法小吏，在甲骨文里面称作"御廌"。这个官职还兼

473

有民间教育的职责，就是文身。文身是男孩八岁时文额，女孩 14 岁时文乳，男子 20 岁时文胸。古代的"文"字就是"文胸"的意思。文身的目的是禁止不正当的两性关系，排除父女、母子、兄弟姐妹之间的性行为。因为近亲通婚会产生怪胎，那是上天对人们的惩罚，所以必须认真对待。文身的工具小刀就是"辛"，还有囚具，叫作"校"，其形状就是"井"，是四根木棍组成的，可以变动尺寸，用来固定人的肢体。《易经》说："何校灭耳"，"履校灭趾"。于是甲骨文里面就有了由"井"和"鹰"组成的字（井鹰）。可见，鹰是司法官员，又是民间教师。当然教育手段比较强硬，用"井"来文身，于是就有了由"井"（即"爻"）和"子"组成的字，叫作"孝"，还有了由"孝""鹰"组成的字"教"。教育的场所就是"乡校"，子产不毁乡校，那里是举行文身和其它仪式的地方。文身还是一种仪式、礼仪，叫做冠礼、笄（读 jì）礼，会有隆重的歌舞音乐之类。我们古老的礼就是这样产生的。由于实行文身，蚩尤部落实行"同姓不婚"，智力体魄都很强，东夷出土墓葬发现的尸体有一米八几的大汉。蚩尤部落就渐渐强大起来了，史书说，蚩尤兄弟 81 人，铜头铁额，天下无敌。还说，蚩尤作五虐之刑曰法，有五种刑罚。这些刑罚除了黥刑之外在甲骨文里大都能找到，还应当有割耳的刵刑。

甲骨文已经是非常成熟的文字。在甲骨文之前还有一个漫长的形成过程。有学者提出，东夷民族已经发明了文字符号，是甲骨文的前身。甲骨文是殷商时代的产物，殷人又是东夷民族的一支。这样，当文字产生之际，那些口耳相传的古老故事便变成了文字。所以，甲骨文是活的化石，它不仅反映了商代，而且还反映了更为古老的东夷时代的历史。

世界上的文字恐怕有千百种，而中国的象形文字是绝无仅有的。英国哲学家罗素（1872—1970）就说过，中国的表意文字具有其他文字所没有的优越性，又说，中国历史数千年没有中断，原因之一就是使用了汉字。中国文字当中的每个字几乎都有一段生动的历史故事。我们每天都有幸使用这些文字。托先民的福，我们每天都有机会品味历史。凭借着古文字，我们可以和古人交流。所以我说，历史就在我们身边。*

---

* 2011 年 3 月 2 日，在北京法学会读书会上的发言。

129　一个梦：中国法律文化博物馆

　　有一次，我和周信同志闲聊，我们不谋而合地谈起一个话题，就是尝试着建立中国法律文化博物馆。

　　紧接着，我们起草了一个请示报告，上报给我们的上级领导部门。上级作了批示，认为此建议很好，可以积极探索。这个报告又转送到另一个职能部门，这个职能部门问询：需要多少面积？我们答复，不少于2000平方米。该职能部门又建议，你们先在北京找地方，一是有没有空的地方，二是有没有可以利用的现成的建筑物。于是，我们着实忙活了一阵子，结果是没有找着合适的地方。领导的批示同时转送到另一个职能部门，这个部门很积极，说，你们打个报告，都陈列什么展品，这些展品要制作的话，需要多少钱？如果是向社会征集的话，首先需成立一个征集委员会，应当有专家参加。你们重新写个报告吧。于是，我们又忙着改写报告。就这样，一年多过去了。没有了下文。

后来，我们感觉此事必须要获得主要领导的理解和支持。有什么好的渠道吗？能不能求得法学家的支持？可巧，北京有几位法学家是人大代表或政协委员。一联系，他们都很支持。很快，他们写出建议，上报了。不久，这些建议转到了政府某部门，他们跟我们联系，说，他们专门负责落实人大代表或政协委员的议案，经上级领导批示，这项建议的落实单位就是你们法学会。还说，材料已经发给你们了。我们一看材料，人大代表、政协委员的报告，跟我们最初起草的报告如出一辙！我们突然明白，我们最后成了落实人大、政协议案的单位，而其他政府部门已经对人大、政协的建议有所交待，真正做到了一议一报一落实。此事办到这地步，令人啼笑皆非。说句文雅的话是："周而复始"，说句老百姓的话是："搬起石头砸了自己的脚"。

后来，我和周信同志聊天。我们仍然坚信，北京市有一百多家博物馆，真应该建一所中国法律文化博物馆。我们仍然坚信，其实这事儿并不难，只要主要领导理解支持就行。我们仍然坚信，一件好事儿是很容易被搁置的。

这个梦，不知道何时能实现？

七 回归讲坛

东夷文化的呼唤

130 应聘山东大学

2010 年 9 月，我的学生，在石家庄河北经贸大学法学院任教的武建敏给我来电话，说，山东大学正面向海内外招聘人文社科一级教授，我看您比较合适，您愿不愿意应聘？我说，不知道人家的具体要求是什么，咱们够不够人家的条件？武建敏说，那我侧面问一下周长军，他现在是山东大学法学院副院长，是陈兴良的学生。我说，好吧。

过了两天，武建敏来了电话，说，他们非常欢迎您去山东大学，准备先邀请您去给他们做一次学术报告，到时候再具体地交换意见。10 月的一天，我来到山东大学法学院，为学生们做了一次报告，题目是"东夷文化与远古的法"。晚上，法学院领导齐延平、盖玉强、周长军等老师招待我吃晚饭。校长徐显明也来了。徐显明是我国研究法理和人权问题的专家，我们很早的时候就在一起开过会。

徐校长介绍了山东大学的历史，现正在筹备的建校 110 周年的庆祝活动。他还说，学校准备在青岛建设一个新校区，还有几公里的海岸，将来，山东大学就是全国占地面积最大，学生人数最多的大学。饭席之间，就应聘的事达成一致。

11 月 11 日，我再次来到山东大学人事处，和苏州大学的杨海坤教授一起，签了应聘合同。紧接着学校给我们安排了住房、办公室，配备了办公和生活用具。同时学校还核准了我们的教授、博士生导师的资格，开始招收指导硕士、博士研究生。很快，网上贴出了我加盟山东大学法学院的消息。法学院教务办公室安排了课程表，每年给本科二年级学生上课，给博士新生上法学专题课。就这样，我又回到校园，开始了我熟悉的教师生活。

此间，北京市法学会副会长的工作仍然继续。2012 年 8 月，市政法委副书记段桂青同志到北京市法学会搞调研。我问段书记，我什么时候可以办理退休手续？她说，我们征求一下组织部的意见再说。2013 年 5 月，我接到退休的通知，并拿到了退休证。这样，我就可以全力以赴地在山东大学工作了。

131 毕业典礼上的致辞

同学们，老师们，各位领导、来宾和家长们：

你们好！

今天是同学们的节日，也是老师们的节日。600 多名学子，在母校和老师们的精心培育下，经过艰苦紧张的学习，终于修成正果，向国家、人民和你们的父母交出一份合格的答卷。经过集中的学习，你们初步树立了科学民主的社会主义法律理念，获得了系统的法律理论知识和从事法律实践的能力。这些宝贵财富使你们初步具备了社会主义"法律人"的基本素质，为你们今后的发展奠定了坚实的基础。

在喜庆的日子里，在隆重的毕业典礼上，我能够代表法学院的老师讲几句话，感到非常荣幸。我想作为一名老师和长者，在同学们即将跨出校门、走向社会之际，谈以下三点希望：

第一，学会生存和发展，在中华民族崛起的轨道中找到自己的位置。你们在学校期间，主要任务是学习，还不涉及生存和发展的问题。但是，一进入社会，就必然面临生存和发展的现实问题。简单来说，只有先生存，然后才能谋发展。生存是为了发展，发展是为了更好地生存。而且还要在发展中求生存。个人的生存发展与国家民族的生存发展密切相联。要生存，首先要了解生存的环境和背景，这就是我们身边的中国，我们的社会。中华民族具有许多独特之处。我们的社会也有许多独特之处。不仅如此，我们今天所处的时代也有许多独特之处。总的来看，我们的社会正处在过渡和转型的过程之中。就是从计划经济、人治社会转向市场经济、法治社会。几十年改革开放的大潮，把我们的民众从山高皇帝远的乡村的熟人社会，带到了街长故人稀的都市的陌生人的社会。而且，我们党和国家又选择了依法治国的法治道路，这是前无古人的伟大尝试。我们正在努力实现法治。但是，我们又是在人治和人情社会的浓烈传统氛围中进行法治建设的。我们甚至不得不借助人治的传统力量来进行法治建设，解决法制问题。在这个过程中，新的东西和旧的东西，熟悉的东西和生疏的东西都交织在一起。旧的东西不愿意自动退出历史舞台，它们还有社会基础，当然会顽强地表现自己。旧的东西缠绕着新的东西，使新的东西无法轻装上阵，快步疾行。同时，新的东西又很弱小，还不够强大，它常常因为摆脱不了种种羁绊，因为自己发展得不充分而感到痛苦。于是，我们看到，社会上到处充满了正面的东西和负面的东西。正面的和负面的东西又处于胶着状态，使我们眼花缭乱。我们渴望法治，我们知道法治是我们所知的弊病和风险最小的治国方法。但是，实现法治是一个非常复杂漫长甚至是痛苦的过程。我们不必为种种不尽如人意之处而过于焦虑。因为我们民族的历史当中缺少一个完整的资本主义阶段。因此，我们今天必须补课。同学们一定要保持一个冷静清醒的头脑，不要为某些社会现象所左右，要学会透过现象观察社会本质。你了解了你生存的环境和时代，你就会胸有成竹，就会应对自如。只有生存，你才能融入社会当中，而且进入主流社会。当你获得一定"势能"和"动能"的时候，你才能真正发挥你的聪明才智，实现自己的价值。当你的生存、发展和民族的生存、发展联在一起的时候，你就在中华民族伟大复兴的轨道上找到了自己的位置。

第二是继续自我修炼，始终追求高尚的精神境界。同学们，你们都是大学毕业生，研究生。在中国古代社会，你们应当属于士阶层，君子士大夫阶层。他们是社会的脊梁，属于主流社会。他们的思想和行为对社会有很大的影响。同学们，你们毕业了，但是学习并没有中止。在没有老师在你们身边时时指导你们的时候，主要靠自己修炼。因此，应当有一个精神追求。追求什么？古代的君子追求的精神境界大概有三个层次：

君子追求的第一精神境界是"君子不器"。器是器皿。君子不把自己看作只具有一种用途的器皿。比如你是锅，用来熬粥，你是碗，用来盛饭，你是勺，用来取汤。君子是无可无不可的，可以上，可以下。孔子说，为了生存，"虽执鞭之士，吾亦为之"。因为他心里有一个远大的抱负，不去斤斤计较一时一事之得失。古代的君子们渴望获得为国家民族效力的机会。当机会出现的时候，他们便义无反顾，当仁不让。即使没有这样的机会，他们也会安居乡里，致力于一方平安繁荣，成为社会贤达名士。我们常说，机会属于随时做好了准备的人。同学们，我知道你们当中还有人因为找工作而烦恼。其实，只要换一个想法，我们选择工作岗位的空间还是很大的。人无远虑，必有近忧。只要心存远大志向，就不会为一时一事所困扰。

君子追求的第二个精神境界是君子之忧乐。这就是范仲淹所说的"先天下之忧而忧，后天下之乐而乐"。什么是"先天下之忧而忧"？就是天下人还没有忧愁的时候你先忧愁。当世人都在歌舞升平、灯红酒绿的时候，世人皆醉你独醒，你洞察到国家社会的潜在危机，并为此而奔走呼号。这就是君子之忧。当国家强盛，人们欢乐时，你才为天下人的欢乐而欢乐。君子没有属于自己的忧愁和喜悦，他是以天下之忧为己忧，以天下之乐为己乐。这种境界就是"为天地立心，为

与山东大学学生座谈，2012 年 6 月 5 日

万民立命，为往圣继绝学，为万世开太平"的境界。这种境界和以全心全意为人民服务为其宗旨的共产党人的理想境界是相通的。

君子的最高精神境界是对真理的永恒追求，就是孔子所说的"朝闻道，夕死可矣"。"闻"是"问"，探索追求的意思。早上我找到了"道"，即使晚上死去，也没有什么值得遗憾的。我们有一种通说，说中国传统文化当中缺少信仰，和对信仰的献身精神。这种说法不一定客观。孔子所追求的"道"就是真理，就是他主张的"仁"。孔子的"道"应当包含宗教主义的真理和非宗教主义的真理。春秋战国时代的学者们，毕生都在寻找真理，一旦找到了，便身体力行，并为之献身。一个人如果有了"朝闻夕死"的精神，就会像颜回那样刻苦学习，从不懈怠。颜回身居陋巷，一箪食，一瓢饮，人不堪其忧，而颜回不改其乐。一个人如果有了"朝闻夕死"的精神，就能做到贫贱不能移，威武不能屈，富贵不能淫。一个人如果有了"朝闻夕死"的精神，就能够为忠于祖国，忠于人民，忠于法律，忠于职守，为民族和人民的利益贡献一切。

第三，勿忘母校，勿忘老师。同学们，你们是母校的精美产品。你们的历史已经和母校结下不解之缘。你们的一言一行都与母校的名誉相关。你们的成功，是对母校最好的回报。同学们，你们又是母校的孩子。无论你们走到哪里，母校和老师们都会始终关注着你们的成长。俗话说："儿行千里母担忧。"当你们走进校门的时候，你们的父母也许曾经为你们担忧，担忧你们的学习和生活。今天，你们即将跨出校门，走向社会，母校和老师们也有一份担忧。不担忧你们衣食无着，不担忧你们会犯错误，只担忧你们做得还不十分卓越。因为你们已经十分优秀，你们本应当做得更加卓越。对此，我们深信不疑！*

---

132 "软法"与"混合法"

各位领导、来宾，各位同仁：

今天尊敬的罗豪才主席一行专程来到山东大学法学院，出席山东大学"软法与人权研究中心"成立揭牌仪式，出席"软法与人权保障"研讨会，我们感到非常的荣幸！罗豪才主席是我的老师，不管是在学校还是法院系统，一直是我的领导。多年以来，罗老师身居国家领导要职，公务繁忙。但是始终保持学者的本色，在宪法、行政法、人权等领域笔耕不辍，不断研究创新，提出新的理论框架和体系。"软法"特别是"软法与硬法相结合的混合法"，就是罗老师首倡的新的法学领域。对这个新的领域，我理解不深，借此机会谈谈粗浅的体会。

首先，我认为罗豪才老师提出的"软法和硬法相结合的混合法"这一概念和命题，是对法律实践活动宏观特征的一个准确的描述，符合中国古代法律实践的客观经历，也是对

490

人类法律实践活动内在规律的一个全新的总结。在中国历史上，未经国家制定确认并保障实施的法是非常多的。比如西周、春秋时代的"礼"，就是当时的法。"礼"是世代相传的行为规范，虽然没有经过国家的正式确认，但是它们是有权威性的，诸如"同姓不婚"、"父子无讼"、"君臣无狱"、"直钧则幼贱有罪"，等等原则，是通过具体的裁判和判例来体现出来，"礼"的秩序是通过具体的裁判活动来维护的。西汉以后，成文法占据主导地位。以后历代的案例或判例，有的经过朝廷批判为正式的先例，还有大量的成案，它们在法官的裁判活动中是有借鉴作用的。历朝的《官箴》是官吏处理日常政务和司法的经验总结，一个官吏不懂官箴是当不好官的。还有家法族规和行业习惯，它们在皇权鞭长莫及的穷乡僻壤、长街短巷，发挥着国法一般的作用。在明代，除了强盗命案等严重犯罪案件之外，一般户婚财产争讼都在乡村层面自行解决。由当地德高望重贤良方正之士组成的"陪审团"，集体对案件作出裁判。这些材料可惜大都遗失了。总之，那些大量的没有经过国家立法机关确认的，但是在日常施政、司法活动和社会生活中确实发挥作用的行为规范，应当属于"软法"的范畴。

其次，"软法"概念的提出，有利于促进我们对当今法学教育体系和法学研究分野的反思和探索。我们的法学教学体系是由一个个部门法律构成的。可以说，是由"硬法"组成的体系。而且，这一个个"硬法"之间又是界限分明的，你说你的，我说我的，互不干扰。而现实社会生活总是走在前面的。比如，"打拐"，把拐卖妇女问题从单纯的刑事犯罪问题，逐渐引导到社会保障领域里面来解决。这就是"硬法"的"软法"化。我们的学者在研究、教授"硬法"所构成的知识体系的同时，也应当注意研究、教授在"硬法"下面的，或者是在"硬法"空缺的领域里面，那些实际发挥作用的"软法"，它们是怎么样运行的？它们起了什么样的作用？是正面的，还是负面的？这些属于"软法"领域的规范反映了法制建设的深层次的真实情况，很有价值。同时也为"硬法"的立法提供素材。"软法"反映了我国法律实践活动的国情，对法学学者的研究活动，对培养法学院学生的国情知识、社会知识和实际操作能力，无疑都有积极意义。

第三，"软法"机制有利于提升司法权威。长期以来，"司法不公"似乎成了困扰司法的一个挥之不去的老大难问题。但是，造成"司法不公"的原因很多，其中有一个重要的原因是"司法不一"。而造成"司法不一"的原因，主要不是法官群体的政治业务素质的高低，而是我们的"硬法"——成文法造成的。比如刑法规定：什么行为是什么罪，情节一般的处几年徒刑，情节严重的可以处多少年徒刑，无期徒刑，甚至死刑。我们的成文法赋予法官群体太大的自由裁量权，所以必然会造成"司法不一"。这才招致人民群众的批评。正因为法官群体拥有很大的自由裁量权，当事人总想通过方方面面的社会关系来影响法官。而且，法官在审判中不必然参考以往的案例。所以，除了"硬法"——成文法之外，还需要大量的"软法"，来规范法官群体的自由裁量权，使法网的网眼变得越来越小，使大致相同的案情，得到大致相同的处分。这是"法治"的必然要求。因此，除了最高人民法院的司法解释之外，还需要大量的典型案例，这些典型案例就是"软法"。有了大量的"软法"才能不断实现"司法统一"、"司法公正"，从而逐渐提升司法权威。

第四，"软法"机制有利于进一步完善社会主义法律体系。我们都知道，2010年，我国社会主义体系形成了。这是一个由数百件法律和数千件法规组成的成文法体系。我们对照一下成文法系国家的情况，它们成形的法律体系除了成文法之外，还包括大量的判例。民国时期的"六法全书"体系，也包含大量的判例。因此，我国的法律体系只是初步形成，它的完善还要走很长的路。2010年最高人民法院和最高人民检察院先后推出了案例指导制度，即选择典型案例，指导和统一案件的审判。我国的案例指导制度，是确立中国式判例制度的开端。指导案例应属于"软法"。它们的生命力是无穷的。中国式的判例制度确立之际，就是中国社会主义法律体系完善之时。

第五，"软法"机制的引进，有利于推进我国人权事业的发展。"软法"对人权保障具有重要意义。正好像我们需要用"软法"也就是判例来规范法官群体的自由裁量权一样，我们也需要大量的积极的"软法"，来规范行政官员的行政裁量权。我记得罗豪才老师曾经说过：要通过规范公权力来保障人权，就是这个意思。在现实的施政和司法过程中，如果我们的"软法"是积极的又符合宪法原则的，那么，即使是在"硬法"欠缺，或者"硬法"效果欠佳的时候，也能够创造性地有效地维护人权。

第六，关于人权的理念。我们都知道，人权是个舶来品。在中国传统文化辞典里面几乎没有人权的影子。近代以后，人们似乎把中国的落伍迁怒于我们的传统文化，好像中国古代文明统统没有意义，统统应当摒弃。其实不是这样。在中国古代文化中，存在与人权理念相通的观念，只是形成渠道和表现形式不同。西方人权来源于中世纪文艺复兴的人文主义。这种人文主义又是通过神权的折射，来发现人的价值。中国古代不是这样。比如"仁者爱人"的"仁"，是一个人通过对方的瞳孔来发现自己的存在。你是人，我也是人，人和人的价值是一样的，因此应当"已欲立而立人，已欲达而达人"，"己所不欲，勿施于人"。我们今天提倡的"以人为本"是中国古代文化的"民本主义"和马克思恩格斯在《共产党宣言》里提倡的"一个人的自由发展是一切人自由发展的条件"的命题，这两者的巧妙结合。"以人为本"的人是个体自然人和个体自然人组成的集体的统一。"以人为本"构成了中国式人权理念的基础。今天，我们看到，在西方，那些曾经给他们带来繁荣的观念，同时也带来了危机。在西方文明面前，我们比以往更应当强调主体性。我们面临的一项历史性的任务，就是努力塑造我们中国式的人权理念。同时，积极运用"软法"机制来保障人权。以上意见不一定正确，请罗老师和各位老师批评指正。*

---

* 2011 年 10 月 15 日，在山东大学"软法与人权保障研讨会"上的发言。

133　继受外国法律文化成果

尊敬的各位学者、来宾：大家好！

感谢东道主的邀请，使我获得了一次很好的学习机会。刚才，来自瑞士的胜雅律（Harro von Senger）先生、人民大学的丁相顺先生、美国的托马斯（Jeff E. Thomas）先生，和日本的北井辰弥先生先后发言，他们的发言都十分精彩。胜雅律先生从比较法学研究的方法和视角，丁相顺先生从汉字所承载的法律信息，托马斯先生从"法治"一词所包含的法律观念和定义，北井辰弥先生从日本法制史的沿革，各自发表了很好的意见，给我们留下许多想象空间。由于时间所限，恕不一一评论。我想仅就胜雅律先生发言中涉及的一些概念来谈谈个人的体会。胜雅律先生在发言中使用了"知名度高的法律的继受"和"知名度不高的法律的继受"的问题，很有新意。同时还涉及"自愿的法律继受"和"非自愿的法律继受"的概念。我想试着替换一下这一对概念，即"主动的法律继受"和"被动的法律继受"。西方法律对同是亚洲国家的中国和日本来说，都同样是陌生的事物。但是，在最初继受西方法律文化成果上面，总体来看，中国显得被动，而日本显得主动。众所周知，清朝政府正是在领事裁判权的压力之下，开始修订法律，引进欧洲大陆法系成果的。而日本自明治维新以后继受西方法制则比较积极主动。我想，这种被动和主动，不是一些决策者的主观愿望所决定的，关键在于这个国家在继受外国法律文化这一重大事件时的准备条件是否成熟？这是最重要的。如果条件成熟了，社会内部具备了内在的需求，那就会比较主动。相反，就比较被动。当然，中国在清末继受西方法制方面也有主动因素。比如，到了1900年，中国东南沿海已经有近代企业570个，资本近9000万元。再加上修路、开矿、办公司、开设银行，等等，在这些新的经济因素出现的时候，清政府自然乐于引进那些已经成熟的现成的法律法规。日本对西方法律文化的继受也许是比较全面的，从经济生活、政治制度到文化思想，可以说是一种全方位的继受，这可能是继受成功的经验之一。举一个例子，日本近代法学之父穗积陈重，他的岳父是日本资本主义之父，他的哥哥是第一银行的行长，他的弟弟和儿子都是著名法学家。从这一个侧面我们似乎感受到日本继受西方法律的社会条件相对比较成熟。日本继承西方法律成功的另一个因素是相对重视自己的传统。比如中国唐代的八议、十恶，到了日本就变成六议、八虐。穗积陈重曾指出，法国人帮助日本人编写的民法典之所以不被社会认可，主要原因是过于忽略了日本的习惯。以后的新民法典就注意了这个问题。

在继承外国法律文化成果时有两个问题应当注意：一是，注意吸收各个国家的优秀成果；二是，不要忘记自己的法律文化传统。各位学者也许注意到，2010 年中国法制建设中有两件重大事件；一是社会主义法律体系形成，二是最高法院推行案例指导制度。其实，我们形成的只是成文法体系，还缺少判例制度。因此，将来还有许多工作要做。案例指导制度的未来就是中国式的判例制度。中国古代的法是成文法和判例相结合的混合法。穗积陈重先生曾经认为那种能够把人和法的作用结合起来的法是"永恒的法"。日本的六法体系，民国时期六法全书体系都是包含大量的判例。在今天的法制建设中我们常常可以从自己的历史当中获得智慧。*

---

* 2011 年 9 月 24 日，在中国政法大学第一届比较法学与世界共同法国际研讨会上的点评。

134　几点感想

各位老师、同学们，大家晚上好！

今天，能够和我仰慕已久的黄源盛先生同登一个讲台，我感到非常荣幸。刚才，黄源盛先生以两岸为空间，以百年为时间，以中华民国"六法全书"为中心，运用法律文化的研究方法，对中国法律文化的近代化过程，进行了非常生动深刻的理论阐释。使我获益匪浅。借此机会我想谈几点感想。

黄先生刚才说到中国传统法律文化的特点，其中就说到中国古代神权思想很微弱。我就从神权说起吧。中国古代神权思想为什么会没落的那么早？我想可能有三个原因：第一，由于宗法家族的强大，使家族的祖先被神化，从而大大抑制了上帝至上神的权威。因此，中国古代的神权思想在结构上是鬼神二元的。第二，中国古代是农业社会。古人由于长期农业生产经验的积累，慢慢掌握了天道，比如二十四节气，就是天运行的规律。《荀子·天论》说"人定胜天，天定亦能胜人"。"定"是安定有序的意思。荀子的话是什么意思呢？就是说人类社会的安定有序胜过自然的风调雨顺，反过来，自然的风调雨顺也胜过人类的主观作为，比如大兴土木、兴修水利之类。古人在大自然面前有了伟大的自豪感，因为他们掌握了天道。于是，天和神就多少被稀释边缘化了。第三，中国古代实行中央集权。历代帝王不希望在皇权之上再有一个凌驾于其上的权力：教权。因此，这也造成中国古代神权思想的薄弱。神权思想薄弱是中国传统文化区别于世界主要国家的最主要的特点之一。那么，神权思想的薄弱好还是不好呢？我说好也不好。由于神权思想的薄弱，我们避免了残酷的宗教战争，避免了宗教的对异端思想的禁锢，也避免了人们对彼岸世界的恐惧。还有，较早地告别了神判法，进入人判法。但是，由于神权思想的薄弱，我们的民族失去了信仰的经历和传统，特别是当社会萌发了进步思想，比如春秋时代的"仁"，战国时代的"法"，还有近代的变法和宪政、民主、自由思想等，这些新思想都因为找不到本体论的支持而显得苍白无力，很难唤起民众，很难形成武器的批判。从而在一定程度上延缓了社会的进步。

除了神权思想薄弱之外，中国传统法律文化和世界主要国家、民族相比较，还有什么特点呢？前些年，我写过一篇文章，叫做《走出法系——论世界主要法律体系》。我认为

"法系"是比较法学家们同时使用两个标准得出的在逻辑上经不起推敲的结论，其中还宣布中国法系是死亡的法系。世界范围的法律文化，从法统也就是价值基础上划分，有宗教主义的、伦理主义、现实主义三种类型，其中现实主义又包括集体主义和个人主义。与西方个人本位不同，在中国传统文化的字典里面找不到个人。那是一块让个人难于萌芽成长的盐碱地；从法体也就是运行方式上划分，有判例法、成文法、混合法。与西方两大法系不同，中国古代的法既不是单纯的成文法，也不是单纯的判例法，而是两者相结合的混合法。中国传统法律文化的基本特征是：与西方个人主义相对应的集体主义的法统，再加上与西方两大法系相对应的混合法。这种法统和法体一直延续到今天，一直没有中断，和中国传统文化没有中断一样。因此，我认为中国传统法文化并未死亡。世界法律文化发展的总趋势，是个人和集体相结合的双向的法统，再加上成文法与判例法相结合的混合法。这也许是人类法律实践活动的规律所在。

中国的混合法具有重要的论理价值。日本法学家穗积陈重曾经说过，永恒的法是能把人和法的作用结合起来的法；美国法学家博登海默曾经说过，伟大的法是既克服了法的过分的灵活性又克服了法的僵化性的法。但他们都认为这样的法还没有出现。但是，我认为这样的法在中国汉武帝时就已经确立并一直延续到今天。中国的混合法还包括法律的多样性。除了法典、法令、判例之外，礼、风俗习惯、官箴、家族法规等，这些非法律规范都发挥着实际的作用。

　　关于1949年中国共产党为什么废除国民党"六法全书"的问题。其中一个重要的原因是因为当时的领导人没有产生依法治国的思想和想法。革命战争用不着法律，革命年代已经形成了一套方法，有了党的政策方针，有了干部队伍，有了人民群众，革命就成功了。我们部队的师长、团长，脱下军装就是市长、县长、区长。中央一声令下，各级雷厉风行。法律要适合社会生活，法律一定要和社会生活合拍。人们不可能超越历史条件。所以，废除"六法全书"是必然的。为什么废除？不为什么。这是一个自然的选择。

　　关于法律的超前、滞后，法律的国际化和本土化问题。法律本来就是从现实生活中从民众中生长出来的。法律是世俗的东西，是解决现实问题的手段。不是如象牙之塔那样的供人们欣赏的艺术品，那种时尚的衣服和装饰品。法律究其实就是民族的本土的东西。不必刻意追求国际化和法律形式上的完美。如果匆匆忙忙制定了法律，又不好用，像《破产法》那样。当然，在社会大变革的特殊背景下，超前的法律可以促进社会的进步，这是应当肯定的。我记得黄先生以前谈到过一个问题，说海峡两岸的民众对法律都有不信任感，不是拒绝就是屈从。我觉得这个问题值得思考。因为我们古代的法从来就不具有神性，它从来没有被信仰。我们今天正在努力实行"依法治国",建设社会主义法治国家,我们正在补课。民众只能从对法律的信任才能发展到对法律的依赖。从信仰法律到重建整个民族的信仰,这也许是值得期待的伟大理想。尽管道路曲折,前途还是光明的。*

---

　　* 2011 年 10 月 12 日晚,在山东大学法学院台湾学者黄源盛教授专题报告会后的评议。

135 我的师兄杨一凡

杨一凡是陕西富平人，1944 年出生。中国社会科学院荣誉学部委员、法学所研究员、博士生导师、院研究生院教授、中国法律史学会会长，兼任北京法律文化研究中心主任。

我认识杨一凡是在一次硕士论文答辩会上。有一次，张国华、饶鑫贤老师召开硕士生毕业论文答辩会，答辩的有几位硕士生。其中，有一位硕士生写的论文是关于明代法制史的内容。杨一凡是研究明代法制史的专家，因此，特意邀请杨一凡参加。

在答辩中，出现了一个小插曲。这位学生的论文里面，有一个观点，认为明代的法律重视人民的生命，带有保护"人权"的启蒙色彩。我说，这种评价是不妥的。应当改正。这位同学说，生命是最基本的人权，保护生命就是保护"人权"。我说，这是两件完全不同的概念，西周时就有重视生命的思想萌芽，能够说，西周就有"人权"思想的启蒙色彩吗？那个同学仍然不服气，还要争论。这时，杨一凡发言，他说，这位同学，不要争了，你看问题的方法有问题，武老师的意见是对的，你应当修改，这是个严肃的问题。不改，可能通不过。后来，那位学生还是对论文做了修改。

我在日本一年间，杨一凡两次来到东京。第一次是参加一个国际会议，那时，正是"天安门事件"之后不久，国际形势比较严峻。第二次是专门来考察日本收藏的中国法史史料。我陪杨一凡去过东京大学图书馆查阅资料。还去过一家私人图书馆。在杨一凡指导下，我参加他主持的资料整理工作，整理了四万字的《问刑条例》。

我到法院工作以后，我们就很少联系了。北京奥运会结束后，我们又恢复了交往。有一次，我到他顺义的住所去看他。他给我提出两个建议。第一个建议，是运用近年新发现整理的新史料，组织写一本新的《中国法律思想史》。因为很多史料，大家都没有看过，都忽略了。第二个建议，是专门研究一下甲骨文的法律史料。现在，学者们都认为甲骨文里面没有什么法律史料，咱们研究中国法史的人应当回答这个问题。当时，我说，第一个建议，因为心里还没有底儿，以后再说。第二个建议我可以试一试。杨一凡很高兴，当天，就让他的秘书把有关甲骨文的光碟给了我。

在杨一凡的鼓励下，我很快写出《寻找最初的律——对古律字形成过程的法文化考察》三万字。此后，又连着写出《寻找最初的礼》、《寻找最初的刑》、《寻找最初的鹰》、《寻找最初的夷》、《寻找最初的仁》，连同以前发表的《寻找最初的法》、《寻找最初的德》两篇，构成一个小小的序列文章。更为重要的是，我不知不觉已经痴迷上了古文字。

杨一凡长期从事中国法律史研究，已出版独著、合著和主编科研成果40余种，发表法律史学论文50余篇。独著有《明初重典考》、《明大诰研究》、《洪武法律典籍考证》等，合著有《历代例考》、《明代法制考》、《中国法律思想通史》明代卷、《中国的法律与道德》、《中国法学新思维》等。主编有《中国法制史考证》（15册）、《中国法制史考证续编》（13册）、《新编中国法制史》、《中华人民共和国法制史》、《中国古代法律形式研究》、《中外法律史新探》等。整理和主持整理的法律古籍成果有：《中国珍稀法律典籍集成》（14册）、《中国珍稀法律典籍续编》（10册）、《中国律学文献》（19册）、《中国古代地方法律文献》（40册）、《历代珍稀司法文献》（15册）、《古代乡约与乡治法律文献》、《古代判牍案例新编》（20册）、《历代判例判牍》（12册）、《古代榜文告示汇存》（10册）等。科研成果获10余项国家级、省部级奖。

杨一凡主持整理出版的大量法律史文献，为中国法律史学的发展做出杰出的贡献。但是，他丝毫不洋洋得意，反而忧心忡忡。他多次说，中国法史的研究队伍已经有数百人了。

但是，现在的科研体制和政策不鼓励学者长期"坐冷板凳"，却鼓励"短平快"，急于评职称，出名，不注意发现整理和利用新史料。有的学者换个花样出本书，换个花样又出本书，自以为得计。这些成果的生命力很短，过几年就作废了。目前，全部法律史料的利用率恐怕也就是 5％。说归说，做归做，年已古稀的杨一凡，仍然为中国法史资料的整理出版事业日夜奔忙着。

136　我的师弟乔聪启

留校工作以后，按学校的安排，是四个人住一间集体宿舍。有我、郭明瑞、姜明安，另外一位就是乔聪启。

乔聪启是中国人民大学党史专业七七级毕业生，分配到北京大学马列主义教研室工作，北京人，家住城里。他为人豪爽健谈，我们很快就成了朋友。

有一次，我们一起聊天。他说，现在搞党史研究很难，新资料明显不足，全国有多少党校，起码有上千人搞党史，就这么多史料，连某次会议，谁迟到了，谁坐在什么位置，都有人研究了。感觉研究党史很难有什么作为。我建议，你不如顺便研究一下民国史。

还有一次，乔聪启问法律思想史都研究什么内容，我给他简单介绍了一下。他说，他读书时，曾经读过孙中山、胡汉民、居正的著述，颇有一些心得。我说，我们教研室正缺少一位研究民国法律思想的教师。我可以试着向系领导推荐一下。

随后，我把乔聪启的情况跟当时已经担任系主任的张国华老师说了。张老师说，咱们教研室还真需要一位搞民国的师资，乔聪启能够进来，当然好。但是，你想一想，你和李贵连刚刚留下，其他教研室也都缺人，咱们教研室马上再进一个人，恐怕不太合适吧。这样，让乔聪启准备一下，先考硕士研究生，缓一下，再说。我一听，张老师说的有道理。

于是，乔聪启就悄悄地全力以赴地准备考试。1982 年年初，乔聪启参加了考试。不久，被法律系录取，成为张老师的硕士研究生。一晃，三年过去了。乔聪启顺利通过了答辩。他的毕业论文是孙中山的法律思想，写得不错，张老师很高兴。经过法律系和马列主义教研室交涉，就把他调进我们教研室工作，重点研究民国时期的法律思想。

1987 年 12 月，我的爱人王永芳从河北省三河县燕郊调进北大，乔聪启专程陪我去燕郊搬家。我们俩躲在卡车的货车厢上面，寒风刺骨，只得用棉被挡风。我的临时住处是北大16 楼集体宿舍，姜明安把他的铺位让给我，否则，我们无处安家。当时，帮我们搬家的还有李霞、孔小红。

在北大筒子楼居住期间，乔聪启把他家亲戚的煤气本儿、一个液化石油气罐和炉架子借给我用。气用完了，又找车把空罐拉到和平里煤气站换新罐。在筒子楼，有煤气罐的人是格外被人羡慕的。

　　师兄李贵连最先从筒子楼搬到朗润园平房。我和乔聪启还有哲学系的郭宝平，在校园里拉着小车到处捡砖头，又借了工具，帮着李贵连砌院墙。中午，嫂夫人在小院里放一张小桌，摆上几个菜招待我们。

　　1989年，学校分房子，在学校房产科排队抓号，乔聪启不在学校，那时候没有移动电话，房产科派人到法律系找人，我只得替他抓了号。我们都住中关园的一居室。

　　1992年春，法律系领导班子换届，魏振瀛老师担任系主任，张文老师担任系党委书记，我担任副主任，乔聪启担任副书记。乔聪启后来担任法律系同和律师事务所主任。

　　当时，我主持了一项国家社科基金会七五重点研究项目——《中国传统法律文化》，参加者有师兄李贵连、马小红、李力。乔聪启也参加了，分工写民国部分。这个项目本来段秋关师兄也参加了，后来，因为工作忙，退出了。有一次，我去乔聪启家，在一居室的门厅里，他正坐在一个小桌旁，赤着膊，写着东西。门厅的墙上钉了一个大木头架子，上面摆满了一套梁启超全集。他指着梁启超全集说，这真是大学问家呀！乔聪启对孙中山、胡汉民、居正、吴虞等人的法律思想颇有研究，他的研究成果在当时占居着前沿位置。《中国传统法律文化》因为有乔聪启写的民国部分而增色许多。可谓天助我也！

不久以后，深圳特区极速发展，大量引进内地人才。乔聪启被深圳某房地产开发公司聘为总经理。但是，没有离开北大法律系，算是停薪留职。那时候，法律系的年轻老师经常去香港树仁学院讲课，必经深圳，都在乔聪启那里短暂逗留，那里成了北大法律系驻深圳的"办事处"。

又过了几年，乔聪启辞去总经理职务，回到北大。从零开始，重新创业，成立北京大学英华科技有限公司，担任总经理。这个公司专门从事法律信息服务，即将法律、法规、司法解释、裁判文书制作成软件，译成外文，随时供给客户。

2010 年 12 月，在北京市法学会支持下，我们成立了中国法律文化研究会，我担任会长，乔聪启担任副会长。第一次成立大会召开时，英华公司提供了赞助。

乔聪启师弟平时喜欢作诗，有诗作《我为秋狂》、《我心飞扬》行世。他平时好喝酒、唱歌。每逢朋友相聚，必喝酒，必唱歌，必吟诗。酒喝干，再斟满，不畅不还！

137　忆田涛

　　田涛祖籍山东，比我小一岁。因为年龄这事儿，我们还争论过。他说：武兄，你不是1949年生人吗？我说，我是民国三十七年（1948年）生人，插队转户口时，夏县知青办的干部给写错了，把"8"写成"9"了。当时他还笑着说，改是改不了了，你也不吃亏，将来晚退休一年吧。当时我想，我是个知青，也许在农村接受贫下中农一辈子的再教育，还谈什么"退休"呢？我与田涛一见如故，相识恨晚。此后，他叫我武兄，我叫他田兄。一叫就是20年。

　　初见田涛的名字是他公开发表的一篇文章上。涉及近代法律变革。我觉得写得很扎实，很有新意。后来，由于一个偶然的机会，我们认识了。他为人豪爽，邀请我去他家看他收藏的法律史文献。到了他家，一看，果然是书香门第，满屋子都是书。我问：我可不可以借阅一两册？田涛说，没问题。我说，我给你写个借条。他说，你我兄弟，不必。我问，将来我的学生写论文，如果来借阅，可否？他说，没问题，只要我在家。临走时，田涛慷慨地说，武兄，我屋内所有的书，任兄取阅，不必客气。

当时我在法律系当副主任。法律系一层有一个百平米的大房间，房内支着两台乒乓球桌，闲暇时有年轻教师在那里打乒乓球。我就想，如果把这个大房间装修一下，立个牌子："田涛藏书苑"，把田涛的法史文献悉数收纳，供学人阅读，但书的所有权仍是田涛的，同时聘田涛为法律系教授。我先把这个意见跟田涛说了，他一口答应，说，悉听武兄安排。在系办公会上，我把这个想法说了，负责同志说，此意见挺好，你先预算一下，需要多少钱？在下一次办公会上，我说了预算数。负责同志说，再考虑一下吧，这是系里的房子，你们法史给占了，大家会不会有意见？我又非正式地问了其他教研室的意见，他们说没意见。在第三次办公会上，我反馈了大家的意见。负责同志说，你看，现在年轻教师挺关心系里的工作，经常到系里来。他们休息时还可以打打乒乓球，活跃活跃气氛。咱们把房子收了，年轻人会不会有意见？于是，我再也不提这个建议了。我们已悟出一个道理：干一件好事，比做一件坏事难多了。这件好事就是这样被搁置的……

后来，我聘田涛为法律系兼职教授，跟我合作，为法律系法史研究生讲授《中国法史文献》课。一开就是十年。而且没有任何报酬。此间，他多次带领学生去外地整理原始资料。比如民间契约和地方行政档案。我有几位博士生，比如郝维华、王旭、邓健鹏，都是田涛推荐给我的。

田涛是我国著名法史文献收藏家，又是拍卖界的知名专家。据他回忆，他接触法史文献，也是偶然。他有一个朋友在造纸厂看废品仓库。有一次跟他说，废品仓库里有很多麻袋古书，都是"破四旧"时收缴的，准备送造纸厂回炉，真太可惜了。那朋友带田涛去了废品仓库。一看，全是十分珍贵的线装古籍，一函一函的，外面包着蓝布皮，印刷也很精美。过了几天，那朋友见他喜欢，就想办法取出了几册，送到田涛家中。此后，田涛就特别留意废品回收站的古旧书籍，一旦遇到，便不惜重金购回。这样，一传十，十传百，既然有人重金收购古旧书，就会有人主动送上门来。甚至，外地某省某村翻修老宅，发现了古旧书籍，都悄悄告诉他，他就不远千里，倾囊而至，行有所得，乐此不疲。

"文化大革命"结束之后，古籍受到社会的重视，其价值也与日俱增。田涛说，有一次，一位美国学者到他家来看书，看中了一本书，许以重金，他不卖，因为那是绝版书，光是纸张和印刷之精良，就十分珍贵，怎能流传国外？

2013 年 4 月 18 日，田兄到成都讲课，因突发心脏病而逝世。中国法史学界失去了一位有真才实学的学者，我失去了一位真诚而智慧的朋友。兄尚健在，弟何以匆匆离去！

田原每每春归迟尚余残雪，

涛声依依萦耳畔痛失故人。

悲哉！

138 孙晟先生二三事

今天上午，韩春宁博士和丁铌澈博士专程来到我的寓所，送来韩国东国大学孙晟教授所著韩文版《东洋法的象征》的中文译稿《法字源流考》，并转达孙晟教授邀请我为该书写序的意愿。我取出当年孙晟教授送给我的大作韩文版《东洋法的象征》，打开扉页，端详着孙晟教授独特的签名——古香古色的象形字"晟"，此刻，与孙晟教授交往的情景便一幕幕地闪现在眼前。

孙晟教授是韩国商法学界的知名学者，但对中国传统文化情有独钟。1994 年他作为韩国访问学者在中国社会科学院研究中国法律制度。此间，他开始关注古代"灋"字的本义和起源的问题，特别是"灋"字与"獬豸"的内在联系问题。当时，不仅在韩国、日本，就是在中国，研究古代"灋"字的文章寥若晨星，更不必说专著了。自从那时开始，直至今

516

天，孙晟教授始终不渝地坚持下来，才有了《东洋法的象征》这部专著问世。我作为一个研究中国传统法律文化的学者，被孙晟教授的治学精神深深感动！

孙晟教授的治学精神并非源于个人兴趣，而是源于对东方古代文明的向往和追求。孙晟教授不仅通过著述来向世人传播东方古代文明，而且还创建私人博物馆"灋门馆"，通过寻常百姓喜闻乐见的形式播东方古代法律文明。在中国，类似这样的博物馆，比如中国法律文化博物馆，除了最高人民法院建立的法院博物馆之外，似乎还远远没有进入设计阶段。2009年我到北京市法学会任职时，就曾建议在北京建立中国法律文化博物馆，但是由于种种原因没能实现。当然，那是一件很复杂的事情。我真希望有一天，能够有机会到孙晟教授的"灋门馆"去参观学习！

我与孙晟教授的交往主要有三次。经韩春宁博士介绍，我们第一次相见，并从孙晟教授那里得到韩文版的《东洋法的象征》。那次见面的主要话题是关于这部书的主要观点。我也介绍了我对"灋"字的看法。同时，还介绍了我正研究的课题，就是通过对"灋"、"德"、"禮"、"律"、"刑"、"廌"、"夷"、"仁"等几个典型古汉字的研究，勾画出东夷法文化的轮廓。孙晟教授对我的研究设想深表赞成。今天，我正在整理的书稿就是在这些研究成果基础上形成的，书名叫作《寻找独角兽——古文字与中国古代法文化》。这本书一旦出版，我应当马上寄给孙晟教授。2009年，我和马小红教授共同邀请孙晟教授到中国人民大学法学院，为法学院师生作了学术报告。题目就是《东洋法的象征》。大家对孙晟教授的报告很感兴趣，被孙晟教授独特的研究视野和方法所吸引，同时，大家更被孙晟教授对中国传统文化的拳拳之心所感动。事后我才获知，孙晟教授当时身体欠佳，他是带病从韩国专程来北京做学术报告的。2010年，在《河北法学》编辑部鼎力支持下，我组织了一组文稿，邀请中日韩学者就古文字与古代法文化这一题目撰写文章。参加写作的日本学者是我的老朋友——九州大学法学部的植田信廣教授，韩国学者就是东国大学法学部的孙晟教授。在组稿过程中，通过韩春宁博士，我们通过几次信，交换意见。通过和孙晟教授的交往，我深深地感受到，学者的生命就在于学问，所思者，学问也；所言者，学问也；所著者，学问也。学者的生命在于斯，学者的友谊亦在于斯！

孙晟教授的《法字源流考》不仅向我们展示了作者在古"灋"字研究方面的卓越成果，同时也向我们展示了作者独特的研究视野。比如，作者在探讨"法"的起源时，重视巫术在其中所起的作用。比如，作者把古人对社会现象的观察，和对天象的观察结合在一起。类似这种观察问题的角度也许更符合远古人类的真实情况。再比如，作者认为"灋"字在甲骨文里面写作"去"。我们知道，古代"灋"字由"氵"、

"廌"、"去"三部分组成。曾经有人把"廌"释为"法",如《广雅·释诂一》:"廌,法也"。王念孙疏证:"廌与法同意。"但是,将"去"释为"法",则是一个崭新的见解。我们今天看到的甲骨文是适用于卜辞的"专业"词汇,那些"唯殷先人,有册有典"的"典册"已经失去踪迹。因此,不妨对甲骨文的含义作广义的探讨。甲骨文未发现"灋"字,但是,商代晚期《作册般铜鼋铭》(此器作为国家一级文物被国家博物馆收藏,难得一见)中有"亡灋矢",学者均认为"灋"读如"废"。铭文中的"灋"字,由于拓本模糊,只能识得其中的"氵"和"廌"两部分,就直观的感觉而言,该"灋"字中似乎没有"去"字。那么,西周金文中的"灋"字怎么会增加了"去"字?是不是甲骨文的"去"字和商代金文的"灋"合而为一了呢?这个问题值得继续研究。我曾经在中国法律思想史年会上发言,把这一变化称作"从神判法到人判法过渡"的一个缩影。总之,面对博大精深的古代文化,我们仍然知之甚少,值得继续努力发掘。

"礼失而求诸野"。地域文化是最原始的文化。我们今天在古籍中读到的那些高深莫测的言辞,最初只是远古先民的平常经验和感受。在阔野千里的东夷故地,在崇敬独角兽的故乡,那些口耳相传的故事,那些悠久的笙歌舞步,那些古老而质朴的文字,也许都承载着最古老的民族之魂。孙晟教授的《法字源流考》向我们传达的信息远不能用学问二字所能概括。孙晟教授的研究方法比他提出的具体观点来对我们更具有启发价值。孙晟教授对古代东方文化的全方位的理解和把握，特别是他对古代东方文化的深情挚爱和不懈的追求，将鼓励我们在传统文化研究领域，继续坚守，继续探索，继续奉献，继续前行。

　　谨祝孙晟教授早日康复！

　　是为序。*

　　＊　此文作于 2014 年 6 月 18 日。孙晟邀我为《法字源流考》中译本撰序，是书北京大学出版社 2015 年 8 月出版。追记：孙晟教授，于 2014 年 10 月 29 日去世，谨以此文致念。

139 中国法律文化的六个传统

今天的中国是历史的中国的自然延续。在今日中国的特定环境下建设社会主义法治国家，堪称前无古人的伟大事业。几乎没有现成的模式可以模仿，只能更多地依靠实践的摸索和总结。改革自然需要大刀阔斧、勇敢创新，需要环视四海、取人所长，但同时也需要回首往事，重温自己的法律文化传统，从中汲取营养和智慧。

中国法律文化传统是中华民族经历数千年的实践而形成的，并在世界法律文化园地独树一帜。这些传统都包含着丰富的优秀成果，值得我们重温和借鉴。十八大四中全会决定指出："法治建设应汲取中华法律文化精华。"在中华法律文化成果当中，有哪些精神或传统值得我们汲取和借鉴呢？大致而言，有以下六个方面：

第一是国家政体上"君臣共治"的"共和"传统。中国

古代的政体既非民主政体，亦非寡头暴君政体，而是中国式
"君臣共治"的"共和"政体。这一政体经历了殷商君权与神
权的共和、西周春秋天子与诸侯的共和、秦至清末皇族与官
僚群体的共和，还有朝廷特别是地方官府与民间俊秀（乡绅
群体）的共和。中国古代的共和思想起源于先秦儒家。先秦
儒家大都坚持维护贵族政体，主张限制君主独断专横的权力，
要求各级贵族在天子诸侯面前有更多发言权。西汉以后，儒
法合流，限制君权的思想仍然延续下来。董仲舒的天人合一、
天谴灾异之说的深意，就在于制约君权，实现君臣共治。古
代共和思想的巅峰之作是明清之际启蒙思想家黄宗羲
（1610—1695）的"学校议政"说。按照他的设计，皇帝和大
臣定期到太学听取名儒们的意见，接受他们对时政得失的批
评谏议，以图改进政治。这种设计或许可以称得上是中国式
议会的雏形。如果中国社会从明清之际顺利走上发展商品经
济的道路，那么，黄宗羲也许就会成为中国的卢梭（1712—
1778）。

从某种角度而言，中国共产党从革命战争时期就开始了
创立共和国的伟大尝试。1931 年，中国共产党在江西瑞金成
立中华苏维埃共和国，其政体就是共和，通过"苏维埃"（议
会、会议）代表大会的形式来实现共产党与工农兵大众的共
和。到了 40 年代，陕甘宁边区参政会和政府组织曾实行"三
三制"（共产党员占 1/3，非党进步人士占 1/3，中间派开明

士绅占 1/3），这可以说是共产党和人民实行共和共治的新探索。今天的中华人民共和国也是共和制。宪法确定了中国共产党的领导地位和人民的国家主人地位，以及人民代表大会制度作为国家的根本政治制度。可以说是共产党通过人民代表大会制度实现与人民共和共治。四中全会决定再次强调社会主义法治的本质特征就是"坚持党的领导，人民当家作主，依法治国的有机统一"。其中，共产党的领导是国家法治的政治基础和方向，人民当家作主是国家法治的价值所在，依法治国是实施法治的基本途径。在深入进行社会主义法治国家建设的今天，如何借鉴中国历史上的共和传统和智慧，如何进一步完善新时期社会主义国家政体上的共和制，具有举足轻重的意义。

第二是国家社会治理上的贤哲政治传统。古代的贤哲政治是古代共和政体的内在要求，并具有悠久的历史。当中华民族跨入文明门槛之际，一些像黄帝、炎帝、蚩尤、尧、舜、禹那样的部落酋长，曾经作出卓越贡献，成为各部族共同仰慕的圣贤人物。正如《大盂鼎铭》所谓"天翼临子，法保先王"，提倡效法褒扬先王。在西周春秋时代的贵族政体之下，各级贵族在自己的领地享有相对独立的经济、政治、军事、文化等权力。因此，一个领地治理得如何，基本上取决于贵族领袖个人素质之优劣。同时，为了增强政治感召力，贵族群体也比较注意个人素质的养成。秦统一以后，集权王朝取代了贵族政体。在农耕社会里，广大农民被束缚在土地上，既缺乏商品交换的条件，又缺少参与社会管理的渠道，只能把社会管理活动全权委托给贤哲人物，希望贤哲们自上而下施以阳光雨露。于是逐渐养成浓烈的遵从贤哲、渴望贤哲的民族心理。寻常百姓无不盼望君主和官长都成为关心民间疾苦，为民造福的圣贤人物。古代"官本位"思想的深处隐含着对圣贤的渴望。儒家的贤哲思想正是对这一民族心理的理论描述。在法的作用与人的作用孰为第一性的问题上，先秦儒家法家曾经各执一端。法家强调法的决定性作用，儒家则在承认法的作用的同时更加重视人的作用。在儒家看来，法是人制定的，好的法取决于好的人；法又是人来执行的，没有好的人，仅有好的法也达不到预期目的。有了好的人，即使法律有毛病，也可以努力补救。贤哲政治传统对君主和官僚是一种精神约束。君主如果不贤甚至悖道而行，其结果必然是众叛亲离、国祚中绝。在特定历史条件下贤哲精神还有利于推动社会变革。比如清末试行的君主立宪，诚旷古未有的大变革，但是只要皇帝决心一定，布告天下，上至文武百官下至黎民百姓便都"咸与维新"了。

在社会主义法治建设的初级阶段，我们在重视法律作用的同时，应当更加重视人的作用，重视各级领导干部的政治道德素质，以期使依法治国和贤哲精神携手同行。合格可靠的法治队伍是推行法治建设的组织保障。四中全会决定强调：

"各级领导干部要对法律怀有敬畏之心，牢记法律红线不可逾越、法律底线不可触碰，带头遵守法律，带头依法办事"，"把能不能遵守法律、依法办事作为考察干部的重要内容"。实际上考察领导干部的标准增加了"法治"内容：一是懂不懂宪法和法律，遵不遵守宪法和法律；二是懂不懂人民的各项权利，尊不尊重人民的各项权利；三是能不能在日常工作当中严格依法办事。

第三是"法治"与"德治"相结合的吏治传统。在中国古代，为了保证国家政权对社会的有效统治，保障法律在时间和空间上的一致性，历代王朝都采取各种措施对官员群体的权力加以指导制约。这种指导和制约的总体特征是刚性制约与柔性制约相结合，亦即"法治"与"德治"相结合。

刚性制约指国法。即由国家正式制定颁布并靠国家强制力保障实施的法律制度，包括：一、法律规章的事先指导。历朝法律对各级各类官员的职权范围规定得十分详细，全面详细的规章制度是保证官员正确行使职权，预防官员权力滥用的有效屏障。二、评定黜陟的定期考核。经过自上而下的定期考核评定，实行奖优罚劣，优胜劣汰是制约官员权力的有效防线。三、随时究举的动态监督。监察制度是通过各种渠道发现并纠举官员违法犯罪行为，保障官员如实履行政令，依法履行职责的最后一道关隘。柔性制约指"官箴"。"官箴"是官吏施政行法具体经验的总结，实际上成为官吏业务职守和道德品行的培训教材。这些道德教训实际上成了古代官员利国、利政、利民和保官、保节、保命的座右铭、护身符。

四中全会决定提出"坚持依法治国与以德治国相结合","全面推进依法治国，必须大力提高法治工作队伍思想政治素质、业务工作能力、职业道德水准。"实施依法治国，必须有一个具有合格政治、业务、道德素质的法治工作队伍。"以德治国"的本质是强调国家公务人员特别是法治队伍的素质，其中特别强调的是政治思想和道德品质。从某种角度而言，今天的"以德治国"和历史上"以德治吏"的吏治传统是相通的。

第四是司法上忠于国家法律的"劲士"传统。"劲士"一词出自《荀子》。《荀子·儒效》："行法志坚，不以私欲乱所闻，如是，则可谓劲士矣。""劲士"又被法家称作"法术之士"、"端直之士"、"能法之士"、"智术之士"。"劲士"精神的本质特征就是忠于国家和法律，既不畏强权又不谋私利，矢志不渝，不惜以身殉国殉法殉职的精神。"劲士"精神的理想蓝图是实现"君臣上下贵贱皆从法"的"大治"。正因如此，"劲士"群体常常处于危险的境地。"劲士"群体的敌人既不在战场，也不在乡村野外，而是与皇帝保持千丝万缕联系的权贵，他们有太多的既得利益需要保护。权贵们的既得利益常常与国家的政策和法律相对立。因此，历经数次变法的商鞅慨叹道："法之不行，自上犯之"；韩非亦谓："智法之士与当塗之人不可两存之仇也"。然而历代的变法都离不开"劲士"的冲锋陷阵甚至英勇捐躯。后世清官如包公、海瑞等都继承了"劲士"精神，他们敢于为民请命、不畏豪强、不徇私情、不贪财利，被人民长久歌颂和怀念。他们是心存理想、以身赴命的英雄人物。在深入开展社会主义法治国家建设的今天，在社会深刻转型利益多元的背景下，在充斥错综复杂人际关系的社会环境中，"劲士"精神特别值得我们重温和借鉴。

第五是注重法律实践经验总结和研究的法学传统。在中国历史上，虽然罕见专门的法学家、法学流派和法学专著，但是，古代法学却是与当时的法律实践活动特别是社会改革同步发展的。在西周初期，关于"眚"（过失）"非眚"（故意）"终"（累犯）"非终"（偶犯）和"父子兄弟罪不相及"的思想和刑事政策，不仅有效维系了新政权的稳定，还深化了古代的刑法理论。这种刑法思想当时在世界领域处于领先地位。春秋以降，伴随着成文法登上舞台，私家聚徒讲法之风兴起。其中，邓析就是最突出的一例。他不仅制定了"竹刑"，还教人们"法律之所谓"，指导当事人打官司。战国时的商鞅、墨子等都从研究成文法的"刑名"之学兼而研究逻辑的"形名"之学。汉代大儒董仲舒、马融、郑玄等，都通经而明法，在国家立法和司法实践中留下足迹。尔后，在圣贤之学的经学昌明弘扬之际，研究法律实践问题的律学亦不绝如缕。及至明清，官方和民间研究成文法典和案例的著述数量惊人。清末推行新政之际，由谙熟中国法律传统的沈家本（1840—1913）担任"修律大臣"主持修律活动，实为民族之幸。注重实践的学风的另一产物，是法律艺术的发达。法律艺术包括立法艺术、司法艺术、法律文献编纂艺术、法律解释艺术、法医勘验艺术，等等。其中，宋代宋慈的《洗冤集录》是世界第一部法医学著作，曾经被翻译成多国文字。在法治国家建设的背景下，我们的法律工作者特别是法学教育研究者，应当深入关注法律实践中的新问题，理论联系实际，努力为国家法治建设培育人才、出谋划策。

第六是法律样式上的"混合法"传统。法律样式指立法司法的宏观工作方式。由于历史文化的原因，中国古代的法律实践活动走着与西方国家完全不同的道路。中国古代的法律实践活动是在自然的或曰封闭环境中进行的，因此，其成果在一定程度上揭示了人类法律实践的规律性。因为越是民族的便越是世界的。一个世纪以前，就有学者宣布中华法系已经死亡。但经过仔细分析就会发现，死亡的只是古老的血缘差异精神。从法律样式的角度来看，中国古代法律既不同于英美判例法，也不同于欧洲成文法（制定法），而是成文法和判例制度相结合的"混合法"。荀子是"混合法"理论的首创者。《荀子·王制》："有法者以法行，无法者以类（案例）举，听（裁判）之尽也。""混合法"最初形成于西汉。它的基本运行方式是：适时制定成文法典并加以颁布，随着社会生活的发展变化，成文法显现出自身缺点——它既不能包揽无余，又不能随机应变，从而产生创制和适用"判例"的司法方式。当"判例"积累到一定数量并经检验选择之后，"判例"所蕴含的成熟原则经过国家立法被成文法所吸收。"混合法"的直观表现形式是：法条与例文合为一典，即在成文法条下面罗列许多例文（其中有的即源于案例）。例文是可以随时产生的，这就克服了成文法僵化和笼统的缺陷。在"混合法"当中，判例制度最具有活力。中华民国最高法院院长、司法院院长居正曾经说过："中国向来是判例法国家，甚似英美法系制度。"民国六法体系就是由成文法律和大量判例所组成的。中华人民共和国建国后，由于立法工作的迟滞，案例的作用受到重视。1956年及1962年两次全国司法工作会议均强调总结案例，经审核批准之后发给各级法院"比照援引"。1962年3月，毛泽东同志批示："不仅要制定法律，还要编案例。"中国特色社会主义法律体系于2010年形成。确切而言只是成文法律体系形成，判例制度依然缺如。2010年，最高人民法院和最高人民检察院先后推出"案例指导制度"，此举的目标是建立中国式的判例制度，进而重建中国古已有之的"混合法"。美国法学家博登海默说过，只有那些既克服了法的僵化性又克服了法的过于灵活性的法，才是伟大的法；日本法学家穗积陈重也说过，只有把"人"的作用和"法"的作用结合起来的法，才能堪称为永恒的法。实际上伟大而永恒的法正是中国的"混合法"。经过一个多世纪的交融，原先西方两大法系之间迥然不同、针锋相向的法律观念和制度逐渐由对立转向趋同。人类法律实践活动的共同发展趋势正是"混合法"。

"混合法"的关键是判例制度。今天，建立中国式判例制度还有利于解决"司法不公"的问题。四中全会决定强调："公正是法治的生命线"，"保证公正司法，提高司法公信力"，"绝不允许办关系案、人情案、金钱案"。长期以来，"司法不公"成为人民群众诟病司法的流行语言。在很多场合下，"司法不公"是"裁判不一"造成的。"裁判不一"又源于成文法条过于宽泛和笼统，赋予法官过大的自由裁量权，致使出现同案不同判的现象，往往造成当事人长期上访。如果借鉴古代的"混合法"样式，像历代法典如《唐律疏议》、《大明律例》、《大清律例》那样，在成文法条下面罗列一系列从原始案例加工抽象而成的例文（裁判要旨），这样一方面可以使法律条文的"网眼儿"变得越来越狭窄，对法官的自由裁量权是一种有效制约，同时也使人们预先知道什么样的案件必然会得出什么样的裁判，从而使法律成为确定的和可以预见的东西。这样，司法环境就会大为改观，司法公信力也会大为提升。"裁判一致"了，同案同判了，"司法公正"也就大体上实现了。

中国古代的"混合法"除了成文法与判例制度相结合这层意思之外，还包括另一层意思，就是法律规范与非法律规范相结合。所谓非法律规范即非经国家制定颁布的行为规范，比如家法族规、乡规民约、行业习惯等，这些行为规范是法律规范的补充，它们在国家法律鞭长莫及的领域发挥着实际的作用。四中全会决定指出："支持各类社会主体自我约束、自我管理，发挥市民公约、乡规民约、行业规章、团体章程等社会规范在社会治理中的积极作用。"这一精神与古代"混合法"传统是一致的。

我们对中华法律文化进行梳理，目的是通过选择和扬弃总结历史经验，为当代中国法治实践提供合理性的论证。"法治"在本质上不是理论的，而是实践的，不是个人的，而是民众的。而古老的法律文化传统早已植入人心。我们是在历史的中国建设社会主义法治的，读懂中国法律文化传统和国情，是一门必修课；同时，我们又是在世界的中国建设社会主义法治的，借鉴域外优秀法律文化成果，是一门必选课。只有这样，我们才能有效推动法治国家建设进程，最终走上与人类法律实践活动同步发展的道路。*

节选自《人民论坛·学术前沿》，2014 年 21 期。

140 司法与透明指数

　　首先感谢东道主的邀请，使我有机会参加今天的会议。特别是很多法官也出席了会议，浙江省高院、吴兴区法院的领导还要做专题报告，可以学习司法实践部门的新经验，因此我非常高兴。借此机会，我就谈几点感受吧。

　　第一点感受，法治指数的产生具有必然性。刚才钱弘道教授谈到浙江搞"法治指数"和"司法透明指数"可能有偶然的因素，我不太同意，我说这个偶然里面有必然性。咱们浙江这个地方在进入文明之前，属于东夷广大地域，根据《尚书·吕刑》的记载，中国最早的"灋"就是东夷领袖蚩尤创造的。"灋"字里面的"廌"，就是独角兽，是蚩尤部落的图腾。当古文字产生的时候，就把法和法的创造者凝结在一起了。江苏有个地方叫"甪直"镇，"甪"就是"甪端"，即独角兽，它的形象和麒麟比较相近。孔子墓道两旁就有"甪端"，颐和园仁寿殿既有麒麟又有"角端"。江苏"角直"镇的地方标志就是独角兽。浙江余杭良渚镇发现大量玉器，上面刻有"神徽"，又叫做"神人兽面纹"，可能就是蚩尤部落图腾独角兽的形象，玉琮上面的图案就是蚩尤。上面突出一对眼睛，因为射箭离不开眼睛。玉琮是射箭的工具，像扳指一样。东夷民族最早发明了弓箭。可见，蚩尤在中国东部地区影响很大。我们都知道，浙江湖州是沈家本先生的故乡，沈家本学贯中西，是中国法律史上最著名最有影响的法律大家。历史文化传统是隔不断的，它常常在不知不觉中发挥作用。浙江省这么长时间以来，持之以恒地搞"法治指数"，现在搞"司法透明指数"，"法治"和"透明"这两个词儿都不新鲜，只有"指数"才堪称新生事物，才有新意。我想，这都不是偶然的，也许是历史文化传统在起作用。

第二点感受，法治建设是个工程，需要有客观标准。依法治国，建设社会主义法治国家，是1999年全国人大通过宪法修正案确立的宪法原则，是一个国策。可以说1999年确立这个国策是20世纪法律史三大事件之一。第一件事件是我们湖州的沈家本先生开启的清末修律活动。沈家本先生被清廷委任为修律大臣。当时聘请日本的民法、刑法学者帮助我们立法、修律，同时集中贵族的子弟办培训班，将来他们就是法官、检察官，这是认认真真地搞修律，清末修律标志着古代传统法律的终结和近代法律的开始；第二件大事就是1935

年民国六法体系形成，这是一个由成文法和判例法有机结合的一个近代法律体系；第三件大事就是中华人民共和国确立"依法治国"的国策。当年，我们的法学界提出"依法治国"，被国家权力机关用宪法修正案加以确认，大家欢呼雀跃。但是，不要忘记，我们的文化传统是"人治"、"贤人政治"。传统观念有时候会起阻滞作用。搞"法治"是一件非常生疏的事情，没有现成的模式可以照搬，那是一个无比巨大的社会工程，需要经过多少辈人的持续努力。"依法治国"是个大事业，大工程，如果要认真推行的话，缺少不了以下几个条件或者措施：第一，我们应该有一个全国性负责此事的组织机构；第二，我们应该有一个"法治"建设的总体方略和比较具体的路线图；第三，应该有一个社会主义法治的理论体系；第四，应该有一个推行社会主义"法治"建设的计划、设计、方案；第五，应该有一个检验我们依法治国的客观检验标准，可以检测，你做了没有，哪些地方还做得不够；第六，应该有一个让民众看得到的具体的"法治"建设成果，等等。我想这些内容、措施是必不可少的。但是我们整个民族对建设法治国家还是天然生疏的，总体隔膜的。因此我们需要经常补课，法治建设应该是水到渠成的过程。在这种情况下，就需要创造式的实践。在这方面，浙江的法律人，浙江的法官们走在了前面。

第三点感受，法治建设需要精细的精神。浙江的法律人和法官们勇于创新的精神值得敬佩，而其精细的态度更令人感动。其代表性成果就是坚持数年的"法治指数"和刚刚出台的"司法透明指数"。这两个指数非常重要。我们民族的性格两个特点，说是优点也罢，说是缺点也罢：一个是性子急，急于求成；一个是大而化之，不求精确，缺少定量分析。比如当年的"大跃进"，"十五年超英赶美"，"跑步进入共产主义"。再比如宣布"社会主义法律体系形成。"中华民国的六法体系比较成熟，它不仅包含完备的成文法还包含大量判例。日本的法律体系也是兼有成文法和判例。这应当是大陆法系国家法律体系形成的一个客观标准。今天，我们只能说是社会主义成文法体系大体形成。更何况在民众生活中意义重大的民法典到今天还没有制定出来。我们轻易地宣布法制成就当然可以鼓舞士气，但是，也容易产生副作用，一是助长长官意志，决策拍脑袋；二是误导民众，把非常复杂的事情看得很简单。人们会说，西方国家有什么了不起，他们几百年做成的事我们几十年就做成了。浙江几年前就提出了"法治指数"，现在又提出了"司法透明指数"，做工作就需要这种细致入微的精神，有这样的精神什么事情都可以做好，什么事情都可以成功。在长期司法改革过程中，我觉得有两个措施是和司法实践的规律性密切相关的。一个就是我们的司法公开，这是一个老题目，但是司法指数是创建；第二，就是案例指导制度。我很高兴地看到我们高院和吴兴法院许院长

535

的介绍里面都谈到案例指导，案例指导制度不要小看，它是约束法官的自由裁量权的重要措施，在同一个时间和空间内使大体相同的案件得到大体相同的处分，这是"法治"的一个最基本的要求。从大的地方看，它符合中国法律文化的传统，那就是成文法和判例相结合的"混合法"。现在推出的案例指导制度，其长远目标就是要探讨重建中国的判例制度。案例指导制度的历史意义就在于最终会形成当代中国的判例制度。案例指导制度可以约束法官的自由裁量，使老百姓说的"司法不公"走向司法公正，其实是司法统一。司法公开密切联系群众，在群众中树立司法的权威，进而树立我们国家法治的权威。这两件事都是非常重要的。另外，我在材料中没有看到有关人民陪审员的问题，如果人民陪审员制度也有所创新的话，会成为推动司法透明的积极因素。总之，两个指数意义重大，都值得继续坚持，不断完善。*

---

* 2012 年 5 月 29 日，在"2012 中国法治论坛——司法透明指数研讨会"上的发言。

141　法治实践学派

　　中国法治实践学派的形成是历史的必然。中国法治实践学派的产生不是偶然的，它是我党和国家确立"依法治国建设社会主义法治国家"的建国方策以后，在全国法学研究和教育领域逐渐酝酿形成的一种新的学术风格和气象。我们不妨试想，在改革开放以前的 30 年里，法律在国家建设和社会生活当中的作用十分有限。当时的法学研究和法学教育也相对弱小。政法专业被视为国家培养掌握"刀把子"的革命接班人的保密专业。在那种国情之下，依法治国的法治精神是无法确立的。改革开放以后，社会政治、经济、文化生活的快速发展，执政党执政理念的转变和民众思想觉悟的提高，使中华民族终于迎来了法治建设的黄金时代。在新的历史时期里，广大法学研究和教育工作者以极大热忱和信心为建设社会主义法治国家努力工作。在"依法治国"的伟大实践中，全体法学研究和教育工作者的辛勤劳动和创造性工作，便无不纳入国家法治建设的社会实践中去。因此，中国法治实践学派是迟早会出现的新生事物。

中国法治实践学派基础广阔阵容庞大。相对于以往的学术派别而言，中国法治实践学派具有十分突出的特点，那就是基础广阔、阵容庞大。当前，所有研究法学理论的法学工作者，不管是研究中外的法学理论，还是研究各部门法律制度，都无法回避中国国情和当今法治建设的需要。因此，他们的研究成果，不论是微观的还是宏观的，都为当今法治建设提供经验和教训。他们的研究工作自然被纳入法治实践活动当中。同时，作为法学教育工作者，他们为培养未来从事法治建设事业的后备力量而辛勤劳动。通过这种专门的教育过程，年轻学子不仅获得了系统的法学知识和技能，而且还初步树立了科学民主的社会主义法律观念。而这样的法学青年不断融进社会，在各个领域发挥作用，这是保证国家法治建设持续发展的重要条件。

不容忽视的是，在众多工作岗位上从事法律或与法律相关工作的人们，他们运用自己的法律知识，一边把手头的工作做好，一边研究日常工作中遇到的疑难问题，并提出解决问题的方案。这种工作人员的智力劳动成果同样宝贵。从广义而言，这些工作人员也是中国法治实践学派不可或缺的重要一翼。中国法治实践学派的核心群体，应当是这样一类法学工作者，他们不安于书斋和案头工作，自觉地将实施"依法治国建设社会主义法治国家"视为自己的理想和使命，积极地和广大实践部门——立法、司法、行政和社会团体等，建立密切的合作关系，通过组织合作团队，集中力量解决法治建设中具有典型意义的课题，以智力成果的形式推动法治建设在宏观上或微观上的进步。他们的创新工作与实践部门的日常工作水乳交融，并受到实践部门的欢迎。

中国法治实践学派的学风与中国传统风格相一致。中国法治实践学派的学风是立足国情，解决社会实践问题。这种学风与中国古代志士仁人的"经世致用"学风相一致。在中国古代，有孔子、孟子那种走出书斋、周游列国，宣传自己主张的儒家学者，有身体力行不辞劳苦以命相许的墨家子弟，更有不顾身家性命投身革命变法的法家志士。潜心向学，曾经"三年不窥园"的公羊学大师董仲舒，首创"春秋决狱"之风，开启了古代法律儒家化的风气。儒家大师郑玄、杜预等通过引经注律活动将儒家经义和现行法律有机结合在一起。近代法律大家沈家本，他学贯中西，深谙中国固有法律传统，洞察世界法律发展大势，在清末修律中发挥了中流砥柱的作用。从而在时间和空间上大大丰富了"经世致用"的传统学风。和这些注重实践的学者相比，那些循规蹈矩、白发死章句的文人墨客则显得黯然失色。

中国法治实践学派任重道远，有赖于群体自觉和制度导向。党的十八大召开之后，我国政治体制改革将进入新的历程。此间，我国法治建设亦将进入攻坚阶段。社会主义法律体系形成之后，司法、行政等执法领域将成为社会普遍关心的工作重心。在中国特色社会主义制度进一步自我完善的背景之下，如何全面推动法治建设，是摆在全体法学工作者面前的神圣任务。那么，怎样才能完成这个任务呢？

首先，法学工作者应不负时代使命，进一步提高法治实践的自觉性，进一步转变学风，将自己正在做的工作同国家法治建设的大局密切地结合在一起。同时，不断从实践中汲取营养，提高理论研究和教书育人的针对性。

其次，立法、司法、执法等实践部门要进一步加强法治实践的理论研究，充分调动和发挥法学研究工作者的积极性，建立长期合作联合攻关的工作机制，从而把本职工作纳入全国法治建设的一盘棋当中。

第三，法学研究和教育部门要树立科学的管理导向和评价机制，鼓励学者和教师积极参与法律实践，并与实践部门建立长期的深层次的合作关系。学术导向十分重要。错误的导向可以驱使人们片面追求学术成果的数量，忽视其实际的社会价值。这种"学术 GDP 崇拜"，* 必然催生学术泡沫，滋生学术腐败，毒化学术风气。其结果是逐渐远离法治实践的主流，最终被社会遗忘。①

---

* 梁根林：《对学术 GDP 崇拜说再见》，《中外法学》2013 年第 1 期。

① 《中国社会科学报》2013 年 7 月 24 日 A8 版

142　我的东夷情节——东夷文化的呼唤

　　很早以前，就想写一篇文章，题目叫作《孔子的东夷情节》。因为，我发现，孔子的情感和主张都不是来自西周，而是源于殷商，而殷商民族又源于东夷民族。比如，孔子曰："欲居九夷"。"九夷"应当是东夷的故土。又说，"道不行，乘桴浮于海"。从渤海西岸乘船东行，就可以到辽东半岛，也可以到山东半岛。还有"原壤夷俟"，孔子的学生原壤一不留神就恢复了东夷人的习俗。特别是"四海之内皆兄弟"，这明明是东夷母系社会的产物。在母系社会，女子留在本氏族，男子一成年就"嫁"出去，"嫁"到周围的氏族，生儿育女，女儿又留下，男子又"嫁"出去，于是就形成"四海之内皆兄弟"。西周以后，实行父系制度，男子留下，女子嫁出去，就形成"四海之内皆姐妹"。

　　从《论语》的语言可以发现，孔子使用的语言有些是东夷人遗留的语言习惯。比如说"行"字，在甲骨文里"行"是小街道、小村落、十字路口的意思。"三人行，必有吾师焉。""行"不是"行走"之"行"，而是人口聚集之处。"三人行"如今人所说三家之巷。"自行束脩以上，吾未尝无诲焉。"平民的子弟从小地方来，向我求教，出发之前还梳洗打扮，以示敬重，我怎能不教他呢？《周易》也有"三人行"，"中行"，"行人。"可能和《论语》的"行"是一致的。后世学者不明其故，用周人的语言来解读东夷习俗，自然如隔靴搔痒。

还有隔靴搔痒的一例。《史记·孔子世家》载："鲁哀公十四年春，狩大野，叔孙氏车子鉏商获兽，以为不祥。仲尼视之，曰：麟也。取之。曰：河不出图，洛不出书，吾已矣夫！"孔子作《春秋》，止于获麟。二年后，孔子卒。据《淮南子·览冥训》："昔者黄帝治天下"，由于"法令明而不暗"，故"麒麟游于郊"。依此逻辑，孔子当时所居的鲁国，并非圣贤之邦，何以出现"麒麟游于郊"的祥瑞？故孔子不得其解，郁郁寡欢，以至于故去。此说谬矣！

古夷人居住在今山东一带，正是蚩尤皋陶的故乡。《说文解字》羊部："东方貉从豸，""夷，东方之人也，从大从弓。""豸"即"廌"；"大"即"矢"。"夷人"发明了弓矢，"弓"、"矢"二字的重叠便是"夷"字。皋陶以独角神羊即"一角圣兽"裁决疑难案件。麟似鹿，廌亦为鹿属，两者均长着独角。因此，我推测，麟的原型就是"廌"，即独角兽。而独角兽正是东夷的图腾。《尚书·吕刑》谓：蚩尤作五虐之刑曰灋。"灋"中的"廌"就是蚩尤的图腾。如此，孔子作为东夷的后裔，在鲁郊看到被打死的麟，如何不伤心悲痛！

数年以来，由于某种原因，《孔子的东夷情节》一直没有写出来。但是，作为副产品，却酿造了我的"东夷情节"。我暗自定下目标，以东夷文化为视野，探讨中国远古法律文化的原生形态。我的"东夷情节"是由两个支柱构成的。一个支柱是研究视野或方法，另一个支柱是对古文字的重新诠释。

首先，是研究视野或方法。今天我们看到的甲骨文毕竟已经达到相对成熟的程度了。我们有理由推测，在相对成熟的殷商甲骨文之前曾经存在过积累、传播、约定俗成的漫长历史。在殷商之前，东夷民族经过长期实践而积累的丰富的生活经验和口耳相传的历史故事，已经形成一种集体的常识和见解。后来当文字被刻画出来的那一刻，该文字所期表达的意义便无不与当时的社会生活和集体常识相契合。这样，我们就可以通过甲骨文材料既可以了解殷商社会也可以窥测远古时代即东夷时代的社会生活。在这个意义上可以说，甲骨文是今天研究中国东部史前史的活化石。在史前史研究领域，最为理想的研究方法是力争将古代文献、传说史料、发掘文物等有机地结合起来。在此框架下面，还有一种值得提倡的研究方法，就是"文字索原"的方法，即周清泉先生所说的"文字考古"的方法，亦即杨树达先生所总结的"据礼俗释字"的方法。总之，研究甲骨文，不能仅仅从卜辞的语言环境来探讨，因为占卜是一项专业活动，卜辞也是专门文字，从语法角度而言，甲骨卜辞中的甲骨文字还不能等同于日常通用文字，其文字的功能十分有限。因此应当一个字一个字地以文化环境为背景来溯本追源。

其次，是对古文字的重新诠释。我不揣冒昧，斗胆对涉及古代法文化的几个典型文字，做出新的诠释。现简洁罗列如下：

"法"。"法"的古字是"灋"。其中，"廌"是东夷或蚩尤部落的图腾。殷商的"灋"字下部没有"去"，西周金文才加了"去"。这一变化，反映法律从审判法到人判法的变革。"去"由上矢下弓组成，弓矢是古代重要生产和战争的用具，"去"字代表弓与矢上面的记号不符，"夷"字代表弓与矢上面的记号一致。弓矢成为诉讼证据。《易经》的"明夷"，《尚书·洪范》的"明用稽疑"，《国语·齐语》的"纳束矢"，秦简《为吏之道》的"听其有矢，"都在追述这项殷末箕子发明的证据制度。"法"的另一个古字是"佥"，上部实即"仁"，从人从二，下部即"止"，表示履行、禁止。全字意为二人之间，当为即为，当止则止。

"廌"。甲骨文"廌"字60余见。并且有"御廌"、"廌协王事"。"廌"的原型是独角兽。红山文化的独角"C"形龙，龙首后部不是"鬣"，而是独角，河南濮阳西水坡墓葬出土的独角龙、独角虎，可能与"廌"存在联系。独角虎形象在商

545

周器物中并不罕见。"廌"可能与传说史料中的"西王母"有关。"廌"是人间的法官,"西王母"是天上的刑神。

"德"。甲骨文"德"字没有"心"符,西周金文始加"心"符。甲骨文"德"字的核心是"臣",俘虏。其字形为"以弓缚首",弓上刻有记号,故表示俘虏的所有人。"彳"是"行"的简化,"行"表示街道、路口。全字表示外出打仗,获俘虏而归。西周金文加上"心"符,可能源于对俘虏的宽惠优待,进而发展成对奴隶群众的怀柔之策。"德"的古字"悳",与"仁"的古字"㤅"之间,具有内在联系。"㤅"上面的"千",实即"身"字。

"律",甲骨文由丨又构成,表示以手持木,木是鼓槌,全意为击鼓,后引申为战鼓高低快慢之音节。古代以战鼓之音指挥战斗、互通信息。《周礼·考工记》称战鼓为"皋陶",决非偶然。《礼记》有射礼之鼓谱,如今日之电报密码。能听懂鼓音并正确转达的人是"圣",甲骨文"圣"字有耳有口。

"礼"。"礼"的古字是"豊"、"豐"。由"豆"和"丰"组成。"豆"是盛肉的礼器,"丰"是穿着一串"琮"。"琮"是射箭的用具,射箭是戴在左手大拇指上,即"扳指"。"琮"、"玦"、"韘"是一组射箭的用具。"琮"最初是兽骨或人骨,后用玉加工而成。古人开始用兽肉或人肉祭祀祖先神,后用"琮"代之。"礼"是战争祭祀的产物。"礼"的另一古字是"而丨","而"是额部带发的头皮,"丨"是绳索,表示一串头皮，是战礼品，以此获赏的证据。也是祭祀祖先时奉献的祭品。"而"即后世"耐"、"髡"刑的前身。

"刑"。"刑"的古字是"井"、"丼"。"井"即《易经》"何校灭耳""履校灭止"的"校"，"囚具也"。"井"与"爻"同，最早都是文身的工具。东夷最早发明了文身。《礼记·王制》："东方曰夷，被发文身。"据周清泉研究，殷人八岁文额，女十四岁文乳，男二十岁文胸。甲骨文"童"、"𩢲"、"文"可证。"被发"即后世的"耐髡"。后来东夷人被打败了，整体沦为奴隶，文身就演化成奴隶的符号。

"仁"。"仁"的古字是"夂"、"夾"、"化"、"乘"、"尼"、"兒"、"身"、"申"。它们都是双人结构，正是郑玄所谓"相人耦"之义。"化"表示男女亲昵。"乘"表示抵足而眠。由"化"字衍生出"囮"字。"囮"是母系氏族婚姻的象征。媒人把女孩集中在亳社，招来四方的男青年，通过文身符号来严格实行"同姓不婚"。从"囮"字又演化出阴阳合抱的太极图。西周以后，建立父系家庭制度，禁止群饮（群婚），使代表男女自由婚媾的太极图失传。

经过上述探索，我坚信，东夷文化是中华文化的精神家园。通过古文字，不仅可以找到中国古代法的原始风貌，也可以找到中国古代文化的最初形态。我将继续努力通过古文字来发掘古代文化，描述古代文化，传播古代文化。这不只是个人爱好，而是一种伟大的使命——为往圣继绝学。

附　录

143　北大给我沉重的使命

　　一本厚厚的《中国传统法律文化》摆在我面前。它以"国画大写意"手法注重描写中国法律实践活动的基本精神和宏观样式，是作者历经近 10 年艰辛的大胆尝试。武树臣教授作为该书主编和主要撰稿者，坦言："知今须鉴古，无古不成今。研究中国传统法律文化，旨在给今天的法制建设提供教益和启示。"

　　这部洋洋洒洒 68 万字的专著在 1994 年出版后，就引起法学界的高度重视。武树臣，则被一些法学家称为"中国传统法律文化研究领域冲出的一匹'黑马'"。这样的评价却是武树臣始料未及的。想当年，他赶上全国恢复高考的头班车来到北大法律学系求学，尚不知法律为何物，遑论"法律文化"了。这位共和国的同龄人感慨万端："我年轻时磨炼多一些，来北大后路就越走越顺了。"

这是一条洒满汗水的成才之路，虽非荆棘丛生，但总有陡坡、泥潭、险滩……20载湖光塔影下，武树臣最大的幸福即读书、治学、为师。

1978年2月，在当了五年知青，念了两年师范，又做了三年中专教师后，武树臣又回到了阔别10年的北京。他一头扎进北大，未圆中学时代的文学梦，而阴差阳错学起法律来。

一年后，在《中国法律思想史》的课堂上，他和张国华教授相识了。张先生衣着朴素，风度翩翩，话语生动而简练，态度和蔼而可亲，一举手，一投足，都深深地感染着武树臣。先生的研究重点是先秦，而武树臣曾教过古代汉语，诸子百家的法律思想令他陶醉了。先生敏锐地抓住子产著刑书的实质加以剖析："这是成文法的例子。它规定了什么是刑罚，什么是违法犯罪又如何制裁的问题。"这段话给武树臣启示良多，以后他研究古代判例法和法律样式的思路均发端于此。不知不觉间，一个学期过去了。张先生还请听课的进修教师和一些优秀学生吃饭。这位中国法律思想史学科的主要创始人，在席间鼓励大家深入钻研，"学术的创新与繁荣要靠老中青几代人共同努力啊！"武树臣有幸聆听教诲，眼眶湿润了……

此后，对弈使他们由师生而成忘年棋友。镜春园里幽静的一隅，两位忘情于黑白之间，下子如飞，无论输赢，一盘好棋能让武树臣记一辈子。张先生的宽广、旷达够武树臣学一辈子。武树臣得到了张教授的信任，念本科时就在张教授的指导下编写了六万字的中国法律思想史教材。北大宽松的学术气氛也使他受益不少。他旁听过文史哲等系的课，楼宇烈、祝总斌等教授，以及一些年轻教员都给他许多指导。他对法律思想史研究的兴趣越来越浓了。张国华先生的一席肺腑之言使他作了最终选择。

那是一次对弈时，张先生忽然说起《中国法律思想史》教学、科研工作青黄不接，后继乏人的窘境。他殷殷期盼："你考虑考虑，毕业后加入我们的教研队伍吧，树臣？你是个好苗子！"面对先生严肃的神态，热切的眼神，武树臣不假思索地应允了。

1982年2月，武树臣毕业留校做助教，第一次讲《中国法律思想史》这门课。读书时开始做的卡片已有几抽屉了，由于下了很大功夫备课，所以他授课时只带卡片。他想，北大的学生都是同辈中最聪明最用功的，可不能草率应付他们！每回课上他都尽量不看或少看卡片，用心去和学生交流。一遇到思想火花的碰撞，课堂上气氛热烈起来，时常听见师生们会心的笑声。这是他最惬意、最超脱的时刻。这种类似的感觉，当年在张国华先生的课堂上也会找到。每当看见一双双聚精会神的眼睛，武树臣就多一分压力和动力。他的课每年都有不同程度的深化，每回都增加最新的科研成果。因此，课堂上总挤满了熟面孔、生面孔。他认为，讲课也是研究。

当你用语言表述你的思想时，思维活动便异常活跃。加上情绪的催动，使你获得在书房里无法捕捉到的思想火花。因此，一位聪明的学者千万不要把讲课视为负担。

在追随张先生研究中国法律思想史后，武树臣日益感到"思想史"与"法制史"的学科划分存在欠缺。1986年，张国华教授主持国家重点科研项目《中国法律思想通史》。武树臣还是一名讲师，就当面陈述己见：把二者合为一体来研究，叫《中国法律史》或《中国法律文化通史》。张先生对弟子的建议很有兴趣，丝毫不因自己创立的学科受挑战而感觉不悦，"树臣的意见可在编委会上讨论一下！"与会学者以二学科分离已久，再合起来关系难处为由，没采纳武树臣的建议。但令武树臣感动不已的，是张国华先生锐意革新、达观无私的品格。张先生晚年在《中国法律思想史新编》一书的序言里指出，生硬切开二学科并不科学，应尊重学术本身的规律把法律思想史和法律制度史合二为一来研究。

武树臣的想法在1985年春天就产生了。一位听他课的美国人问："你能否简要概括一下中国古代法律活动的基本特点?"于是，武树臣决心寻找一个宏观的综合的视点，将法律思想和立法、司法实践有机地结合起来。中国历史上的法律实践活动整体地纳入他研究的视野。先师实事求是的学风给武树臣影响深远。"以历史存在的客观史实为依据来探讨其客观规律，是治史学者的基本品格"。这话，让武树臣念念不忘。

"北大，真有一种催人向上的力量，总鞭策着我要讲好课，做好学问，多出新成果，多想新问题。我自己定的指标是每年完成六篇以上的论文，以前都实现了，今后仍得发奋才行。读在职博士、被评为博士生导师，更觉战战兢兢，是压力，也是动力……"

据不完全统计，从 1983 年到 1996 年底，武树臣总共发表论文 80 多篇，约合 80 余万字；再加上出版的著作，研究成果近 200 万字。

谁能想到，这些论文、著作都是在缝纫机盖板上写成的。"愈艰苦愈出成果，我认为一个人能否写出好文章，与写字桌的大小无关。"两地分居的五年间，武树臣住在学校筒子楼的单身宿舍里。没有电视机，他除了读书就是作笔记，写卡片，写论文。这五年耕耘，为他后来的飞跃打下了坚实的基础。周末，他骑车赶到河北三河县和妻子女儿团聚。三个半小时的长路上，他还得为家里采买一周的蔬菜和副食品。没星星，没月亮，没路灯，他常常与夜归的农民们搭伴同行。一路上攀谈着集市的行情，村里的新鲜事儿，摸黑奔到家。有时晚上十一二点了，妻子听见敲门声吓得久久不敢开门。星期天，他又匆匆返校。这种生活直到 1987 年年底才结束。同自己的知青生涯相比，他觉得这不算什么。

搬进一居室，武树臣生活开始规律起来，时间抓得更紧

555

了。早晨还不到 6 点，他已起床了；到校园里跑跑步，跳跳绳，到 6 点 30 分，回家洗漱；早饭过后，他即埋头工作，连轴干到正午；午饭后，他在床上看书；快两点时又回到书堆中；将近凌晨，终于入睡。当然，有必要他就去图书馆，那里的管理员热情、周到的服务使他如沐春风，"阅览室里可连续用一个固定的座位，桌子上整整齐齐摆放着你上次没看完的书籍。"他感到惟有北大，才有这样的气氛。

宽松的学术气氛给了他大胆创新的胆略：1985 年他就提出借鉴古代判例法的意见，《运用判例是加强法制建设的重要途径》一文引起了长达数十年的讨论；为探讨中国法律实践活动的总体风貌及其历史规律，他创立"中国传统法律文化"这一新领域，将法律思想和法律制度有机结合起来研究；在法的起源，成文法起源的再探讨，易经在传统法律文化形成中的作用，儒家学说与地域文化对中国传统法律文化的影响，成文法与名辩思潮的交互影响等许多方面都有不同于前人的独到之处。

武树臣作为国家"七五"社会科学重点研究项目《中国传统法律文化》的负责人，牵头并撰写了全书 68 万字中的54 万字，填补了该领域的空白。他运用比较的方法，紧密联系法律实践，试图"以历史预见未来"。他把"法律文化"定义为"以人类法律实践活动的总体精神和宏观样式为主要研究对象的分支领域"，就内涵而言，"法律文化由法律思想、

556

法律规范、法律设施和法律艺术组成"。而中国法律文化，则是"中国数千年一脉相承的法律实践活动及其成果的总称"。

他独具匠心地提出了两个全新概念："法统"和"法体"。"法统"即法律文化的内核，"法体"即其外壳。前者是支配法律实践活动的价值基础，后者指该价值基础社会化的过程，包括立法、司法的基本方式。"从某种角度而言，法律文化就是以法律实践活动的两个方面——'法统'和'法体'——为研究对象的学问。"武树臣就是依据关于"法统"与"法体"相结合的理论，以这两把尺子来对法律实践活动作历史的（纵向）与地域的（横向）比较，展开了全方位的立体研究。在分析批判传统法律文化的糟粕后，他在大量史料研究的基础上，提出：中国古代自秦汉以来，一向采取以成文法为主，判例法为辅的"混合法"样式，这是中华民族聪明才智的结晶，还标志着人类法律实践活动的共同趋向。一个世纪以来西方两大法系的相互靠拢，其发展趋势正是中国古已有之的"混合法"。

他最后的结论是，当今我国社会主义的法律文化，其总体精神应采取兼顾国家与公民两方面利益的"国家—个人本位"，而其宏观样式则应实行成文法与判例法相结合的"混合法"。这位自称"和共和国同步发展"的学者，肩上的担子总是沉甸甸的。"法律文化研究者尤其不能躲进象牙之塔，为历史而历史，为文化而文化；一介书生，应当脚踏现实，心怀天下啊!"他常常以此勉励自己。这部著作荣获了北京市第四届哲学社会科学优秀科研成果一等奖,还获北大第二届505"中国文化奖"的优秀学术著作奖。此外,从1985年起,他获国家教委、北京市和北大颁发的各种奖励有10项。1991年8月,他晋升为副教授;1993年8月又被破格评为教授,同年9月他又在职攻读博士学位;老同学跟他开玩笑说:"老武,人家忙下海,你却独登山。"他报之一笑。接着,1994年9月,他被评为北大首批中青年学术骨干;1996年他双喜临门,2月获博士学位,6月又被评为博士生导师。"没有北大的环境,我不会这么快地成长起来的。评上博导,自己总觉得'盛名之下,其实难副',战战兢兢、如履薄冰;环境逼迫着你精益求精,学术无止境呀!"

"做系副主任五年,我增长了不少才干,这种工作也是一门学问,需要有人去研究、去实践;历史决定了我们这代知识分子应改变'学究式'、'书斋型',而成'社会型'或称'实践型',靠两条腿走路,相互促进,才能够经世致用,才是真学问……"

"让书呆子管行政、财务、教学,能行吗?"他刚做副系主任时,人们不免担心,那是1992年。开始时,武树臣真感到不适应,花费很大精力处理许多琐碎的事,值得吗?但他很快转变了看法:既然系里老师和校领导这么信任你,自己可要好好珍惜这个机会,做管理工作也是学问,值得摸索和

558

总结。这位1974年11月入党的老党员把系领导的位子看作是检验、提炼人生观的途径。为此，他奉献了许多自己应得之物。

系里分集资房，按规定他完全能住进燕北园三居室，他却让给了教过自己的老师。原因很简单，他管分房，应让老师先住好房，否则心里不舒坦。

他在日本法史学界享有一定知名度，一所著名大学邀请他长期讲学，一年、二年、三年都行，还可以带家眷去。他谢绝了。他想：做系领导就不能只为个人着想。在他和同事的努力下，法律学系每年都派出教师、学生赴日讲学、留学。1994年秋天，香港某大学指名邀请他讲学。他把这个机会让给了本教学组的老师。

跟人打交道，使他接触社会的机会多起来。他思考问题的角度和以前有很大变化，立足点高了，看得就远多了。他既能坚持大原则，又有灵活性，妥善解决了系里的一些难题。对于个别人的背后议论，他很超然——"有则改之，无则加勉"，以直报直，以德报怨。他觉得自己的人生观更纯洁了。宽容、合作、平等、尊重，是他为人处世的态度。"宽容是我念书时深切感受到的，首先是老师对学生特别宽厚、通情达理，允许犯错误，允许反驳观点。学生讲得有理，老师非常尊重，师生之间是平等的。教员之间的风气也差不多。"他还记得当年系里"五四"学术讨论会上，学生代表发言，教师们认真听并平等讨论的场面。

合作精神的意义，是他做管理工作和兼职律师以来的又一切身体会。"做好一项工作，单枪匹马总不成，都需要合作，靠群体的力量。学者也不能故步自封，一定得跳出传统模式，面向社会，面向实际。"他今后想努力扭转法律界长期存在的"傲慢与偏见"，即法学界（教学与科研）与立法、司法界之间某种隔膜的现状，使全体法律工作者都能以"法学家阶层"的一分子的姿态，全心全意地投身到今天的法制建设事业中去。没有系统的司法实践经验，在他看来是自己人生的一大缺憾。国家这几年法制建设硕果累累并且正在孕育着新的大飞跃。作为有责任心的法学工作者，应当投身到法制建设事业的洪流中去，而不能陶醉于书斋的宁静。这位共和国的同龄人密切关注着这一切。

武树臣深知，自己已经深深融入了北大，而北大，永远走在历史潮流的最前面。追述自己的成长历程，他十分感激地说："当年，我是靠国家给的每月 19.5 元的助学金念完大学的；我的妻子、女儿能迁到北大附小教书和读书，是党组织和校领导无微不至关怀的结果。"并由衷表示："现在我没有后顾之忧了。我只能更加勤奋、忘我地工作，以经世致用的学问来报答北大！"

他自称是"社会型"或"实践型"的学者，在社会改革的滚滚洪流面前，他怎会默守书斋？1997 年 4 月，经北京大学推荐和北京市政法委员会的考核，武树臣即将调到北京司法部门工作。

跨世纪的北大需要这样的学者，新世纪的中国法制事业需要这样的"同龄人"!*

---

　　* 选自北京大学研究生院编：《如歌岁月》北京大学出版社 1998 年版。作者：王之昉。

144 夜访北京二中院

　　集中清理未结案是今年北京市第二中级人民法院的一个工作重点。他们提出：大干 80 天，把全院未结案压低 40％。5 月 22 日，他们拉开了第一轮大会战的序幕。从星期一到星期四，干警自发加班到晚上 9 点，节假日也不放过。到 7 月 20 日，他们已提前 20 天完成目标。但夜战还在进行着。28 日晚上，我们夜访了二中院。

　　一进大院，迎面一排黑板，上面有胸佩红花的先进模范，有各审判庭的结案数。几幅大红标语醒目地立着。门卫威武地守卫着岗位。院门口不时有人出出进进。

　　最后一批干警从食堂回到办公楼时，党组的碰头例会刚结束。我们碰到副院长武树臣。武树臣告诉记者，落实肖扬院长关于清理未结案的指示精神，公正司法，让人民满意，树立人民法院在群众中的良好形象，是这次会战的动因。我们院的收案数多，人手少，积案多达 5000 件。集中清理未结案，是收案和结案进入良性循环的保证。这样我们可以集中精力搞好法院改革，集中精力抓好队伍建设，特别是政治业务培训，进一步提高工作效率和审判质量。

6 点 59 分，行政庭庭长杨蔼拿着卷宗急匆匆往接待室走。"都加班呢。"她认出记者，笑着说："时间挺紧，这不，刚看了几份审委会研究的案件，还有一个案子正在宣判……"在接待室，行政庭审判员徐文珍刚宣判完一起行政诉讼案。不到 10 平方米的平房里，白炽灯照着，电扇转着，空气潮湿闷热。当事人听说是记者，就说"没有见过这么好的法官，她们把工作做到我们心里了。"

6 月 28 日受理的这起行政诉讼案件不足一个月就结案了。但徐文珍还在耐心地做着当事人的思想工作。她说："案件虽然判了，我们还要妥善处理好几方面关系。"

京城连续数日高温，今天愈发溽热难耐。乌云在空中淤积，令人透不过气来。车队门前，队长正在根据各庭加班情况，划分发车的路线。今夜加班 200 多人，需派车 25 辆。队长细心地在小黑板上写着车号和人名。北到大屯，南到大兴，西到门头沟，东到通县，不能漏掉一个人。司机也没闲着，擦洗车的、检修车的，汽车跟人一样精神抖擞地待命。"累？这会儿倒不觉得了，只是饭量增加了，吃什么都香。"队长说："半夜 12 点钟回家，大早 6 点钟又爬起，白天晚上连轴转，个个缺觉，多热的天，倒头就睡。"

7点16分，我们推开民二庭的门，两个庭长正在讨论着。副庭长朱造所是位老劳模，又拿出了当年拼命苦干的劲头。齐庭长的桌上摊开着四五份卷宗，一份《人民法院报》打开着，上面刊登着该院优秀法官政玉英的事迹。齐庭长说："加班习惯了，忙着忙着就九点了。"民一庭的唐柏树庭长则声音朗朗地指着书写板，分析着案情。截至7月20日，他们和其他庭室一样将未结案压低到了40％以上，有的庭甚至压低到了60％以上，超额完成任务。这几乎是在没有助跑的距离内达到高速突出的。为了巩固扩大战果，院党组提出，再向纵深发展。

在北楼门口，我们碰见政玉英。她正和同事一起搭车外出。一如报纸上的照片，秀丽而干练。来不及说话，握握手，她急急地上了车。二中院的同志告诉记者，政玉英刚被提拔为执行庭副庭长。

刑一庭、执行庭在后院的四层小楼上，需在几排平房的夹缝中穿行。夜幕沉沉，小路昏暗。干警们说习惯了，也熟悉了。没有路灯，我们深一脚浅一脚，着实走得不安稳。走入房间则闷热难耐，汗水一会儿就浸湿了衣服。"一夏天都热过来了，咬着牙也要干。"不少法官这样说。

7点37分，刑一庭副庭长许靖和三个审判员正在研究案情。许靖说，这是今天晚上研究的第二个案子，是个贩毒案。案子多，法官们连病号都不肯休息，在座的小唐就是个糖尿病患者。被称作老唐的助审员唐季怡坐在门口，面色虽然憔悴，但双眼炯炯有神。

往执行庭走的时候路过卫生室，从窗口看到一个满头白发的女大夫正在神情专注地配药，这位女大夫已经退休了，会战期间也同大家一样加班。

执行庭庭长王怀勤告诉我们说，全庭现在有九个到外地执行，其他人今天都来加班了。担子重、压力大的执行庭，一个月就执结近500件案子，执结标的额达8.5亿元。

夜色更深了，一丝微风拂过，令人稍觉清爽。8点50分，干警们陆续从各个办公楼里走出。几十辆车有序地排开，干警们到车队的小黑板前寻找自己要乘坐的车牌号，招呼同路人，狭小的院子更加拥挤。

武树臣站在大门口。他说，党组成员目送干警回家已经成为党组的规矩，干警一个个安全走了，心里就踏实了。记者抓紧这点时间跟武树臣聊起来，他说，干警的思想基础比较好，我们发挥了思想政治作用，现在看，思想政治工作是不褪色的法宝，发挥好了，确实能创造出很多业绩。

9点零5分，我们离开二中院，办公楼上一些房间的灯光还亮着，武树臣还站在那儿。*

---

   * 作者：《人民法院报》记者郭彩侠、通讯员潍河。《人民法院报》2000年7月29日头版头条。

法律人生

I

随笔集　何勤华　著

写在法律边上　刘小冰　著

北大三题　齐海滨　著

法史随想　徐爱国　著

II

风骨法苑几多人　俞荣根　著

长歌行　武树臣　著

远游与慎思　刘仁文　著

红楼梦的法律世界　尹伊君　著